诗词中国

王蒙 著

江苏人民出版社　凤凰出版社

图书在版编目（CIP）数据

诗词中国 / 王蒙著. -- 南京：江苏人民出版社，
2025.3（2025.8重印）
ISBN 978-7-214-27007-8

Ⅰ.①诗… Ⅱ.①王… Ⅲ.①古典诗歌 – 诗集 – 中国
Ⅳ.①I222

中国国家版本馆CIP数据核字(2024)第022293号

书　　　名	诗词中国
著　　　者	王　蒙
责任编辑	黄　山　　周晓阳
特约编辑	朱云霏
装帧设计	融蓝文化
责任监制	王　娟
出版发行	江苏人民出版社
地　　　址	南京市湖南路1号A楼，邮编：210009
照　　　排	江苏凤凰制版有限公司
印　　　刷	南京爱德印刷有限公司
开　　　本	718毫米×1 000毫米　1/16
印　　　张	26.75　插页　7
字　　　数	406千字
版　　　次	2025年3月第1版
印　　　次	2025年8月第5次印刷
标准书号	ISBN 978-7-214-27007-8
定　　　价	118.00元（精装）

（江苏人民出版社图书凡印装错误可向承印厂调换）

目录

词话 下编

前言

  以唐诗宋词为高峰的中国古典诗歌，是中国人民的至爱，是中华文化的上品。它们的典雅、精致、规范性、互动互补互通，它们的个人风格与整体规模、完满存在，它们的人民性、通俗性、生活性、易读易背诵易流传，它们的凝练与超凝练、留白与耐发挥性，使中华人士从帝王将相到三教九流，从仁人志士的就义到旷男怨女的苦闷，都离不了诗词。此次能够在出版界文友的鼓励下写出此书，得偿夙愿，实为一大美差快事也。

  中华文化、中华文学的传统是长远的、巨大的、多方面的，是虎虎有生气的活的传统。唐诗宋词再伟大，我们也不会自惭形秽、自我禁锢，只剩下膜拜与死记硬背、紧跟照办的份儿。我们永远不会是为唐宋而唐宋，我们当然是为当今、为现代中国而学习驾驭楚辞汉赋唐诗宋词元曲明清小说以及近现代文学与域外文学。我们宁愿响应赵翼论诗的大言，"各领风骚"几许几许年，从更加长久的、开阔的，面向历史也面向现实与未来、面向人类命运共同体的角度，继承弘扬同时开拓发展中华诗学、中华诗歌创作、中华当代文学。唐诗宋词外，汉与汉以前、元明清，以及民国与当代的作品，本书也极有兴致地有所涉猎，感受与境界自然大大不同。

  我们是阅读者、尝试者、激赏者，也是勇敢的发见者、联想者、开拓者、发展者与思索者。我的诗话不仅是诗论、诗评、诗词赏析，更是诗感悟、诗心语、诗激情、诗怀念、诗遐思、诗梦幻；一句话，是诗散文，包括散文诗。它们的结构不一定符合文学史课本的体例，但愿它适应诗文的阅读要求。

　　本诗话，大致上，散文成分占 40%，诗（文）论成分占 30%，小说故事成分占 15%，杂文与幽默成分占 15%。小说故事和杂文幽默成分，是指我从小说与近现代大众艺术角度掂量感悟一些诗词作品的灵气，觉得《长恨歌》《遣悲怀》《钗头凤》《满江红》等可以说是长篇巨著，《青玉案·元夕》、《听蜀僧濬弹琴》、《无题》（昨夜星辰昨夜风）等也是短篇小说；《无题》（昨夜星辰昨夜风），还是披头士的流行歌曲"Yesterday"的先行篇；而晏几道的《鹧鸪天》（彩袖殷勤捧玉钟），使我想到的是民国时期上海夜总会的舞曲《满场飞》。诗词的价值在于它们的生活气息包括精神生活气息，它们的生机，它们的活力，它们永远蓬蓬勃勃的生命力。

　　本书编排大致按所谈作品古今排序，却也因内容的关系，不完全按照原作时间的先后，写作顺序同时也取决于我的回忆次序、印象次序、畅想次序、抒情次序、意识流动次序与话题类型次序。例如在词话中，谈完了李白的《忆秦娥》，紧接着谈的是毛泽东的《忆秦娥·娄山关》；把欧阳修与辛弃疾的两首元夕词，一支《生查子》一曲《青玉案》放在一起说，还加上多数人不知其名的张抡的奇葩词作。这样的排列当然不是只遵循文学史次序。也有将《卿云歌》《观沧海》《短歌行》等古体诗、《长干曲四首》等乐府诗不放在上编第三部分"乐府·古风·歌行体等"中，而放在第一部分归于"其他"的做法。

　　诗无达诂，倒也不一定，将一首诗（词）的内容说得明白一点，当属可行。我相信诗常常并没有唯一的排他的解读。我宁愿设想更宽阔的解读空间、精神空间、联想空间、多重空间。我还重视古今中外诗人与诗的互通互动互文的可能。我重视读诗、话诗的敏锐与过人的勇气。

　　写诗是创造，有时是惊天动地的创造。阅读、话说、谈论，也是对创造活力的试炼与挑战。希望我们的谈论能激活我们的智能和趣味，为我们开辟宽阔与生机勃勃的、更加现代的精神空间、文学思路。

上编

诗话

五绝与其他

1 美丽中国的开辟曲

卿云歌

卿云烂兮，纠缦缦兮。日月光华，旦复旦兮。

明明上天，烂然星陈。日月光华，弘于一人。

日月有常，星辰有行。四时从经，万姓允诚。

於予论乐，配天之灵。迁于贤圣，莫不咸听。

鼖乎鼓之，轩乎舞之。精华已竭，褰裳去之。

这是一首上古诗歌，出自《尚书》。一般认为这首大诗是舜帝禅让予夏禹时君臣共唱的歌，是中国古代的赞美诗，是颂圣、颂君王、敬天、颂德，兼有政治、宗教、信仰、道德文化、礼仪形式意义的大雅之作。

先是虞舜领唱：彩云灿烂，舒展相连，日月光辉，一天又一天，光鲜更光鲜。

然后是众臣八伯的齐声和唱：上天是何等光明普照，星辰是何等繁多满天，日月之光辉，聚集在舜帝圣人之一身。

最后是舜帝的续唱：日月有自己的常规与变易，星辰有自己的行列与格局。四时更迭有序，百姓公允诚信。鼓乐齐鸣，显示天地和谐，神灵保佑。禅位圣贤，万众聆听庆贺。鼓声节奏动人，舞姿华美喜庆。功德圆满，精华已尽，我（舜帝）或将老迈衰竭，撩起衣襟，退离去也。

关于此诗的背景、本事，有人质疑《卿云歌》不是《尚书》中的原文，某些文句更像战国时代的无名氏之作。这不是我所能置喙的。我要说的是，它的气象之宏大伟岸，日月星辰之光明灿烂，健康、乐观、崇德、亲民、敬天、积善之正道，文句之齐整，尤其是起始四句，前无古人，后无来者，高可登顶，大及寰宇，再无出其右者。

它是美丽中国的开辟曲，它是美丽天下、美丽中国的世界观、人生观、价值观的颂词，它是中华文化的序曲，它是大气磅礴的中华颂！它是崇高光大的天地境界！它是天下为公的证词！它是薪尽火传、生生不已、承接有序、源远流长的历史长河洪波曲！

不是从文化史、文学史考证的意义上，而是从阅读的感染感动效果上，我愿意设想：《卿云歌》为中华礼仪盛典官方诗歌的开山之作！

② 曹操的黄钟大吕

观沧海

曹　操

东临碣石，以观沧海。

水何澹澹，山岛竦峙。

树木丛生，百草丰茂。

秋风萧瑟，洪波涌起。

日月之行，若出其中。

星汉灿烂，若出其里。

幸甚至哉，歌以咏志。

曹操（155—220）

字孟德，沛国谯县（今安徽亳州）人，三国时政治家、军事家、诗人。精兵法。善诗歌，有《蒿里行》《观沧海》《龟虽寿》等篇，抒发政治抱负，反映汉末人民苦难，气魄雄伟，慷慨悲凉。散文亦清峻整洁。

曹操的四言诗少而精，雄浑深沉，气象宏伟，自信自吟，黄钟大吕。

中国古典诗词，写江河、山水，远远多于写海洋的。曹操东行，走到了碣石山。"以观"，是说目的就在于专门去观看苍苍茫茫、深不见底、阔无边际的大海。曹操就是曹操，不以诗著称，而是以他的文韬武略、宏图大志，权威赫赫的地位与影响，阅历、学识、素养，绝非一般的分量，超高大上的气派，加上诗才的自然的与未必经意的流露，令千古折服赞美。哪怕有再多以汉代为正统的思想与民间传闻故事中泛道德论观点对曹操进行批评谴责，哪怕再将他的戏台角色化装成白脸奸臣，也推不倒抹不黑他屈指可数的几首诗。

曹操的四言诗是曹氏的软实力。某些时候，某种角度，人们会发现软实力就是比硬实力更强：诗词比战车与军马更难摧毁，文学比权贵尊荣更难抹杀，作品比本人更难封杀。

以此诗为例，首先是诗人的境界与力度，鲜有其匹。

观沧海，看到了什么呢？"水何澹澹"，水波荡漾。李白有句诗云，"云青青兮欲雨，水澹澹兮生烟"（《梦游天姥吟留别》）。"山岛竦峙"，石峰岛屿高耸，这是写海与大地的峥嵘面貌，展示有力度的地形。然后"树木丛生，百草丰茂"，这表现的是植物原始的、野性的、萌发性生长性的生命力的胀满。"秋风萧瑟，洪波涌起"，一下子从地貌联系到了天时，萧瑟的秋风吹过大地，海面从澹澹荡漾变成了潮涌浪起，天时振动了地貌，视觉所获与整体观感提升不知凡几。

于是进入高峰："日月之行，若出其中。星汉灿烂，若出其里。"乖乖，吟咏中诗人如交响乐队的指挥，稍一挥手、一变线、一拔份儿，整个天空山岛、日月星汉、寒暑静动、百草树木尽来此间，各尽其能，各居其位，宇宙天体的空间与四时风雨昼夜的时间，高高在上的天体与平铺眼前海面上的影像，全部入诗入韵。伟哉曹公！伟哉沧海！伟哉此咏！当然是"幸甚至哉，歌以咏志"。歌咏而见壮志豪情，灵感诗兴，气象万千。曹怀如海，曹诗如涛！讴歌天地人，感慨日月星，力透思深处，诗豪气如虹！

曹操的诗有一种给人生、给天地、给历史、给功业作结论的气势，全文五十六字，其中结尾八字是例行格式，诗创撰部分只有四十八个字，如碑如雕，如钢如凿，万古长存，永世屹立。

我们还从中看到了诗人的真身与诗文的互动，诗是写得真好，但如果不是曹操，而只是狂生、酸秀才、野心家的遗迹呢？也许就不会如此感人了。

短歌行

曹　操

对酒当歌，人生几何！

譬如朝露，去日苦多。

慨当以慷，忧思难忘。

何以解忧？唯有杜康。

青青子衿，悠悠我心。

但为君故，沉吟至今。

呦呦鹿鸣，食野之苹。

我有嘉宾，鼓瑟吹笙。

明明如月，何时可掇？

忧从中来，不可断绝。

越陌度阡，枉用相存。

契阔谈宴，心念旧恩。

月明星稀，乌鹊南飞。

绕树三匝，何枝可依？

山不厌高，海不厌深。

周公吐哺，天下归心。

　　面对美酒，应该尽兴咏歌。想想人生，能有几多岁月可说？生命像清晨的露珠，转眼就离开了我们。露水浸润的时间只是片刻，露水蒸发后无迹可查的时间，却要长久得多。慷慨激烈，人生的压力与愁烦，没有一刻能够忘记。除了美酒，又有什么东西能解除我们的压力呢？

　　读到这里，不要以为这是一个酒徒的咏叹调。不，他的忧与愁的结果不是消极悲观，而是赶紧生活，赶紧努力，赶紧建功立业、改天换地，做他应该做的、能够做的事。

　　这是一首畅谈自己的心情、表现自己经天纬地的胸怀，过去叫作抒怀，现当代叫作抒情的大诗。

喝起酒来，诗兴、歌兴，表达宣泄的兴致也就起来了。他想表现自己，他想感染他人，在诗中他追求的是以情志胜过平庸与局促，正像在战场上要以武勇胜过敌手的软弱无能，在纵横捭阖中以智谋压倒对立面的愚而诈一样，他的诗也确实是豪迈沉郁、志得意满、字正腔圆、高人一等、胜人一筹。

像曹操这样志在天下的大人物，在取得了常人不可能有的政治、军事成就以及权势、地位的同时，却又举步维艰，遇敌遇难遇险无数。志向高远的另一面是野心勃勃，却屡屡受挫，岁月不待，渐感紧迫，所愿所求远未成功。他的紧迫感、忧患感、挫折感、加劲感、思索叹息自我鞭策感……从多方压到了自己心上。

然后是为君沉吟，是欢迎嘉宾，表现了人主的招贤纳士、求才若渴。从个人的忧患破题，很快扯开了距离，开始信心十足、牛气冲天地谈自己的政治理想，让读者也透了点气。

在这种语境下感叹人生苦短，或有虚无主义的悲凉，这种悲凉几乎已经是那个时代众人众诗的统一调门。但悲凉也有不同的性质与定向对应选择，悲凉也可以有更多的正面理解，如毛泽东词中所言"一万年太久，只争朝夕"（《满江红·和郭沫若同志》），这是在加油加劲，决不灰心，决不虚无。大人物更要不断鼓舞，大人物更烦畏畏缩缩、萎靡不振。

"对酒当歌，人生几何"，"何以解忧？唯有杜康"，"君不见高堂明镜悲白发，朝如青丝暮成雪"（李白《将进酒》），"身世酒杯中，万事皆空"（辛弃疾《浪淘沙·山寺夜半闻钟》），"遣怀书共酒，何问寿与殇"（波斯诗人奥马尔·海亚姆的"鲁拜体诗"，王蒙译），还有感人泪下的林黛玉的"侬今葬花人笑痴，他年葬侬知是谁"（《葬花吟》），这些诗句在感伤人生之短促方面或有一致互文之处，但曹操毕竟有强度得多。曹操不是悲悲切切、抽抽搭搭，而是大大方方、爽爽快快。悲也有爽快的悲，大丈夫的悲，拿得起放得下、面对一切承担一切、不忘拼命、不忘大志、不忘豪赌的悲，与肝肠寸断、煎熬折磨、怨嗟委曲、哭天抹泪的悲的区分。

同样是对于生命短促的慨叹，也有可能成为人生的一种鞭策和鼓舞。短促就更要珍惜，更要尽力，更要有所成就、有所贡献。就像孔子，他讲完了"逝者如斯夫，不舍昼夜"（《论语·子罕》），搞的不是虚无主义，不是哀叹死亡阴影的逼近，而是"未知生，焉知死"（《论语·先进》），抓住"志学—而立—不惑—知天命—耳顺—从心所欲不逾矩"的必然发展程序，好好地努力。知其可，必须为，知其不可，还要为之！

于是再往下，一跃而起，"青青子衿，悠悠我心。但为君故，沉吟至今"。曹操的雄心壮志不仅是自己与一代牛人合谋做大事，而且是要培养团结下一代人。面对穿着学士服装的天下才俊，他招揽人才的大志悠悠然阔大久远。曹操的诗表现的是一副平天下、王天下、君临天下的姿态，他向下一代喊话，向莘莘学子喊话，向天下人才喊话、号召、动员、表白，摆出了吹号集结的统领姿态。他直接引用《诗经》中的"青青子衿，悠悠我心"（《诗经·郑风·子衿》）与"呦呦鹿鸣，食野之苹"（《诗经·小雅·鹿鸣》），寄希望于生机勃勃的下一代，寄希望于好学不倦的青年才俊与充满生命力的小鹿一样活蹦乱跳的新生代。

然后又扯开了一点，明月到不了手，愁绪除不了根，月明星稀，他曹某虽然如明月一样透亮清澈，但仍然无法形成一个辉煌灿烂的星空大世界，他的吞吐天地的伟业，仍然恍惚摇摆、难得定论、难得结论，未知伊于胡底。于是只好自己亮相正告，他的大志大智、大德大仁，比高山更高，比深海更深，他如周公一样辛苦勤政，终将获得天下人心！牛啊，曹丞相！

酒、歌、思、叹、学士服装、鹿、苹、月、星、鹊、枝，从形象到形象，从视觉到视觉，从心绪到心绪，从志向到志向，有联结，有跳跃，有随行（读háng）就势（不是"市"），有联想蒙太奇，最终成就了曹操的雄强自傲、深沉宏伟、忧患千钧的《短歌行》。

3 陶渊明的心远说

饮酒（其五）

陶渊明

结庐在人境，而无车马喧。

问君何能尔？心远地自偏。

采菊东篱下，悠然见南山。

山气日夕佳，飞鸟相与还。

此中有真意，欲辨已忘言。

> 陶渊明（365 或 372 或 376—427）
>
> 一名潜，字元亮，私谥靖节，浔阳柴桑（今江西九江西南）人，东晋诗人。长于诗文辞赋。诗多描绘田园风光及其在农村生活的情景，其中往往隐寓着对污浊官场的厌恶和不愿同流合污的精神，以及对太平社会的向往；也每写及对人生短暂的焦虑和顺应自然、乐天安命的人生观念，有较多哲理成分。其艺术特色兼有平淡与爽朗之胜；语言质朴自然，而又颇为精练，具有独特风格。

　　盖房子住家，我是与人众在一起，但是我这里并没有车来马往的嘈杂喧闹。为什么我的生活这样静谧清纯呢？我的心置放在社交生活的边缘，我的家也就不会成为交际的热点了。

　　自身闲适的时候，到东面竹篱下采撷秋菊。低头赏菊，抬头眺望远方悠然的南山。傍晚时南山气象幽美，鸟儿们飞来又飞去。

　　这样的景象似乎意味着真谛，意味着生活的理想与本色，我想对它们有所

東籬一荷鋤悠悠自
然鞠有黄花仰見
南山好友我遺清酒
如泉一舉如醉物我
忘言夫斯民也無懷
葛天　　晉昌唐寅

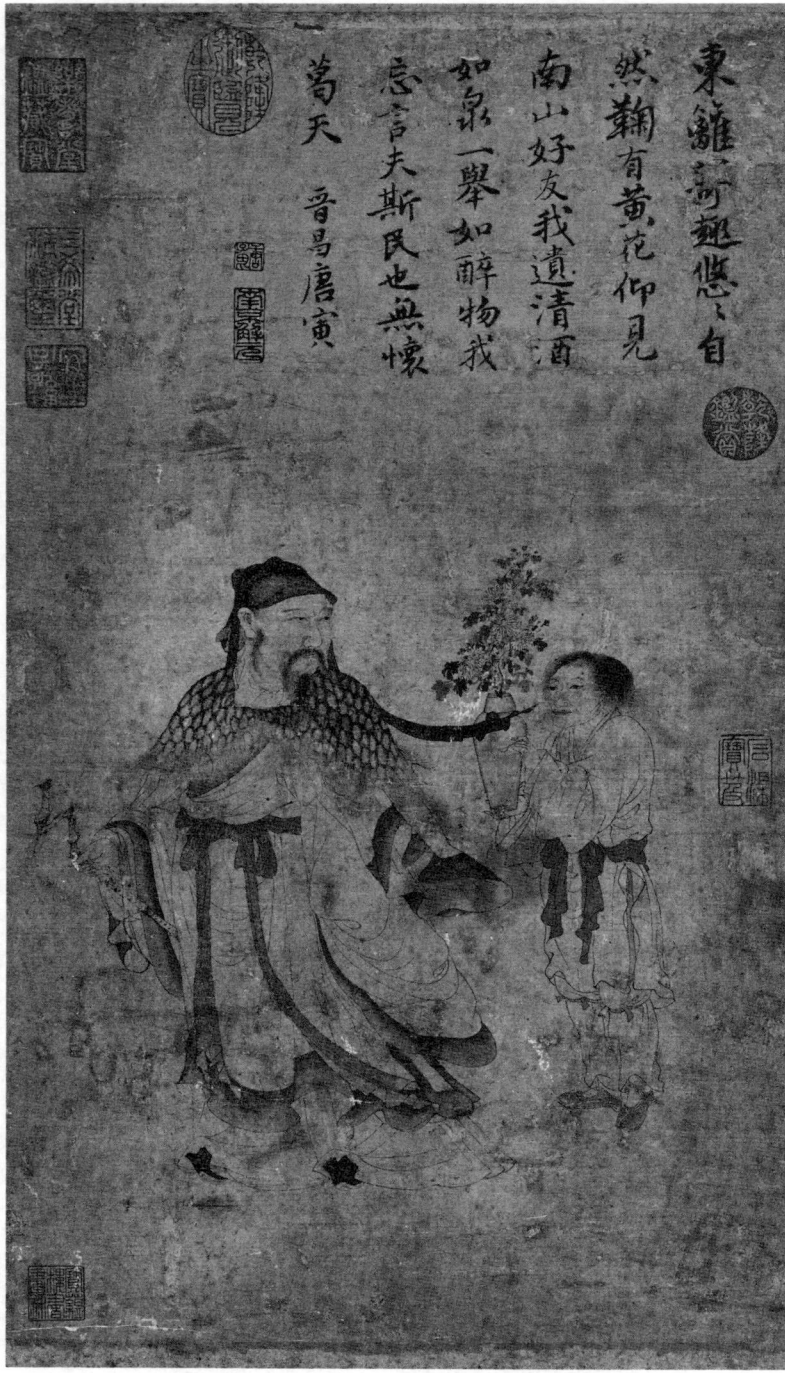

〔明〕 唐寅《采菊图》

辨识、分析、讨论、表达，却又不知道该说什么好。

也许听得到风驰电掣的法拉利，也许见到了价值二十八个半亿的"黄金跑车"，但它们不会到我这边的居民点来，来了也不会引起谁的注意，不可能带来什么变化和影响。我们的心里没有荣华富贵，我们的身外没有名牌时尚，我们只有自我的边缘化、疏离化与清净自如，我们只有自己的秋菊竹篱，更有一望无边的山峰山岭，在云中隐隐现现。

从山头那边飞来了一些鸟儿，你们是山与云的使者，你们怜惜山区的边民。你们又要飞回那悠然的深山高峰了吗？你们可注意到了采菊东篱的老者的笑容与欢喜？

住房在人间俗境，这是从俗从众，这里没有矫情与烧包，没有装模作样与秀清高出众的自我标榜。"无车马喧"，是超前的对噪声污染的预应和防御。对于陶潜来说，世道险恶，战乱频仍，礼崩乐坏，厚黑倾轧，危机四伏，他已经感同身受。陶氏选择了退隐做乡绅的道路。陶氏亮出底牌，不无自信：道行的关键在于心防，在于反求诸己，要做到不闹腾自身，不折腾自身，不吵嚷炒作，不秀自身，也完全不必拉拢他人、积攒社会信誉。篱下采菊，其美何如，其乐何如，其雅何如？

菊在篱下，花在眼下手下。南山可能在远处，高远了方有悠然山气；也可能在近前，平面距离不远，但山太大太高了，延伸宏远，望之不尽，望之无穷，望之入云，望之令人神游高空，望之悠悠然。

"东篱下"，是低调、务实、接地气。"采菊"，又不无书生的清纯高雅的自诩自慰和良民的与世无争。"悠然见南山"，是精神上的爬坡与攀登，是书生的理想主义。

如此悠然，又有亲切活泼、自由随意、轻松灵活的鸟儿飞翔往还。如此这般，人境山境，花境庐境，篱境心境，浑然一体。远社交而近天地，远车马红尘而近山峰飞鸟，近竹篱秋菊，近山气地气，近自身诗意。这是天人合一？这是心中有天！

本来就是分不开的嘛，何必强调合一不合一？采菊就是和谐，望山就是亲密，飞鸟就是来来去去，东篱就是世界，我心就是静谧。心如此平静，菊如此清雅，鸟如此从容，意趣如此天真，人复何求？生复何求？诗复何求？

④ 幼儿园的开蒙篇

静夜思

李　白

床前明月光，疑是地上霜。

举头望明月，低头思故乡。

> **李白（701—762）**
>
> 字太白，号青莲居士，唐诗人。其诗表现出蔑视权贵的傲岸精神，对当时政治的腐败作了尖锐批判；对人民的疾苦表示同情；对安史叛乱势力予以斥责，讴歌维护国家统一的正义战争；又善于描绘壮丽的自然景色，表达对祖国山河的热爱。诗风雄奇豪放，想象丰富，语言流转自然，音律和谐多变。善于从民歌、神话中吸取营养和素材，构成其特有的瑰玮绚烂色彩，极具个性特色和浪漫精神，达到盛唐诗歌艺术的巅峰。被后人誉为"诗仙"。与杜甫齐名，世称"李杜"。

这差不多是幼儿园孩子们学会的头一首古诗。对于当代人来说，中国的传统诗词就是从这一首妇孺皆知的、非常具有普及性大众性人民性少年儿童性的诗开始的。

一上来就碰到了麻烦，"床"说的是什么？

不争论。对于一般读诗人来说，即便"床"字的解读各异，也丝毫不影响对此诗的理解与喜爱，不影响将此诗倒背如流。我从小就认为"床"通"窗"，李诗说的是窗外明月。有持异议者说，在室内举头是看不到月亮的。这说服不了我，诗中说的是"明月光"，当然可以在窗前看到，并没有说看到月亮本身。

再者，谁说窗前月光之明亮必须封闭于室内观看呢？明月光在窗前，这可能是，也不尽是室内的感觉：举头，可以是打开窗户，探头望月；可能是月亮初升，与地面呈 45° 角，靠窗抬抬眼皮就看见了；更可能是先看到霜一般的月光满地，再开门出户，闲步室外，举首望去，自然该看得见的都看得见。将"床"说成井栏、井绳之类，也蛮好，谁也管不了、排除不了，那么，床到底是什么，不去管它吧。

无怪乎陶渊明"好读书，不求甚解"（《五柳先生传》），追求"甚解"，每每培养了呆子，转移了大方向，从而牺牲对全诗的理解、欣赏、感受、审美。

中国诗词中关于月亮有许多极美的说法：玉盘、玉兔、婵娟、天镜、素娥、冰轮、圆魄、桂宫、广寒、霄晕、皓彩……美不胜收。但此诗中直接写月的是"明月光"三字，下句"地上霜"又三字，两个词通俗、易解、直白，包括引车卖浆者都不会不明白，同时此六字简明响亮，好读也好记。

霜是雾的凝结，但是雾比霜似乎多了一点朦胧，"雾失楼台，月迷津渡"（秦观《踏莎行·郴州旅舍》），是一个高雅含蓄的美丽世界。霜也引起历代诗人的注意，如《诗经》中有"白露为霜"（《诗经·秦风·蒹葭》），李贺咏马有"夜来霜压栈，骏骨折西风"（《马诗二十三首·其九》）句，张继有"月落乌啼霜满天"（《枫桥夜泊》）句。霜在不无美丽的同时，又有寒爽直至肃杀的凉意，还是冬季将至的信号。李白平易自然地用大白话说，"床前明月光，疑是地上霜"，语言疑似童谣快板，其实不必疑似，大可不疑不思、顺顺当当地出口入耳，明明白白亮亮地引入心头。

然后抬起头看月亮，开始了最普通的抬头望月，这时，诗情、诗心、诗穴陡然一点一晃一弹窗，原来是叫作"低头思故乡"的深情涌起！

原来有那么多人离开了故乡，故乡只是存在于他们的思念中、乡愁中。因为种种原因，因为不得已，因为上当，因为被迫，或者并不因为什么，就糊里糊涂地离家离乡、离亲离友，离开了父老兄弟、爱妻老娘，流浪、奔忙、挣扎、冒险、豪赌，身不由己、有翅难展，在无诗的远方。

月亮又与故乡有什么关系呢？故乡开阔，"露从今夜白，月是故乡明"（杜甫《月夜忆舍弟》），故乡的明月、故乡的地上霜，比你床前窗前的这点霜地更辽阔遥远。故乡的月亮比外乡的圆，曾经在故乡与父老乡亲一同赏月、过中秋节，听嫦娥、玉兔、桂树、吴刚的故事……是的，故乡与明月之间，不一定有铁定的逻辑关系，而只可能是记忆的关系，是联想的关系，是情绪的关系。见到月光想起故乡，不但是空间的怀念，也是时间的念想，因为思故乡其实是思过往与故乡有关的各种记忆，是对时间的怀念，是对月光普照同样也照家乡的想当然，是未离家时的故事记忆，是可有可无的起兴关系。

前两句算是写景，后两句深深动情，前两句大致是静态，后两句已进入举头到低头的动态。简单的一个举头低头的动作，勾起思念，于是百感交集，怆然泪下。

因景生情，本是中华心理情感范式。李白树立了如此自然而然、无意得之的心理情感范式，谁能见明月而不思李白，思李白而不思故乡呢？谁能思故乡而不望明月、感星月、叹辽阔、忆念亲友和家乡的口音呢？

中国写月亮的诗文多了去了，或谓《诗经·陈风·月出》是咏月的首作："月出皎兮，佼人僚兮；舒窈纠兮，劳心悄兮。月出皓兮，佼人懰兮；舒忧受兮，劳心慅兮。月出照兮，佼人燎兮；舒夭绍兮，劳心惨兮。"从"月出"起兴，写尽美女的姿色与内心忧烦，后世数千年，没有哪个诗人敢在《诗经》前翘尾巴。

而李白写得如此放松，如此轻易，明白如话，浅显通俗。这样的诗句，如童语童谣，如天籁天成，如张口就来，人生感饱和！

⑤ 历史的遗恨

八阵图

杜 甫

功盖三分国，名成八阵图。

江流石不转，遗恨失吞吴。

杜甫（712—770）

字子美，尝自称少陵野老，祖籍襄阳（今属湖北），唐诗人。其诗大胆揭露当时社会矛盾，对穷苦人民寄以深切同情。善于选择具有普遍意义的社会题材，反映当时政治的窳败。许多优秀作品显示出唐代由开元、天宝盛世转向动荡衰微的历史过程，被称为"诗史"。在艺术上，善于运用各种诗歌形式，尤长于律诗，风格多样，而以沉郁为主；语言精练，具有高度的表达能力。继承和发展《诗经》以来注重反映社会现实的文学传统，成为中国古代诗歌艺术发展的又一高峰。宋以后被尊为"诗圣"。

诸葛亮的智慧与忠诚，成就了魏、蜀、吴三国鼎立的形势格局。八阵图的蜀汉军队布阵，彰显了诸葛亮的军事指挥权威与名声。"江流石不转"，或谓语出《诗经·邶风·柏舟》"我心匪石，不可转也"句，是形容诸葛亮对蜀汉、对刘备的忠诚；或谓虽然江水截流的大势有变化，虽然诸葛亮的智慧奔流澎湃，但整个蜀汉的弱势并没有因此产生有分量的转化。更加令人们谈起诸葛亮来感到痛惜的是，刘关张等未能贯彻诸葛亮联吴抗魏的方针，在对孙吴关系上举措失当，终成败绩。

对"遗恨失吞吴"的诗句也有歧见，或谓诸葛亮未能打败孙吴，遗恨在身；

或谓后来的蜀汉未能坚持联吴抗魏的方针,是遗恨即遗憾。如果从大处着眼,整个三国故事,留下的当然不是刘关张、蜀汉与诸葛亮的胜利纪事,也不是另外两国或其中一国的成功,杜甫诗写诸葛亮,又怎能不遗这些恨呢?

　　此诗寥寥数语,高度概括,写了诸葛亮的事业、品德、名声、艰难与遗憾。前两句大言惊世,三国鼎立的形势是诸葛亮辅佐蜀汉的成就——不借助曹魏与孙吴的对立,不可能有蜀汉的存在,刘备甚至不可能站住脚;它同时也是蜀汉的危局,它力量最弱,一直承受着被征服的压力。而八阵图成就的是名气,却不是对吴国作战时的胜利战功,这本身已经留下了大量但书的余地。后两句更是含义灵活,可以各有不同的解释。历史、人生、事业、是非,都是令人反复思索掂量的呀!

⑥ 空山深林之诗境意境

鹿　柴

王　维

空山不见人，但闻人语响。

返景入深林，复照青苔上。

王维（701？—761）

字摩诘，河东（治今山西永济西南）人，祖籍太原祁县（今属山西），唐诗人、画家。前期写过以边塞为题材的诗篇。以山水诗最为后世所称，通过田园山水的描绘，叙写隐逸情趣和佛教禅理，体物精细，状写传神，具有独特成就。诗与孟浩然齐名，并称"王孟"。兼通音乐，精绘画。北宋苏轼称他"诗中有画，画中有诗"。

从地理上看，中国海拔在500米以上的山地面积约占全国总面积的三分之二。中华文化中，有一种敬山、爱山、重山、寻山、入山的倾向。

"仁者乐山"（《论语·雍也》），"一生好入名山游"（李白《庐山谣寄卢侍御虚舟》），"登泰山而小天下"（《孟子·尽心上》），以山为神、封山为神，宗教名寺名观依托名山名峰，高士宿儒、待价而沽者自称"山人"，武侠流派、神仙故事、艺术大师、绘画作曲、中医中药等，都离不开山文化。白娘子为救许仙，也要上山采灵芝。

而空山，又是山的原装、正宗的初始化符号。王维的"空山不见人"（《鹿柴》），"空山新雨后"（《山居秋暝》），韦应物的"山空松子落"（《秋夜寄丘二十二员外》），奥妙灵动，悠游幽渺。"五四"时代的作曲家、演奏家刘天华，作二胡名曲《空山鸟语》。人们对空山心向往之，念念不忘。

王维此诗，前两句写"空山人语"。空，指山的空旷、原生、寂寥、脱俗、距离感、孤独感……"空山"中却响起了"人语"的些许生机。一有人语，温暖、红尘、亲切感与动态感便结合起来了。人间似在远处，空山却在眼下。空山的一切，清纯而不乖僻，活泼有趣而不掺和互扰，阔大而不空虚，回归自然，天人合一，有大美大智而绝无大言。

后两句写空山有道，有光，有景（通"影"），有返，有入深林，有复照，有青苔的原生态、初生态。从生物学上来说，苔藓是"一群小型的高等植物"，但用在诗里有它的初始感、原始感。

"返景"，读"返影"，"景"通"影"，这里是说夕阳走低，各种影子延长，影子伸展到深深的树林里去了。同时"返景（影）"毕竟不是与地面平行并无限延伸的，影子在夕阳光照下的延伸与地面形成的仍然是锐角，影子在夕阳光照下延伸着的同时，夕阳也映照在深林内外的地面青苔之上。光与影，不可分。

空山、夕阳、返景、深林、青苔，都是天地，是大自然，是天道。夕阳并没有舍弃渺小的青苔，照耀青苔的时候表现出了天道的亲和与平易。人语，当然是人间人事，是凡俗红尘，但由于距离的保持与山岭的阻隔，只闻其声而不见其人，于是，人语大大地脱俗了、抽象了、高雅了、多义了，它只提供声响，绝无俗事相扰，也就雍容大气，通向大自然的道性与神性，融合于空山、深林、夕阳与青苔了。

本来，人与人景，也是大自然所化育生长出来的，是"夫大块载我以形，劳我以生，佚我以老，息我以死"（《庄子·内篇·大宗师》）的一部分。人生的一切离不开自然，离不开天地。王维并不贬低人间与当下，同时愿意与凡俗保持一定的距离，用一种平和与干净的态度，与自然合一，与天道合一，与空山合一，与不见其人的人语合一，也与片刻出现的青苔合一。既可与万物合一，又保持自身的空山独处，淡定无思虑地过他的日子，写他的诗句。他没有李白的强烈激昂，没有杜甫的忧患深沉，从个人修养上来说，他算是另有道行。

也可以用电影镜头的概念来谈谈这首《鹿柴》：空山、人语、返景、深林、青苔，都是空镜头，都是诗人的主观镜头。而文学诗学艺术作品本身，文学诗学所观照与表现的世界包括主观世界，文学诗学所观照的生活包括精神生活，是第一性的，是超越性的，是高于文学艺术的技巧与规则的；诗人的感觉、憧憬、神思、情绪、迷恋，比诗艺诗才更重要也更根本。但中国古典诗词所依赖的汉语特别是汉字，又太丰富也太独特了，整整齐齐、长长短短（词也称长短句）、音韵节奏、虚实对仗、俗雅分野、平上去入、炼字炼意，都达到了炉火纯青乃至自足自美的境界，中国诗词自成一个文学世界、诗歌世界。进入不了这个世界，空谈热爱诗词者众矣；进入了这个世界，只会陈陈相因、因循守旧，你引我的、我用你的，大同小异，天下诗歌一大抄者，亦多矣。以至于鲁迅有言，"一切好诗，到唐已被做完"。笔者在这里强调一下中国诗的本体与内容，诗人的个性与创造，也许不是没有意义的。

王维的另一首诗，名《竹里馆》。

竹里馆

王　维

独坐幽篁里，弹琴复长啸。

深林人不知，明月来相照。

一上来就是古典诗文中常见的"独"字，令人想起柳宗元的"独钓寒江雪"（《江雪》），王士禛的"一人独钓一江秋"（《题秋江独钓图》），周敦颐的《爱莲说》（周氏先说是"晋陶渊明独爱菊"，再说自己"独爱莲"），李后主的"无言独上西楼"（《相见欢》），而陆游的"已是黄昏独自愁，更着风和雨"（《卜算子·咏梅》），孤独感、压抑感更加强烈。

古之诗人学士，仕途不顺，更不用说李后主这样的亡国之君，诉苦式地写写自己的孤独，不足为奇。钓雪、钓江、钓秋，则着眼于表现自己的特立独行、清高不染，独处天地四时，自诩多于自叹。王维与他们都"独"，但心态不同，王维知道自己的孤独，认同孤独，平静于孤独，安稳于孤独，漠然陶然于孤独，却并无对俗世的厌恶。他愿意与仕途、官场、社交保持距离，自己坐在幽幽深

〔明〕 朱端 《月下墨竹图》

深的竹林里，弹琴奏乐、慷慨长啸，自我欣赏、自我发散、自我安慰，以月为伴、为友，复有何忧，能有何愁，更有何求，岂有怨仇？

除了"独"，诗中还有"幽""深""不知"等偏于消极冷落的字词，但同时有"弹琴""长啸""明月""相照"等语，有行为，有所平衡互补协调。

"深林"一词在前一首诗《鹿柴》中也有出现。深林、空山，是王维甚至是中国古典诗词喜用的诗语诗境，是自然范畴，更是诗学美学范畴。

人到了竹林幽坐，无人知之，拨动琴弦，吼叫天地，像王维这样，能佛、能诗、能琴，也就如此了，别无大志，绝无野心，无意夸张造势、张扬混闹。他并非成功人士，也就少有挫败风险，并不混世，似乎无争亦无大咎，行啦。

《红楼梦》里，林黛玉给香菱讲诗学，排列的次序是王摩诘（王维）、老杜（杜甫）、李青莲（李白），黛玉称之为学诗的"正道"。这代表的是曹雪芹与那个时代的主流诗学观念，却不像林黛玉的诗学观念。读黛玉诗，颇有佳句，但毕竟格局有限。她的最佳作品《葬花吟》，写得寂冷发烧，许多语言刻骨铭心、疾首痛心，但来回来去仍然是那几句对落花与花落的狂悲。她给香菱的诗教，做到了守正大气，而她的创作，却并不完全是她宣示的路子。

寻隐者不遇

贾　岛

松下问童子，言师采药去。

只在此山中，云深不知处。

> 贾岛（779—843）
> 字浪仙，一作阆仙，范阳（治今河北涿州）人，唐诗人。其诗喜写荒凉枯寂之境，颇多寒苦之辞。以五律见长，注重词句锤炼，刻苦求工。其诗在晚唐、宋初和南宋中叶颇有影响。与孟郊齐名，有"郊寒岛瘦"之目。

这像一个"小抖音"，但比现时的抖音不知高雅、含蓄、深邃、耐品味、耐咀嚼、耐想象、丰富凡几。

"松下"云云，已有仙气。童子可能是晚辈，是小厮，是无关的小孩子。

问其师——师傅、老师、师长、大师、法师在哪儿，小孩子说是"去采药了"。其师多半不是专业药农、药剂师、医药师。君子不器，出山入山，出世入世。专业技工没有多少品质与滋味，更吸引人注意的不是他们，而是大儒、佛道人士、半仙之体、有慧根正觉的天才贤士才子。贤士雅人来到深山，半是采药，半是寻仙，半是访友，半是济世，半是游山赏云觅林，追逐灵感天机，自娱自悟。而所讲的"山中"，可能是群山、深山、高山、密林之山。山中无限，山路无穷，天外有天，山内有山，洞内有洞，路外有路。云深隐山、隐洞、隐路、隐己，奥妙精深。

全诗浅显、单纯、朴素，是童子语、童子心、童子状，没有装模作样，没有故作高深。这样的文本，眺上一眺，求解其意，已得其趣，可深可浅，可浓可淡，可有话要说，可无需多嘴，有一种诗语的自由顺畅，解读它或根本不去解读它，皆可满足于一触即了的自由直觉心态，实则浅而入深，意味隽永。

贾岛其人，他的"推敲"掌故远比他的诗更有名，以致贾岛自己的故事妨碍了自己诗作的知名度。

其实，"僧推月下门"或"僧敲月下门"（《题李凝幽居》），并不值得那样呕心沥血地沉湎分析选择。所谓"吟安一个字，捻断数茎须。险觅天应闷，狂搜海亦枯"（卢延让《苦吟》），所谓"二句三年得，一吟双泪流"（贾岛《题诗后》），固然写出了对于诗作的精益求精，但仍然流露出搜索枯肠的窘态。如果你读读屈原的《离骚》，读读李白的《将进酒》，读读杜甫的《茅屋为秋风所破歌》，读读白居易的《长恨歌》与《琵琶行》，你理应更能体会到真正的诗心汹涌、诗情澎湃、诗语喷薄、诗兴涨溢、诗才惊天，体会到诗人的快乐与自信。与一味苦吟相比，无可比拟的诗势、诗能、诗胆与诗力，更值得歌颂、羡慕、欣赏、赞美。当然，貌似天生，貌似得来全不费功夫，不等于可以侥幸，不等于不付出极大的努力。

贾岛的《寻隐者不遇》这首诗还是不错的。另外他的《剑客》一诗也出人意表。

剑 客

贾 岛

十年磨一剑，霜刃未曾试。

今日把示君，谁为不平事？

此诗略嫌有表演感，但毕竟读之一惊，心气为之一振，非等闲因袭、有之不多无之不少的庸人之作。

"十年磨一剑"云云，在特定的历史年代还演变成了"十年磨一戏"之说。诗可以为历史、为人生、为人类经验命名，为思维与表述创建不同模式，可以恰中十环，可以歪打正着，可以曲为解释，可以张冠李戴。"十年磨一"是一例，毛泽东同志用"无可奈何花落去，似曾相识燕归来"批修，预言修正主义者造成的从此走入绝境、再无回旋余地的绝大危机，更是神奇一例。而他以"折戟沉沙"来命名"九一三"事件，似乎无意中暗示了这类凶险事件古已有之，诗已言之，语已谶之，于是起了某种降温淡化作用，也是诗话奇葩，是一种大人物的处变不惊、不改其风流潇洒的姿态表现。

答 人

太上隐者

偶来松树下，高枕石头眠。

山中无历日，寒尽不知年。

> **太上隐者**
> 唐代的隐士，隐居于终南山，自称太上隐者。

贾岛的诗是寻找一位隐者却没找到，看来斯隐者确实难找。而本诗的作者自称隐者，并且是又"太"又"上"的最高端、最伟大、最隐蔽、最得道的隐者，是个大胆放嘴炮的隐者呢。

偶然来到了一株通灵的古松之下。古松的挺拔、长青、清奇、雅静、高寿、松香、松塔、松菇、站位，已经很不凡俗、很有灵气了，更有灵气的是"偶来"。不是特意来，不是非要来，你可以说是他来到了伟大古老的松树下，也可以说是灵异的松树来到了隐者的面前。

为什么强调"偶来"呢？偶然来了，就是无为、顺其自然，隐者自隐，仕者自仕，成者自成，失者自失。

"高枕石头眠"，更妙了。高枕无忧，高枕为乐，高枕无虞。还有"高卧"一词，仍是高枕之意。高枕石头眠，在技术操作上恐怕有问题。石头太硬、太凉，形状少有适宜做床位或做枕头用的，且石头传热太快，睡久必伤，很难以石头为枕席，在石头上酣睡，更不要说是高枕石头睡大觉了。在石头上酣睡，见道行，见功夫。

吟诗的太上隐者更是与众不同，没有说他进行过什么超常苦练，但他与山石、松柏、云雾、鸟兽、花草、寒暑、昼夜俨然一体，石头就是他的生存环境，他的"场"，他的行止所依，也就是他的枕席，他的房舍，他的天然的七星级宾馆。他与大块合一，与天地合一，与日月星辰合一，与草木合一，与石头合一。列子早就说过，道行到了家，水里不沉，火里不燃。苏联卫国战争名曲中也有这样的歌词："我们在火里不会燃烧，在水里也不会下沉。"

底下更发展一步，"山中无历日"。什么意思？他不需要知道春夏秋冬、阴阳寒暑，不需要知道年月日，更不需要知道星期：上班下班、周末度假、祈祷祭奠、事君事神事祖先，都没有他的事；他没有日程，没有任务，没有完成，没有耽误，没有功过，没有优劣。

他没有历日即时间带来的匆迫感，没有时间与年龄的压迫感，没有对于寿夭的感伤与恐惧，没有对于生命的忧心忡忡。最多与松树、石头为伍，知道个冷热，知道冷极以后天气会慢慢转暖，寒冷过一阵子会渐渐消失，何需对年载的感知与计算、思考与哀叹呢？

这里有一种天真的非文化主义、非进化论：文化智能，增加了人追求幸福的能力，也增加了人际关系的复杂性、危险性与多方焦虑的可能。正像成人会时时回想留恋自己童年时的天真无邪一样，人类也会怀旧，憧憬"童年时期"的简单纯朴。早在东周时期，孔子已经慨叹自公元前700多年以来，礼崩乐坏，世道不如唐尧虞舜夏禹文王武王周公时代了。庄子则干脆认为从黄帝轩辕氏起，就创造了一胜一负、胜者王侯的零和模式，已经是人心不古、世风日下了。

难以做到也罢，可以遐想，可以设计，生活可能"偶来"全然不同的机遇，无历无日使你活得不慌不忙，世界在此诗二十字中似乎可能变成另外的样子。

诗是生活，诗是梦想，诗是亦有亦无。诗是纪实，也是幻想曲，是火花，是酝酿悠久后"偶来"灵感，仍然是神州大地的美景、美文与美意。

顺便带一下"货"，我有一篇写城市郊区农村生活的短篇小说，名《山中有历日》。

秋夜寄丘二十二员外

韦应物

怀君属秋夜，散步咏凉天。

山空松子落，幽人应未眠。

韦应物（约737—791）

字义博，京兆万年（今陕西西安）人，唐诗人。其诗以写田园风物著名，寄情悠远，语言简淡。涉及时政和民生疾苦之作，亦颇有佳篇。

中唐诗人韦应物此诗，同样热心于空山之景、空山之环境，还有对进山隐居、修道修行的朋友丘二十二员外的想念。

秋天的夜晚，给人以清凉爽快的感觉。感受着秋夜的平静与暑气已散，感到了一点正在萌生的寂寥与些微清凉，韦应物想起了丘员外，想象着朋友在深山空山中的感觉。

原生态的空山，空气一尘不染，而秋季到来，天气渐凉，更增添了空旷爽快，此时散步吟咏，怀友思文，正当其时。

"山空松子落"，是非常精彩巧妙的一种对于季节、环境、静态和动态深度化与哲思化的想象和描摹。空山不空，而有古松，古松云云，本身就是自然、道行、安宁、芳香、悠久、苍翠、佛法、高士、脱俗、隐蔽的符号。空山有道，空山有灵，空山有了悟与诗学。幽深静谧之中有松子自行落下、飘然落下、不期落下，这是秋季的成熟与收获，是松树的繁衍与传承，是大自然为雅人高士提供的无烟火气的滋养修道的上品空镜头。松子自然落下，不是惊动打搅了空山的宁静，反而是加强了空山的空灵感、纵深感、清幽静谧感与大道在手在心在身在山感。

到了韦应物这里，松子一落，空山就是庄子的虚静，就是老子的无为，就是庄子的道枢，就是松柏的常青，就是秋夜的爽洁，就是凉天的清净，就是吟咏的诗行，就是散步的从容与文明，就是友情的亲切。这也就是"蝉噪林逾静，鸟鸣山更幽"（王籍《入若耶溪》），也可以说是"（松）子落山益静，山空念更深"吧？

此诗最耐人寻味的是诗人对好友丘二十二员外的生活的推测设想。幽人，有点类似隐者，又与隐者各有侧重。员外，则是在"编制""职数"以外。好友生活在相对幽深的山林之中，却与太上隐者虚拟的"高枕石头眠"大异其趣，那个是高枕而眠，这里是"幽人应未眠"。为什么人在空山中、在松树下，听到或者看到、想到清香的松子随时下落，偏偏未眠、不眠乃至失眠了呢？

有关资料说丘二十二员外系指韦应物好友丘丹，他进山是为了修道。于是这里出现了悖论：道家和佛家强调的是空无虚静，似乎"高枕"比"未眠"更近道、近天、近禅。但佛陀也是经过苦思冥想才"觉悟"了的，"觉悟"一词本来就是佛家用语，觉悟出于思想，是否也出于睡眠即不思想呢？

真正的大道，应非"常道"。佛法要求看破一切，破执（着），包括需要看破佛法本身。还有什么可不眠未眠的呢？

怕的是再深入一步。难道一个人不需要看破眠与不眠吗？不少失眠症患者、神经衰弱者、焦虑症与躁狂症患者，不正恰恰是病态地执着于关注自己的人吗？

哈哈，这位幽人丘二十二员外，他是人不空、心不空、虑不空。松子悄悄落下，他的心潮并未随之下落，他还有所忧愁，有所惦记，有所期盼，有所烦闷，有所苦思冥想。他不是一般的隐者，他可能并没有做到真正出世，他在平静的空山中，在高耸的松树下，在松子下落中，仍然摆脱不了对于天道大道的渴求，实际上可能是摆脱不了非道、无道、逆道等诸多因素带来的烦恼与执着。

其次，此诗是针对好友丘丹的，但针对一人之诗，用语言文字表现出来，是现实生活与情愫的符号化，是个人动机动因的一个飞跃；用美好的诗句表现出来，是符号的艺术化、文学化、诗化，是诗人内心世界的第二个飞跃。语言、文字、符号、艺术、诗，一旦完成，就不仅是实人实事实时实景实情，而是一种概括。此诗令人联想：在幽静空灵的环境中，为什么还有幽人的不眠？

"怀君属秋夜"，是人心与天时的互动和谐；"散步咏凉天"，是人的行为与季节气候的一体；"山空松子落"，是地面、山丘、松树与四时的集合动态；"幽人应未眠"，是诗的对象、诗的主人公的某种不安、不忘、不那么顺当。安中有不安，夜中有不眠，幽深有思虑，怀念中记惦。空山里捡拾松子的员外，应该有未了的心思。

诗人韦应物是"双肩挑"的官员兼诗人。"未眠"句似有某种保留与关切。道法自然，人不必为具体的一日之得失而思谋，更不必为终极的比天还大的概念之神"道"而不眠。然而，如果你是躺下就眠，沾枕头即眠，如果你从未有不眠、失眠的经验，你又能有什么关于眠与不眠、安与未安的思绪呢？

独坐敬亭山

李　白

众鸟高飞尽，孤云独去闲。

相看两不厌，只有敬亭山。

大量的鸟儿，已经高飞不见，孤独的云朵，也不慌不忙地飘走了。陪伴着我，与我久久相望、沉静相对、互不感到疲倦与腻歪的，只有敬亭山了。

将整个大自然，将山与鸟、云、人，都看出生命、看出感觉、解出诗意与哲理意味的，是此二十字诗。此诗体贴着万物的动态、静态与互动，还有物我互动，散步、吟咏、怀念、想象，还有厌与不厌的比较体悟、假设想象中的互动与无互动。

人的一生是互动的一生。你在山中，山在你心中。你拜谒长上，长上接见你。你夤缘时会，肯定时势接受了你也有了你的用场，成全了你也戏耍了你。你遭诬陷，必是恶势力妒恨你，有恶势力妒恨于你，肯定是你的存在、你的行为威胁到了恶势力。鸟在你眼前飞过，对于你是转瞬即逝的，却也给你留下了众鸟高飞的难忘的印象与记忆。云在你眼前飘逝，云没有在乎你，你不在乎的则是云的不在乎，你甚至比较鸟、云、敬亭山，你设想山不厌你，你不厌山，鸟或厌人，云或厌己。

李白面对着宣州（今安徽宣城市）的敬亭山，先是发现一群鸟儿忽隆一下高飞不见，然后是一朵孤云慢条斯理地飘移而去。也许李白本来想多看一看，多欣赏一会儿云与鸟儿，但是无论是性急的、一哄而来又一哄而散的高飞群鸟，还是懒洋洋的、不知不觉地平移而去的孤云，它们都没有耐性与诗人多对视一会儿，多交流一会儿，多相互感应一会儿。你自以为并没有对众鸟、孤云厌烦思迁，你并没有觉得它们无趣焦躁，那不就是它们对你不感兴趣了吗？一个是忽隆失联，一个是缓缓消逝，你爱看鸟，你爱赏云，你对自然界的一切存在有所欣赏、留恋，可惜人家不见得对你有什么情意啊。

只有敬亭山不一样，你注视它，它静静地接受你，让你尽管看下去。看了十分钟，没有关系，再看半个小时吧，不行就更久地看下去。高看低看，左看右看，到底好看不好看呢？敬亭山不会高飞，不会独去，不会脱离你的视线，不会稀释踪影于无际，不想与你失联，这样的耐性不就是想看可看与从不厌吗？不就是两情相悦吗？不就是大自然的恩惠吗？不就是人与世界、人与天地、人与鸟兽草木的互动互怜互喜互忆互慰吗？

人生在世，能有几次与自然万物相亲相逢相知的感觉呢？这不正是人生的一种喜悦与幸福圆融吗？

世上万物万事如此，有的来去匆匆，瞬间消失了踪影；有的瞬息万变，五光十色，热一回二十分钟；有的踏踏实实，百年依旧，坦露胸怀，相看不厌。从万物之灵的人的眼光，特别是诗人的眼光看来，以人心来感受万物，将会赋万物以生命，赋万物以知觉，赋生命以记忆，赋记忆以文学的悠久与动人。于是，李白赋敬亭山乃至山上的鸟与云以永远的人间形象与魅力，也是赋自己与自己的诗以敬亭山一样的永远的形象与魅力。

诗有什么用呢？诗以想象和假设给了万物与自己另一个生命，或嫌缥缈，多少能可意而长存。

⑦ 登楼酣睡都是诗

登鹳雀楼

王之涣

白日依山尽，黄河入海流。

欲穷千里目，更上一层楼。

> **王之涣**（688—742）
> 字季凌，晋阳（今山西太原西南）人，后徙绛县（今属山西），唐诗人。其诗善写边塞风光，意境雄浑，多为当时乐工制曲歌唱，名动一时。

光亮的太阳依山而降落难觅，黄河从这里流入大海。想看得更远更多一些吗？那么，您请，请再登上高一层的鹳雀楼去吧。

接触此诗，如见到一位国画写意大师，或一位西画表现主义巨匠，拿着真正的如椽大刷子（英语用"brush"即"刷子"来翻译我国的毛笔），左一挥，右一道。一个歪歪斜斜、砍去了半拉的太阳，一座飘在半空的山峰，一条曲折而又澎湃涌动的大河，还有远方的似空白却仍然动荡起伏的大海，小小的却也高耸入云的鹳雀楼……一切的一切，偌大的世界，一挥而就。气魄可以与"卿云烂兮"（《卿云歌》）、"君不见黄河之水天上来"（李白《将进酒》）、"大江东去"（苏轼《念奴娇·赤壁怀古》）相媲美，而其内在的完整、丰富、雄浑、堪称绝顶。

而且王之涣此诗越来越在今日中国脍炙人口，"更上一层楼"的伟大提法，完全符合如今的时代精神，它已经成为政治眼光、"三观"向好、外交智慧的标准用语。中国人在使用概念、逻辑分析上喜欢用演绎法远胜归纳法，从最根本的大道、天命、仁德、礼义、历史规律、基本原则等大概念出发，演绎、延伸、推断，得出具体事物上的高屋建瓴、势如破竹的判析和结论。

我们需要提高、提高、再提高，远见、远见、再远见。眼界开阔了，境界宏大了，站位提高了，于是天地万物皆入我心，才能成为出类拔萃的人杰英雄，才是出类拔萃的情志、出类拔萃的国家形象。而诗是言"志"的，志高诗方高，情伟诗亦伟。王之涣此诗既是天地的客观观照，又是人杰们将一切尽收眼底的、很有鼓动力的、在中国叫作达到天地境界的概括性金句诗。

笔者有时也喜欢尝试逆向思维：首先，我觉得应该认同"欲穷千里目，更上一层楼"，绝对如此。但同时，人们除了凭高望远、"穷千里目"的"欲"以外，还有别的愿望与需要，还有别的"须知"与"有待"。如欲知民心意、欲知根与源、欲知隐情状、欲解真症结，您却必须"更下一层楼"，要到基层去，到工农大众中去，到艰难困苦的一线工作中去，到各种"有为"中去。庄子泄露了天机：上可以无为，下必须有为。

我不能确定作为边塞诗人的王之涣在此诗作上，有多少教化官员精英与自我教育的自觉追求，相反，此诗之所以引起数千年的关注，首要在于写景，写气势，写辽阔，写天地境界，写空间与大地山河。

他直接写了的是建筑，是楼，是人的登楼，但他更注重的是在楼的高层欣赏到的大地形象、宇宙景象。楼是为了看，看的条件在于有一定高度。他感慨于夕阳、高山、黄河，以及想象中的海洋、大地，他设想着更高端、更宏大的景色，他想象着千里远眺的"穷"其实是无穷，进行的是一种形象思维，一种直觉的对于高大宏远境界的期盼与跟进。

对这样的诗性形象思维进行分析评判，追究王之涣此诗的论点、结论、真伪、优劣，也许还会面对一些含糊的和不完全充分的地方，但它毕竟不是论文，更不是集议、朝议、廷议，读诗者在乎的是诗的气势，它的感应、它的境界、它的感悟、它的精神向度，恰恰是一般的理性思维难以望其项背的。

至于笔者的上楼下楼之说，聊供一笑。

春 晓

孟浩然

春眠不觉晓，处处闻啼鸟。

夜来风雨声，花落知多少。

> 孟浩然（689—740）
>
> 襄州襄阳（今属湖北）人，唐诗人。其诗情怀真率，清淡幽远，长于写景，多反映游历及隐逸生活。诗与王维齐名，并称"王孟"。

　　这差不多是我人生头一首吟读与背诵下来的唐诗，是童年时首次感到唐诗的亲和与趣味。

　　"春眠不觉晓"，太对了。早晨恋枕难醒来，其实很大程度上是由于冬去春来，昼渐长，夜渐短。日出而作、日落而息的农人，渐渐因春季的到来而减少了酣睡时间。春天，渐渐早至的扰人清梦的破晓，日益为人们所觉察、所在意。冬季，早晨七八点钟才天亮，而到了春季，六七点钟天已大亮了。同样的天亮，不同的时间，引起了缺少计时习惯与设置、缺少现代的钟点意识的人的不同反应。人们反过来发现与自责的是自己的春困，老老实实地总结出"春眠不觉晓"的惭愧心态。睡懒觉成了春季的特征，这不是很有趣、很谦逊、很责己吗？这样的诗何等通俗质朴，贴近生活，贴近百姓，贴近日常啊。

　　然后，"处处闻啼鸟"，妙极了，一片嘈杂、一片生机、一片春意、一片活跃。寒冬渐远，万物萌动，树木发芽，花蕾含苞，春风和畅，众鸟飞翔，栖息树上，你唱我和，其乐何如？也许睡懒觉的人受到了众鸟的干扰？当时受干扰，可能讨厌鸟儿，起来之后，想到自己是被人们喜爱的鸟儿们催起来、叫起来的，不是也会欣然一笑吗？

　　鸟鸣，是春的符号，春的苏醒，春的砥砺，春的催促，春的召唤。

　　接着回顾夜间睡梦中的风风雨雨。注意，不是直接的风雨在场感受，而仅仅是风雨的音响、音频、印象。听到风就是雨？这常指得到一点不确切、不充分的风声、信息就信以为真，受到干扰刺激，并胡乱作出反应举措，中国文化对此是不赞成的。但这里孟氏写的是迷迷糊糊中听风知雨，感受到夜来风雨。

掃却硯塵来翠色無
吹玉笛亂春心家憐鴬
燕風前語可憶西湖舊
緑陰 庚申夏王南田壽平
水村春晓
倣徐幼文

〔清〕 王翚 《水村春晓图》

一个"声"字，可能给真正的风风雨雨打了点折扣，至少不算是亲历亲见亲闻了什么暴风骤雨。

花落知多少？雨情花情，天时地利，有所惦念，有所挂牵，暂付阙如，存而不论，并无伤春悼花、哀雨怨风之意。孟浩然夫子很客观，他能接受，也能理解，大自然的春、晓、鸟、鸣、风、雨、花、落，都是常事，都是自然而然的。

唐代诗人王建的宫廷诗中有句"自是桃花贪结子，错教人恨五更风"（《宫词一百首·其九十》），可以说是回应人们对落花的同情与对风雨的抱怨。不知道抱怨"风刀霜剑严相逼"（《葬花吟》）的林黛玉，如果读了王建的这两句含有生物学与弗洛伊德命题，并且强调"内因是变化的根据"（毛泽东《矛盾论》）的诗，会作何反应。

中国古典诗词的概括性、符号性、泛述性、可发挥性不容低估。20世纪人们总结文艺生活的历史经验的时候，确有不知凡几人次，用"夜来风雨声，花落知多少"的说法讲到文艺生活中的某些粗暴抹杀现象，这恐怕是诗人孟浩然完全想不到的了。

相当概括地写天时天气，写生活起居，写自然变化，写时空见闻，写各种常态常貌常事，这是《诗经》留下的传统。正是在日常的生活中，人们发现和体悟了天道与诗教，发现和体悟了中华生民的质朴、和谐、达观、顺势、容受、善良、亲切、淳朴。读这样语气平和、题材日常，无悬念、无刺激、无夸张、无激越，有关怀、有善心的诗，也许你会另有一种被说服、被舒展的感觉呢。

登楼远眺，穷千里目，是好诗；酣睡贪眠，惦记落花，也是好诗。诗可以兴观群怨，诗可以躺平良善。

8 边塞美学

哥舒歌

西鄙人

北斗七星高，哥舒夜带刀。

至今窥牧马，不敢过临洮。

> **西鄙人**
>
> 唐朝西北边地之人，生平姓名不详，开元天宝年间在世。因著有《哥舒歌》而留世。

一上来"北斗七星高"，夜间了，北斗星高悬天空，一副旷野的感觉，不是长安都城，不是村镇，不是邻里街坊，与非边塞的内地的一般诗境完全不一样。

哥舒翰将军深夜佩带着军刀出现了。他戍边守土，是赫赫有名的大将军。他不仅枕戈待旦，而且武装巡查，不仅是一级备战，而且临战眼前。他防的是吐蕃的滋扰。

哥舒翰将军骁勇善战，使心怀叵测的蟊贼们闻风丧胆。长期以来，一些不规矩的吐蕃人，偷窥着正在放牧的马群羊群，或胡思乱想，或有不轨心思，却不敢逾越临洮地区的无形红线。

这首五言绝句，有一种密不透风、层层加码、力度不凡的特性，有一种在戏曲音乐上称作"急急风"的锣鼓点节奏。

"北斗七星高"，体现严峻的、非常态的时间与隐性空间特色，甚至令人想起"月黑杀人夜，风高放火天"（元怀《拊掌录》）的惊心动魄的名句。五个字，生死存亡的语境随诗而出。"哥舒夜带刀"，注意，不是戴花翎，而是佩带着实战见红的兵器，于是，战斗的气氛、战斗的重器、战斗的坚决、将军的威风八面，全显示出来了，可称军威雷霆万钧。"至今窥牧马"，作为骚扰方、劫掠方的蟊贼们一面偷窥，一面却"不敢过临洮"，其"窥"如偷如贼，心虚意乱，他们早就被哥舒翰将军和他的刀吓破胆啦。

我至今不能完全理解冷兵器时代将军的品质与指挥方式。现在，将军就是指挥官，不需要也很少有将军和士兵一对一地对战。而在冷兵器时代，将军地位再高，似乎也不能摆脱前线厮杀的活计，将军的地位是通过比武比出来的，是一对一杀出来的，将军必须带头挥刀杀敌，以一当十当百当千。太惊人了！

敌方的被震慑是一个相当长期的历史过程，所以后两句诗有一个重要的时态状语："至今"。什么叫至今？已经过去的是"早就"，而"至今"仍在延续。偷窥者本来是要做点无礼的、失态的、不规矩的事的，但哥舒翰将军的实力保了一方平安，保了中原唐室威严。

不多，这样有力度的、痛痛快快的小短诗。

塞下曲

卢　纶

月黑雁飞高，单于夜遁逃。

欲将轻骑逐，大雪满弓刀。

> 卢纶（约742—约799）
> 字允言，河中蒲（今山西永济西南）人，唐诗人。诗多送别酬答之作，也有反映军士生活者。为"大历十才子"之一。

此篇有一种紧张性与厮杀锣鼓点儿。"月黑雁飞高"，与上一篇"北斗七星高"可以相媲美。"北斗"说，多了一点对哥舒翰名将的敬意，而"雁飞"说，多了一点立体感与匆迫动态感。

诗题中的"塞下"，其实也可以称为"塞上"，都是泛指边塞地区，我个人的感觉是"塞下"似乎比"塞上"更具体、更接地气。塞外游牧民族的首领单于，在一个历史时期曾经是中原百姓生活的某种致乱因素，这种"乱"现在回顾起来可以说是中华民族的内部摩擦。

此诗与西鄙人的《哥舒歌》比较，后两句多了一些宏伟的妙趣，火热的严寒，边塞气象的惊心动魄与另类潇洒风流，相反相成的环境氛围。"欲将轻骑逐"，要派轻骑高速追杀兴风作乱的头子单于；"大雪满弓刀"，言语一转，从大战斗厮杀中跳出来了，于是，"国防文学"兼有"风花雪月"文学了。当然，它也同样与军事挂钩，就是说，赶上的是漫天大雪，冷兵器上负载着大雪的肃杀与沉重。

"轻骑"的含义不在于轻，而在于迅疾、机动、难防难测。大雪沾一点在弓箭刀剑之上，不可能成为什么累赘，增加多少辎重，但是想象力加上边塞特殊的大雪暴雪，如李白所说的所谓"大如席"的"燕山雪花"（《北风行》），既是内地人难以想象的铺天盖地、气势非凡、压力如天的雪花，又是一种边塞特色、边塞氛围、边塞威严、边塞精神、边塞奇景的重要元素：大而白、旷野、寒冷、劲风、天高地阔皇帝远。满弓刀的大雪，使边塞诗有了自己的力度与重量，有了自己特别的语境，有了全然不同的震撼感。

当然也有消极哀叹的边塞诗，如"誓扫匈奴不顾身，五千貂锦丧胡尘。可怜无定河边骨，犹是春闺梦里人"（陈陶《陇西行四首·其二》），是说英勇守边的士卒在战争中丧命的悲剧性。唐代诗人许浑在同样以《塞下曲》命名的诗中哀叹道："夜战桑乾北，秦兵半不归。朝来有乡信，犹自寄寒衣。"这也是生活、世情、历史的一个方面，叹息的都是已死的亲友，并不矫情：人虽死而做梦梦见他，送寒衣的亲人亲情照旧。此二诗思路或嫌雷同，都是活人不知兵卒死，关心疼爱更添悲。这两首诗不算太成功，只是从期盼和平的角度，或可以肯定这类诗。单纯从诗学的意义上看，则不如北斗七星、月黑雁飞之动人心魄。诗有壮美与柔美、浓墨重彩与轻描淡写、自如亲和与力透纸背、明白如话与深邃曲奥之别，不拘一格，各有所长。

长干曲四首

崔　颢

其一

君家何处住，妾住在横塘。

停船暂借问，或恐是同乡。

其二

家临九江水，来去九江侧。

同是长干人，生小不相识。

> 崔颢（？—754）
>
> 汴州（今河南开封）人，唐诗人。早期诗多写闺情，流于纤艳。后历边塞，诗风变为雄浑奔放。

太别致了，以说话、对话、闲话、对唱的原生态小男女言语为诗。

"大哥，您是哪儿的人啊？小女子我是南京那边的横塘人，听您说话，看您打扮，您也是那边的吧？"

第一首诗的前两句与最后一句，都是船家女子的闲话原文，第三句是情景的关键特色，叫作"停船暂借问"。不是闲话于乡村、闲话于通途，不是高高在上于高车靓马，也不是闲话于茶馆酒肆，而是闲话在正在行进、轻轻摇荡、临时停下的小船之上。几分偶然，几分轻松，几分机会难得，几分无可无不可，可无可不无。可以是两情相悦，可以是没话找话，可能三秒钟后就丢在脑后，也可能引起一系列温馨后话。

"停船暂借问"，有一种特殊的随意随机感，浪漫自由松散感，非功利非目的感，无欲无求无谋划感。

这又是早在孟子时期就已宣布了"授受不亲"的异性之间的闲说。这应是两个船工之间的亲切交流，不大可能是享受坐船清福的有闲阶级人士的 VIP 对谈。一般有点身份的人不会任意与百姓庶民搭讪，除非是前呼后拥地特意去"亲民"。任意搭讪，如果不亮出自己的地位，那么有失身份，得不到应有的尊敬，万一碰到下三流人物，可能自取其辱，可能徒增麻烦。在阶级森严的社会里，即便闲谈也要严格遵守阶级原则。

而如果是船工水手，则活泼自然得多，生气洋溢得多。操船的男女青年的谈话还可以用刘勰《文心雕龙》中的一个金句来形容，叫作"情往似赠，兴来如答"，一问一答，投桃报李，有赠有还，有情意，有兴会，有生趣。

一般评析此诗的人都会加上"听到大哥口音，像是老乡啊"的解释，但也可以不解释。"或恐是同乡"，除了口音以外，也许还有形象，还有动作，还有操船的技艺、划船的习惯，还有临河生活之人身上的种种特点，也有不为什么硬是觉得与大哥亲切的妹妹感。何必解释得那样清晰具体呢？如果方言极独特，那么也用不着"或恐是同乡"了，"一听就是某某地的"，你对于生人的判断之练达老到，如查户口的警察，谈话的亲切感与"或恐"的轻飘感，出门在外的偶遇缘分感，都会减色。

生活，这就是船上男女青年的生活啊。生活是第一性的，分析、探讨与点评是第二性的。这首诗写了活生生的水，活生生的船，活生生的女孩子，于是第二首出来了，是老实巴交的男孩子的如实回答。

他说的是：家住九江近旁，确实是同乡，都是长干人，却无缘相识。虽不相识，却在船行于江河水面的时候相遇了，对话了，感到老乡的亲近了。

这意味着什么呢？是佛学中说的缘吗？一切始于遇见，遇见是一种缘分，错过也是一种缘分。路过是缘分，留下是注定，五百年的修炼才得到一次擦肩而过的缘分。那么赠问获答，投桃报李，更是奇缘美遇，是礼遇、善遇、恩遇、巧遇，是巧言、巧诗、巧评、巧读喽。

是无巧不成书的一出小戏的开始？抑或是一种隐蔽的愿望与弗洛伊德说的潜意识？或者，是偶然的必然？是必然的偶然？停船暂借问，偶然遇见，随便说话，随便回答，这里隐含着禅机佛性，也隐含着或然的不便与危险。如果闲话的双方中一方有特殊的背景和危险的境遇呢？如果一方是水贼、案犯、间谍、恐怖分子呢？如果哥儿俩刚说了几句话就被一艘大船冲撞翻了呢？现代人还有这样纯粹天然的答问与切磋的机遇和心态吗？

诗机随时随地，天机不可泄露，诗机可能隐含天机，但不管含不含天机，好诗也令人愉悦充盈、喜乐相亲。文学的生活气息，可亲可爱！

杂诗三首（其二）

王　维

君自故乡来，应知故乡事。

来日绮窗前，寒梅著花未？

这又是一首闲话体的诗。

"先生，您是从咱们老家来的，肯定知道家乡的各种事情，您动身前来的日子，我家绮丽的雕花窗户前面那棵梅树开花了没有呢？"

"君自故乡来，应知故乡事"，淡如白水，却包藏着乡思乡愁的盛情。所谓"人生四大喜事"，有道是："久旱逢甘雨，他乡遇故知。洞房花烛夜，金榜挂名时。"作为农业大国，人们的乡土观念、落叶归根观念、祖宗观念，都是分量很重的。但没想到，"他乡遇故知"，竟然能与久旱降雨这样的国计民生大局、结婚成家这样的终身大事、金榜题名这样的事功大成相提并论。当然，故知是老朋友、老相识，比仅仅是从故乡来的人分量更重一些，但大感觉是相通的。在孔夫子那里，讲五伦，已经讲出了对朋友关系的重视。而乡亲、乡党之说，"孔子于乡党，恂恂如也，似不能言者"（《论语·乡党》），也强调了人们对故乡的亲切与敬意。

且慢，下面两句别出心裁。诗歌的抒情主人公向乡党询问的不是百姓生计、乡村建设、官民心气、政风吏治、保境安民、宗庙先贤、教化风习、事业人物、年成丰歉、疾苦呼声，诗人这里问的是自家绮丽精美的窗子前的寒梅，是美窗与梅花，是花期与花季，是故乡之梅、故乡之窗，是闲情逸致，是心血来潮，是小小回忆、微微挂牵，轻轻一问，淡淡一笑。

我们可以设想，这位家乡来客，可能回答已经开花啦，可能说没有见着梅花盛开呀，更可能回答，对不起，没注意呀。来客在商言商，在朝言政，求医言疾，求神言灾，却不一定向您靠拢注意力，并非意在寒梅或冬日的绚丽。

太脱离生活、脱离社会、脱离体制、脱离使命了吗？再想想，说不定从轻描淡写的闲话闲谈侧面，无意中表现了斯时斯地天下太平，百姓生计有保障，温饱无虞，压力减轻，有闲情逸致，日子过得去。不然，碰到的是来自故乡的饥民、灾民、难民、暴民、流民，谁好意思向老乡打听梅花开放还是没开放？

这正是孔子的诗教：乐而不淫，怨而不怒，哀而不伤。不努劲儿，不夸张，不直露，不覆盖，留有余地，君子中庸，恰到好处也！

10 孤独时刻

乐游原

李商隐

向晚意不适，驱车登古原。

夕阳无限好，只是近黄昏。

李商隐（813—858）

字义山，号玉谿生，怀州河内（今河南沁阳）人，唐诗人。其诗对当时藩镇割据、宦官擅权和时政弊端多有所反映；所作咏史诗多托古以斥时政。擅长律、绝，富于文采，构思精密，情致婉曲，具有独特风格。与杜牧并称"小李杜"，又与温庭筠并称"温李"。

傍晚时分，心中好像有点不太顺畅，坐上车，到了长安郊区的一块古老高地——乐游原。那里的夕阳光照何等美好，可惜已经接近黄昏的黯然失色。

向晚时分，一天又过去了，或有空洞感、虚无感、失落感与疲惫感。"向晚"是描写时间的动向的，这个词极优美幽深。对李商隐这种蹉跎人生、长年郁郁、自怨自怜、找不到方向感存在感事功感的诗家来说，乘车出行，找个高地四面眺望，也许能添加些畅快无阻的乐游心理。夕阳正好，阳光普照，或许真的开心多了。可惜毕竟是夕阳晚照，过会儿夕阳西下，夜幕笼罩，四面就是一片黑夜了。

"夕阳无限好，只是近黄昏"，已成名言金句，表现了对人生晚景的称颂、珍惜、爱恋与伤感。不错，老年、晚景是美好的，智慧成长、人品磨炼、经验积累、脾气掌控、得失看穿、成果积攒、资源深扩、善果栽培，远胜于青壮年时期的血气方刚、东碰西撞、失当失准、缘木求鱼，用《红楼梦》的说法叫"一事无成、半生潦倒"。

老有老的牛气，老有老的资本，老毕竟也有老的难处，谁老谁知道。其时，天色发黄，行将昏暗，失光失亮，失去了一天——那时可没有"夜生活"一说。一边是无限好，极其美，另一边是接近昏黄，走向黯淡。谁能不承认、不叹气呢？

但是这里有一个词，"无限"。夕阳不但好，而且无限地好。中国诗词喜欢用"无限"来形容无边无际、无数无定、无额度。"解释春风无限恨，沉香亭北倚阑干"，在李白歌颂杨贵妃的应制之作《清平调·其三》中，此句之"无限"脍炙人口。这里的"解释"，不是分析、讲解、说明，而是释放、表现、显露、化解之意。这里的"无限"，不是无限大或无穷大，不是数学中的无限，而是无形、无语、无定规、无量级、无端倪之意。"恨"，指的是情，是怀春，是对于爱情的渴望，还有爱情生活中的诸多遗憾。唐诗宋词中，大多数"恨"字，可以作"憾"来理解。

南唐中主李璟的"多少泪珠无限恨，倚阑干"（《摊破浣溪沙·秋思》），同调同工。有的版本作"何限恨"，仍是同一个思路。

到了今天，随着微积分的发展，对于无限的理解，增加了数学符号 ∞——代表无限大或无穷大的含义，还有哲学上的终极眷注含义。夕阳如果当真无限地好起来了，也就不会有什么遗憾和伤感了。

错！一切的"无限好"，应该说起源于美好的有限。所有美好，从宏观上看，都离不开美好的有所局限、有所衰微，乃至转瞬即逝。如果天上的夕阳永恒不衰，如果美丽的夕阳能够高悬亿万斯年，如果只有黄昏、没有黑夜，那还会有美好吗？还会有李商隐、李白、李璟的无限恨憾吗？

一切的 ∞，都离不开同样伟大的 0，∞ 与 0 的相碰相交、相加减乘除，造就了我们的诗学与数学、科学、哲学的道道风景。

有人提出，"只是"不是"但是"，而是"正是"，这首诗没有伤感，只有正能量。他们认为，本诗诗人并未哭天抹泪，他强调的与其说是遗憾，不如说是珍惜。李氏诗意强调的是：夕阳无限美好，正是因为它是夕阳，夕阳资深、成熟、老到、静默，具有与朝阳和烈日不同的优越与大气。夕阳为什么让你心疼它的"无限好"呢？一个重要因素在于，再过一会儿天就黑了，夕阳就要与你失联啦。

诗无达诂，我也很欣赏"只是即正是"这个解法。但更好的解释是二说兼得，夕阳只是、正是、恰是、可是、惜是、应是……就是好，就是妙！它的无限好，就好在夕照晚景的性质上，人与天地都在走向一天的终结。毕竟是夕阳了，这里的"只是"，又有什么可争议、可排他的呢？

江　雪

柳宗元

千山鸟飞绝，万径人踪灭。

孤舟蓑笠翁，独钓寒江雪。

柳宗元（773—819）

字子厚，河东解县（今山西运城西南）人，世称柳河东，唐文学家、哲学家。与韩愈倡导古文运动，并称"韩柳"，同列"唐宋八大家"。散文多学西汉文章，峭拔矫健，说理透彻，结构谨严。寓言篇幅简短，笔锋犀利。山水游记文笔明丽峻洁，写景状物，多存寄托。又工诗，风格清峭，与韦应物并称"韦柳"。

各座山上的鸟儿都已经飞走了、飞光了，所有的路途上都见不到人了，没有人影儿啦，只有一条小船，上面有一个穿着蓑衣、戴着斗笠的老汉，独自在冰冷江河的积雪中垂钓。

此诗知名度极高，几乎是家喻户晓，一个原因是它极富画面感。千山、万径、孤舟、蓑笠翁、寒江（也许是冰冻或半冻、始冻）的雪景，很有味道。有味道，同时其含义并不明确。它不像一首鼓励抗寒抗逆的诗，不像一首嗟叹炒作诗人本身的清高伟大、特立独行的诗，不像一首哀叹亲友已经被雪埋冰冻的诗，也不像发一点神经病、腹诽一下闹一闹的诗。

诗里有一种强降雪感、绝寒感。"鸟飞绝""人踪灭"，呜呼哀哉，怎么会是赶尽杀绝了呢？实际上不太可能吧？千山之鸟，如何可能干净彻底地飞了个光光净？人踪灭倒还方便一点，由于雪太大，地上的车辙、人迹、脚印、轮痕全被遮盖了，也没有谁敢于出行了；那么雪一化，终究还会显露出人迹来。孤独感？是的，更像是假想的人设的孤独感，也许更多的是审美的孤独感，个性的孤独感；而完全没有吐露柳诗里的孤独感究竟是个人命途多蹇性孤独，社交挫败性孤独，名誉扫地性孤独，老弱病残、寿则多辱性孤独，还是自视太高太伟大的孤独。

"孤舟蓑笠翁"，此人应该是站在船上的，如渔翁。早在《诗经》中就已经有"何蓑何笠"（《诗经·小雅·无羊》）之语。用草或棕叶编制的厚厚蓑衣，一片片草叶分解了水，如瓦房顶能够将瓢泼大雨分解成许多瓦垄中的细流，而斗笠具有宽大帽檐，采用的植物材料具备吸湿性，它们用在孤舟钓雪老翁的身上，保暖防雪，很实用。

《红楼梦》第四十五回，说是宝玉冒雨去看望黛玉，穿着蓑衣，戴着大斗笠，黛玉说："哪里来的一个渔翁！"宝玉说将来也送黛玉一套，黛玉笑道："我不要他。戴上那个，成个画儿上画的和戏上扮的渔婆了。"及至说出来，才想起与方才说宝玉的话相连，后悔不及，"羞得满面飞红"。

蓑衣斗笠，本来不是文人士人、老爷少爷小姐们会上身的，但是蓑衣斗笠在避雨雪严寒上有物理上的优越性，还有几分风雅，否则不会得到宝玉和黛玉这样的高才少年的欣赏性幽默性谈论。

还有一个有趣的措辞："独钓寒江雪"。雪有什么可钓的呢？钓鱼钓虾钓王八，沽名钓誉，姜太公八十岁了，直钩去饵离开水面，声称"只钓王与侯"，而且"只在直中取，不可曲中求"，也可以叫"钓"。唯独"钓雪"云云，太不现实了啊。

可以解释为大雪纷飞，世界包括江河中，除了雪以外再无他物，老爷子偏偏还要坚持垂钓，只好说这位犟渔翁是在钓雪。也可以解释为大雪中仍然可以钓上点啥东西，干脆美化之、荒唐之、雅敬之为"钓雪老人""钓雪老神仙"好了。中华文化敬老尊老，美化乃至神化耆老的逻辑与想象力，常人没有资格臧否。更可以解说为，"垂钓"者，包括人世间一切有所为、有所欲、有所求者，偏偏柳宗元孤独寒冷、凄凄惶惶，自己也不知道自己在求什么、钓什么，因什么获罪，因什么流放，因什么寒冷孤独凄惶。

尽管此诗是柳宗元一千二百多年前被贬谪居时所作，但他并没有屈原式的怀忠不遇的诸多牢骚与辩诬、呼冤与哀谏，他将孤独化为凄美，将凄美化为绝唱绝照，将罪服化为渔翁蓑笠，将边远流放地化为雪域景点，将戴罪被封冻静默化为大雪中的非功利、非渔业的垂钓自娱、行为艺术，这是中华唐代柳氏浪漫主义。

钓雪、雪中钓，此后频频出现在诗中，成为典故，成为诗句，成为一乐儿。以"钓雪"命名的诗篇不止一首，南宋著名词家姜白石有首《钓雪亭》，曰"阑干风冷雪漫漫，惆怅无人把钓竿。时有官船桥畔过，白鸥飞去落前滩"，也传诵至今，与柳氏《江雪》对比，噫，有点意思。

听弹琴

刘长卿

冷冷七弦上，静听松风寒。

古调虽自爱，今人多不弹。

刘长卿（？—约789）

字文房，宣城（今属安徽）人，一作河间（今属河北）人，唐诗人。诗多写仕途失意之感，也有反映离乱之作，善于描绘自然景物。风格简淡。长于五言，被称为"五言长城"。

清雅如水声的七根琴弦上，专心倾听，你可以听到风吹拂过松林的声响，给人以高寒的感觉。自古传下来的曲调，是令人自我欣赏、自我愉悦的，是很高雅的，可惜的是，如今人心不古，另有时尚，已经没有什么人喜欢弹奏这样的典雅古曲了。

琴棋书画，属于中华传统文人学士的高雅生活，是他们自娱自享、自我涵养的文化活动。尤其是古琴，没有绝对固定的琴谱，曲调随着弹琴者的心情走。周代有琴声如钟声激荡、号角长鸣的名琴号钟的故事，春秋战国时有歌伎韩娥悲歌、余音绕梁的故事，汉代有绿绮琴的故事，唐代有春雷琴的故事，传说中汉代卓文君给司马相如的诗中有"七弦琴无心弹"（《怨郎诗》）句，《今古奇观》中"俞伯牙摔琴谢知音"的故事更是脍炙人口。

称琴弦"泠泠"，称琴声"松风"，实属中华式浪漫。强调"今人多不弹"的孤高独特性，也几乎是音乐艺术兼"独钓寒江雪"式的行为艺术。古调自爱，今人不弹，相当尖锐地揭露了唐代精英的文艺生活、文艺价值观、文艺欣赏美学上的层次性，而绝不是互撕性、敌对性的分离与矛盾，他们传承了孔子时期即已有的某种文化保守主义倾向。而至今，西方国家有一些知识分子仍然陶醉于政治上自由主义、经济上社会主义、文化上保守主义的"三元论"。

此诗题《听弹琴》，对弹琴的形容十分高雅，后两句进入了文化论辩、文化战略讨论层次，也算是开了以诗作论的先河。

送上人

刘长卿

孤云将野鹤，岂向人间住。

莫买沃洲山，时人已知处。

诗人送别僧人灵澈时说：上人是孤云野鹤，怎么可能长住人间（与我辈杂处）呢？只是我要告诉上人，请不要在沃洲山买房置业，那里已经被眼前的房市所知晓（可能很快要从雅静首善之区变成红尘喧嚣之地了）。

孤云野鹤，超脱红尘，只求佛法道性，不计俗务得失，高明则高明矣，做起来却难免陷入怪圈。因为上、清、高、孤、野、佛、法、道、超、悠、远等等也会吸引俗人蠢货，会成为招牌风气，会引人注目，会营造虚名，会互相吹捧或自我哄抬，会弄虚作假，变成伪清高、伪高远、伪佛法、伪道性，上人居住的隐身之地会变成"优选股""房地产开发中心"，成为沽名钓誉、装腔作势、丑态百出之渊薮。

或谓刘氏此诗与灵澈上人有相互调笑之意，窃不以为然。刘氏看得深，想得深，说得颇有道理。雅能脱俗，但脱俗也可能成为一种装腔作势的俗。媚俗是俗，于是人人学会发反媚俗之宏论空谈，一面高谈阔论、一面低级趣味的大

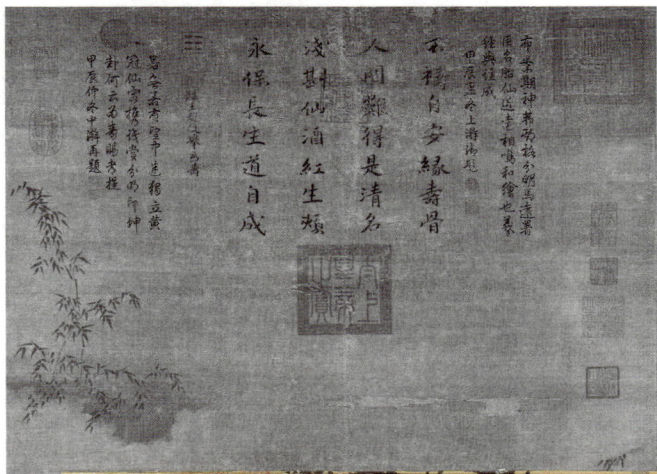

有人在，于是反媚俗变成媚雅，发展成牛皮嗮瑟的最俗。真正的高雅佛法道性，怎么可能是一心避俗呢？真正的闲云，如何能一心忙着闲下去呢？野鹤展翅，它能是一心"晒"自己之"野雅"，批判俗文化吗？

刘氏此诗的真正含义，也许应该是：孤云与野鹤，人间任来去。青山何须觅，心远即佳处。

逢雪宿芙蓉山主人

刘长卿

日暮苍山远，天寒白屋贫。

柴门闻犬吠，风雪夜归人。

大雪中投宿芙蓉山主人，其他背景不详，也不需要知道太多。本来时间的朝暮与空间的距离是两回事，但是光照黯淡了，时近黄昏了，人们就更感到远地之遥远，感到对于遥远的模糊与畏惧，感到能够投宿住下来的踏实与幸福。而行路人赶了一天路，对于出发地来说，行旅的感觉是越走越远。

本来天气的冷暖与家底的薄厚没有什么关系，但是冷天会增加一些对煤炭与衣服被褥乃至食物的需要，会使穷苦家庭更感到自己的艰窘。"日暮苍山远，天寒白屋贫"，既写了视觉上的室外室内印象，更写了时节与境遇。这里的"白屋"，一般认为是指露出木材茅草材料本色的贫户住房，但似乎也可作空屋、空白之解，也就是一贫如洗的房室之意。

最后"风雪夜归人"一句，已成经典名句。风雪交加中，宾至如归，是一种解释。会不会是风雪中又投宿了一两个客人呢？风雪中芙蓉山主人回家了，这又是一种解释。

重要的不是考证"夜归人"的身份与来意，随便吧。关键是风风雪雪，有人归来，首先需要有处可归。风雪，夜间，遥远，贫穷，都是艰难困苦，但一个"归"字变成了回家式的平安，也许还有温暖。这也是一种人生经验，一种人生况味呀。

诗的一大功能是为生活命名，为世界命名。"无名，天地之始；有名，万物之母"(《道德经》)。孔子说,"不学《诗》,无以言"(《论语·季氏》),又说,学诗,可以"多识于鸟兽草木之名"(《论语·阳货》)。世界对于人类来说,曾经是陌生的,而命名是减少陌生感的一个步骤,是对世界有所感觉、有所认同的一个开端。风雪夜归,这很生活,很温暖,很踏实,很耐咀嚼。吴祖光先生 1942 年创作了话剧《风雪夜归人》,其剧名就体现了刘长卿此诗句的悠久的生命力。

本诗正文二十个字,标题八个字。标题是什么呢?是诗歌的"本事",即写此诗的由来,何时何地、何见何闻、何遇何感之类。过去国人很喜欢论证作品本事,但本事用来破案尚可,用来解读诗歌则常嫌过于具体、浅薄、狭窄。本事小于诗作是规律,因为本事只能说到近因,触发此诗产生的某些情况事件,经常是挂一漏万、顾此失彼,无法解释一时一地一人一事与诗人的三观、诗人的内心世界、诗人的文学修养和文学倾向、诗人的创作及本人个性的关系。诗作大于本事,诗意比本事更带有普遍性、概括性、典型性。

诗歌的传播,使诗里的警句金句大于全诗,成为经典,成为成语,成为人生教训或生活符号,成为为世界命名的一个不可或缺的元素。这样的金句是有生长能力的、能突破自身的、别开生面的文学奇葩。

11　诗里的寂寞

行　宫

元　稹

寥落古行宫，宫花寂寞红。

白头宫女在，闲坐说玄宗。

> 元稹（779—831）
>
> 字微之，河南（府治今河南洛阳）人，居京兆万年（今陕西西安），唐诗人。与白居易友善，常相唱和，世称"元白"。早期的文学观点也相近，为新乐府运动的主要作者之一。所作乐府，对当时的社会矛盾有所揭露。又多作艳诗，风行一时。

　　当年皇上设在这里的出行时居住的行宫，如今已经无声无息、破旧凌乱。宫中的花坛花圃，花开得再鲜艳，也无人眷顾欣赏。只有白发苍苍的老年宫女还在那里，闲来无事，说一些唐玄宗、杨贵妃等的陈年旧事。

　　对比与落差，是这首诗的架构，也是其精髓。行宫本来是威严皇权、讲究奢侈、高大上的要地，现在已经门庭冷落，被历史、朝廷和人民丢弃了。宫中的花朵千枝，本来应该是红红火火的，如今却无人问津，自生自灭。唐明皇的故事惊天动地、雷霆万钧，贪欢长恨，刻骨铭心，如今却只剩下仅有的几个头发白了的宫女，闲话中有一搭无一搭地讲讲他的旧闻罢了。

　　这就是人生，这就是朝廷，这就是往事，这就是历史，这就是沧桑，这就是遗忘与淡化的解构的力量。为什么会有落差与对比呢？那要请教最伟大、最无情、最有力的编导——时间。"逝者如斯夫，不舍昼夜。"往事就这样逝去了。

以诗歌吟咏本朝皇帝的悲剧性旧事，有沧桑感，也不无虚无感，元稹还真不简单。至于历史沧桑中的经验教训，那就不是靠诗词说得明白的了。

短短的五言绝句，写了历史，写了朝廷，写了家国，写了悲欢，需要一种特别的机智、机巧，尤其是需要人文胸怀——以一当十，尽在不言中。

比较一下元稹的悼亡妻诗（《遣悲怀三首》），那三首诗写得何等瓷实饱满、板上钉钉！而本诗，不写轰轰烈烈，不写君王得失，不写爱情悲剧，不写生离死别，只写寥落，只写淡然，只写似遗忘也似记得，写无用、无目的、无关切、不在意的闲话。谁知道她们为什么要闲话？尤其是诗人写的是八竿子打不着、本人也早已"过期作废"、虽生犹死的几个白发宫女。她们的闲话，只有冷漠，没有关切，只有冰凉，没有体温，只有隔世感，没有情义。诗人只写——写了也如同没写的——边缘、磨灭、即将消失、话随风散，事随话飘失无迹。俱往矣，旁敲侧击，捎带两笔，虚应故事，元稹在这里似乎打了一个哈欠，摇了摇头，他也觉得无话可说了。

有孤独的诗，也有寂寞的诗。首句的"寥落"，次句的"寂寞"，第三句的"白头"，第四句的"闲话"，都围绕着"寂寞"做文章。轰轰烈烈、惊天地泣鬼神的玄宗往事，现在是寂寞白头宫女的闲话谈资了。对的，在一定的意义上，元氏此诗就是闲话体。寂寞闲话的诗有时可能比红里透紫的诗生发出更多。更有意思的是，试想一想，宫女寂寞了去闲话唐明皇与杨贵妃，那么，被闲话的主角——唐明皇与杨贵妃，他们的在天之灵，是不是也有寂寞感呢？抑或是为这一辈子的动静而感到自信，毕竟不算是枉走了一趟人世间呢！

宫词二首（其一）

张　祜

故国三千里，深宫二十年。

一声何满子，双泪落君前。

> 张祜（约785—约852）
> 字承吉，贝州清河（今河北清河西）人，唐诗人。诗多写落拓不遇情怀和隐居生活，
> 对时政亦有所谏讽。又以咏史诗及宫词著名。

　　离故乡有三千里之遥远，幽居深宫中，度过了二十个年头。听到一声或唱一声宫廷歌曲《何满子》，眼泪立刻从双目中涌出流下来了。

　　我从小就深为此诗感动，我当时以为是诗人遇到一个在深宫当差的名叫何满子的人，这个何满子在离故乡、离自己熟悉的先人故居上千里的地方，在宫廷里一待就是二十年。诗人听闻其名，因为他是一个著名的歌者，一个老歌手。他一张口，诗人先生张祜听到了一声，就双目流泪、不能自已了。

　　"一声何满子，双泪落君前"，这十个字已经够少年的王蒙哭一鼻子了。这是一种感情模式、诗句模式、心理活动，依巴甫洛夫的说法是"第二信号系统"（即语言）的"条件反射"模式。

　　人长大以后会有许多经历与感想，令人越发为之感动，也就越发体会到这种心理模式就体现在自己身上。五十岁以后，写到新疆伊犁地区的民歌的时候，我写道："一声《黑眼睛》（维吾尔族民歌），双泪落君前。"一位新疆少数民族的报人，读了拙作以后说，他读到"一声《黑眼睛》，双泪落君前"这句话，禁不住双泪满腮。

　　我应伊力特酒厂的朋友嘱托题字的时候，写的也是"一杯伊力特，双泪落君前"。

　　是的，后来我才明白，张祜此诗是为年老离宫的宫女代言，而"何满子"是曲牌的名称。白居易咏何满子诗曰："世传满子是人名，临就刑时曲始成。一曲四词歌八叠，从头便是断肠声。"（《何满子》）这个曲牌的诞生，有着惊心动魄的悲剧化的神奇背景，可以与嵇康的《广陵散》媲美、媲悲、媲惨烈。其他有关"何满子"的文句多了去了。

　　然而问题不大，我原来的无知与幼稚的理解并不影响我对此诗的激赏，因为此诗最大的贡献是张祜发见了、提供了"一怎样，就怎样"的公式。这是条件反射、感悟投影，是一种情感的郁积、准备、突然激活；这是人生的滋味、人生的体会、生命的切实体验，以及某种信息符号的牢固联结；这是记忆的永

远的温度，与情感对于引信的永远的期待。它有一种普遍性，适用于老宫女，也适用于太监与其他仆役，还适用于一切有过艰难麻烦、尝过甘甜以外的酸辛苦辣味道的人。

本诗表达的是对一个老宫女郁闷一生的感叹，这一类题材不足为奇。它远远比不上李白的盛唐气象、天地境界、豁达风流与大气饱满，也比不上杜甫的圣人胸怀、民胞物与、体贴万有、仁爱天下，然而此诗结构之严整、视角之阔大、内涵之充溢与笔触之分明，无与伦比。四句诗，排列方式是故国、深宫、声音信号、感情撞击。空间、时间、艺术、人心，全活俱在；三千、二十、一声、双泪，数据诗篇；环境、命运、凄美、宣泄，终其一生。还有谁能用二十个字写得这么多、这么大、这么深，而又相当含蓄、平易、举重若轻地写出这样的力度来呢！

很好，"一声×××，双泪落君前"，出现这种感应，应该是在已经告别了某种艰难困苦以后。真正的艰难困苦之时，你是没有勇气与可能来吟诗抒情落泪的，更可能的实时反应是麻木与痴呆。还有，"一声"云云，"一怎么样"云云，恰恰表明苦难的坎儿已经跨越了，"真如铁"的关隘已经迈过去了，厄运性的信息已经过时失效。至于双目流出的眼泪，固然意味着某种沉重的回忆，更可能意味着某种痛苦已经成为过去式。流几滴清泪，说不定正包含着一种庆幸，一种满足，一种该忘记便忘记、该欢喜就欢喜的顺过来思念的感受。

春 怨

金昌绪

打起黄莺儿，莫教枝上啼。
啼时惊妾梦，不得到辽西。

> **金昌绪**
> 唐诗人，生卒年不详，大中以前在世，大约为余杭（今属浙江）人。

人称金昌绪生平不详，传下来的诗只此一首。春怨，也就是闺怨，春情春梦不可获得，只有失落之哀怨。此诗又名《伊州歌》，是民歌，在《唐诗三百首》中别具一格，与真正的诗家之作、苦心孤诣之作味道完全不同。

现在新疆哈密市有伊州区，但看不出斯地与此诗的关联来。至于辽西，现一般指辽宁西部的锦州、葫芦岛、盘锦、阜新和朝阳市，可能和诗中"辽西"二字的范围差不多。

此诗的魅力，一是在于角度与取材，如此轻易阅读与读懂，内涵却如此悲惨绝望；二是结构连续，节奏、旋律、起伏、转移，了无痕迹。

一上来"打起"，令人想起花旦的戏曲动作，还有莺声燕语的道白；"黄莺儿"云云，活泼亲切如作戏语、玩笑语，带有幽默调笑色彩，诗句的抒情主人公应该是个少妇。"莫教枝上啼"，开始显露任性、脾气、烦恼、反感，查禁乃至弄权的压迫性、威慑性。应该说，一个少妇对自己的难测的命运，有所伤痛、有所抗议、有所诅咒，是可以理解的，她的寂寞，如果完全得不到诗化、审美化、平展化，是有可能数据访问路径化乃至歇斯底里化的。第三句首字与第二句结尾同用一个"啼"字。"惊妾梦"的"妾"是自谦语、礼貌语，挺客气，将想打走鸟儿的这一小思想活动、小动机转入自己的内心，变成自身的心情、春梦、春怨。"不得到辽西"，最后是全完蛋：梦断人难归，鸟鸣心肝碎，少妇此生苦，寂灭永昧昧。郎君远赴边境战乱危险地区，失联已久，春眠不觉晓之时，妻室才似见郎君，刚一见，却被区区一只黄莺的鸣叫搅局，还有何言何盼何期待呢？

童年时期，笔者与姨母生活在一起。她虚岁十八岁结婚，十九岁丧偶，一生不停地吟诵此诗。这是我此生知道的最悲惨的诗歌了。

最简明轻松随意的语言，最惨烈的悲伤，这样的诗，这样的行文，万里甚至亿里挑一。

总结一下，在"孤独时刻"和"诗里的寂寞"话题底下，我们说到了李商隐的"夕阳无限好"，柳宗元的"独钓寒江雪"，刘长卿的弹琴、山居和风雪夜归，元稹的"白头宫女"，张祜的"何满子"与金昌绪的"惊梦"，召之即来、俯拾皆著，读之电击、协鸣雨促、八首五绝、字一百六，孤独寂寞欲说还休、惜墨如金、情深入骨。唐诗千秋，挥泪顿足，伟哉五绝，恍如神咒。

12 载道诗作

梅 花

王安石

墙角数枝梅，凌寒独自开。

遥知不是雪，为有暗香来。

王安石（1021—1086）

字介甫，号半山，抚州临川（今江西抚州）人，北宋政治家、思想家、文学家。散文雄健峭拔，为"唐宋八大家"之一。诗歌遒劲清新。词虽不多而风格高峻。

墙角长着几枝梅花，顶住寒冷肃杀，特立独行地盛开。远远看去，知道它虽然白净，却不是雪花，因为它悄悄地散发着芬芳的香气。

王安石，北宋思想家、政治家、改革家、文学家，是"唐宋八大家"之一。王安石变法是重大历史事件，他的诗文是真正的诗人作家的诗文，王安石堪称"两肩挑"或"多肩挑"的历史人物。

王安石有许多流传甚广的诗句，比如"爆竹声中一岁除"（《元日》），"春风又绿江南岸"（《泊船瓜洲》），"不畏浮云遮望眼"（《登飞来峰》），"春色恼人眠不得"（《夜直》），等等，它们不但是诗句的典范，而且成为中国学子士人的一种生活模式、思维模式、语言修辞模式。包括本诗的"遥知不是雪，为有暗香来"，已经受到了千载万民的喜爱。

此诗咏梅。"墙角"，说明环境差、地位低、阶层寒微，如用当代语言表达，似乎处于"靠边站"的位置。"凌寒"二字一出，寒梅的迎寒、冒寒、突破严寒、抗寒、抗逆等品质全出来了。这时再加"独自"二字强化，梅花的坚强无畏、特立独行也都显现出来了。后两句略略放松，冰天雪地之中，与冰雪外观、颜色无异的梅花，却远远就吸引了你，它不是雪，有"暗香"，就是说它有一种不咋呼、不强烈、不炒作、不闹腾而又优雅出众的淡雅香气，显示着梅的孤高、无畏、高尚、芬芳、美丽、忍耐、坚持以及谦逊沉静的特色，也显示了中华传统文化的中庸之道、君子之风，饱含自信的耐心与定力。

现代社会，人们愈益重视的是传播，是包装、炒作、标题党，但中国古圣先贤从来不信这一套，他们信的是本身，是反求诸己，是有幽幽暗香的墙角寒梅在严寒中繁荣开放。

江上渔者

范仲淹

江上往来人，但爱鲈鱼美。

君看一叶舟，出没风波里。

范仲淹（989—1052）

字希文，谥文正，苏州吴县（今江苏苏州）人，北宋政治家、文学家。工于诗词散文，所作文章富于政治内容，风格较为明健。

江上来往着许多人，他们都喜欢享用鲈鱼的美味。那么请君看看驾着一叶扁舟的渔人吧，他们总是出没在风波浪涛里面。

多么简单，多么通俗，多么不言自明，何必劳诗动韵？来往于江河湖海之人喜食鲈鱼。其实，根本用不着说"江上"二字。不是来往于江河湖海，而是来往于大陆高山、草原戈壁，或干脆是很少出门奔走的人，都同样可能爱吃鲈鱼美味嘛。爱吃不爱吃，美味非美味，与江不江关系有限，然而，问题是，你知不知道出行江上的滋味？是否见识过漂洋过海的艰难？听没听过流行歌曲《卖杂货》？里面的歌词说："漂洋过海卖哟杂货"，"风波浪里危险多"。游江食鱼，当然是一美。捉鱼捕鱼呢？出没在风波里，一叶扁舟，风吹浪打，摇摆颠簸，危险辛苦，何人知晓，何人体贴帮助，何人感恩酬谢？

没有多说，点到为止，这就是人生况味，这就是生产消费，这就是享福与受苦，这就是阶级分化。但说得如此简易平常，轻描淡写，细读又似风呼水啸，惊心动魄。

这里插一句，笔者也是爱吃鲈鱼而没有见过渔民捉鲈作业的人。据说鲈鱼喜欢生活在江河的入海口附近，咸水淡水的交汇处。市场美味中有江鲈鱼，也有海鲈鱼，那么，养殖与捕捉鲈鱼的渔民，是不是要经受更不一般的风浪呢？幸识者赐教了。

此诗读起来的音乐感非常有特色，我不通唐代传下来的诗韵圭臬"平水韵"，只会用普通话来吟古典诗词，感到范仲淹此绝句与此前诸诗大不相同，它押的是仄声韵；而且考究全篇格律的话，其实属于古体诗，勉勉强强可以归入"古绝"一体。因为是仄声韵，句尾就有下沉之感，既克制又有力，跟一般近体诗平声韵脚的上扬舒张很不一样，读起来很舒服。中国古典诗词里的近体诗成熟以后，文人一面是很自觉很积极地在种种局限里尽量腾挪，尽解数，显神通，一面呢还要作一些古体诗来突破近体诗的重规叠矩和平整稳妥。这可以说是中国文化固有的秩序性同它与时俱化的灵活性相须而行的一个侧影，值得今人和后人深思。

13 明太祖与他的刀下鬼的诗

咏 竹

朱元璋

雪压枝头低，虽低不着泥。

一朝红日出，依旧与天齐。

> **朱元璋**（1328—1398）
>
> 幼名重八，又名兴宗，后改名元璋，字国瑞，濠州钟离（今安徽凤阳东北）人，明王朝的建立者。1368 年称帝，国号"明"，年号"洪武"，以应天（治今江苏南京）为京师。同年攻克大都（今北京），推翻元朝统治，以后逐步统一全国。

大雪压弯了竹枝，竹枝低下了头，仍然不会受到泥泞的玷污。一旦红太阳升起，竹林里的竹枝，定是高耸向天，高与天齐。

朱元璋当然不是一般文士，他的诗志大、言大、气魄大，抗逆性、斗争性强，调门儿高，站得高。闹不清此诗是他当了皇帝以后作的，还是当年造反起义时作的，反正不像是乞讨为生时之作。

儒家传到后世，是提倡低调处世做人的，遇到口气极大，以非常人的语言作非常人之诗、言非常人之言的人，旁人便相信他要么是妖孽罪人，要么将有非常人可比拟的红运。相传朱元璋出了上联"风吹马尾千条线"，让自己的孙子朱允炆与自己的儿子朱棣对下联，朱允炆对的是"雨打羊毛一片毡"，朱棣对的是"日照龙鳞万点金"，日后是朱棣夺了朱允炆的皇位。诗词、对联、题词等，不仅具有符号性，有言志、抒情、交流的功能，而且具有某种神性，某

〔清〕 蒲华 《潇湘雨雪》

种对于命运的预言性质。是真实，也是牵强附会、倒果为因。

中华文化是重视语言的，相信语言文字的神性力量与昭示。土耳其作家、诺贝尔文学奖得主帕慕克的长篇名著《我的名字叫红》，反映了伊斯兰世界对于"细密画"的预言、预兆性的信念，个中有互文互鉴处，很有意思。

回到此诗，就一首五绝，显示了一种霸气、一种强势，要言不烦，这才是真命天子。与唐玄宗李隆基的"夫子何为者，栖栖一代中。地犹鄹氏邑，宅即鲁王宫。叹凤嗟身否，伤麟怨道穷。今看两楹奠，当与梦时同"（《经邹鲁祭孔子而叹之》），以及乾隆皇帝爱新觉罗·弘历的四万多首中规中矩、不咸不淡的诗作相比，显然是没有受过唐诗宋词太多熏陶的朱元璋的个性化诗作给人以更大的冲击、更深的印象。

寻胡隐君

高　启

渡水复渡水，看花还看花。

春风江上路，不觉到君家。

> 高启（1336—1374）
>
> 字季迪，号槎轩、青丘子，长洲（今江苏苏州）人，明诗人。其诗豪放清逸，兼具"古人之所长"。

过一条河，再过一条河，看到了花卉缤纷，又看到了花卉缤纷。春风吹着人们在江上行船、江岸行路，不知不觉，已经到了要去往的朋友家。

古诗中有许多念叨"行路难"的，而此诗写得如此轻松活泼，节奏分明。江南情趣，如水如花，春风沿江，不觉到了好友之家。"不知不觉"是一种迷醉型、舒适型、天成型、开心型的审美心理与经验，读此诗者大可以说是"渡水复渡水，看花还看花。春风江上路，君诗宜最佳"。

此诗读起来如赏舞曲，如跳跃起舞。咱们中国，竟有这样舒服的诗、顺口的诗、开心的诗，诗人是怎样阳光、怎样正能量啊！

而这样的阳光诗人，三十九岁就被朱元璋腰斩处死了。

得夫子书

林以宁

经年别思多，得书才尺幅。

为爱意缠绵，挑灯百回读。

林以宁

字亚清，钱塘（今浙江杭州）人，清女文学家，"蕉园五子"之一。

过了一年，对不在家的亲人的思念越来越浓重了。终于收到夫君的来信，短短的只一张纸。因为爱意，辗转反侧，不能自已，于是挑亮了灯火，读了上百次，还要读下去。

林以宁是女性，她写得坦白真挚，感人肺腑。看诗作的口气，作者应是少妇，但这个少妇给人的感觉是少女，是天真的女孩子。这与过去的早婚习俗有关，也与作者的天真烂漫有关。

"为爱意缠绵"，女子吟诗，直接写到"爱"字，虽然是写自己的合法夫君，但在中国诗文中也很少见，一般更多是只写一个"情"字，写思念与忧愁，却不好意思直接写"爱"字。此诗写到"爱意"，已经够坦率光明、朴实勇敢的了。

丰富是一种美，深邃是一种美，甚至隐晦也是一种美，例如李商隐的爱情诗。同时，单纯是一种美，透明透亮也是一种美，简单质朴，冒点傻气，也是一种美，美得你爱不释手，美得你心疼挂念，美得你不知怎样抚慰她才好。

晓　景

华　嵒

晓月淡长空，新岚浮远树。

数峰青不齐，乱插云深处。

华嵒（1682—1756）

字秋岳，号新罗山人、东园生、布衣生、离垢居士等，福建上杭人，清画家。喜绘画，工书，能诗。

拂晓时分的月亮，在辽阔的天空中淡淡闪光。新鲜的山峰云气，飘浮在远远的树林上方。几座山峰的青绿色显得不规则、不一致，杂乱地插向云霞的高处。

"晓月"是一个常用的文词，其义应无疑义，是指拂晓时分的月亮。诗的第二句"新岚"，也是讲早晨的山气云气。有的版本中诗题作《晚景》，那么，"晚景"或是"晓景"之误？或者"晓月"与"新岚"恰是黄昏的感觉，使作者联想到早晨？这里有不合语法、不合逻辑的疑点，也算是一种趣味阅读吧。

许多诗词里写明月，写晓月，而强调晓月之淡然者少见，读到这里令人想起水墨画的浓淡互托来。新岚远树，也是淡远风格，而淡远的风格，是一种雅士传统。峰不齐，乱插云，则强调无序的美、自然的美、无逻辑的气象。画面呈现了艺术家的某种任性与天性，与其他很多诗人词人之作有所不同。

华嵒是画家，此诗的画面感很突出，他注重的是视觉，而不太在意别的。

舟夜书所见

查慎行

月黑见渔灯，孤光一点萤。

微微风簇浪，散作满河星。

人過
橋
心
倒
影
來

〔清〕 华嵒 《山水十二开画册》第五开

查慎行（1650—1727）

字悔余，号初白、他山，初名嗣琏，字夏重，海宁（今属浙江）人，清诗人。诗宗宋人，尤致力于苏轼、陆游，多写行旅之情，善用白描手法，为清初宋诗派名家。

　　月亮不亮，是云遮住了吗？乘船夜行，看见孤孤单单的一点渔火灯光，微弱如萤火虫。微风吹过，水波摇曳，渔火散开，河里好像星光满满。

　　在夜行中，在孤舟上，面对小小的渔火，如面对满天的星光。星星之火，可以燎原，星星之光，可以照明百里。天越是黑暗，灯火就越是独占鳌头，有力、振奋。光，能扩张，能开展，能照亮一个区域，能照亮一条大河，能与人间的一切光亮汇合。艾青有首名诗就叫《光的赞歌》。

　　一首小诗，歌颂了光明，歌颂了勇气，歌颂了天地，更歌颂了人间的舟船与渔灯，赞美了人的存在、生活与劳动气息。

　　这几首明清五绝，都比较平易顺畅，却也都有新鲜感。这说明了诗词到明清更加普及，但太普及了，精品力作反倒容易为俗作所淹没。因之有一说：如果将明朝流传下来的诗作大量删削，人们就会发现，明诗的成就甚至高于唐诗。

　　唐诗宋词确实写得太精致了，形成了题材分类或诗风词风的某种类型化甚至格式化。许多人学诗作诗的道路是从诗到诗，是"熟读唐诗三百首，不会作诗也会吟"，还有所谓"无一字无来历，无一句无出处"，强调唐诗宋词的一体化和一定的规范化，后人学习了唐诗宋词之后，必然会有叹为观止、拜为楷模、树为毕生标准与榜样的心意。在这种形势下，元、明、清以至民国的古典诗词里，时而吹过一阵清风，太宝贵了！

七
绝

1 国风、地域之风

清 明

杜 牧

清明时节雨纷纷，路上行人欲断魂。

借问酒家何处有？牧童遥指杏花村。

> 杜牧（803—853）
>
> 字牧之，京兆万年（今陕西西安）人，唐文学家。感于藩镇跋扈和吐蕃、回纥的攻掠，诗文多指陈讽喻时政。小诗写景抒情，多清俊生动。也有一些诗写早年的纵酒狎妓生活。其诗在晚唐成就颇高，后人称杜甫为"老杜"，称杜牧为"小杜"。又与李商隐并称"小李杜"。

清明节令，飘雨密密麻麻，赶路的行人心慌意乱。要不找个酒肆先喝它二两？酒家在哪里呢？牧童远远地一指，说那边就是酒乡杏花村啊。

这首诗写节令，写天气，写众人、族群、群体生活方式、生活状态，写风习，写得非常中国。

不写个人，不写超凡，不独出心裁，不含蓄深潜，无巧思妙喻，没有独创修辞、变通语法、另类语言、惊人奇想，也不愁肠百结、曲深堂奥。这首极上口的人民化、大众化的二十八字绝句，可以说是"笔落无风雨，诗成忘鬼神"。

诗人忘了个人主义、个人风格、个性化、个体生命至上直到典型性格、奇文异数、发明创造、意象惊天。

或者说，此诗的特点是写民人百姓、一般大伙儿。

有趣的是，如果你渐渐接受了一种文学诗学的规范性说法，你多半能立即找出一个反证。写群体？写一般人？哪里兴这样谈诗？一般地说，人们更强调的是诗歌的个性，但从《诗经》到杜牧的《清明》，有许多作品的创作注意力在于让诗歌为共性作证。

鲁迅说过，"一切好诗，到唐已被做完"，这与诗歌题材的某种格局分类的确定性有关，与诗歌语言的规范性与难以杜撰性有关，也与相当崇尚表现生活与文化、风习的共性有关。写告别是"劝君更尽一杯酒，西出阳关无故人"（王维《送元二使安西》），写中秋是"明月几时有？把酒问青天"（苏轼《水调歌头》），写过年是"爆竹声中一岁除，春风送暖入屠苏"（王安石《元日》）……都有范式范例。

诗学说法中悖论极多。例如，如果你强调推敲与苦吟，那么，"李白一斗诗百篇"（杜甫《饮中八仙歌》）与"下笔千言，倚马可待"（东鲁古狂生《醉醒石》）的说法，宣扬的恰恰是相反的观念。显然，杜牧的《清明》也绝对不是苦吟较劲的成果。

杜牧此诗是以最普通的话说最通常的情况，下点小雨，刮点微风，喝点小酒，写首凡俗短诗。

行人走在路上，当然，不是走在刀山火海、狂风暴雨、险滩峻岭之中。出来个"欲断魂"？有点意思。春日阴雨，可能有点晦暗，有点冷落，有点泥泞，有点不便。关键还是一个漫长的冬天过去了，到了清明节，人们期待晴朗，期待温暖，期待亮堂堂，一句话，期待的是清楚、清晰、清爽、清纯，期待的是明亮、明洁、明朗、明快。这个节之所以叫"清明"，绝非无端空话。大哉清明之日、清明之盼、清明之文、清明之词！但这次雨纷纷中没等到、没感到"清"与"明"，能不"断魂"乎？

但笔者又想，清明之雨，令人断魂，也不妨作别样理解。好久没下过纷纷春雨了，好久没有感受过恼人的春色了（"春色恼人眠不得"，出自王安石《春夜》），毕竟又是一个春天了，有感动，有感恩，有苦恼，有惶惑。断断魂，也是中青年直至老年的一种自恋、磨叽与享受吧。

清明祭祖已有数千年的历史，在这样一个慎终追远的节日，自会有断魂之思、断魂之情。

也有人麻木冥顽，一辈子无魂可断、无魂可执、无善可陈、无灵慧可喜、无情可抒……一辈子不昏不黯，也不清不明，惜哉！

雨天使田地里的农业劳动暂停，使行路串门不便，使心情无所依托，还可能因光照不好而影响学子读书……找个酒肆干两杯吧。细雨淋淋，烧酒半斤，这也是一种断魂的理由和表现，一种断魂的庸常状态。

断魂是一种失落，又是一种自由自在，断魂还是通向诗吟的准备。如果你正忙于政务、商务、家务或医务，也许还顾不上"断魂"的精神奢侈。

您是外地旅客吗？哪儿有酒家，还需要问牧童？放牧小童并没有雨中断魂或恋魂，他轻松地指给了断魂的旅客，而且是遥指，还很远呢，酒家离这里挺远，在杏花村。

杏花，好，"小楼一夜听春雨，深巷明朝卖杏花"，出自陆游的诗作《临安春雨初霁》。加上"村"字更好，农民聚居，质朴粗放，或带野性，自称"村居"，这与乡绅大户、大地主、大财主的卖弄高雅和重农，都像是好品质。

专家说，小杜诗里写的并非现在的山西汾酒与竹叶青两大名酒的产地杏花村，而是安徽的一个古老小村落。也没有关系，我对于将诗歌当作历史地理文献考证兴趣有限，我耽于的是诗行诗句，"为人性善耽佳句，爱哪（儿）哪（儿）哪（儿）随便诌"（杜甫《江上值水如海势聊短述》中原句是"为人性僻耽佳句，语不惊人死不休"）。

我没有去过安徽的池州杏花村，期待着有机会造访；却多次去过山西汾阳的杏花村。我坚信文学的魅力、文学的缘分并不限于地理历史的确定。到了一个名叫杏花村的产酒而且是产名酒的地方，你能不回忆杜牧的《清明》吗？

我在汾阳的杏花村打油曰：有酒方能意识流，人间天上任遨游。杏花竹叶清明梦，大块文章乐未休。

关于杜牧《清明》一诗，还有一个趣话令人思索。我的同乡清代才子纪晓岚曾经将杜牧此诗改为："清明时节雨，行人欲断魂（纪曰，'行人'当然是在'路上'，'路上'二字多余）。酒家何处有（'何处'业已表明是问话，'借问'也是废话）？遥指杏花村（与首句一样，删了两字更加含蓄隽永）。"

如果纪大人是报刊副刊编辑，他的改稿应属上上乘，字字有理，尤其是"路上"与"借问"四字弃之更好，杜牧在世恐怕也难以自我辩护。

但千余年来，杜诗原作长兴不衰，纪编则无人理睬。

除后来读者的先入为主以外，更重要的是，这说明了王蒙的一个想法，即语言文字是符号，又是一个相对独立的世界，相对独立的存在。尤其是中国的汉语汉字，表音、表形、表义，表结构、表逻辑、表语法，同音、同义、近音、近形、近义、反义，对称、延伸、连续、跳跃、平顺或异军突起……有无数感觉，对于听觉、视觉有暗示、联想、遮盖、洞穿的种种作用。尤其是听觉方面，中国古诗词的音乐性极其重要，有同声、同韵、反切、平仄、节奏、顿挫、反复、和谐、转化的种种讲究。有的精炼，有的酣畅，有的回旋，有的舒缓，有的大大咧咧，有的精雕细刻。正如我们说舞蹈有舞蹈的语汇，建筑有建筑的语汇，器乐有器乐的语汇，工艺有工艺的语汇一样，语言除了表义以外，还有自己的语汇与链接，有自己的起伏与呼应。

即使仅仅在文义上，"路上行人"之说，令人马上想到雨中的街景与行人，与单写一个"行人"，引发的形象思维是不一样的，语气和节奏更不一样。白居易的"思悠悠，恨悠悠，恨到归时方始休"（《长相思》），也绝对不能用纪大编辑的办法改成精炼的"思恨悠悠，归方休"，虽然后者比原作精简了近半。李白的"昨日之日""今日之日"的说法更是如此。我爱说，文学是语言的艺术，又是思维的艺术，同时还是吟咏与歌唱的艺术。对不对呢？

秋　夕

杜　牧

银烛秋光冷画屏，轻罗小扇扑流萤。

天阶夜色凉如水，坐看牵牛织女星。

八十年前，同校的小学女生，包括家姐，都喜欢背诵这首诗。她们是从自身的童年生活体验来理解这首诗的。秋天，用一把轻轻的丝织小扇子，追赶扑打飞翔着的萤火虫。抬起头，看到的是故事动人的牵牛星与织女星。二星每年

奉帚平明金殿闿且将团扇暂
徘徊玉颜不及寒鸦色犹带昭阳
日影来 甲寅新秋 两峰道人以指頭画以见贈
回憶王江寧長信秋詞遂援筆書之 秦祖永

〔清〕 罗聘 《团扇徘徊图》

七月初七有个鹊桥相会，人们说，这是中华大地上的"情人节"。

长大了才会明白，"银烛""画屏"尤其是"天阶"，是指宫殿，而小杜此诗的主人公，原来是宫女。

唉，天阶何必属宫室，罗扇本应戏女童！

对不起，我感到的不是获得了正解良解的欢喜，而是对于童年的创造性误读的否定——我觉得是童年经验与思路的某些"异化"的遗憾。

假作真时真亦假，无为有处有还无。正作误时误亦趣，误成真时诗更奇。

或者，这也是我自身的幼稚与呆板。宫女也是女童长成的，女童不见得都长成宫女，宫女却一定曾是女童。宫女也天真过、游戏过、奔跑过，执扇或不执扇追逐过萤火虫，即使已经被冻结成为寂寞麻木死灰的暮年宫女，仍然有可能有秋夕凉如水的感觉，有对流萤的注目与扑打，有对牵牛星和织女星的眺望，有对天上人间的牵挂与忧伤。

为什么天阶一定是指宫廷的大台阶呢？天阶本应是天宫里的台阶呀，与天河、银河、天路一道，与凉若秋水的夜色一道，与牵牛星、织女星一道，是另一个超人间的世界的信息、设备、道具、诗境。

"坐看（有的版本是'卧看'）牵牛织女星"，也有多解。谁在看呢？一个是宫女或我的儿时理解——女童，坐在那里，或者舒舒服服地躺在那里看星；一个是牵牛星即牛郎的爱心，化为经年累月的凝视，牛郎隔着银河，亿万斯年地看织女，看了再看，永看不厌。而说成是"坐看"或"卧看"牵牛星，那当然就是织女星看，牛郎星是被看了。写诗是一种创造，读诗谈诗也是一种创造。中国古典诗词尤其是诗中的微型"绝句"，有一个好处，就几个字儿，给你留下了大量再创造的空间。

如果您写得恣淋漓尽致了呢？洋洋洒洒、满满堂堂了呢？如果您的解读像考证历史证物一样结结实实了呢？比如像有些通人解释"轻罗小扇扑流萤"，发挥为腐草为萤，流萤是宫女住处的荒芜明证，弃扇堪悲，透露着宫女的冷冻逆境……这样的联想型解诗、知识型解诗、百科全书式解诗，诗句的非直观化、隐语化与另有谜底化，又能为此诗添加多少彩头呢？

② 李太白诗的顺势弄潮与清丽多姿

望庐山瀑布

李 白

日照香炉生紫烟，遥看瀑布挂前川。

飞流直下三千尺，疑是银河落九天。

日光照耀着庐山香炉峰的山顶，生出了紫色的烟霞。远远地看到了从山峰直泻而下的瀑布，好像是挂在岗前的一条河川。大水浩浩汤汤飞落奔下似有三千尺高度，你会以为是天上的银河从九天之上蓦然冲下落到地面上了。

网络上说，香炉峰为江西省庐山北部名峰，奇峰突起，状似香炉，峰顶水汽凝结，云雾弥漫，如香烟缭绕。看来此峰有香炉之形，乃得香炉之名，李白则缘此感觉峰上的氤氲云雾正好视作香炉上部升起的神秘高贵的紫色烟霞。李白的语言来自民众、来自生活、来自尘世，顺势加工是口语，是张口就来，也是明明白白的诗。

从香炉峰再伸延视线，往大了看去，看到了远处的瀑布，悬挂如银白巨练，大动态看成了巨静态，地貌更变成了天象，直如银河飞奔跃下，垂直落地，落幅达三千尺，这是何等的壮美，何等的奇观，何等的气魄！

李白为诗，令人感到他多是顺风顺水，顺势弄潮，冲浪漂行，舢板疾速，碧波荡漾，八面来风。他从来不硬挤，不努劲，不疙里疙瘩。他的诗一环扣一环，一字接一字，一句跟一句，一行上推前推一行，怎么舒服顺当怎么来。

〔清〕 高其佩 《庐山瀑布图》

李白永远是李白，心胸阔大，诗兴强劲，心怀天地，句咏山川，吞吐豪迈，挥洒意气，气象万千。伟哉神州，伟哉庐山，伟哉瀑布，伟哉诗仙！

我尤其愿意用《庄子》中柳下惠形容盗跖的话来形容李白，"心如涌泉，意如飘风"（《庄子·杂篇·盗跖》），还有庄子对鲲与鹏的描绘："怒而飞，其翼若垂天之云……水击三千里，抟扶摇而上者九万里"（《庄子·内篇·逍遥游》）。

春夜洛城闻笛

李　白

谁家玉笛暗飞声，散入春风满洛城。

此夜曲中闻折柳，何人不起故园情。

不知道是谁在吹笛子，不知不觉中将笛声款款送出。笛声融进了春风，飘扬到洛阳城的各处。今晚在笛声中听到了《折杨柳》的旋律，哪个人听到这熟悉的伤别离曲调，能不泛起怀念家乡的深情呢？

这首诗包含乐曲性质。笛声，不知来源。"暗飞声"，偏于幽美和谐、自然柔情，不刺激，不扰乱。然后笛声与城市的其他混声散入春风，布满洛阳。它的传播广泛、成功、有效，成为小夜曲，成为洛城夜晚诗性、乐音性的一个元素，而且人们能够轻易地辨别出来，笛子演奏的是人们熟悉的《折杨柳》。

说到折杨柳枝，中国的文化传统就深了去了。《诗经》云："昔我往矣，杨柳依依；今我来思，雨雪霏霏。"（《诗经·小雅·采薇》）《孟子》中"为长者折枝"的说法也给人留下深刻的印象。

还有说是"柳"与"留"谐音，送别赠柳，以示挽留。乐府中有《折杨柳歌辞》，曰："上马不捉鞭，反折杨柳枝。蹀座吹长笛，愁杀行客儿。"李白、白居易等许多诗人写过折柳相送的风习。那么，不是在离别时候，而是在客居某地的一个晚上，听到折柳之曲，又会怎么样呢？回想起当初分别时候，回想起故园桑梓、父老乡亲，乡愁弥漫，难以自已。

"疑是银河落九天"，是顺势弄潮；"何人不起故园情"，是清丽多姿。

一声玉笛，与洛城春风融为一体，与春夜同在，与古城的别样风景同体，又使离别故乡、出门在外的游子们记忆复活，更在李白的一首《春夜洛城闻笛》里完成了永远的赋形固化与纪念经典。

本来，诗歌是文学中最有音乐性、音乐感的体裁，诗歌本身就带有节奏、音韵、平仄、吟唱的特色。诗而歌之，诗而曲之，多了去了。《春夜洛城闻笛》，其出现源自歌曲，此诗又曾在近现代被刘雪庵谱成歌曲，笔者在初中音乐课上学唱过。刘雪庵还谱过《何日君再来》《流亡三部曲》《踏雪寻梅》等曲。诗之歌之，歌而诗之，诗而歌之，其乐何如！比较起来，我们的脍炙人口的诗歌的谱曲率，还是太低了，希望今后有更多的好诗好词能歌唱演奏起来。

黄鹤楼送孟浩然之广陵

李　白

故人西辞黄鹤楼，烟花三月下扬州。

孤帆远影碧空尽，唯见长江天际流。

老朋友孟浩然辞别黄鹤楼东去了，在春三月，他要到如烟氤氲中盛开着花朵的扬州去了。一片孤帆，渐行渐远，消失于碧蓝的天空，之后，只看到长江奔流在天边。

李白非常尊敬喜爱比他年长十二岁的孟浩然，他专门写了五言律诗《赠孟浩然》："吾爱孟夫子，风流天下闻。红颜弃轩冕，白首卧松云。醉月频中圣，迷花不事君。高山安可仰，徒此揖清芬。"

李白在诗中说，他喜爱风流潇洒名闻天下的孟夫子，孟夫子年轻时无意攀升官职级别，高龄以后更是与苍松白云为伍，徜徉于名山峻岭之间，全然不去追名逐利。月下酌饮，醉而清纯如圣如尊，欣赏花草，不事权贵，高雅质朴，纯正自如。孟夫子的人格高大，不是他李白够得着的，不过他仍然愿意向孟夫子的高风亮节行礼致敬。

说到送孟浩然去广陵，更有意思啦。广陵是扬州的主城区，其地理命名又与著名古琴曲《广陵散》密不可分，而《广陵散》是嵇康被司马昭杀害前演奏

〔清〕 关槐 《黄鹤楼图》

的正气歌。据说嵇康死前叹息的是："《广陵散》于今绝矣！"（《世说新语·雅量第六》）"广陵"二字、广陵之地名，能给人多少联想！

李白此诗题名中突出了广陵，诗语中突出了扬州与黄鹤楼。扬州不得了，运河与长江在这里相会，风景、商贸、交通、城市生活、风流韵事都曾经出在这里。咏扬州的诗作大多带着自己的风流与薄幸，流行广泛，如"二十四桥明月夜，玉人何处教吹箫"（杜牧《寄扬州韩绰判官》），"十年一觉扬州梦，赢得青楼薄幸名"（杜牧《遣怀》），尤其是"天下三分明月夜，二分无赖是扬州"（徐凝《忆扬州》），都精彩得让你喘不过气来。

扬州、瓜洲渡口，不仅是交通要地，也是诗词元素。"汴水流，泗水流，流到瓜洲古渡头"（《长相思》），这是白居易的词。至今你仍能在原地看到"瓜洲古渡"四个大字，让你心情激动，泪流满面。"三分明月，二分扬州"之说，则是怀念扬州的夜生活名句，而且怀念的都是与自己相好的女性，多半是应召女郎。

更不用说黄鹤楼了。民间鄙俗编造称，因为崔颢写黄鹤楼的诗在先，难住了李白，有禅僧乃作一偈曰："一拳捶碎黄鹤楼，一脚踢翻鹦鹉洲。眼前有景道不得，崔颢题诗在上头。"这是以小人之心度君子之腹，想象出来一个与他们一样无能的李白，嫉妒崔颢的抢先。

"故人西辞黄鹤楼"，与崔诗无碍无争，此句普通简明。黄鹤楼是公器，崔颢得先机，却并未赢得垄断专利。而"西辞"，一是告别长江重地武汉，东下江苏；一是带着此前对黄鹤楼的新鲜盛景记忆，去到有另一番风味情调、不免令人怀念叹息的广陵旧地，然后进入吟咏别有风味的扬州阶段。

扬州明月，瓜洲古渡，风光与典故无限。到处是地理，地理引发着地理，地理里有那么多诗文，诗文里有那么多地名、地史、地貌、地形、地景。中国的武汉、扬州，不但出土产，还出烟花三月，出明月，出夜游，出无赖，出薄幸，出玉人，出诗人无数、诗歌无数。

"烟花三月下扬州"，千古丽句，无敌于天下。"白也诗无敌"（《春日忆李白》），这是杜甫说的。烟花？有人说指艳丽；有人说是柳絮如烟，鲜花似锦；也有扬州本土人士，强调烟花无他，就是扬州独有的琼花；还有一般人讲的放烟花，实际上是放焰火。怎么解释都行，怎么解释都是在欣赏夸赞"烟花三月下扬州"：季候学，地理学，诗学，史学，语言典故学，文艺史料学，自然美学，工艺美学……有这一句，就齐活啦。

李白为诗，如有天助，杜甫赞之扬之；崔颢有幸，黄鹤楼名题，诗镌千古；嵇康与"广陵"同体，古琴正是民族魂魄；杜牧倜傥潇洒，不讳风流薄幸；"无赖"语出，天下明月，三分之二在此，烟花三月，春光永驻。诗乎史乎，崔乎李乎，杜乎徐乎，诗诗互动，文文潮涌，长江大河，瓜洲古渡，诗邦热土，幸甚至哉，歌以咏我中华！

李白此诗寄寓深远。堂堂李白，不是一顶"诗仙"的帽子能盖得住的。北京俚语里说一个人有本事，叫作"有两把刷子"，而李白，刷子多了去啦！

山中问答

李　白

问余何意栖碧山，笑而不答心自闲。

桃花流水窅然去，别有天地非人间。

有人问我，你为什么要居住在碧绿的山上（或一个称作碧山的地方）呢？我笑了，却不回答，不回答使我的心情分外地轻松。（喜欢哪儿就到哪儿去住呗，又有什么可解说的呢？）这里有满树的桃花艳丽盛开，有潺潺的流水，向着清幽深远的地方流去。这里别有天地，是俗世之外的另一个世界啊。

唐诗里有不少对话、说话、问答体的诗，但李白此诗的问答是笑而不答，是不答之答，是对话的不怎么成功，或者是最成功最诗意的没有答语的对话——不对答。不对答不是拒绝回答，一笑而已，一笑胜过千言万语。不答的状态表现了李白某种程度的我行我素、生活自主、自得其乐，不愿意也不必要为自己的行为找理由、作解释。不答还表现了李白对提问者的信赖："来到这个环境，您还需要问我为什么来这儿吗？"

或谓"笑而不答"出自《列子·仲尼》，"仲尼笑而不答"，但更多的人知道的是李白此诗中有此四字。此四字后来日益表现出某种禅性禅机，似有禅味，不无禅心。原来风驰电掣、知无不言、言无不尽的李太白，也通不言之言的禅语。

李白写山的诗多了去了。"天门中断楚江开，碧水东流至此回。两岸青山相对出，孤帆一片日边来"（《望天门山》），两峰相对，一船驶来，山势水势舟势，都很有魅力，他这里写的是天门山。"山从人面起，云傍马头生"（《送友人入蜀》），写山势之突兀逼近，山峰就从你眼前脸前挺立起来，而云霞就伴随着客行的马头摇摆飘动。"西岳峥嵘何壮哉，黄河如丝天际来"（《西岳云台歌送丹丘子》），不得了，西岳华山雄伟耸立，在高耸的华山的对比下，黄河都显得纤细了。还有"两岸猿声啼不住，轻舟已过万重山"（《早发白帝城》），既是诗人从白帝城遇赦回到千里之外的江陵（荆州）、经三峡顺流而下的美好经验，又广泛被人们用来形容一个饱受挑战却有惊无险，虽有宵小却终成大业的胜利过程。笔者的效颦诗作《秋兴》中，也有半照抄的"两岸猿声啼不住，轻舟已破千重雾"之句，在啼声恶意而且混乱之中，轻舟直下，委实是人生一乐！

至于栖居碧山、宜居山野的快乐，根本不需要说明备注。这里有桃花流水，这里别有天地，这里有开心喜悦，这里舒适自然，这里没有压力负担，这里心闲如云如花如水如碧如山。

本诗的"笑而不答"，不是闪烁玄虚，而是轻松快活，无羁无迹。既然是轻松空荡，难道还需要道理的论证吗？既然是自然而然，难道还需要推理与辩驳吗？自闲需要发表声明吗？或者说"栖碧山"本身就是答案。后两句则是前两句的延伸与总结，用桃花流水总结而不是用概念判断总结，不是更加圆满、更加谪仙吗？

"别有天地非人间"的诗句还给人一个启示：像李太白这样的大诗人，他拥有的是许多个诗境意境天地人间，他的才华、激情、观察、体验、沉迷、趣味、兴致是多方面的，是天高地阔、海洋般宏伟的，他的诗是左右逢源、俯拾皆是、行云流水、八面来风的诗之喷涌、诗之波涛、诗之春风、诗之雷电、诗之暴雨！

③ 杜少陵诗的深厚澄明情性

绝 句

杜 甫

两个黄鹂鸣翠柳，一行白鹭上青天。

窗含西岭千秋雪，门泊东吴万里船。

两只黄鹂在翠绿的柳树上啼鸣，一行白鹭在蓝天上飞翔。隔窗向外看去，窗户框里有西面山岭上终年难化的积雪。在门外面，停泊着从东吴（今江苏苏州、镇江一带）万里驶来的船只。

第一行诗，给人的感觉是天籁，是童谣，甚至让人想起中国人撰写了童谣歌词的外国曲调儿歌："两只老虎，两只老虎，跑得快，跑得快，一只没有耳朵，一只没有眼睛，真奇怪，真奇怪。"

"鸣翠柳"，实际上是停在柳枝上鸣叫。古典诗里干脆给你说成"鸣翠柳"，谓语敲打位置状语，干脆利索；以当今的口语习惯，把它理解成叫着翠柳，冲着翠柳叫，叫得翠柳更加翠绿，也绝无大碍，也许更妙。

"一行白鹭上青天"，更是开阔高大，晴朗清爽，昭昭天日，朗朗乾坤。"上青天"可以是正在进行式的腾空而起，可以是早已上天飞行过境，都好，都爽，都快乐。专家们说此诗是安禄山之乱后，杜甫回到成都草堂，快乐中作的诗。

先写地上的柳，后写天上的白鹭，中华文化传统离不了天地认知、天地自然、天地崇拜、天地依托，冯友兰称之为天地境界。"白日依山尽，黄河入海流"（王之涣《登鹳雀楼》）也是这路子。

西岭有雪，黄鹂鸣叫，时节正是春季，岭峰上的积雪尚未融化。"千秋雪"的说法使我想起新疆天山与昆仑山峰顶的万年积雪，不知在成都草堂能看到多远多高多久的积雪。看不见多少也没有关系，反正西边有山峰，看到了可以写，看不到想象着也可以写。杜甫会不会是从四川成都看着窗外的山岭，想象着一直向西行去将看到的从云贵高原到天山昆仑的雪峰呢？窗之内涵所有，亦大矣！今天的诗人从成都西望，也许所见更多，俗人则啥也看不见，建筑物高了，视线被阻挡了。

东吴万里来船，太棒啦，天下太平啦，万里一家啦，东吴船只来到蜀汉啦，往西再走，该是吐蕃西域啦。大国诗人，千秋万里，天上地下，胸怀广阔，当然不是坐井观天、鼠目寸光。

"欢愉之辞难工，而穷苦之言易好也"（《荆潭唱和诗序》），韩愈老夫子早早发现了这个道理，杜甫更是一位忧患深沉的大佬，但这首诗是如此明快、健康、盎然、美好。黄鹂引吭，白鹭高飞，碧柳翠枝，青天白云，窗含胜景，雪峰千秋，门泊舟楫，长江万里，一派中外诗篇中少有的生气洋溢、光亮鲜活。

数字化，中国人认识世界早已经重视数字化了。"两个"与"一行"，是数字化的精确对仗；"千秋"与"万里"，不但是数字对仗，更是时间与空间的兼顾。"谁倚东风十二阑……一汀烟雨杏花寒"（戴叔伦《苏溪亭》），"一叫一回肠一断，三春三月忆三巴"（李白《宣城见杜鹃花》），"一去二三里，烟村四五家。亭台六七座，八九十枝花"（邵雍《山村咏怀》），"一片一片又一片，两片三片四五片。六片七片八九片，飞入芦花都不见"（爱新觉罗·弘历《飞雪》），"身无彩凤双飞翼，心有灵犀一点通"（李商隐《无题》〔昨夜星辰昨夜风〕），"朝辞白帝彩云间，千里江陵一日还。两岸猿声啼不住，轻舟已过万重山"（李白《早发白帝城》）……这些诗都极可爱。数字入诗，给读者的感受更加形象体贴、亲近真切。

传统俚语说一个人文盲时会说他"不识数"，而中国诗人，都"识数"。

杜甫的诗常是散点透视。两只黄鹂，一行白鹭，窗户含山，门口泊船，蒙太奇结构，有画面感。李白的诗，则呈现出紧凑的发展感与经历接续感。

这又是一首形式上达到完美极致的诗，对仗工稳，平仄协调，精美完整，无懈可击，却无任何斧凿痕迹，也没有对仗不平稳之讥。如李商隐"梦为远别啼难唤，书被催成墨未浓"（《无题四首》），你会感到上联说"梦"精彩绝伦，但下联写"书"却更像是因上联而努力造出来的，远不如"春蚕到死丝方尽，蜡炬成灰泪始干"（《无题》［相见时难别亦难］）或"庄生晓梦迷蝴蝶，望帝春心托杜鹃"（《锦瑟》）那样妙手天成、完美无缺。

杜甫此诗，则是字字天然、行行澄明，越看越舒服畅快。

江畔独步寻花（其五）

杜　甫

黄师塔前江水东，春光懒困倚微风。
桃花一簇开无主，可爱深红爱浅红？

杜甫是忧国忧民的诗人，是盛唐发生的大动乱安史之乱及家国从此走向衰落的见证人与记录人，是诗圣，他的作品更是诗史。但人们往往忽略了他的另外一面，即多情，敏感，富有爱心、兴致、诗趣。

请看他此诗。江畔，即成都锦江江畔；独步，一个人在那里踽踽独行；不是孤单寂寞，而是寻找春天开放着的花朵，兴致绝佳。为了寻花赏花而独自来到江边，为了得到对花的欣赏审美的欢欣而独步锦江江畔，对于时年五十有八的杜甫来说，堪称人老心不老了。

这首诗说，在纪念或埋葬黄法师的塔前，锦江水流向东方，明媚暖和的春光令人慵懒，醉人的春风似可依赖歇息，一簇簇桃花灿烂开向人众，你是更喜欢深红色还是浅红色的春花呢？

寻春赏春、爱花评花的此诗，头三个字说的，至少字面上是僧人黄法师的坟墓，这可能是实录，可能只是地名符号，也可能含有人生的道性与佛法、眷恋与遗憾。

佛法与遗憾并不能撼动春花秋月的美丽动人，它们只是随着锦江的东流而在那里川流不息，不舍昼夜。"自是人生长恨水长东"（李煜《相见欢》[林花谢了春红]）？倒也不一定。却是春光暖洋洋，叫人慵懒。为什么慵懒？太舒服了导致失去了挑战和压迫，失去了紧张与任务，甚至失去了追求与渴望，这是另类的伤春、怀春、思春、惜春，不是宝玉的"无赖"，不是黛玉的痛苦，却也有二人与旧时代的空虚感、失落感、困惑感。

好的，慵懒是困惑的一种含蓄的表现形式。也许是因为写此诗时杜甫已经年近花甲，他对春天的反应已经比伤情渴望之类含糊迟钝，却仍然有一种模糊的感触与无奈存在。慵懒得想倚风，倚风而立，进而依风而行，写得倒也别样，评点者愿称之为"醉东风"。

为什么看到盛开的、艳丽的桃花会反应为此花无主呢？我们谁会在美丽的花季思考花的主人、花的自主、花的命运、花的花身（类似人身）的自主权利呢？这里有一种什么样的殷忧，什么样的关切呢？

我甚至想，会不会是老杜刚刚经过了安史之乱，他心理上因为杨贵妃的命运而受到强烈的刺激了呢？不至于这样尽情戏剧化、八卦化的吧？最多说到杜甫五十八岁已经饱尝名花无主、美丽无主、春光无主、期盼无主、幸福无主的空荡感了。

无主，指的是得不到公道、得不到保护、得不到理论、得不到帮助，也得不到成功的遗恨吧？这种无主的感受与"人面桃花相映红"（崔护《题都城南庄》），然后人面没了，"桃花依旧笑春风"相通。岂止"花无主"，人呢？与桃花一样美丽的人面呢？

那么，看看桃花就是了，管它有主无主，管它何时凋零，管它幸运噩运，好吧，只请问：深红，浅红，两类桃花，哪个更可爱？

从某种慵懒、醉风、无主之叹，变成了一种趣味和幽默了。说春光令人慵懒，说微风可以倚靠，说盛开却是无主，原来已经都有点幽默与趣味了，谁说杜工部只知道忧患元元呢？

杜甫的成都寻花组诗（《江畔独步寻花》），很可爱。"江上被花恼不彻，无处告诉只颠狂"（其一），"报答春光知有处，应须美酒送生涯"（其三），"谁能载酒开金盏，唤取佳人舞绣筵"（其四），"留连戏蝶时时舞，自

在娇莺恰恰啼"（其六），"繁枝容易纷纷落，嫩蕊商量细细开"（其七），美
不胜收。

却原来杜甫李白，诗圣诗仙，也有互通互变的一面。杜甫说什么被花引起
的苦恼无止无边，使人变得癫狂，变得嗜酒，不但要痛饮，还要在筵席间欣赏
佳人的舞姿，要像美丽的蝴蝶一样恋恋不舍地飞舞，要像黄莺一样清脆明亮地
啼鸣。杜甫的这种生动活泼、幽美天趣、敏感冲动、享花受柳的一面，不是很
纯真、很青春吗？

而李白的《宿五松山下荀媪家》写的是："我宿五松下，寂寥无所欢。田
家秋作苦，邻女夜舂寒。跪进雕胡饭，月光明素盘。令人惭漂母，三谢不能
餐。"李白的这首诗，不也很有杜甫的圣贤性、亲民性、仁义性与中华传统的
重农主义吗？

4 思亲与送别的经典诗语

九月九日忆山东兄弟

王　维

独在异乡为异客，每逢佳节倍思亲。

遥知兄弟登高处，遍插茱萸少一人。

独自离开了故乡，到外地成了陌生的客居者，这样，赶上美好的节日之时，就会加倍想念老家的亲人。远远地想到又到重阳节了，兄弟们本应一起佩戴着药用避邪的茱萸囊登高，这么多人都到了，仍然缺少一个奔忙在外的人——就是我呀！

第一句写的是异乡异客的处境，反映了农业大国、交通不便，又重视家庭伦理的古人的乡愁。第二句是本诗的关键，它概括、总结了国人的一种生活方式、心理模式、感情公式。遇到佳节，美景良辰，更加想念老家的父母、兄弟姐妹、亲戚，也会更被老家的亲人所思念挂牵。

生活产生了诗句，诗句带着生活的质朴、土气与温度。王维此诗充满了生活气息，诗句又活跃了人的生活与感情心理。有多少游子，遇到节日，会思亲思乡啊！

此诗实际上形成了逢节日必思亲的一个"智能诗心驱动功能键"。你想忘记思乡、忘记思亲？有王维的《九月九日忆山东兄弟》在，已经是不可能的了。

第三、四句是想象的具体化，有乡风民俗，有过往的习惯，农历九月初九重阳佳节，兄弟们带着茱萸囊，或将茱萸花插到头上，登高，以求吉祥。

生活里充满了诗，诗里充满了生活。生活万岁，故乡万岁，乡愁与"倍思"

万岁，惦念与心声万岁！

送元二使安西

王　维

渭城朝雨浥轻尘，客舍青青柳色新。

劝君更尽一杯酒，西出阳关无故人。

　　咸阳东部渭城县那边，清晨落雨，烟尘也显得湿润沉重些。客舍旅店，青色砖瓦与嫩绿柳条，都变得分外鲜明。多干一杯吧，我的好友，等出了玉门关南面的阳关要地以后，再去找老朋友一起饮酒，就没有几个熟朋友了。

　　送别，与悼亡、思乡、感遇、怀古、咏物、咏史、咏时、写景、言志、怀人等等，都是唐诗的重要题材。人们公认此诗是送别诗第一。受到此诗启发而作的著名古琴曲《阳关三叠》，是中华古典乐曲之绝唱。

　　一上来很舒服，朝雨轻尘，青舍新柳，举杯求酬。最后一句"西出阳关无故人"，显现了离别的严峻性，还有边疆边塞地区的陌生感，何日再相会再碰杯的不确定性，以及与君"生别离"的"哀莫哀兮"，别情何等地浓重啊。

　　但又不宜说得太过。王维并没有说西出阳关很危险、西出阳关苦难多、阳关之外多虎狼、有去无还也难料之类的话，而只说了同干一杯小酒这样一句"轻如鸿毛"的话语，深情浅露、重话轻言，别情千钧、别语细微，不宜煽情、只可略点，真王维也！

　　"劝君更尽一杯酒，西出阳关无故人"，这是王维写就的送别诗的经典诗语。同样著名的还有内涵正相反的高适的诗句："莫愁前路无知己，天下谁人不识君"（《别董大·其一》）。诗韵相异，为另一种共生经典。有古典诗词宝库的国人太幸福了。挽留惜别的时候，请引用王维的这两句诗；鼓励出行开拓创业的时候，可引用高适的这两句诗。够用，合用，左右逢源之妙用也！

　　根据全篇的平仄，它不属于近体诗里的绝句。《唐诗三百首》列入"乐府"，主要就是因为这个缘故。由于我缺乏这方面的知识，没有做到对古诗类型体例的准确把握，请识者教之。

早春呈水部张十八员外

韩　愈

天街小雨润如酥，草色遥看近却无。

最是一年春好处，绝胜烟柳满皇都。

> 韩愈（768—824）
>
> 字退之，河南河阳（今河南孟州南）人，自谓郡望昌黎，世称韩昌黎，卒谥文，世称韩文公，唐文学家、哲学家。力反六朝以来的骈俪文风，提倡散体，与柳宗元同为古文运动的倡导者，并称"韩柳"。散文气势雄健，被列为"唐宋八大家"之首。诗风奇崛雄伟，力求新警，有时流于险怪。又善为铺陈，好发议论，后世有"以文为诗"之评，对宋诗影响颇大。

皇都天街，小雨滴滴入土，街路湿润油光，好像吸收了油脂，天街地面也变得酥软润泽了。草色渐绿，远看诱人，近看却并没有找到新绿的幼草。

这是一年中最好的时节，远远胜过了丛柳如烟、遍布皇都各处的绿色盛春与夏季呢。

此诗前两句的妙处在于，提倡文以载道的韩文公，竟对天地众生这般细腻体贴。人的习惯是远望求其大概，近察求其细微。那么，春天的天街，远看，你会看到什么呢？冬去春来，从干枯的黄白褐色的枯草中，会显出春天的新绿，这不免令人兴奋。近看，人的要求仔细多了，你要找到、看清、断定哪棵草芽有了绿色，绿在哪里，绿草在未绿草里占多大比例，一一观察起来，反而找不到确已变绿、显出牢牢实实春意的青草铁证来了。

看来春天的草色可能尚在远处，还不能细化、具体化。遥看看出来的绿，可能还不是那么明实的绿，而是黄萎与干枯的黯淡中一些似有似无的绿的元素，隐隐约约。隐隐约约有绿色的意味了，是大状态，细看想找到新绿，却并不明确凿实。

真有趣，这是诗的发明，这是早春的发现，这是视觉敏感与钝感的含糊混淆。这是春天与残冬的混合，混合中残冬孕育了春天，这又是残冬与春天的区分，区分中春天弱弱的新绿因素被残冬的遍地遗留所压制。

"绝胜烟柳满皇都"，这是韩愈的独到之处，是此诗最引人入胜的地方。草色远看，看个大概，从冬天显出干枯黄褐土色的草地上看出些微的绿意，这是令人兴奋的。到底是怎么个绿法，到底哪儿偏绿了，观草人不会太认真地去分辨。远远一看，还能如何？等到了草地的近处，人们看到的不是笼统一片的草地，而是一棵又一棵小草，感觉、辨识、观察，与远看时的期待和注意力使用都不相同。于是，唉，反而找不到一棵草身上鲜明的绿色了。

难得韩夫子不但能提倡"文以载道"，他还体贴小草、体贴早春、体贴时令季节，体贴这时人们的视觉感受与心情。

至于这个节令是不是胜过夏季的烟柳皇都好一大截，可能未必。早春时乍暖还寒，还会有倒春寒，不一定多么可爱。然而，春天的消息太宝贵了，春天的消息要到乡村里而非皇城大都市里看。想来韩愈为此诗的远近草色的感受发现而相当兴奋，哪怕只是些微的发现，也使世界、天地、时节变得亲近可爱多了。称颂这样的时节与地点，自有它的道理与动人处。

好诗是一种发现，哪怕是仅仅发现草色与观者的距离的关系这么一点点。

中国古典诗词汗牛充栋，有独到发现者，并不是那么容易出现！

逢入京使

岑 参

故园东望路漫漫，双袖龙钟泪不干。

马上相逢无纸笔，凭君传语报平安。

岑参（约 715—770）

江陵（今湖北荆州市荆州区）人，世称岑嘉州，唐诗人。长于七言歌行。由于从军西域多年，对边塞生活有深刻体验，善于描绘异域风光和战争景象。其诗气势豪迈，情辞慷慨，色调雄奇瑰丽。

　　得知这里的官员中的一位被派遣的使臣要回京城去了，东望家园，路途遥远，一望无际，老态龙钟的我，袖子上沾满了泪水。由于双方是骑着马相遇的，谁也没有预备纸张和笔，无法给家人写信，只能请您帮我带个话，向家人报个平安。

　　岑参这首有名的边塞诗，既十分家常，又极不平凡。

　　"故园"，说明诗的抒情主人公在西部遥远的边疆地区效力，盖有年矣，离开家乡亲人，盖有年矣；距离很远，才有漫漫无边、看不到归途的感觉。见到朋友了，甚至见到大官儿了，才打躬作揖，却从自己摇摇颤颤、窝窝囊囊的形象中看到自己已经变老，在西部边塞当差或意图建功立业已经很久了。

　　"马上相逢"，应该是双方都骑着马，暗示这是一个马匹很多的地区，是一个游牧地区，是一个如此前所讲的西鄙人的诗里写到的，所谓到处窥察到牧马的地方。

　　不同的是，这次偶遇的朋友或者同僚，已经被这里的"中原巡视班子"派遣，以使节身份回京城向天子汇报去了。

　　此诗的主人公对此当然十分羡慕，自己的妻儿老小，也是在内地京城一带喽，多么希望使臣能帮忙带封平安家书回去！看来对方与自己交往有限，主人公竟不知道此公获得即将回到故园的美差的消息。临时写信吧，马上相逢，谁会带着纸与笔呢？只能传口信了：吾兄、长官、使臣在上，遇到俺家人，或者有劳大哥到俺家辛苦一趟，告诉家人我还活着，我想念家乡亲人们。

　　没有强调自己为国为民远离故园老家的辛苦，没有说过去的许多年自己碰到了什么样的挑战考验，没有说对家人的挂牵，没有说自己艰苦奋斗做了多少保境安民、改善边境安全的实事，能传达的也就是最寻常的"平安"二字，此外还能说点什么呢？

　　没有高谈阔论，没有上纲上线，没有豪迈壮志，他很庸庸碌碌吗？他的事业，他的心情，他的坚毅，是不应该被无视的。按常理，使臣回内地之前，可以问问同事同仁，尽可能为同事同仁带几封平安家信回去，这里竟然没有谁想到行这个方便，关心一下下属。皇亲国戚将相也罢，卒子小吏贱臣也罢，如此茹苦含辛，却连给家人发一封信都难以做到，呜呼哀哉！

　　带信或捎口信的事不太大，简简单单、具体而微的拜托后边，还隐藏着许多的话。

凉州词二首（其一）

王之涣

黄河远上白云间，一片孤城万仞山。

羌笛何须怨杨柳，春风不度玉门关。

　　一眼望去，黄河似乎是走向远方，往上走，一直爬到了高天白云中。孤独的城区，被包围在高峰林立的众山之中。

　　羌笛吹起了《折杨柳》的送别曲调，吐露着幽怨悲情。何必如此悲伤呢？内地的春风本来就是吹不过玉门关隘的，不会把内地春天的美丽与温暖送到关外的边塞去的呀！

　　唐诗写边塞，写它的遥远、危险、艰苦、荒凉，也写它的瑰丽、阔大、不凡与强劲力度。

　　"黄河之水天上来"，"黄河远上白云间"，思路与修辞角度是一样的。透视法则是这样的，一张图片，画面高处是远处，低处是近处。李白说黄河像是从天上奔流而下的，很有气势，王之涣说黄河像是通向、爬向、流向高天白云的，这个说法与黄河的流向是相反的，可以说虽离奇，却别有动人迷人之处。

　　"一片孤城"，就是指玉门，玉门故址在现在的甘肃敦煌西北小方盘城。汉代修筑了酒泉至玉门间的长城，玉门关当随之设立。城即是关，关即是城，简单地说，城门就是关口呗。唐朝时，小小的玉门城出现在万仞高山之中。

　　前两句是本诗名句。"黄河远上白云间"，表现出宏大与惊人、宽阔与无垠，黄河骄傲盘旋于万仞山峰。"一片孤城万仞山"，是严峻与坚守，万仞高山下的一座小城，显示了国与人、军与民、帝与臣的气魄。

小城不畏高峰，羌笛不怨杨柳，玉门关不急于等到春风。家贫出孝子、苦域见忠臣，有了边塞，黄河更加伟大，白云更加纯美，孤城更加亲切珍贵，山峰更加冲天。

绿得再迟慢的杨柳也终会发芽，再不来春风的玉门关，也是神圣伟大的疆土。不要认为最后两句话是失望和虚无，不，强调难点的意思是砥砺自身、呼唤勇气。正是艰难的地方，召唤着英雄勇士、钢肩铁臂，火热心声，澎湃诗绪！

凉州词二首（其一）

王　翰

葡萄美酒夜光杯，欲饮琵琶马上催。

醉卧沙场君莫笑，古来征战几人回？

> **王翰**
> 字子羽，晋阳（今山西太原西南）人，唐诗人。任侠使酒，恃才不羁。其诗善写边塞生活，《凉州词》尤有名。

又一首凉州词。凉州，今甘肃凉州，河西走廊东端，是通向西部边塞的一个要道的起点。

葡萄美酒放在夜晚闪闪发光的玉质酒杯里，在马上演奏琵琶的乐舞中畅饮，与此同时听到了队伍出发前线的战斗号令（或者是在琵琶伴奏、歌舞助兴中饮酒的时候，传来了队伍集合出发的号令），再痛饮几杯，醉着到战场上效命去吧。请别嘲笑，自古以来，征战边塞，又有几个人不是有去无回呢？

这是一首何等"豪华"的边塞诗！这里说的是精神的豪华，诗情诗语的豪华，文化与三观的豪华，生命与壮烈牺牲的豪华，而不是金钱财富的物质豪华。

"葡萄美酒"，四字千金！不是罗曼尼－康帝、梅洛、里鹏，而是被专家们认定为在《诗经》《史记》《汉书》，更是在唐诗中被记述描写过的中华葡萄酒。而饮这种酒用的是中华夜光杯——能在月光星光中使杯具与酒液同时发光的玉质特制酒杯。

在马上的乐器奏鸣与地上的歌舞中同干一杯，壮怀激烈，趁着酒兴醉意，出征杀敌，喋血沙场，精忠报国！

豪迈豪华，不无悲凉，"古来征战几人回"，似乎还有几分虚无。"死生亦大矣"（庄子），战争会带来牺牲，人们不可能绝对做到视死如归。刚刚喝上一口酒，未必能喝完喝高喝好的将帅士卒、文武官员们，带着醉意与对美酒和高端夜光杯的陶醉上前线，潇洒走一回，大气走一回，豪华走一回，也不失为潇洒男儿，报国忠良，大大方方的明白人、豁达人、高尚人，而不是哭哭啼啼的小懦夫。今天说起来，也仍然是"好样儿的"！

唐代的边塞诗里并没有写下太多保疆卫国的口号，更多的是一种审美英雄主义、审美爱国主义。古代中国尚没有如今的国家与主权意识，能激赏边塞生活之美，能体会哪怕是假想边塞生活之大美与豪华动人，已经可以算是英雄主义了吧。

阅读这首诗、吟唱这首诗、背诵这首诗，本身如饮美酒，如举玉杯，如闻马嘶，如响号角，你会有一种满足感、畅快感、雄武感、男儿感，应该说是幸福感。

人生几十年，有艰难，有窝囊，有勉强，有无奈，更有迷迷糊糊、索然无味……与一种凑凑合合、将将就就的人生相比，"葡萄美酒夜光杯"的生活，"欲饮琵琶马上催"的人生，"古来征战几人回"的命运，其实更值得拼一回、活一回、杀一回、慷慨一回、淋漓尽致一回，你说是不是呢？

出　塞

王昌龄

秦时明月汉时关，万里长征人未还。

但使龙城飞将在，不教胡马度阴山。

王昌龄（？—756）

字少伯，京兆长安（今陕西西安）人，唐诗人。开元、天宝间诗名甚盛，有"诗家夫子王江宁"之称。尤擅七绝，多写当时边塞军旅生活，气势雄浑，格调高昂。其宫词善写女性幽怨之情，也为世所称。另有《诗格》，论诗颇多创见。

边塞上空，悬挂着与秦朝时相同的明月，耸立着汉朝修建的城关。这里与中原家乡相隔万里，将士驻守在边地，难得有返回中原的安排。如果当年攻打龙城取胜的飞将军还在世，无论如何匈奴的骑兵也不敢越过阴山啊。

后两句令人想起西鄙人的"哥舒夜带刀……不敢过临洮"（《哥舒歌》），甚至让人看到雄伟的唐代边塞诗的某些"靠色（shǎi）"，即某种程度的模式化、公式化。其他题材的名篇佳作也有类似情况。

有时我们太强调中国古典诗词语言的规范性、继承性，无一字无来历，无一字无出处，还有"熟读唐诗三百首，不会作诗也会吟"的自然会写的特色。这是走向以诗为诗、自诗求诗的路子，反而忽略了从生活中、从创意中、从个人刻骨铭心的感应中求诗的大道。

但此诗永垂不朽，原因在第一句，"秦时明月汉时关"。这是什么样的胸怀，什么样的感受，什么样的古老而伟大的地点，什么样的宏伟而万古纪念的时间？

为什么是秦朝的月亮？你到了那里，会想到地点的古老，此地点的历史，此地的某种亘古不变的稳定性、古老性、永恒性，不是日新月异，而是千万年的一贯与一致性。

昨天从不显得太古太老，今天仍然与公元前221年秦始皇统一中国时一个样，有着同样明亮、引人注目的月亮。唐朝的你会想起秦始皇的文治武功，赫赫扬扬，历史功勋与得失评议，今天的读者读起"秦时明月汉时关"，就更加震撼神往。这当然是"念天地之悠悠，独怆然而涕下"（陈子昂《登幽州台歌》）。读了此诗，会想到明月与秦朝时期并无二致，也会想到楚汉相争、西汉东汉、三分天下、晋隋乱世……俱往矣，数风流人物，尽在秦汉，也在当下，在今天，直到明天、后天、后一万年。

而这里的边塞城关，或者边关要塞呢？它们应该是汉代修建的吧？这里的边防部署，应该延续了汉武帝的设置吧？雄图大略的西汉使节名将，为了汉室与百姓的安宁，为了中原王朝的兴旺发展，对历史作出了多少贡献！

奇怪的是，竟有号称研究古典文学中华诗词的人觉得秦月汉关的说法难解，他们还分析秦汉可以混用联用，不必强予分离，他们分析秦汉两朝的特色与此诗的关系。何必呢？月与关自古以来便联系在一起，《关山月》与《广陵散》一样，是古老的传统古琴名曲，不联系起来又有什么关系呢？大诗人突发奇想，从永远的月亮那里联想秦朝，估计联想到的不是秦二世与赵高之流，而是始皇嬴政。从悠久的边塞边关这边，联想到的是堂堂汉高祖刘邦，还有历代的贤君名将大臣，国之大者。恰恰是"秦时明月汉时关"的非一般说法，增加了此诗的冲击力量，比什么秦汉关山的说法撩人心绪得多。

写诗要有诗心、诗意、诗语、诗胆、诗兴，解读也要有诗的兴致、肝胆、灵性与想象力的大大开放激活。为秦月汉关的说法感到为难，这太不好意思了，还是去为我们的诗解缺乏诗魂、诗心、慧根而惭愧去吧。

⟨6⟩ 雨的回旋曲

夜雨寄北

李商隐

君问归期未有期，巴山夜雨涨秋池。

何当共剪西窗烛，却话巴山夜雨时。

你问我回家的日期吗？日期还不一定啊。只是今晚，客居外地，正赶上大巴山夜雨，使秋天的池水水位上涨呢。

谁知道什么时候能回到老家，和你共同剪理摆放在西窗台上的蜡烛。到那时，我会再回忆与叙述今天晚上的巴山夜雨，还有夜雨中我的孤独客居滋味。

这首诗的写法非常特殊，是中国的经典"回旋曲"。第一是时间的回旋。"君问"，是现在时；"归期"，是尚未落实的未来日期。"巴山夜雨"，是现在时；回到故乡，共剪蜡烛，是未来时，是巴山其地、夜雨其时的假想、想象、虚拟的未来时可能性。"却话"当下时空的夜雨，是未来时候回忆现时；而现时，在未来时中将变成、已变成过去时的情景。

什么叫未来？未来会变成或可能变成现在，而等未来变成了现在，现在也就变成了往事，变成了过去时。

未来、现在、过去，互相变化着，这就是时间，这就是人生，这就是存在，这就是经历，这就是感受、设想、推演与回忆，这就是诗心、诗意、诗情，苦涩中期待着的是美的甘甜。

这就是时间的多重性。

此诗写于公元 851 年，距今 1170 多年矣。

而令我国一代作家读者大轰大嗡的是《百年孤独》的开头："多年以后，奥雷连诺上校站在行刑队面前，准会想起父亲带他去参观冰块的那个遥远的下午。当时，马孔多是个二十户人家的村庄……"

我在网上看到有人说："《百年孤独》作者的伟大就在于他创造了一种近乎可以说是前所未有的叙述方式——站在未来的角度回忆过去。这种从将来回忆过去的倒叙手法，影响了几代中国作家，以至于有人会说，每个作家在写小说开头的时候，都会先想到马尔克斯的《百年孤独》，都会想到第一次阅读《百年孤独》的那个时候。"

难道他们都没有读过、读懂、想通李义山这首家喻户晓的短小的诗作？《百年孤独》这本书出版于 1967 年，与《夜雨寄北》创作的年代相隔 1116 年，我为那些无知的小朋友感到羞愧。对于中国的文学精英们来说，李义山的《夜雨寄北》不止是"百年孤独"了，竟是一千多年的"千年孤独"。

我想掉眼泪。

其实不仅是李商隐的诗，时间的多重性在其他中华文学作品中也有体现，例如《红楼梦》。《红楼梦》开头有一僧一道与石头，后来有宝玉黛玉，再后来到贾府崩盘。对于前三者即僧、道、石来说，一切都是过去时，同时是前二者即一僧一道营造的未来时。对于宝玉来说，一切尚未开始，是未来时。对于被女娲淘汰的石头来说，人间诸事，从未来到现在到过去，不过是转眼过去的一瞬。女娲不需要印欧语系的动词时态的区分，对于这位中华女神来说，汉藏语系的词根语更高明方便。

《红楼梦》的时间十分惊人，内分女娲纪元、石头纪元、贾府纪元、大观园纪元、宝黛纪元、太虚幻境纪元、大荒山无稽崖青埂峰纪元，众多纪元相异、相重合、相释放、相消解、相叠加、相连续。怎么那么多拿文学说事的朋友硬是没找到感觉，只知膜拜"百年"，却看不到李商隐的千年与曹雪芹的三百年呢？

再回到这首诗，其次是角色视角的回旋。"君问"，有人理解为所谓"君"是指主人公的妻子，有的则考证写此诗时诗人的妻子王氏已死，那么不是抒情主人公的妻子，"君"应该是指主方的其他亲友。我更愿意解释为是虚拟的一方一念一想。诗的头二字"君问"如果解读成"如果你问我"，才灵动活泼可爱。

头一句诗，是君与我、客与主双方；第二句，是说主人公单方思想情绪投入对象；第三句再设想共剪蜡烛，是主方设想的另一组主客双方；第四句，则是主客双方共话巴山夜雨，是双方与单方主方的现有的、将有的对于曾有的经历与心情旧事的回想。

更受人注目的是诗语的回旋往复。绝句最忌讳字词的重复，而此诗竟然出现了两处重复，一处是"期"，"归期"与"未有期"，怎么能这样拗口造句呢？其实有些同行对《百年孤独》那样五体投地，想必也有受到该书开头的绕口令句式的冲击的因素。哈哈，诗人要的正是"归期"与"未有期"的张力与悲哀，悬念与期待，落空与落实。下面更出现了"巴山夜雨"四字的重复，二十八个字当中，"巴山夜雨"占八个字，"期"占了两字，重复部分多于全文的35%。

对于真正的西洋音乐里的回旋曲乐式来说，"巴山夜雨"是回旋曲的"主部"A，"共剪西窗烛"与"却话"，是回旋曲的"插部"B与C。"归期"，是另一个主部A'，"共剪"与"却话"，是"巴山夜雨"的插部，同时具有了二主部A'（归期）的隐性表示即"A'"功能。这是诗的回旋，比乐曲的回旋还要回旋。

诗可以来回咀嚼和体味。一个实而又实的雨夜，正在下着的湿漉漉的大雨，竟表现出一分为二的经验与可能性，这是实与虚的二分，是现实与人设的可能回忆的二分，是人生现实性与可忆性、耐忆性、喜忆性的二分，还有回忆中的亲切感、难忘感、失落感、叹息感、将遗忘感的二分，以及一生二、二生三、三生万物的五味杂陈。这种回旋就不仅是张力，而且是诗学想象力、想象跳跃力，以及大不相同的诗人与诗艺的互通感了。

我要再强调一下，诗歌、文学使人生增加了耐忆性，耐忆性是对人生的短促性的一种弥补与平衡，还有个性、民族性、共性、人类性。李商隐此诗留下的难道不也有与普希金相通的共鸣与变奏吗？"一切都是瞬息，一切都会过去，而那过去了的，就会变成亲切的怀恋"（《假如生活欺骗了你》），诗人普希

金这样的诗句与李商隐的时间人设，是何等相似啊。李商隐的《夜雨寄北》，
如果用普希金体来写呢，不妨是：

> 假如巴山大雨，
> 浇透客居的你，
> 请不要悲凉，
> 请不要心急。
> 大雨早晚都会歇息，
> 你，早晚也定会，
> 回到家乡去，
> 与你的亲朋好友，
> 与天堂里的爱妻团聚。
> 共剪西面窗台上的蜡烛，
> 说起流浪巴山，
> 说起无情豪雨。
> 那怀念是不是也很亲切？
> 那回想是不是也很有趣？

　　幻想中的未来共剪西窗烛的说法，典雅温柔。今天读起来，恰如出席一个
欧洲友人的饭局，即使灯光如昼，也要点起爱迪生年代以前的蜡烛，赏烛光之
闪烁，发思古之幽情。我的幼年，由于常遭停电，家家都准备了蜡烛。烛光闪
烁是由于燃着小小火焰的蜡捻燃烧中形体不稳定，有时需要用剪刀予以修整。
这当然与欧洲饭局另异其感受。至于李义山回到家乡，住在自家，与家人共剪
西窗烛，则是一种纯朴的温馨美妙的享受想象。这是形象思维的美妙，还激活
了千余年后笔者关于自己的童年少年时代直至新中国成立初期电力供应不能满
足需求的记忆，以及改革开放以来访问欧洲那么多国家的记忆。人生的回旋曲，
您想不完，也写不尽，百年感动，千年怀念。

　　我爱说一句话：文学是对生命、对人生、对往事的一种挽留，可能是唯一

清晰的挽留。歌曲、图画、建筑、文物也是挽留，但是缺少文字的更清晰的说明记载。

竹枝词（其一）

刘禹锡

杨柳青青江水平，闻郎江上唱歌声。

东边日出西边雨，道是无晴还有晴。

刘禹锡（772—842）

字梦得，洛阳（今属河南）人，世称刘宾客，唐文学家、哲学家。和柳宗元交谊深厚，人称"刘柳"。晚年与白居易唱和甚多，并称"刘白"。其诗雅健清新，善用比兴寄托手法。

在杨柳变得青青新绿的春日，在风平浪静的江面上，听到了小伙子（船夫）唱歌的声音。

赶上东面出着太阳，西面的阴云下面照样下着雨，你说，这应该算是无晴（情），还是有晴（情）呢？

美妙绝顶的《竹枝词》，充满民歌风味，最好的时节，最好的江面，最好的歌声，最好的气象，最好的感受，最好的修辞，最好的谐音。

是谐音而不是本字，是风趣而不是倾情，是打岔而不是求真，是戏言而不是怨怼。

这是中华古典诗歌的极美、极诗、极民歌、极风趣、极享受，却又是人生的一个难解的大公式：有情＝无情？有情≠无情？有情＋有情＝多情＝无情？有情－有情＝真情＝无情？就拿《红楼梦》中的宝玉、黛玉、宝钗、鸳鸯、袭人、晴雯来说吧，谁能分析清楚他们的有情与无情呢？

一个无情，一个有情、多情，这里有多少诗趣、妙语、愉悦和烦恼，乃至生死抉择啊！我们谈到无情、有情、多情，不可能不想到苏轼的"笑渐不闻声渐悄，多情却被无情恼"（《蝶恋花·春景》）。这里说的情是什么？是爱情？太严重了，听见歌声、笑声、人声，就产生爱情了？是风情？沾点边。内情呢？

内情是一种内心情绪和一种动作举止、身体语言。还可能是闲情，是一种轻松的自我调节乃至休闲、消遣。还有殉情？我的天！越剧影片《红楼梦》恢复上映后，据说有一对热恋中的男女观影后双双殉情……如果他们读过刘禹锡的《竹枝词》，会不会心情轻松一些呢？

　　也许只是一种期待，一个飘过来的念头。"郎"的歌声对你产生了一点吸引，"妹"希望转过头来望一望这边。也许希望听得更清晰一些，听明白歌词里的情意与声音里的阳光灿烂，至少希望不是阴雨连绵。也许是当真想起自己村子里的情人，借旁人的歌曲寄托自己的爱恋。也许是并不相干的自作多情，只觉得自己的多情、深情却碰到了世界和他人的无情、不解、冷漠与麻木。也许如张贤亮的名言："被冷淡、被拒绝、被抛弃（的人），难道还不允许（他）有一点绯闻吗？"后来，爱欲生嗔怨，嗔怨生烦恼，佛学称之为"无明"。情则无明，明则无情，能这样说吗？

　　然而，你应该想到，一边下着雨，一边还可能出着大太阳呢，无情也许与有情俱生，无情也许正在变成有情，同样，有情也许正变成无情。道是无情，是你觉得人家无情、对方无情、世界无情，是你想得太自我、太任性，也许是忒自私了！对方的郑重，人家的冷静，世界的谨慎，正是天道啊，正是礼数啊，正是文明啊！而有了冷静、有了慎重、有了礼节，才有幸福，才有责任，才有未来。什么是有情与无情的区别呢？听歌者、读诗者，你们明白了吗？

⑦ 云淡风轻与万紫千红

春日偶成

程 颢

云淡风轻近午天，傍花随柳过前川。

时人不识余心乐，将谓偷闲学少年。

程颢（1032—1085）

字伯淳，人称明道先生，洛阳（今属河南）人，北宋理学家、教育家。曾和弟程颐学于周敦颐，同为理学创始人，世称"二程"。"二程"的学说后来为朱熹所继承和发展，世称程朱学派。宋以后统治者提倡程朱理学，该派曾长期保持思想上的统治地位。

天上的云儿淡淡地飘浮着，春风吹起，轻轻拂面而过。道路两旁花朵开放，绿柳成行，走着走着已经来到了河边。看到我这样散步的人，不理解我为什么这样健步匆匆，还以为我是偷懒闲散的长不大的少年呢。

程颢与他的弟弟程颐，是哲学家、教育家，是宋明理学的奠基人。他的此诗只是"偶成"，是性情之作、无心之作，是自然而然地吟咏出来的。

这首诗易读易记，被《千家诗》的七绝部分列为头条。《千家诗》是我国古代为儿童开蒙阅读而编辑的诗集，此诗是《千家诗》七绝头条，首先是因为它浅显通俗，同时健康、充满正能量，你即使深文周纳，也绝无可能从中找到"儿童不宜"的内容；其次，作者是正襟危坐的理学家师长，而不是只闹风花雪月的风流才子。

这首诗里写到的春天，云淡风轻，和平舒适。傍花美景、随柳正道，闲适从容，与世无争，与春无伤、无虑、无愁、无怨、无悲哀，毫无伤春、恼春、惜春的悲哀、虚无、悻悻的负面情绪。有这首诗打底，就再也不怕《牡丹亭》《西厢记》《红楼梦》等作品的伤感传染。

程公是道学家、理学家，是将情性与礼义道德高度结合起来、统一起来的人物。他这首可能被认作"偷闲学少年"的闲步之诗，正是天人合一、情理合一、无为与有为合一、偶然随心与修身教化合一的产物。偶成一诗，无懈可击，端庄适意，天情天理浑然一体。

春 日

朱 熹

胜日寻芳泗水滨，无边光景一时新。
等闲识得东风面，万紫千红总是春。

> **朱熹**（1130—1200）
>
> 字元晦，一字仲晦，号晦庵，别称紫阳，谥号文，南宋理学家、教育家。博极群书，广注典籍，对经学、史学、文学、乐律以至自然科学有不同程度的贡献。从事教育五十余年，强调启发式。其理学思想在明清两代被提到儒学正宗的地位，成为官方意识形态。其博览和精密分析的学风对后世学者很有影响。

在晴好的日子去寻找春天的美景，来到了泗水之滨。辽阔无边的地面上，风光已经焕然一新。春天的面貌很容易被人察觉与接受，万紫千红，琳琅满目，归结起来，都是春天的动人消息。

可以将程颢与朱熹的诗作一比较。二诗都以"春日"为题，程诗缀上了"偶成"二字，是说诗人的写作性质，而诗的内容概括起来仍然是与朱诗无差别的"春日"二字。程颢写得比较生活化、原生态，傍花随柳直到水边；朱熹写得比较浪漫化、理想化、审美化、内向化，他是寻找芳菲，同样走到了水边。比较知识化、精神化的人，看到花也罢，柳也罢，感觉到的是芳菲，是美丽，是天时带来的温暖与胜日，是世界的温馨与希望。

程诗也有一"寻"，但他用的不是"寻"字，是"偷"，他偷的不是芳菲与美丽，而是闲适与轻松，是开心，是松绑。朱诗的"无边光景"与"一时新"，也脱离了具象感觉，进入了抽象哲学的境界。无边光景，其实是谁也看不到的，人与鸟兽虫鱼的眼睛，看到的只能是有限，是局限。什么眼睛也看不到无边，因为无边远于一切距离，比一万亿公里更大的距离，比亿万光年更远的距离。"无边光景"，是数学加哲学加推理加想象的概念，不是视觉视力的眼科学、眼视野概念。

朱熹的总结更加向前推了好几步。首先是多种多样，一万种紫，一千种红，春光从四面八方、上下左右、远近高低涌来，人在春光中招架不住良辰美景、欣欣向荣、温暖活力。但同时，春光、春季、春日又是单纯的、统一的、一体的，万紫千红，都来自四时的更迭，都来自春日节令，都来自阳光能量的逐日增加，都来自春风风人的温情、夏雨雨人的滋润。而程诗满足于日常的生活渺小，以至于貌似少年人偷闲的开心。人可以使自己满意，而不必追根究底地挖出自己满意舒服的逻辑，加以论证，著书立说，并准备好应对不同见解，加以辩驳。

朱诗早已心中有数，顺天应时，开放汲取，千红万紫，洋洋洒洒，漂漂亮亮。

中华诗词的哲理性、立论性，在唐朝之后日益强化。这也有意思，诗可以千啼百啭地抒情，可以精巧镇定地描摹，也可以抖机灵、显才华，释放智慧与灵感的光辉，活跃思维，活跃精神，言志载道。

而同为大儒的程氏和朱氏，"云淡风轻"与"万紫千红"，淡定与艳丽对比且互补，清爽与火热对比且互补，空阔与丰满对比且互补。真行，这是天作之合呀！

饮湖上初晴后雨

苏　轼

水光潋滟晴方好，山色空蒙雨亦奇。
欲把西湖比西子，淡妆浓抹总相宜。

苏轼（1037—1101）

字子瞻，号东坡居士，眉州眉山（今属四川）人，北宋文学家、书画家。南宋时追谥文忠。与父洵弟辙，合称"三苏"，俱被列入"唐宋八大家"。文汪洋恣肆，明白畅达。诗清新豪健，善用夸张比喻，在艺术表现方面独具风格。与黄庭坚并称"苏黄"。词开豪放一派，对后代很有影响。《念奴娇·赤壁怀古》《水调歌头》传诵甚广。与辛弃疾并称"苏辛"。

〔南宋〕 李嵩 《西湖图》

　　西湖之水在阳光下荡漾波动，闪光摇曳，十分喜人，西湖的夏天是多么美丽！然后阴雨到来，山色缥缈迷茫，雨中的西湖别有风貌，分外动人！

　　西湖又名西子湖，西子说的就是西施，可以将西湖比作春秋时的美女西施啊，淡妆素面也好，浓艳打扮也好，各有各的风貌，无论怎样都是那样得宜。

　　古往今来，人们对东坡此诗夸赞不已，更多情况下，是到了杭州，到了西湖景区，面对着阴晴昼夜变化中的西湖各景点，引用此诗来称赞西湖的美景，而且有点"得意以忘言，得鱼而忘筌"的意思。引用此诗，意不在诗，意不在苏轼，意不在吟咏背诵、解诗学诗写诗，而在于人们认为这就是西湖的特色，是对西湖最准确的推荐语，是最可信的西湖广告。

　　当然这离不开苏东坡的诗的文体，诗外的成就成果仍然来自诗语。文艺来自生活，作用于生活。大雅可以有俗功，大俗可以诗化为高雅上品。这正是文学的生活气息、生活作用与功效。

　　这首诗的本体感、如实感，甚至超过了曹植的"煮豆燃豆萁，豆在釜中泣。

本是同根生，相煎何太急"（《七步诗》）。虽然曹诗也不是为诗而诗，更重要的在于哀求曹丕不要对他这个亲弟弟下毒手，但他七步为诗，或立占一绝，将政治危机紧迫性化作了诗才的机敏，而诗的比兴构思，语气设计的真挚质朴、如泣如诉、天真无邪、适可而止，都达到了绝顶完美的程度。诗缘真情，诗出心灵，诗意充沛，诗动神明，事儿绝了，诗更绝了。

东坡写西湖，饮于湖上，先晴后雨，晴时水光好，雨时山色奇。晴与阴，"好"与"奇"，水光与山色，西湖与西子，淡妆与浓抹，都是大白话，直话直说，只有"潋滟"与"空蒙"两个形容词略有诗意。他的诗不是作出来的，不是炼出来的，不是吟咏出来的，而是西湖本身就有的，是苏轼张口就来的。甚至可以说，首先，它是现实的与生活的，之后才是文学的。

文学可以文学到没有文学的程度，诗艺可以诗艺到没有诗艺的程度，进入化境的一切获得了普遍、相通、永恒、道法自然的性质，丧失了局限性、特异性、人为性与工艺性。

　　对于苏东坡这样的大家，西湖就是有大生命的生灵，就是西施一样的千古美女，就是美，就是诗。

　　请问诗何在？诗在西湖中，诗在谈笑中，为诗意未经。西湖今何在？湖在晴雨中，湖在诗文中，湖在白（堤）苏（堤）中。晴雨今何在？晴雨在天空，今日仍飘雨，明日天放晴，晴雨皆增色，冬夏俱从容。东坡今何在？东坡在心中，神州苏长在，东坡诗如虹。东坡尽相宜，东坡时时逢。

　　"淡妆浓抹总相宜"的诗句，似乎还流露出东坡此时的包容、灵活、好脾气。他承认了一个道理：N 与非 N，可以相宜、并存、双赢、非独占、非排他、不较劲。

　　上面说了程颢与朱熹各自一首七绝的互补，苏东坡的西湖呢，则是自己与自己、水光与山色、晴与阴、潋滟与空蒙、淡妆与浓抹的对比和互补。苏氏的一首七绝二十八个字，写了两个西湖，成为描述西湖的典范程式。

⑧ 比诗更痛切彻骨的是人生

十一月四日风雨大作（其二）

陆 游

僵卧孤村不自哀，尚思为国戍轮台。

夜阑卧听风吹雨，铁马冰河入梦来。

> 陆游（1125—1210）
>
> 字务观，号放翁，越州山阴（今浙江绍兴）人，南宋诗人。一生创作诗歌很多，今存九千余首，内容极为丰富。抒发政治抱负，反映人民疾苦，批判当时统治集团的屈辱投降，风格雄浑豪放，表现出渴望恢复国家统一的强烈爱国热情。抒写日常生活，也多清新之作。诗与尤袤、杨万里、范成大齐名，称"中兴四大家"，亦作"南宋四大家"。亦工词，杨慎谓其纤丽处似秦观，雄慨处似苏轼。他初婚唐氏，在母亲压迫下离异，其痛苦之情倾吐在部分诗词中，如《沈园》《钗头凤》等，都真挚动人。

老病之身，僵化的身躯躺在炕上，并没有为自己哀伤，想的是为了保卫国家应该到边塞轮台方向去驻守从军。夜静了，听到风雨大作的声响，梦里的感觉是在边境与敌寇作战，骑着身披铁甲的战马，奔走跨越过冰冻的河流，与敌寇好一番血战！

陆游号称爱国诗人，他还有两首七绝，爱国情愫打动人心。

示　儿

陆　游

死去元知万事空，但悲不见九州同。

王师北定中原日，家祭无忘告乃翁。

自己当然早就知道，生前诸事对于死者谈不上有什么可惦念的，但我仍然悲哀国家被分割、被蚕食。等到大宋的王师部队打到北方、收复中原，孩子们祭奠老父，别忘了告诉我国家又统一安定了啊！

秋夜将晓出篱门迎凉有感二首（其二）

陆　游

三万里河东入海，五千仞岳上摩天。

遗民泪尽胡尘里，南望王师又一年。

在北方，有三万里长的黄河东奔入海，有五千仞高的高峰伸入苍穹。那么多百姓被遗留在北方的被占领区，大宋的百姓在胡人的兴风作浪里哭干了眼泪，眼巴巴地期待着南宋朝廷的官军打回来。在落空的盼望中，又一年就这样过去了。

作为南宋臣民，陆游希望被驱赶到江南偏安一隅、心惊胆战的朝廷打回北方，收复失地，洗雪耻辱。《示儿》是他病体垂危时的遗嘱，披肝沥胆，惊天动地，字字血泪，痛心疾首。而在《十一月四日风雨大作·其二》一诗中，这位老病交加的诗人，僵卧床榻中，将夜间的狂风暴雨听成保家卫国战场上的战斗厮杀声音，也算是对国家民族的倾心倾情、热血沸腾了。

诗是用文字写的，是心志的宣示，更是用热血与灵魂写的，是燃烧，是呐喊，是灵魂的鲜血喷涌。

沈园二首

陆　游

其一

城上斜阳画角哀，沈园非复旧池台。

伤心桥下春波绿，曾是惊鸿照影来。

其二

梦断香消四十年，沈园柳老不吹绵。

此身行作稽山土，犹吊遗踪一泫然。

夕阳斜照在绍兴城墙上，吹起的号角流露着悲哀，我们相会的沈园，已经不是几十年前的形貌。伤心桥下的流水摇曳着春日的绿波，我回忆起当年在此春水中看到的你的惊鸿落雁的倩影……（这一切，到哪里去了呢？）

美梦已经断念，芳馨已经消散，四十年岁月就这样过去了，沈园的垂柳已经苍老到不飞柳絮了。我也老了，转眼将变成会稽山的一抔黄土，如今还要到这里来吊唁你，我的亲爱的唐琬啊。

陆游的又一方面的淌血，在于他与唐琬的爱情被生生拆散。"钗头凤"的故事，爱情的悲剧变得如此文学，一首词的文学成就联系着如此深情的爱情悲剧，情何以堪？词何以堪？书写何以能落墨？吟读何以能成诵？

干脆把情侣的两首《钗头凤》也"话"在这里：

钗头凤

陆　游

红酥手，黄縢酒，满城春色宫墙柳。东风恶，欢情薄。一怀愁绪，几年离索。错、错、错。

春如旧，人空瘦，泪痕红浥鲛绡透。桃花落，闲池阁。山盟虽在，锦书难托。莫、莫、莫！

看到了你红润和温柔的手儿，似乎还拿着用黄色的织品或黄纸封口的酒具。

春色满城，宫墙内的柳色也已充满春意。东风吹拂得好生烦恼，欢乐、满足、幸福的情感变得越来越稀少。心里贮存的尽是愁苦，回想与你分离已经数年，过得凄凉萧索。唉，一切都搞错了呀，错了，错了，错了！

春天依然是春天，人呢，徒然地变得更加消瘦。泪水冲掉了红色的胭脂，留下哭泣的痕迹，擦泪的手绢已经洇透了。桃花开始落地，池阁显得空旷起来。我们之间虽然有着山盟海誓，却很难有书信的来往。不该是这样的啊，不该，不该，不该呀！

钗头凤
唐　琬

世情薄，人情恶，雨送黄昏花易落。晓风干，泪痕残。欲笺心事，独语斜阑。难，难，难！

人成各，今非昨，病魂常似秋千索。角声寒，夜阑珊。怕人寻问，咽泪装欢。瞒，瞒，瞒！

唐琬用陆游词的同样韵脚，和了首"钗头凤"，亦可称为一唱一和，不是亲热，而是悲凉。

唐琬说的是：

世上的情义，只不过是薄薄浅浅，人间的相处，也有许多恶劣和遗憾。降雨送别了黄昏，春花轻易地从枝头落到地面上。晨风吹干了昨晚残留的眼泪，怎么抒写我的心事呢？只能斜靠着栏杆自言自语。这样活下去是何等艰难，艰难，艰难！

我们分手——各自过各自的日子去了。病中的心灵感受，就像秋千的绳索一样上下前后摇荡难安，魂不附体。号角的声音流露着寒意，夜色已经阑珊残破。怕别人问起自己的遭遇和情绪，只能含泪假装欢快。把一切都隐瞒起来吧，瞒着，瞒着，瞒着！

宋词中的高端顶级作品，其精彩程度应该说是超过陆游唐琬此组作品的，然而，这两首词里喷涌的更强烈、更悲苦、更不同、更痛入骨髓的，是人活生生的痛苦，是才子才女活生生被剥夺了的一生一世再无机会弥补的爱情。

诗词也好，小说也好，文学的意义、文学的成就、文学的才华、文曲星的光辉，千秋万代，不朽之盛事，都说得很体面。然而文学的力量，诗词歌赋的力量，在于它对人生，对人生的真实性、浪漫性、自然性、社会性、心灵性、梦幻性、冷淡性和狂热性……种种特色、种种秘密的记述和抒发、证明和证伪、描摹和发挥、发现和发明。文学的力量来自人间的力量、命运的力量、痛苦与欢乐的力量、天地日月星的力量、世界的力量、宇宙的力量。

诗词为人生作证，诗词让千年的不幸永远哀泣，诗词仍然在诉说、倾诉：这究竟是为什么？为什么我们的先人要承受这本来不必承受的痛苦……而偏偏是苦难出诗词，苦难出诗人，苦难练就了杰作啊。苦难，你少来一些吧。

近千年前的情侣陆游唐琬，近千年前的《钗头凤》一唱一和。目前仍然完整地保留着的绍兴沈园，由古迹区、东苑和南苑三部分组成，包括"断云悲歌""诗境爱意""春波惊鸿""残壁遗恨""孤鹤哀鸣""碧荷映日""宫墙怨柳""踏雪问梅""诗书飘香"和"鹊桥传情"十景。世世代代对于"钗头凤"的感叹，这是真正的诗话。

西湖、江南题材，有美丽古老的诗话诗作，加上新起来了些摩登网络、语言粗陋的命名的景点，这也是难免贻笑大方的诗话。

我还要讲一下童年的一个回忆。1946 年，二战结束还不太久，我是初中一年级学生，一天在家听收音机，听到了演员唐若青饰演唐琬的话剧《钗头凤》实况转播。当时我对陆游唐琬的故事略有所知，听转播听得如醉如痴，忽然，停电了，我跑到离大街更近的百米之外的居民区去，设想那边停电情况出现少一点，也许哪一家正在播放《钗头凤》。我果然听到了也就三分钟的转播，然后这一家子关了电门——显然，他们不是《钗头凤》的知音。

还有，这个家的大门紧闭，我听到的声音是从后窗传出来的，我的印象里这曾经是一座日本军官家属的住宅，后来，日本宣布无条件投降以后，他们应该早已狼狈回国了。

9 生气贯注

小 池

杨万里

泉眼无声惜细流，树阴照水爱晴柔。

小荷才露尖尖角，早有蜻蜓立上头。

杨万里（1127—1206）

字廷秀，学者称诚斋先生，吉水（今属江西）人，南宋诗人。诗初学江西诗派，后转以王安石及晚唐诗为宗，终则脱却江西、晚唐窠臼，以构思新巧、语言通俗明畅而自成一家，被称为"诚斋体"。一生作诗二万余首，传世者仅为其中一部分。亦能文。部分诗文关怀时政，反映民间疾苦，较为深切。诗与尤袤、范成大、陆游齐名，称"中兴四大家"，亦作"南宋四大家"。

泉眼无声地喷涌，它是珍惜流水，才慢慢地细水长流的吧？树荫遮挡着阳光，倒映在水面上，显示的是可爱的温柔的晴朗天气。小小的荷叶卷曲着刚刚露出尖尖一角，早早地就有蜻蜓站立在荷叶角的上头了。

这首诗深受喜爱，是因为它生气洋溢，活力四射。万物善良，可疼可爱。泉眼中流出的水不大，听不到哗啦哗啦的水声，是由于泉眼爱惜流水，舍不得开口子大水漫灌，原来渺小的泉眼是这样细心珍重，谨慎节制。

树与树荫也是有情义的，它们在水面上闪光，它们护送着、引领着阳光，也阻挡着阳光，保护着万物，为的是达到晴朗的温柔的天气的最佳效果。荷叶就像小孩儿，刚刚伸出一点发型尖角，一只蜻蜓就飞过去，自以为是地站立在上头了。

这正是古人喜欢的诗文的生气洋溢，今人所说的赋予生机，是诗人赋予了万物以生命，生的气息，生的欢愉，生的慈悲爱恋珍惜，而且是活泼自然，自有道理。泉水大有大的道理，小有小的道理，阳光有阳光的光耀，树荫有树荫的晴丽阴柔，小荷呢，那是天真，那是童心，那是喜悦，那是生命的游戏。

杨万里也是一绝，他写的成人诗歌竟然带有儿童文学的生趣，他的诗让你得到与万有混为一体的享受感。

晓出净慈寺送林子方

杨万里

毕竟西湖六月中，风光不与四时同。

接天莲叶无穷碧，映日荷花别样红。

毕竟是西湖，处于进入盛夏的农历六月（应是公历七月），它的风光与一年中其他时候有所不同。莲叶接天，碧绿无穷无尽。荷花映日，红光夺目，成就了少有的景象。

苏轼写西湖，"水光潋滟晴方好，山色空蒙雨亦奇"（《饮湖上初晴后雨》），写的是变化和动态，写的是两种景象的比较，各得其宜，各有特色。而杨万里此诗写的是夏天，盛夏西湖，热火朝天，荷叶接天，荷花亮眼，活跃于天地之间，写得淋漓酣畅。

前两句写时间，后两句写空间，时间是人设，空间是实感，全文应该都算是白话口语，兴高采烈，美丽中国，鼓掌点赞。

夏天的莲叶是接天的无穷，是天道与天性，是终极的永恒与巨大，至大无外。荷花是别样的，是创造性、个性、特殊性、不可重复性，是映日的光明与鲜艳，是鲜红与碧绿的生趣、舒张与艳丽，是物性与人性、质性、灵性，是美心美意念。

中国古典诗词中，写春日的汗牛充栋，春花、春草、春鸟、春虫，思春、怜春、惜春、游春、乐春、伤春、送春系列，有的是；写秋天，秋风、秋雨、秋凉、秋月、秋叶、秋雁、秋思、秋夜、悲秋也很多；写冬雪飘飞、寒风凛冽的也不少；而把盛夏写得如此圆满充实高大的，杨万里此篇令人赞叹。

〔清〕 张宗苍 《西湖图》

〈10〉 愈益蜕变分化的明清与兹后的诗

石灰吟

于 谦

千锤万凿出深山，烈火焚烧若等闲。

粉骨碎身浑不怕，要留清白在人间。

> **于谦**（1398—1457）
> 字廷益，谥忠肃，明浙江钱塘（今杭州）人。

通过千次锤打、万次凿挖，将石灰石自深山开采出来，再送到石灰窑里，去经受烈火的燃烧锻炼，这也只是一般过程，石灰石是不怕高温的试炼考验的。最后，它全然不惧粉身碎骨化为粉屑，目的只是在人间留下清白与纯正。

明朝于谦的诗，与现当代革命烈士的诗相当接近。它的重心不在于文字、诗律、对仗、修辞、巧思，而在于他们人生实践中显现出来的英雄主义、自我牺牲精神。

于谦此诗中有一种中华文化特有的勇敢坚毅、忍辱负重、不惧考验、不计代价、咬紧牙关、苦熬苦干，做成人之不能、做成非凡事功的精神。我暂且将这种精神命名为"苦行英雄主义"。

神话里的精卫填海、刑天舞干戚、愚公移山、夸父逐日，以及《西游记》里孙猴子被关在太上老君的炼丹炉中七七四十九天，使他的猴性、佛性、神性提升到了新阶段，这样的思路世上罕见。于谦此诗，传承了这样的苦行英雄主义。

春秋战国时期的刺客荆轲、豫让，为了家国、为了正义、为了报恩，其行刺行动的所作所为所忍所苦所献，胜过了所谓的粉身碎骨。荆轲为取得秦王信任，用了同一阵营的献身者樊於期的人头。豫让败而后战，吞炭变声，涂漆变色，妻子不识。即使是越王勾践的十年生聚、十年教训、咸鱼翻身、终成大业的故事，也是惊心动魄，令人觉得不可思议。

直至现代，长征中的红军故事，《红岩》中的革命烈士，都有这种中华文化特有的刑天精神、愚公精神、文天祥《正气歌》精神、烈士精神，都是世上独一无二的苦行英雄主义。

而对石灰之吟咏，同样是这种精神的彰显，是将这种精神与关于普普通通的石灰的制造和使用的形象思维贴切地结合在一起。

作为建筑胶凝材料的石灰，我国早在春秋战国时期就已经开始制造和使用了。于谦从石灰的制造和使用中提炼了惊天地泣鬼神的壮烈与清白、高尚与伟大，惊心动魄，垂范千秋。

蔽月山房

王阳明

山近月远觉月小，便道此山大于月。

若有人眼大如天，当见山高月更阔。

王阳明（1472—1529）

即王守仁，字伯安，世称阳明先生，卒谥文成，余姚（今属浙江）人，明理学家、教育家。初习程朱理学与佛学，后转陆九渊心学，并发展了陆九渊的学说，用以对抗程朱学派，成为理学内部心一元论的最大代表。其学说以"反传统"的姿态出现，在明代中期以后影响很大，还流行到日本。

山在你眼前，离你近，你觉得山大，月亮在天上离你远，你觉得月亮小，就说山峰比月亮大多了。如果有人目大如天，那么他会看到山有多么高耸，同时看到月亮比山更加阔大。

王阳明在历史上被称为半个圣人，他的诗作有些是以论为诗，以诗为论，可以说是哲理诗。同时他的诗写得浅白通俗，清纯透彻，大道至简，人尽可知。

此诗谈的是站位问题，更是眼界、视野问题。一个五尺高的人，眼前一座二三百米高的大山，已经把人眼遮挡得看不到太多东西了。月亮只有升高了，比山峰更高了，山挡不住了，你才看得见，你才认定它是出来了。而此前，月亮还被山遮蔽在山影里。如果你飞上高空呢？升入太空呢？驶向月球呢？你就看出山之高大与月之更高更大更宽阔无边来了。

近了看着大，远了看着小，王阳明早在许多年前就已悟到了这个透视原理。

而所谓眼睛之大呢，似乎已经诉之于国画的散点透视途径。看一朵花，普通人眼足矣；看星星月亮，你要争取飞上高天，现在的说法是要进入外层空间，目光与星月同辉同映同宽广，胸怀与天地同经纬同阔大同开放。

他这样写诗，就是提倡要学会从大处着眼，不要鼠目寸光、小鼻子小眼儿、胸无大志、心无大局。

王阳明的另一首诗也要在这里话一话：

答人问道

王阳明

饥来吃饭倦来眠，只此修行玄更玄。

说与世人浑不信，却从身外觅神仙。

如果有人问你怎样修行大道，你回答他说，饿了要吃饭，困了要睡觉，这样普普通通的回答，其实包含着深奥的重大的普遍适用的道理。

你这样说了，他却完全不信你，就是有这样的人，不从自身而偏偏要从自身之外、生活之外、经验之外去另外找天知道什么样的莫名其妙的神仙。

王阳明要说的是，卑俗喜欢作态装相、故作高深、舍近求远，大道反而是自然而然、淡而无味、无形无名无恃的。大道经常是常识通识，而一批俗人恰恰不重视常识通识，不满足于常识通识，而是好高骛远、大言欺世、自欺欺人。王阳明主张，道在自己的心中，道是自然的规律，自然而然的需要，自然而然的选择，自然而然的举止习惯风俗。

这其实与孟子的"性善论"是一样的，与孔子的"反求诸己"更是一致。正常的人，天生是有恻隐之心、羞恶之心、恭敬（辞让）之心、是非之心的。王阳明讲得更加生活化，更加不包含道德教训的压力。

王阳明讲的意思，我愿意理解为，道就是天经地义，就是天的纲领与地的意义，就是孔子的孝悌仁义，就是老子的道法自然，就是庄子的道通为一，就是佛法的真如、广结善缘，等等。

中国的思想家，中国的诗人，他们要做的往往不是专家，不是学问家，不是去创建新学理、新产品，他们更追求、更向往的，是深入浅出，是俯就百姓，是某种人民性、大众性，是引领人性三观，挽狂澜于既倒，教化万民、教化公卿、教化帝王、为帝王之师，修齐治平、内圣外王，玄圣素王、忠臣孝子、百代圣贤、万世宗师。中国君王不仅要掌握权柄，更要拥有人民的爱戴，成为万民的导师、榜样，是大成至圣、良师益友。

王阳明的诗是以论为诗，以道为诗，更准确一点说，是以智为诗，以智慧与理念为诗。中华传统讲究"诗言志"，以诗句表达自己的人生追求、精神追求、精神面貌、精神价值；王阳明则是"诗言智"，是最通俗也最易解、最好用，却又常常被人忽略、被人歪曲的智慧。

己亥杂诗

龚自珍

九州生气恃风雷，万马齐喑究可哀。

我劝天公重抖擞，不拘一格降人才。

龚自珍（1792—1841）

一名巩祚，字璱人，号定盦（一作定庵），浙江仁和（今杭州）人，清末思想家、文学家。所作诗文，提倡"更法""改图"，批评清王朝腐朽，洋溢着爱国热情。为文奥博纵横，自成一家；诗词瑰丽奇肆，称为"龚派"。

神州大地上是不是生气勃勃，取决于历史进程中的风雨雷电、大势洪流。或者反过来说，风雨雷电、大势洪流，是九州大地有生命力的表现。如果到处

悄无声息，一片喑哑静默，那就太悲哀了。

所以，我们应该期盼的是，我们应该向老天爷进言的是：请老天爷在今天再次振奋精神，给我们降下不拘一格的各式人才来！

龚定庵此诗是为了唤醒大清、唤醒中华、唤醒君臣、唤醒国士、唤醒百姓，他的角度却是向天公、向老天爷、向苍穹喊话，这是什么样的站位，什么样的担当，什么样的历史强音、时代号角！

这是政论诗，更是政治抒情诗。它是诗人政治热情的洋溢与政治期盼的热烈，如火如荼。"九州""生气""恃""风雷""万马齐喑""可哀""我劝""天公""抖擞""不拘一格""降""人才"，都很政治、很良心、很急迫、很宏伟，同时十分生动、形象、激越、有力、饱满。

最后归结为"不拘一格降人才"，也就是毛泽东《沁园春·雪》词中的"数风流人物，还看今朝"。历史转捩的大势已经形成，威武雄奇的大戏舞台已经搭好，能不能唱好九州大地上这台好戏，就要看"角儿"了！

只有不拘一格降下人才，只有到处冒出来出色的风流人物，历史的风雷、历史的高腔、历史的辉煌、历史的飞跃，才能淋漓尽致，历史的新篇才能大放光芒。

不拘一格降下人才，其实说的更是人才要不拘一格地尽到力量，蹚出路子，发挥各自的才华胆识，演好各位的历史角色、时代角色、社会角色、民族角色。救亡图存、转危为安，一切要看你们这些角色！

龚定庵写此诗的己亥年，应是1839年，也就是鸦片战争的前一年。诗中有对于清朝政治万马齐喑的不满，有对于风雷生气的期待，有对于改革图存的呼吁，有对于抵御外侮的号召。它是文学的心愿，是诗性的呼唤，是龚自珍的吁天录，也成就了政治现实的预言。风雷，风雷，风雷，从万马齐喑到万马奔腾、天翻地覆，他预想的一切，在中国上演了一百多年，令人何其感慨！

同属于《己亥杂诗》的第九十六首就沉痛了：

> 少年击剑更吹箫，剑气箫心一例消。
> 谁分苍凉归棹后，万千哀乐集今朝。

少年意气风发的时代，喜欢击剑，更喜欢吹沉郁的竹箫。现在呢，剑呀，箫呀，那些浪漫潇洒的情怀，已经一一消退殆尽了。谁又推演得到，划着小船回到家乡（想着就此终老的时候），竟然有这么多的悲欢离合、喜怒哀乐，集聚在心头！（谁能平静，岂得安宁？）

文如其人，人得其文，以大数据来说话，是不错的。高人高诗，仁人仁文。龚诗高踞，绝无仅有。

龚定庵被柳亚子誉为"三百年来第一流"。即使只谈诗作，他的力度、深度、高度、浓度，也是千古少有。龚氏无愧于柳亚子此语也！

沅甫弟四十一初度（其十）

曾国藩

左列钟铭右谤书，人间随处有乘除。

低头一拜屠羊说，万事浮云过太虚。

曾国藩（1811—1872）

原名子城，字伯涵，号涤生，湖南湘乡白杨坪（今属双峰）人，晚清政治军事人物，湘军首领，洋务运动主要人物之一。

这当然是政治诗，更是人生诗、做人诗。

在皇上的文案上，左侧可能是可以铭刻在钟鼎上的赞扬你的铭文表彰文书，右侧是诽谤你、举报你，甚至诋毁你的奏本材料。人间到处都会有加减乘除的不同算计。让我们低下头来，向急流勇退、辞官不受的古人屠羊说致敬崇拜。我们要谨慎小心，万事都如浮云，一瞬间就从太虚梦幻之境飘飞而过。又有什么会留下痕迹呢？又有什么可计较的呢？

此诗用典来自庄子的故事。一位宰羊卖肉的屠夫，名叫屠羊说，跟随亡国君王楚昭王逃亡。楚昭王复国后，将屠羊说视为随从，意欲有所封赏。屠羊说极度清醒谦虚，说君王复了国，他自己也应该恢复自己的本业本职，不能接受额外的封赏。

曾国藩将庄子所编辑的故事放到自己功高震主的时节，以教导弟弟的形式，坚决、深刻、巧妙地写成二十八字的七绝诗，对自己可能遭到的攻讦预为洗刷，永垂史册诗册。

从此诗中可以看出曾文正公对朝廷政事的理解，对官场钩心斗角、陷阱遍布、进退存亡、瞬息万变的险情的体察与警惕，如临深渊、如履薄冰的自我提醒，有所预应、有所超脱、有所准备、坚韧隐忍的修养功夫。这样的诗，前所未有、后所罕见，一字千金、一语获救，堪称绝妙好诗。

诗各有致，以情动人，以理警世，以挚动心，以创意新鲜惊艳，以修辞装扮人生。

挽雪峰（其一）

聂绀弩

狂热浩歌中中寒，复于天上见深渊。

文章信口雌黄易，思想锥心坦白难。

聂绀弩（1903—1986）

笔名散宜生，湖北京山人，中国作家、古典文学学者，晚年写作大量旧体诗。

越是在发烧狂热、高调大嗓门儿歌唱的亢奋时刻，越容易受到风寒的侵袭与刺激。越是扬头看天，越容易看到天上望不见底的深渊。

写起文章，大言欺世，信口雌黄，随便忽悠，这事儿还不好办？然而真实与深刻的思考呢？锥心刺骨、想来想去、勉勉强强、犹犹豫豫、不得要领，想说明白、说真话、坦白直言，太难以做到了。

这首诗本是七律，从文学欣赏的角度，这里我们取前四句，作七绝来解读。

头两句诗，用了鲁迅《野草》语。用到聂诗这里，与原文侧重有所不同。"狂热浩歌"，指的似是脱离实际的吹牛皮、放大炮。"中寒"，指有了放大炮的病态狂热浩歌高调，就会导致适得其反的后果，也就会有冷言冷语泼冷水，引起感冒伤风流行寒证。话说得太悬空了，就可能不是鲲鹏展翅高飞，而是堕入那悬在高天上的深渊之中。再回过头来想想我们的文章与思想话语，不是应该更多强调实事求是、接地气、本土化、与生活实践相结合吗？

　　诗题"挽雪峰"，此诗是追悼老革命、老作家冯雪峰的诗篇。

　　聂绀弩的诗远离唐诗宋词的典雅精致、风流潇洒、良善纯洁、深情有致，多了些倔强惊诧、愚惑自嘲，还泄露了一些傻气、稚气、酸气，些许乖戾之气。说到当代创作上不无落寞、电视里知识记忆竞赛人山人海的旧体诗，他的写作给人完全不同的印象，令人难忘。

　　胡乔木同志为聂的诗集写序，也不一般。

　　不论是多么难以企及的古代经典作品、矗立万代的高峰，我们可以崇拜，可以感动，我们必须学习，必须树为榜样去师法，但永远不能将已有的伟大变成网络智能式的背诵，更不能变经典为自囿的套套。我们的使命是传承，是弘扬，更是转化与创造。"学我者生，似我者死"，齐白石此语，万岁！

乐府·古风·歌行体等

1 花木兰的青春万岁

木兰诗

唧唧复唧唧，木兰当户织。不闻机杼声，唯闻女叹息。

问女何所思，问女何所忆。女亦无所思，女亦无所忆。昨夜见军帖，可汗大点兵。军书十二卷，卷卷有爷名。阿爷无大儿，木兰无长兄，愿为市鞍马，从此替爷征。

东市买骏马，西市买鞍鞯，南市买辔头，北市买长鞭。旦辞爷娘去，暮宿黄河边，不闻爷娘唤女声，但闻黄河流水鸣溅溅。旦辞黄河去，暮至黑山头，不闻爷娘唤女声，但闻燕山胡骑鸣啾啾。

万里赴戎机，关山度若飞。朔气传金柝，寒光照铁衣。将军百战死，壮士十年归。

归来见天子，天子坐明堂。策勋十二转，赏赐百千强。可汗问所欲，木兰不用尚书郎，愿驰千里足，送儿还故乡。

爷娘闻女来，出郭相扶将；阿姊闻妹来，当户理红妆；小弟闻姊来，磨刀霍霍向猪羊。开我东阁门，坐我西阁床。脱我战时袍，着我旧时裳。当窗理云鬓，对镜帖花黄。出门看火伴，火伴皆惊忙：同行十二年，不知木兰是女郎。

雄兔脚扑朔，雌兔眼迷离；双兔傍地走，安能辨我是雄雌？

织布机唧唧地响着，花木兰在房间里织布。从木兰那边听到的不是唧唧的织布机的操作声，而是女孩子的唉声叹气。故事诗从花木兰叹息的悬念开始。

"闺女，你琢磨什么呢？你想起什么了呢？"

"哦，我并没有琢磨什么，也没有想起什么。头天晚上看到了军中文告，可汗下令大规模征召士兵。军中文书十二卷，每卷都写着老爹的名字。爹爹没有大儿子，木兰我也没有大哥，爹爹老了，木兰想购买好鞍马，代父服兵役出征。"

从东市买到骏马，从西市买到马鞍和垫子，从南市买到嚼子和缰绳，从北市买到长长的鞭子。早晨告别父母，晚上宿营，到了黄河沿岸。听不到爹娘呼唤女儿了，听到的是黄河之水，流声溅溅汩汩。然后再与黄河告别，到了黑山头。听不到爹娘呼唤闺女了，听到的是燕山马匹嘶鸣啾啾。

行军万里，不误战斗时机；关山数度，如同飞兵穿越。执炊与敲打的铜器，也散发着北方的冷气，它们映射的寒光，照亮了士兵穿着的盔甲铁衣。将军身经百战，献出了生命，壮士搏斗十年，终于结束战争，回到家乡故土。

光荣的战士花木兰等人见到了天子，天子在朝堂里接见得胜的军人，有十二种功勋称号，分别安排奖励，朝廷的赏赐十分丰厚。可汗君王问花木兰的愿望，花木兰说，她无意担任尚书（相当于今天的部长）级别的高官，只求不远千里，回到自己的家乡去。

爹娘知道女儿要回来了，相互搀扶着出城迎接。姐姐知道妹妹要回来了，梳妆打扮，隆重欢迎。小弟知道姐姐要回来了，把刀磨得犀利光亮，准备杀猪宰羊。花木兰呢，打开东面闺房的门，坐上西面闺阁的绣床。脱掉战袍，换上旧日女装。靠着窗户理顺鬓发，对着镜子贴上一些装饰。走出房门见到军中的同伴，同伴们大吃一惊：同行战友十二年，竟然不知道木兰本来是女郎。

抓起一只兔子，雄兔腿脚扑扑打打，雌兔则是两眼迷离昏惑，人们很容易辨别雌雄。但如果两只兔子相伴而行，谁又能辨别出它们是雌性还是雄性呢？

诗歌写得明丽婉转，淳朴可亲，光明爽朗，生动有趣。

一上来是叹息，叹息压倒了常态，压倒了织布等日常生活劳动。然后是当机立断的决策，痛痛快快，没有犹豫，想到就做到，想好就做好。木兰代父从军，不需要一个字的犹豫与算计，不争论，不商量，不废话。一句"从此替爷征"，立即跃入采购后勤物资阶段，进入亟尽孝道、卫国豪情与报国准备的落实阶段。

底下，入列到位，齐活，新兵花木兰，出发啦！

然后就是朝发夕至，从织布唧唧到黄河溅溅，再到胡马啾啾，效率惊人。象声词变了，地点变了，身份变了。这是何等刚毅淡定，视变如常，视战场如乡场，视农村女孩如军官学校高端学霸、精英尖子。

花木兰在战场上奋战十二年，只用了六句诗三十个字来描述："万里赴戎机，关山度若飞。朔气传金柝，寒光照铁衣。将军百战死，壮士十年归。"这可真够得上"一句顶一万句"了。

《木兰诗》的主题不是写战争，而是写战争中的传奇，战争中的小女儿故事。一个女孩子，以男孩身份代父从军，前线作战十二年，屡建功勋，胜利归来。这才是英雄主义，这才是女中豪杰，这才是惊人动人的关键。

同时，六句写战场的诗，毕竟壮烈庄重，义正词严，恢宏堂皇。前两句讲遥远的空间，万里戎机、关山飞度，表现我们祖国的辽阔壮大；中间两句写地理气候与季节特色，朔气、金柝、寒光、铁衣，是北方征战的严寒、严肃、勇敢、天寒地冻、千难万险、闪闪发光、铿铿作响；最后两句是官兵一体的英雄主义，"将军百战死，壮士十年归"，将军的牺牲放在前边，有这样的军威将勇，定然是战无不胜。这是何等伟大的精神！再精炼，你还是要立正、鸣枪鸣炮、敬礼，肃然称颂。

后面写得就可爱可亲可喜，都是生活气息了。可汗授勋重赏，好！辞官不就，可汗立即接受木兰所求，更好！人性化，亲民化，有人情味。爹娘相互搀扶着迎闺女，大姐梳妆打扮，弟弟磨刀霍霍宰杀猪羊，哈哈，物质精神两手都要硬。

最后开开玩笑，告诉你怎样辨别兔子的性别，当然，你不能用这种方法去辨别人的性别。虽然这个说法的说服力其实有限，人们永远会怀疑花木兰性别难辨的真实性与诡异性，但面对这样可爱可敬的向英雄致敬的一首大诗，谁能不伸出大拇指来称赞一番呢？谁顾得上说别的鸡毛蒜皮呢？

但又不能不相信战争中女扮男装、立功受奖的奇迹。如在解放战争中屡建奇功的全国特等女战斗英雄郭俊卿，就是当代花木兰。她生于1931年，来自辽宁，15岁参军，战争中受过伤，受到过毛主席接见，1983年去世，终身未婚。

② 李白之诗天上来

将进酒

李 白

君不见黄河之水天上来，奔流到海不复回。君不见高堂明镜悲白发，朝如青丝暮成雪。人生得意须尽欢，莫使金樽空对月。天生我材必有用，千金散尽还复来。烹羊宰牛且为乐，会须一饮三百杯。

岑夫子，丹丘生，将进酒，杯莫停。与君歌一曲，请君为我倾耳听。钟鼓馔玉不足贵，但愿长醉不愿醒。古来圣贤皆寂寞，惟有饮者留其名。陈王昔时宴平乐，斗酒十千恣欢谑。主人何为言少钱，径须沽取对君酌。五花马、千金裘，呼儿将出换美酒，与尔同销万古愁。

诗题"将（qiāng）进酒"，不是将要进酒喝酒，而是"请喝酒"的意思。

我是反对给作家、给文学作品排名次的，但是如果有人问我最喜欢李白的哪一首诗，我会不假思索地回答："《将进酒》！"

李白说："您没有看到吗？黄河之水，自天而降，奔流到大海里不再归来。您没有看到吗？高大的厅堂里，明镜高悬，它们为前来照镜子的人们的白发而悲伤（或照镜子的人为镜子里的白发而悲伤），怎么这些人早晨还黑亮亮的头发，傍晚就变得雪白了呢？人生得意快意了，就要尽情地欢聚开心，不要让饮酒的金杯空空荡荡，白白地面对着天上的月亮。须知道，上苍生下了我们这些有资质的材料（我们这些精英），必然赐给我们发挥作用的机遇，即使失落了

〔清〕 苏六朋 《太白醉酒图》

许多资源，也照样有可能将它们全部赢取恢复回来。我的好友岑勋啊，元丹丘啊，请开怀畅饮吧，不要停杯歇息，我要为你们唱一支歌曲，请你们倾听。钟鼓声声入耳，食品精美如玉，这并没有特别珍贵，我们希望的是沉醉不醒，无忧无虑，永远快乐无比。自古以来圣人贤士多了去了，他们多半业已湮没沉寂，只有痛饮美酒的人才名扬千古。想当年陈思王曹植，在平乐观里大摆酒宴，酒水汪洋，欢笑热闹，尽情尽兴。不要与主人谈论花销成本、开销破费几许，拿过酒来，只请痛饮！五花宝马，千金裘服，凡值钱的货品，下令让仆役们卖掉它们！换酒与你们干杯，与你们消融掉、排遣掉万古以来的人生愁闷。"

"君不见黄河之水天上来"，第一句诗气势压顶，先声夺人，读者似乎看到了从天上倾泻下来的黄河，奔流而下，飞浪四溅，轰鸣八方，浩浩荡荡。

可以说是以黄河起兴，联想到进酒，让酒浆的豪饮具有黄河入海的澎湃；可以说是以流水比喻单向逝去、永不停息的时间，从高大上的精英们一直说到杯中酒，说到好马良裘，也可以从中体会到"逝者如斯夫，不舍昼夜"这样一个由孔夫子提出的母题：及时进酒吧，只争朝夕。

孔子的九个字一句话，孕育了中华民族的时间感悟、逝水感悟、生命感悟、人生过程感悟，以及必须珍惜一切的"逝水原理"的基本模式。

笔者老王不无极端的感悟，在"君不见黄河之水天上来"。这样的名句，一句顶许多句，不但可以与痛饮三百杯联系起来，也可以与励志、与奋斗、与神州、与大地、与山河、与天道、与诗词、与国之大者再大者和小者再小者联结成为名诗名句。一句诗激扬起风浪波涛，一句诗开天辟地，给了亿万人的精神以最初性、创造性、天然性驱动发动，激扬点燃。

千头万绪的水流感悟，出自孔子的"在川上曰"也罢，其风流伟力已经不是当年孔子的叹息所能够比拟的了。

中华文化中的"天"字，既是实存，又是信仰，既是确有，又是只有非凡的想象力才能够得着的终极顶峰。天还是道德的起源、行为的规范。《千字文》第一字就是"天"，俗话叫作"天字第一号"。老子、孔子、孟子等各路圣贤所讲的"道"亦名"天道"。《道德经》五千多字，不同版本字数稍有差异，其中"道"字出现约八十次，而"天"字出现约九十次。

　　黄河，是我们的母亲河，我们的摇篮，我们的生机，我们的艰苦，我们的麻烦，我们的骄傲。李白一句"君不见黄河之水天上来"，创造了中华情怀的一个根本性命题、一个经典、一个爱国主义命题，岿然千载，纪念碑长存。

　　"君不见黄河之水天上来"，还是20世纪光未然与冼星海合作的《黄河大合唱》的源头，中华爱国主义、中华河山意识、中华卫国意识的一个源头。

　　"君不见高堂明镜悲白发"，一下子从来自高天的黄河拉回我们的厅堂，拉进一面镜子里，拉到司空见惯的脑瓜子与白发银须、人生苦短上去了。

　　它倏忽缩小了亿万存在体积，原来赫赫人生，不过是一天朝夕，闹不好还可能朝不保夕。但同时，一句"朝如青丝暮成雪"的干脆与豁达，又回到李白的大气磅礴、胸怀万世万事万古万愁万喜上去了。

　　世界如此伟大，黄河如此张扬，人生如此短促，所以"人生得意须尽欢，莫使金樽空对月"。人生不能空虚，不能哀叹，"不复回"也不能悲哀，"暮成雪"，也犯不上去散播晦气、传染背运。越是悲哀，越要注意尽创尽享欢快之情之景之乐。

　　因为，这个世界上有黄河，这个中国有李白，这个人间有美酒，这个中华经典诗集里有《将进酒》！

　　要用诗的、人文的、文学的、精神的快乐光明和阳光自信，去战胜人生的挫折、艰难、短促，乃至或有的某种软弱感、空虚感。

　　想想，我是李太白！我是谪仙人！我是诗仙！白也，诗无敌！无惧、无忧、无惑！劝酒，也不是酒鬼之醉、无赖之醉，李白的耽酒与喜醉，首先是人生之醉，更是诗才、诗美、诗心、文心、诗兴之醉，人生的一切光明欢乐之醉！

　　人生的短促与坎坷，绝非意味着只剩下及时行乐了。李白的人生观绝对不是要造就一批酒鬼、一批花花公子、一批消费主义快乐主义至上的社会寄生虫！

　　显然，说到此处，李仙人也觉察到了。且慢，底下才是李白的三观金句——"天生我材必有用，千金散尽还复来"。我们要做的是家国的人才、栋梁、精华、智者、贤达、大匠、专家、宗师、骨干、先驱，不是，尤其不仅仅是能喝的酒徒或酒色之徒。

但人才的命运未必顺利，人才的人生未必光滑顺溜，有倒霉的时候，有碰壁的时候，有散尽千金、丧失一切资源与后备支援、尴尬无奈、破产变成穷光蛋的时候。好了，记住，越是这种晦气窒息的时刻，越要相信、牢记，人才要经得住考验，人才不怕倒霉噩运，真正的人才，怎么丢了的，就怎么找回来，怎么倒的霉，就怎么给我翻过身来！这才是此诗言的"志"，此诗主题思想的核心！

然后敲锣打鼓，铙钹齐鸣，喝酒事小，自信事大，豪情事大，"天生我材必有用"的宣扬事大，"千金散尽还复来"的话语大如泰山。加油加油，老弟老兄，三百杯一天，喝够了才不会在艰难中没顶，人们还要借着不舍昼夜的如斯光阴的浮力攀登上来，逢凶化吉、遇难成祥、咸鱼翻身、扭转乾坤。

圣贤虽高明，但缺少了情趣豪兴，又能活出多少意思？还不如善饮的好汉——文采惊世、牛气冲天！像曹植才子王爷一样痛饮吧，把自己的精神温度、亮度、速度提升到最高最大吧，世上没有比精神愉悦更好的享受，没有比消融掉万世悲愁更好的快乐。到欢乐中去！到无忧中去！到人才中去！到有用中去！振奋起来，鼓舞起来，欢呼起来吧！

李白这辈子并不太顺当，涉永王谋反案差点使他丢了命，结果是对他宽大，将他流放夜郎。他也写过自己的烦忧、不称意，但同时他又永远那么豪迈、大气、乐观、自信，声势夺人，硬是"不可救药"地无敌于天下。

庐山谣寄卢侍御虚舟

李　白

我本楚狂人，凤歌笑孔丘。

手持绿玉杖，朝别黄鹤楼。

五岳寻仙不辞远，一生好入名山游。

庐山秀出南斗傍，屏风九叠云锦张，影落明湖青黛光。

金阙前开二峰长，银河倒挂三石梁。

香炉瀑布遥相望，回崖沓嶂凌苍苍。

翠影红霞映朝日，鸟飞不到吴天长。

登高壮观天地间，大江茫茫去不还。

黄云万里动风色，白波九道流雪山。

好为庐山谣，兴因庐山发。

闲窥石镜清我心，谢公行处苍苔没。

早服还丹无世情，琴心三叠道初成。

遥见仙人彩云里，手把芙蓉朝玉京。

先期汗漫九垓上，愿接卢敖游太清。

　　我本来是楚国接舆那种狂放之人，唱着"凤之歌"，嘲笑孔子的忧国忧世道的一套主张与努力于事无补。

　　我想的不是什么"天下归仁"的大话，而是手里拿着佩有绿玉的高级手杖，早上告别黄鹤楼，出游远地。

　　为了寻访仙人，不妨走遍五岳，不拒绝远行，此生我最喜欢的，正是到著名的山岭中去游访。

　　庐山在与南斗星相应的南方，显示着自身的秀丽。山势如九扇屏风，浮云像锦缎一样在山峰上舒张。山影落到亮晶晶的湖面上，显出青黛色的光亮。

　　金阙岩石前两峰巍峨，三石梁前的瀑布像银河倒挂，与香炉峰的瀑布遥相呼应。险峻的峰峦，重重叠叠，高耸苍穹。早晨太阳东升，青翠的树木与随阳光而启动的红霞相互映照，那样高的山，一般的鸟儿想飞上峰顶也飞不到。

　　登上庐山的高地，远眺雄伟的天地风光，大江茫茫，奔流不还，黄云万里，声色动荡，白波群浪，组成九道洪流环，绕着雪峰奔流旋转激荡。

　　我愿意书写庐山的歌谣，因庐山的风光而诗兴大发。在著名的圆石山镜前照照自己，只觉心头清爽。想当年谢灵运大家也曾在这里照镜，他的足迹已被青苔掩盖了。

　　但愿早早服用仙丹，摆脱世俗尘世，将上中下三丹田初步调理好，以能在彩云里见到仙人的形迹，手捧芙蓉花朵，去到道教元始天尊所在的玉京那边。早早约好了，在九天之上的神境会见，约上卢敖吾友，遨游太空吧。

　　此诗最能与《将进酒》媲美，歌颂黄河连同美酒，歌颂庐山，连同道教的民间飞天宇航之梦。

李白一生，有给唐玄宗献诗的时候，有宣布"仰天大笑出门去，我辈岂是蓬蒿人"（《南陵别儿童入京》）的记录，也有供职于李隆基身边的殊荣，又有在宫廷中桀骜不驯的风骨。他的"笑孔丘"的说法并非偶然。他早就在《嘲鲁儒》中嘲笑了"鲁叟谈五经，白发死章句。问以经济策，茫如坠烟雾。……"他的思想是相当解放的，但与其说是反儒，不如说是表现了诗人的浪漫主义、自由主义、神仙崇拜或神话幻想意识。

接着是五岳寻仙与遍游名山，前者或许有点倾向道家道教，至少是经过了流放夜郎，李太白有点寻找自己、寻找精神失落后的补位、寻找精神寄托的意思。其次，他对山景山势的喜爱不仅是对大自然与旅游登山的喜爱，也是对大自然的神性、灵性、道性、崇高性的追求与感悟心得。

而后大写庐山风光，写得宏伟舒畅，雄壮阔大，有声有色，生气澎湃。喜欢庐山、去过庐山的人多了，能有李白这样新鲜生动饱满的感受的人有限。庐山有仙趣，李白更有仙趣；庐山有气魄，李白更有气魄；庐山可以壮游，前提是李白本身就有庐山的个性与风度，他本身就壮得拔份儿、游得酣畅。李白与庐山有足够的匹配与互通，共鸣与贴近，鼓舞与互相激发，于是才有了这首壮丽诗篇。

一曰天，二曰日月，三曰山，四曰大河江川，五曰云霞，六曰瀑布，七曰林木，八曰万象……大自然已经表现了表演了演绎了一切：人从自然来，万物从自然来，天道从自然来，大美从自然来，神仙、妖魔、人畜、鸟兽、蛇蝎都从自然来，诗文从自然来。读万卷书，行万里路，登万座山峰，吟万首诗，饮万杯酒，悟万方大道。这就是李白面对大自然、面对庐山的感受。

以语言符号、文字符号，书写千山万水、大江东去、云霞满天、瀑布倒挂、巨石峻峰、Ａ甲景区，实为难事。喜欢庐山的人多登两回庐山是何等地爽快，他何须抠哧着字眼儿去读李白的《庐山谣寄卢侍御虚舟》？不喜欢游山的人背诵下古往今来一切关于庐山的诗词，又有什么意思？

然而李白不一样，《庐山谣寄卢侍御虚舟》不一样，诗写山，但山本身并不是诗，诗本身也不是山，山激扬了诗人，诗激活了庐山、唱响了庐山，诗赋予了庐山以生命、生机、生趣、生的宏伟与灵动。

　　但诗就是那么一些方块字或拼音文字，那么一些音素、声母、韵母、笔画、对仗、语义、语法、修辞、变通、转义，而大自然如此无穷，大自然充满了时间、空间、高空、太空、实存、缥缈、变化，也有长久不变、永恒长存。用语言文字诗句写大自然，常有以小逐大、笔力不逮之感。

　　所以需要李白，中国何能没有李白？没有李白还能算中国吗？有了李白才有了灵动万方、美不胜收的庐山，面对笔下的庐山才有了对人生、对美景、对自然、对世情的选择与追求，才有了仙人的想象和启示，仙气的梦幻和精神的自由、飞升。庐山是天境地境人境仙境神境诗境。诗中有山，诗中有仙，诗中有人，诗中有天，诗中有美丽中华、文明中华、光彩中华、高大中华！

　　只有李白！写景能写到这样饱满充实、明朗壮丽、活泼生动、贴切亲近，得心应手，无所不至，无所不通，无所不有，这是李白的福气、神州大地的福气、中国人的福气。

宣州谢朓楼饯别校书叔云

李　白

弃我去者，昨日之日不可留；

乱我心者，今日之日多烦忧。

长风万里送秋雁，对此可以酣高楼。

蓬莱文章建安骨，中间小谢又清发。

俱怀逸兴壮思飞，欲上青天揽明月。

抽刀断水水更流，举杯消愁愁更愁。

人生在世不称意，明朝散发弄扁舟。

　　诗题是说，在以李白深深喜爱的南朝诗人谢朓命名的楼上，送别秘书省掌管朝廷图书的校书郎李云（一说为李华，又有人认为是文学家李华）。

　　抒情主人公李白的心情似不甚佳，他一上来先讲"所有的日子"，属于昨天的一天又一天已经逝去，想挽留也留不住了，而所有属于今天的、正在变成昨天的一天又一天的日子呢，带来的是许多苦恼忧愁，使人心烦意乱。

心烦意乱者在高楼上感到了秋季的长风万里，秋雁高飞，时令与大自然的变化似乎带来了一些清爽与酣畅，带来了心理状态的一些转变。

您熟悉蓬莱阁的藏书、文章、文案、文档，也是文章家，把握住了汉魏时代的文学主流，慷慨悲凉、雄健深沉，颇有建安风骨。我呢，参加进来，算是小谢（谢朓）一类的人物，追求的是清新与意气风发。我们都怀着俊逸潇洒的兴致，追求雄奇的精神飞翔，都要直上青天，把揽明月。

然而生活并不轻松，事业并不顺利，想阻断自己的忧愁，就像要用利刃砍断水流一样，用力砍下去，水只管哗哗地流。而为了冲洗忧愁，一杯杯地喝酒，结果却是愁上加愁。

唉，人生在世，难得称心如意，不如明天散开头发，解放身心，乘一叶扁舟，随波逐流，漂游到江河湖海上去吧。

此诗开头，如魔术师凭空一抓，没有抓手，没有切入点，没有具象人物事由，一出来就是昨日之日、今日之日，是逝者如斯夫，不可流连？又有几个神经质人士在那里流连恋栈，并为日子的不可挽留而叹息呢？多烦忧？您怎么啦？烦什么？忧什么呢？

明白了没有？不是由于一时一事而烦忧，不是为了仨瓜俩枣、贫病冤枉的具体事宜而烦忧，而是为人生而烦忧，为昨日之日与今日之日，为抽刀断水，水反而更畅快地奔流，举杯消愁，饮了酒却更觉愁上添愁，而益发忧愁。这就是人生的烦忧。人生怎么可能没有这样的烦忧呢？

人生在世，有多少不能称心如意的时刻啊。既然如此，离开尘世，明天驾上一叶扁舟，独自到江河湖海里浪荡逍遥一番去吧。

李白从笼而统之的烦忧中，一跳离开了自己，离开了现状，离开了昨天与今天的不称心的日子，他够着了天和地，够着了船和水，够着了自由、自然、自如的扁舟。李白将高扬起头，看长空万里、秋雁高飞、高楼华美。人生除了有不舍昼夜的忧思，还有它的寥廓清爽、高大开阔、天地悠悠。

再想想今人古人，哥儿几个的才情，谢朓古人，还想到了老谢灵运呢，文章风骨，蓬莱仙山。建安曹氏父子，都不是外人，都在拼命召唤我等的精神飞翔。我辈本来也是才高八斗、振翅高飞、冲向青天、思揽明月的主儿，并非等闲之辈。

大志未成，大才未遇，不免想有所节制，有所阻隔，有所安慰，有所淡化。而各种烦忧，谁又解脱得了呢？

"抽刀断水水更流，举杯消愁愁更愁"，这两句绝对是天籁，顺嘴说出，顺手一写，要音有音，要韵有韵，要情有情，要泪有泪，通俗上口，脱颖而出，面目本真，含意普泛，本是天然自在现成，本是仙诗仙语仙思，让李白挥手捉住，签上了不俗的名字，与它们共生不朽。

寄情山林，寄情江湖，束发弱冠，散发道人，脱离俗世，再无期盼，再无失意，想一想，有诗为证，也算找到了点出路。

短短古风，古今天地，壮飞跳跃，你我彼此，东拉西扯，浑然一体，情绪（意识）如流，诗句如飞。

李白之诗，是精神上的孙悟空，精神上的筋斗云，又是"不可留"，又是"多烦忧"，又是"水更流"，又是"愁更愁"，一个筋斗翻过去，立马成了"长风""万里""秋雁""酣高楼""壮思飞""揽明月"，又一个筋斗云，登上了一叶扁舟，江河湖海去也。

李白、庄周，这样自由驰骋的天才，中华历史上只有他们两个。

古风（其一）

李　白

大雅久不作，吾衰竟谁陈。

王风委蔓草，战国多荆榛。

龙虎相啖食，兵戈逮狂秦。

正声何微茫，哀怨起骚人。

扬马激颓波，开流荡无垠。

废兴虽万变，宪章亦已沦。

自从建安来，绮丽不足珍。

圣代复元古，垂衣贵清真。

群才属休明，乘运共跃鳞。

文质相炳焕，众星罗秋旻。

我志在删述，垂辉映千春。

希圣如有立，绝笔于获麟。

像《诗经》中"大雅"类那种正经、重大、规劝与讽喻政治社会风气的诗作，已经久久没有看见过了，我的衰老感、疲弱感、忧患感，又能够向谁陈述呢？想想东周时期，春秋战国，圣王的礼义正风，被丢弃埋葬在野草烂泥当中。战国时代，到处都是伤人杀人的荆棘榛刺，到处是龙争虎斗，杀杀砍砍，丛林法则，直至强秦取得了胜利。

诗文的仁义道德、正道主流之声，变得微弱含混，出现的新潮是吟咏屈原式哀痛怨怼的调子。虽然也有扬雄、司马相如的文章，针对消极颓废的潮流，注入了一些激越的力量，但仍然是有头无尾，不知伊于胡底。

文章诗歌的颓势得不到扭转，有志者如扬雄、司马相如也并没有对文学诗学作出什么历史的交代。固然可以说是有兴有废，有一些起伏变化，但整个说来，诗赋文章的法度纲纪主心骨已经沦丧解体。建安之后，文学追求辞藻的绮丽花哨、形式主义，更是没有什么可取之处了。

到了圣明伟大的唐代本朝，朝廷肃然正装，无为而治，追求清流纯真，回到王道礼义的源头。众多文人处于清平盛世，乘着大好形势，一同鲤鱼跃龙门般地向上提升。文质彬彬，形式与内容互动出彩，文星互相照耀，缀满秋天的晴空。

我的志向是学习孔子，编辑删述《诗经》《春秋》，留下一些经典，扶正祛邪，令乱臣贼子恐惧。我要像孔子一样有所贡献，有所遗存，直到发生了像古代麒麟这种吉祥动物被捕获的凶险状况才停笔（我的使命才算完成了）。

此整整齐齐、一韵到底的五言古体，所吟所思，有三方面的主体，一是讲世道、民风、政风、诗风、国运、文运，二是讲诗人自己的文学追求、政治追求、人生追求。以上二者就是古人说的"非指言时事，即感伤己遇"（胡震亨语）。还有一个方面就是怀念孔子，抒写与孔子相通的"吾衰"感、"礼崩乐坏"感、"无义战"感，一直到对孔子追求"复古"与"绝笔于获麟"的理解与同情。

解读此诗要保持弹性与多义性。"大雅久不作",既是"天下"的诗歌缺少了正声,缺少了王道,缺少了礼义原则与古圣先贤的垂范,也是李白自己的反省、自怨,还是孔子当年对于东周、春秋战国时代的忧患意识。

至于"吾衰竟谁陈"里的"吾",既是我,也是我们,还是孔子"兴灭国,继绝世,举逸民"(《论语·尧曰》)与"克己复礼,天下归仁"(《论语·颜渊》)的抱负。"绝笔于获麟",更是对孔子一生奋斗的认同。

我们前面分析过李白的"我本楚狂人,凤歌笑孔丘",我们也熟悉和欣赏李白的《嘲鲁儒》:"鲁叟谈五经,白发死章句。……"李白的大量诗篇中,出世、道家、庄子、酒神的气息有时重于儒家修齐治平与功名追求之路。但说起来很简单,李白也不是不受孔子的鼓动,不是没有追求过"沽之哉,沽之哉,我待贾者也"(《论语·子罕》),希望把自身这块惊天宝玉推销给朝廷,能做出一番治国平天下、光宗耀祖、大富大贵、流芳百世的事业。但是,他没有做成。待价而沽,等个好价钱把自己的精神资源贩卖出去,这本来是有吸引力与说服力的,但同时,成千上万的背诵儒家经典的人挤在追求一官半职的窄路上,成功率极低,确实令人感到拥挤窒息。

李白的官运被杜甫形容为"冠盖满京华,斯人独憔悴"(《梦李白二首·其二》)与"不见李生久,佯狂真可哀。世人皆欲杀,吾意独怜才"(《不见》)。而李白自己,才华盖世、诗贯中华、风流潇洒、阔大自如又绝非一般,"敏捷诗千首,飘零酒一杯"(《不见》),于是他与其他国士国才一样,儒道互补起来了。

儒道互补,是中国读书人的智慧、救赎、悲哀、喜剧,也是一大批文学作品的源头。与杜甫的友好怜爱诗句所写的情况相比较,李白的人生、诗作、精神面貌,够宏伟、超拔、坚韧、有所成就了。

李白自己,少有自怨自艾、悲悲切切的诗作,宁可多少夸张一点,吹吹牛皮,也不顾影自怜、怨天尤人。他是值得点赞的诗人、诗仙。

③ 民隐民瘼，诗史诗圣

新安吏

杜 甫

客行新安道，喧呼闻点兵。

借问新安吏，县小更无丁。

府帖昨夜下，次选中男行。

中男绝短小，何以守王城。

肥男有母送，瘦男独伶俜。

白水暮东流，青山犹哭声。

莫自使眼枯，收汝泪纵横。

眼枯即见骨，天地终无情。

我军取相州，日夕望其平。

岂意贼难料，归军星散营。

就粮近故垒，练卒依旧京。

掘壕不到水，牧马役亦轻。

况乃王师顺，抚养甚分明。

送行勿泣血，仆射如父兄。

途中经过新安道，正赶上大呼小叫地点名抓兵。（看到被抓的是一批娃娃兵，）问上一句："你们这个县虽然规模不大，但难道就没有符合壮丁年龄

（二十岁或二十二岁）的男子去当兵，非要抓这些娃娃崽子兵吗？"

回答是："昨天夜里来了公文文书，现在依次征召，只要达到中男年龄（十八岁或十六岁）的人，就要去当兵了。"

再问："'中男'还很矮小，没有发育成人，靠他们怎么守得住王城呢？"

（没有谁回答这样的疑问。）

越是长得胖胖的小伙儿越有母亲送行，而瘦骨伶仃的（穷苦家庭的）小子，就没有谁顾得上管了。

白水向东流走，青山中还响闹着悲惨的哭声。

人们相互劝慰："别哭了，眼泪哭干了，眼睛也就干枯了，眼睛干枯以后，眼眶里露出的只有干枯的骨头。"

即使如此，天也好，地也好，没有什么神灵可怜同情这些家属！

官军要收复相州，天天盼望着能平定一方，安居一时。谁知道叛贼军情难料，官兵溃败。败军之师回来了，星星点点，杂乱无章，构不成像样的军旅队伍了。

他们在原来驻扎过的营盘附近解决吃喝，操练也是在老地方，挖挖战壕，到不了出水的深度，放牧一些军马，那样松松垮垮。

毕竟是官兵啊，还有一定的章程规矩，对军人和家属的扶养也有明文可依。唉，送子弟从军的家人们，不要再哭了，带兵的主管是你们的郭子仪将军，人家也是乡亲子弟们的父兄长辈啊。

非常有意思的古风，"三吏"之一，一上来先写老百姓的苦，后一部分反转过来劝慰百姓不能因为自身的痛苦而拒绝为朝廷效力，总不能不讨伐叛贼、不去当兵服役（不然，一切就更全无希望了）。

难为杜甫诗圣啦。自己哭，自己痛，自己解劝，自己提高认识，顾全大局，避免偏激与不良后果。杜甫能怎么样呢？他当然反对安史作乱。哪个老百姓不希望天下太平呢？

战争中出现了各种非常态乃至破坏规则的现象，男子成丁，本来有年龄标准，曾经是二十二岁，后改成二十岁，而诗中说的杜甫亲眼看到的此次"点兵"，竟然把尚未成年的"中男"——个子矮小、没有发育合格的少年男孩也抓走，还理直气壮地说是府里有"帖"——有文件。

胖儿子有妈妈善待送行，瘦弱的儿子没有人管。为什么胖？吃饱了呗！为什么瘦？吃不饱嘛。这里已经有了阶级分化、人间不平意识。胖瘦儿子的不同家境，写在这里，令人读起来为之不平，却又哭笑不得，欲哭无泪。

杜甫名诗竟是这样接地气，知民情，痛民瘼，体贴老百姓的各种处境、情绪、情态。诗中有一点整个说来唐诗中不太常见的幽默——应该算是早年的黑色幽默。

底下的劝导——不要哭了，写得太惨烈了。尤其是"眼枯即见骨，天地终无情"两句，堪称"杜诗痛入髓，万世哭百姓"。

然后对铩羽而归的官兵的描写也是绝门奇葩，不无幽默。星星点点，捏不成个儿，各自照旧，混吃混饷，干点军务，应付罢了。打起来胜不了，回来也没怎么认真训练，这样的军队什么时候能安邦定国呢？没门儿！

但没有官兵，百姓只能更加遭殃。在安史之乱带来动乱与痛苦、唐朝走向衰落的局势下，杜甫只能选择依靠朝廷一边。他有气无力地歌颂主管军事的郭子仪之类的将军官员，告诉民人：再苦也得维护大唐呀，主管君臣司令，也是为百姓好的呀。

这样的诗，太难写了。百姓与朝廷，安民与平叛止乱，都得顾着。杜甫硬是写出来了，真诚、朴素、句句到位，勉为其难，四方八面，忠而犹恕。这里不仅有诗意诗艺的惊人，更有老杜人格的伟大、仁厚与社会家国责任感。

无家别

杜　甫

寂寞天宝后，园庐但蒿藜。

我里百余家，世乱各东西。

存者无消息，死者为尘泥。

贱子因阵败，归来寻旧蹊。

久行见空巷，日瘦气惨凄。

但对狐与狸，竖毛怒我啼。

四邻何所有，一二老寡妻。

宿鸟恋本枝，安辞且穷栖。

方春独荷锄，日暮还灌畦。

县吏知我至，召令习鼓鞞。

虽从本州役，内顾无所携。

近行止一身，远去终转迷。

家乡既荡尽，远近理亦齐。

永痛长病母，五年委沟溪。

生我不得力，终身两酸嘶。

人生无家别，何以为烝黎。

　　在唐玄宗李隆基的天宝纪元灰溜溜地结束以后，家园村舍只剩下了青蒿野蔬。我们村落的一百多家，在乱世中东逃西奔，谁谁似乎还活着，但没有任何消息，死了的呢，已经化为尘土泥巴，更不再有人提起。

　　一位在战乱中吃了败仗的男子，回到老家寻找旧日街巷蹊径。走了走，哪儿都是空空荡荡的，太阳也消瘦黯淡走了形。还能看见一些狐狸，竖起毛来向人发火怒吼（觉得是人侵略了它们的活动地盘）。再看看四面邻舍，只剩下两三个老寡妇。

　　鸟儿会留恋它栖息过的老树枝，人也不会轻易离开自己的故土，宁愿艰难地活下去。一到春天就扛上锄头，天晚了还在给田畦浇水。

　　县官知道有人回来了，马上召去进行军中敲鼓发令的军事训练。虽然是在本州地面服役，但想想家里，也并没有什么人需要告别。到近处去，只不过是自己一人的事。到远处去呢？我是谁呢？算不算要离家服役了呢？也就感到糊涂困惑了。

　　家乡空空如也，随你到远处到近处，都没有什么送别之类的事情了，家也没有什么可留恋的了，只是想到病了好久的母亲已经不在人间，自己没有做到养老送终，永远难忘如此伤痛。动乱五年，儿子没能回到老家尽孝，母亲死后，似乎被丢弃到山沟里去了。母亲就生育了我这么一个儿子，却没有得到儿子的效力送终，离世的那一刻，母亲与我两地痛哭，难以相见。人生没有一个家可以告别、想念、惦记，请问，我又算是什么黎民百姓呢？

杜甫写出了黎民百姓最大的悲惨，就是连悲惨都失去了，没有悲惨可悲惨了。

人主宰自己的人生，相信自己是活着的，一个重要方式是通过与他人的相处意识到自身的存在。到什么地方去，总要与你的亲友告别；客居外地，你与你的亲友、发小、邻居、相好也会互相挂念惦记，时不时听到什么信息传闻；甚至于，你没有太多亲友了，你还有些对手，有害过你的人、忌妒你的人，你也会想到他们。人可以为爱你的人而活，也可以为讨厌你、你也讨厌他们的人而活，为你的悲哀的记忆而活，为你诉这冤、伸那冤、出一口气的心意而活。而如果这一切都没有了，你还活个什么劲呢？这太可怕了。

尤其是农耕社会中的家庭，意义重大。动乱世道之中，小老百姓会惦记自己的爹娘、妻子，自己的家人，自己的家室、财产，自己所拥有的一切，所谓"穷家值万贯"，一个赤贫的人，家庭正如万贯家财一样宝贵啊。

但是安史之乱以后，有些地方，已经有不少人无家可归、无家可失、无家可别、无家可悲凄哭泣了。你的家变成了零，你的家人变成了零，你的亲友变成了零，你的家产变成了零，你的持家责任变成了零，你对家人的惦念变成了零，你的分辨与计算远近的家乡依据点，也变成了零。

最后，你想抱怨悲惨伤痛，也没有任何可抱怨、可悲惨、可伤痛的了。

天啊，无可伤痛才是极致的、无解的、无救的伤痛，而杜子美就这样不动声色地、实实在在地把一切都写出来了，都告诉你了。

杜甫写下了动乱中的百姓生活。最难得的是，杜甫完全是以百姓心、平民身份、百姓眼光，诉说黎民百姓的艰难困苦。他并不在苦难诗中评议朝政，不在概述中显示政见高论，没有救世主的姿态，没有审判众生的高大上，他只有实情、同情、苦水、无奈。他的认知和这位无家可别的可怜人没有差距，他们心连着心。他说的是百姓的心事，他流着动乱中百姓的泪水。

垂老别

杜 甫

四郊未宁静，垂老不得安。

子孙阵亡尽，焉用身独完！

投杖出门去，同行为辛酸。

幸有牙齿存，所悲骨髓干。

男儿既介胄，长揖别上官。

老妻卧路啼，岁暮衣裳单。

孰知是死别，且复伤其寒。

此去必不归，还闻劝加餐。

土门壁甚坚，杏园度亦难。

势异邺城下，纵死时犹宽。

人生有离合，岂择衰盛端！

忆昔少壮日，迟回竟长叹。

万国尽征戍，烽火被冈峦。

积尸草木腥，流血川原丹。

何乡为乐土？安敢尚盘桓！

弃绝蓬室居，塌然摧肺肝。

　　京城郊外的兵荒马乱尚未平息，已经接近老龄的男丁仍然不得平安，他的子孙已经全部战死，留下他一个老家伙又有什么必要？将拐杖一扔走出门去，同行者也为他感到辛酸。他倒是还有几颗牙齿长在嘴里，可悲的是他的骨髓已经流失，被抽干、吸干。

　　一个男人既然穿上军服、戴上军盔，只好向地方长官行礼话别。老妻趴在路上哭哭啼啼，到年底了，她还穿着单薄的衣裳，明知她男人一去就再也回不来了，对她的受冻受寒也顾不上了，生离与死别的时候，只能劝他出门上路要吃好养好。

　　这边的土门土墙还算严实坚固，杏园一带敌军要打过来亦非易事，如今的大势与官兵大败于邺下时并不一样，就是死也还有一段宽裕的时间。人生啊，离合聚散，谁又能找出头绪，获得自行选择吉凶盛衰当口的可能呢？

回忆少壮时刻的太平日子，只能徘徊长叹了。

到处都在打仗，所有的山头都点燃了烽火，尸首使草木散发出异味，而流血使平原与河川染红了颜色。哪里能平安快乐呢？你又敢到什么地方过好日子去呢？

再也别想踏踏实实住在一个小草房里了，想到这里人就颓然崩溃了。

又一首诗来刻画困难无助、绝望崩溃。"子孙阵亡尽，焉用身独完"，悲惨境遇是活人的事，子孙不知多少，已经在战争中死光了，而死人并不会再感到悲惨，留下一个垂老之人活在那里受罪：你老家伙全须全尾活在那里等死，这用得着吗？

无痛之痛，是为大痛；无怨之怨，是为绝怨；无益之生，是为不如死亡之生。一切灾难都是灾难，而灾难过去以后的荒芜、静寂、反刍、煎熬，是比大呼小叫、怨天尤人的灾难，更灾难的灾难。

然而如果没有你杜甫，谁来为安史之乱作证呢？谁来描绘书写黎民百姓在动乱中的痛苦呢？你，是完成历史、诗史、人民命运史的使命所需要的人啊。

所以，我一贯认定，结尾如果是"落了片白茫茫大地真干净"，全部有关男女死光光，将无苦可痛，无痛可苦。而高鹗的"兰桂齐芳"的写法，并非拙劣歪曲，而是恰到好处——如果确实是高续曹文的话。

而"幸有牙齿存，所悲骨髓干"，用语惊心动魄，惨烈至极，令人发抖发疯。骨髓都熬干了的垂老之体，可怕呀。他是被什么妖魔鬼怪吸干了骨髓的呢？是被误国误民的唐明皇害的？是被谋反叛逆的安禄山、史思明所压榨的？不，他是被一个曾经强大辉煌的唐王朝，治理失误、土地兼并严重、农民四处逃亡、边防节度使权力过大，加上中央统治集团腐朽无能的政治沦落过程，所碾磨干了的。

底下描写骨髓干枯者还要向长官行礼，老妻卧在路上哭泣，一面哭泣一面还鼓励老头子"努力加餐饭"（《古诗十九首·行行重行行》），实景大全，惨不忍睹。

　　孟子强调人皆有之的恻隐之心、不忍之心，杜甫在"三吏"与"三别"中集中表现出来，写到了极致，简直是字字血泪，句句剜心，痛彻骨髓，如在眼下。

　　杜甫写战乱中人民的痛苦，不但接地气，而且是一字凿一个坑，一句诗哭一个昏天黑地。自古以来，爱民亲民痛民哭民的诗篇多了去了，写成老杜这样的，实罕见焉。

4　雪满天山路

白雪歌送武判官归京

岑　参

北风卷地白草折，胡天八月即飞雪。

忽如一夜春风来，千树万树梨花开。

散入珠帘湿罗幕，狐裘不暖锦衾薄。

将军角弓不得控，都护铁衣冷难着。

瀚海阑干百丈冰，愁云惨淡万里凝。

中军置酒饮归客，胡琴琵琶与羌笛。

纷纷暮雪下辕门，风掣红旗冻不翻。

轮台东门送君去，去时雪满天山路。

山回路转不见君，雪上空留马行处。

这是一首边塞诗，写的场景是大雪天里为回长安的同僚送行，重点是写八月大雪。

北风席卷大地，吹动着地面的一切，风力把众多的白色枯草吹折。在少数民族地区，刚刚八月（约是公历九月）就飞扬起了大雪。洁白的雪花，就像一夜春风催开了遍地梨花。雪花散开，进入了、沾湿了丝罗帐幕，狐狸裘革的衣裳穿不出暖意，锦面的被褥也显出了单薄。将军的硬弓难以拉动，长官的铠甲铁衣愈发冰冷坚硬，难以穿着上身。无边的戈壁大漠上结起了一道道百丈巨冰，天上愁云密布，万里凝重难释。

在主将大帐里设宴，为即将回归的武判官饯行，由当地的乐手演奏胡琴、琵琶与羌笛助兴。

将帅营门口都堆着雪，似乎红旗也冻硬了，不能迎风招展。我们从天山南部要道轮台东出口送您离去，只见白茫茫的大雪铺满了道路。山回路转，我们已经看不到远行的您的身影了，只看到在雪地上留下了您的坐骑行走过的痕迹。

此诗写的是与中原地区雪景大不相同的充满力道和威严的雪景。边塞的雪，冷冰冰，铁一样硬邦邦，进入丝罗制作的帐幕，进入人体人身，使狐裘锦衾暖意全失，让边塞的将军拉不动弓、穿不成铠甲铁衣，令人读之便觉寒气嗖嗖。

这是在抱怨吗？是在诉苦吗？还是在诅咒胡地的天气？不是的，这里有边塞之美，胡天胡地之美，大雪茫茫之美；这是艰难之美、困苦之美、负重之美，是天时地貌之美，是严峻无情郑重之美，也是奋斗之美、英勇之美、无畏之美。这里有胡琴、羌笛、琵琶、胡人歌舞音乐之美，这里有边疆之大、之雄浑开阔、之浪漫新意、之感受幻想之美，这里有真正够意思的出行、回归、告别、相会，有人生的种种际会。这里的雪像一夜春风唤醒了梨花，向守卫边土的将军长官发出了挑战，而这首诗的存在本身，就说明了中原男儿的壮志豪情、大气浩然。

这里没有写战争，写沙场，写英雄主义，写建功立业，写马革裹尸，写血染风采。诗歌只写了下大雪，写送行，写出发；一会儿，峰回路转，只留下了雪路上的马蹄印迹，有依恋，有惜别，有祝福，有神往，有重任在肩的坚持与分量，有与众不同的人生经验与感悟。

你会羡慕写出了这类诗篇的岑参、高适等诗人，你会羡慕经历了这样的大雪、这样的寒冷、这样的饯行的人生。说到底，这样的人生比起叽叽咕咕、哭哭啼啼、唠唠叨叨，小鼻子小眼儿、小男小女、杯水风波、豌豆公主，生下来就基本作废了的人生，可是大不一样的喽！

⑤ 伤透人心是真情

琵琶行（并序）

白居易

元和十年，予左迁九江郡司马。明年秋，送客湓浦口，闻舟中夜弹琵琶者，听其音，铮铮然有京都声。问其人，本长安倡女，尝学琵琶于穆、曹二善才，年长色衰，委身为贾人妇。遂命酒，使快弹数曲。曲罢悯然，自叙少小时欢乐事，今漂沦憔悴，转徙于江湖间。予出官二年，恬然自安，感斯人言，是夕始觉有迁谪意。因为长句，歌以赠之，凡六百一十六言，命曰《琵琶行》。

浔阳江头夜送客，枫叶荻花秋瑟瑟。主人下马客在船，举酒欲饮无管弦。醉不成欢惨将别，别时茫茫江浸月。

忽闻水上琵琶声，主人忘归客不发。寻声暗问弹者谁，琵琶声停欲语迟。移船相近邀相见，添酒回灯重开宴。千呼万唤始出来，犹抱琵琶半遮面。转轴拨弦三两声，未成曲调先有情。弦弦掩抑声声思，似诉平生不得志。低眉信手续续弹，说尽心中无限事。轻拢慢捻抹复挑，初为《霓裳》后《六幺》。大弦嘈嘈如急雨，小弦切切如私语。嘈嘈切切错杂弹，大珠小珠落玉盘。间关莺语花底滑，幽咽泉流冰下难。冰泉冷涩弦凝绝，凝绝不通声暂歇。别有幽愁暗恨生，此时无声胜有声。银瓶乍破水浆迸，铁骑突出刀枪鸣。曲终收拨当心画，四弦一声如裂帛。东船西舫悄无言，唯见江心秋月白。

　　沉吟放拨插弦中，整顿衣裳起敛容。自言本是京城女，家在虾蟆陵下住。十三学得琵琶成，名属教坊第一部。曲罢曾教善才服，妆成每被秋娘妒。五陵年少争缠头，一曲红绡不知数。钿头银篦击节碎，血色罗裙翻酒污。今年欢笑复明年，秋月春风等闲度。弟走从军阿姨死，暮去朝来颜色故。门前冷落鞍马稀，老大嫁作商人妇。商人重利轻别离，前月浮梁买茶去。去来江口守空船，绕船月明江水寒。夜深忽梦少年事，梦啼妆泪红阑干。

　　我闻琵琶已叹息，又闻此语重唧唧。同是天涯沦落人，相逢何必曾相识！我从去年辞帝京，谪居卧病浔阳城。浔阳地僻无音乐，终岁不闻丝竹声。住近湓江地低湿，黄芦苦竹绕宅生。其间旦暮闻何物？杜鹃啼血猿哀鸣。春江花朝秋月夜，往往取酒还独倾。岂无山歌与村笛，呕哑嘲哳难为听。今夜闻君琵琶语，如听仙乐耳暂明。莫辞更坐弹一曲，为君翻作《琵琶行》。

　　感我此言良久立，却坐促弦弦转急。凄凄不似向前声，满座重闻皆掩泣。座中泣下谁最多？江州司马青衫湿。

┌───┐

白居易（772—846）

字乐天，晚年号香山居士，其先太原（今山西太原西南）人，后迁居下邽（今陕西渭南北），唐诗人。在文学上积极倡导新乐府运动，强调继承《诗经》"风雅比兴"的传统和杜甫的创作精神。早期所作讽喻诗，如《秦中吟》《新乐府》中的不少篇章，尖锐地揭发了时政弊端和社会矛盾，于民生困苦也多有反映。自遭贬谪后，远离政治纷争，晚年尤甚，诗文多怡情悦性、流连光景之作。其诗语言通俗，相传老妪也能听懂。除讽喻诗外，长篇叙事诗《长恨歌》《琵琶行》也很有名。和元稹友谊甚笃，与之齐名，世称"元白"。晚年与刘禹锡唱和甚多，人称"刘白"。

└───┘

　　白居易的《长恨歌》与《琵琶行》，其体裁称为"乐府"或"歌行体"，用今天的话来说，就是朝廷有关部门采集的民歌体，是相对具有民间风味、比较易解、不受格律太多拘束、可以演唱的诗篇。这两首诗篇幅较长，形式较自由，语言连贯通畅，前后文的时间、空间、发展变化的逻辑顺序易于掌握。两首叙事长诗中，蒙太奇式的跳跃相对比较少，独出心裁的想象、比喻、联想、幻觉也少了一些，读起来容易理解，不太需要重复解释。

　　白居易的两首叙事大诗，兹后鲜有其匹，名气更大的是写唐明皇与杨贵妃

〔明〕唐寅 《琵琶行图》

的"罗曼斯"的《长恨歌》。《长恨歌》是诗，是史，是事。白居易写得极佳，他做到了诗篇、诗意、诗文、造句、史义与故事均引人入胜，感人肺腑。

《琵琶行》难讲什么历史意蕴，它写的事情似乎也不算大，抒情主人公送别客人，而客人是谁，不必管他。送别送得寂寞，秋夜显得空荡。小酒喝了，并不兴奋，举杯无乐，只有茫茫江水里浸泡着月色。这里的"浸"字通俗而又精准，令人顿感失落、遗憾。

这时忽然听到水上传来琵琶弹奏的声音，妙极了，水对于乐音能起到很好的传播作用。主人忘记了回去，客人忘记了出发，原来他们都是爱乐赏乐知乐、有文化素养之人。

乐声唤起了宴请的兴致，于是重新摆酒续宴。大家都在船上，移船靠近，女乐手"千呼万唤始出来，犹抱琵琶半遮面"。这两句诗尤其是后面一句，已经成为经典，成为对由于羞怯、由于慎重、由于种种顾虑而迟迟未出场、迟迟难以决定是否出场的状态的经典描摹。一种说法，一种修辞，与本来的人物故事不相干，但它准确地刻画了一种情态，而且由于距离感，生出一种偏离了原义的感受与解释，反而极显贴切，是一种文句借用、歪打正着的效应和趣味。此处的"犹抱琵琶"就给人这种幽默加优美的笑意。除了本诗，还有谁会抱着琵琶慢慢吞吞地来见人呢？

然后是二十四句一百六十八个字全部用来写琵琶器乐的演奏。这是古今中外的音乐加诗、音乐成诗的一绝。"弦弦掩抑声声思，似诉平生不得志"，写奏乐，更写乐人的表情、动作、透露的心绪。"轻拢慢捻抹复挑，初为《霓裳》后《六幺》。大弦嘈嘈如急雨，小弦切切如私语"，写弹拨手法，写弹奏曲目，用诗歌语言表达音感、音质、音律，得心应手，不硬憋，不努劲。"嘈嘈切切错杂弹，大珠小珠落玉盘"，文学的语言，它的重叠、平仄、押韵、浑然天成，在这里胜过了琵琶的音乐语言。"别有幽愁暗恨生，此时无声胜有声"，又一句突破一切局限的经典诗语出现了，它涵盖了政治、军事、谋略、艺术、思维、修齐治平、哲学宗教的命题，这里有人生观、世界观、价值观、文化观。至今人们会引用此语来表述一种淡定，一种耐心，一种沉默是金的涵养，一种韬光养晦、不争而莫能与之争、善者不辩的坚毅与智慧。"银瓶乍破水浆迸，铁骑

〔明〕 吴伟 《琵琶美人图》

突出刀枪鸣。曲终收拨当心画，四弦一声如裂帛。东船西舫悄无言，唯见江心秋月白。"然后回到乐曲演奏的收尾，节奏加快，力度加大，有炸裂，有涌流，有铁骑，有相击，一个琵琶奏出了打击乐的疾风暴雨。四根弦同时发出最后的警世之音，像一个交响乐队戛然而止，收如裂帛，如天崩地裂。

人回到船上，船回到浔阳江头，音乐留下的是江心银白的秋月。世界仍然是一个安静的世界，一个不无寂寞与忧愁的世界，但又是一个经历了音乐洗礼、情感冲击、艺术沐浴的世界，这个世界加上了你自己，好像有那么一点不同了。

这就是天地，这就是人生，这就是艺术。你经过了千呼万唤，你经过了犹豫遮面，你经过了轻拨两三声，你经过了嘈嘈切切，你落下了大珠小珠，你经过了凝绝幽涩，你经过了抑扬吞吐，大音失声、有声、急急风、当机立断、电闪雷鸣、爆破冲锋、收官。

这时，你看到的是江河月光。原以为是浸泡在水中的孤独的月亮，变得越来越有滋有味儿了。然后，终于，还是照旧浸泡着与散乱着的月亮与月光了。

然后是琵琶演奏者的自述，她的经历是一个世俗的故事：她原是宫廷娱乐教坊中的红人明星，"曲罢曾教善才服，妆成每被秋娘妒。……今年欢笑复明年，秋月春风等闲度"，终于"暮去朝来颜色故。门前冷落鞍马稀，老大嫁作商人妇。……夜深忽梦少年事，梦啼妆泪红阑干"。"门前冷落鞍马稀"，又是百科全书式的经典总结。天下没有不散的筵席，一切总逃不开曲终人散、人走茶凉的结局。就这么说着、写着、念着、叹息着，然后略有变通，说成"门前冷落车马稀"，无大异变。故事一般，诗语绝妙，鲜活有味，字字珠玑，是艺术概括，是人生历练，入木三分。

"同是天涯沦落人，相逢何必曾相识"，又是两句经典诗语，人生体味，醍醐灌顶。一个"同是"，一个"天涯沦落"，全兜进去了。作为仁人志士，这个说法境界并不理想，没有多大出息。作为舞文弄墨的文人，借诗词自怜自叹、同情他人，倒也算善良忠厚，富有同情心、同理心。特别是对方是"娱乐圈"的女性，却能得到白居易如此善思、善待、善解，这是值得称道的。

然后是 encore（即"安可"，指返场）："莫辞更坐弹一曲，为君翻作《琵琶行》"。"凄凄不似向前声，满座重闻皆掩泣"，加演的节目更加痛切。

"座中泣下谁最多？江州司马青衫湿"，哦，这是白乐天的叙事诗，更是抒情诗，诗人老老实实地把自己摆放进去，老老实实地讲述了自己的"沦落"经验，却又写出了相当浪漫瑰丽多情的诗篇，它是诗体散文，它是诗体小说，它是诗中之诗，它是诗中之琵琶、音乐中之诗、诗中之乐。

比起王维的"诗中有画，画中有诗"来，白居易的《琵琶行》、李白的《听蜀僧濬弹琴》、张祜的《宫词二首·其一》，诗中有乐、乐中有诗，大篇幅的《琵琶行》也许会给人留下更深的印象。

《长恨歌》当然也写得极其成功，但《长恨歌》本事太惊天动地又脍炙人口了，用曲艺界的术语讲，毕竟有"活保人"的因素，而《琵琶行》却完全是"人保活"。《琵琶行》缺乏足够的故事性、悬念性、逻辑性、吸引力，而且它的音乐性与人生概括对于诗歌写作来说是相当吃力的"活儿"，但白居易竟然写得如此天造地就，完美动人，充满诗情哲思，远远突破了事件与人物本身，把琵琶演奏写得如此淋漓尽致、饱满外溢。人们已经为它点赞了一千多年，还要再世世代代阅读欣赏喝彩下去。

长恨歌

白居易

汉皇重色思倾国，御宇多年求不得。杨家有女初长成，养在深闺人未识。天生丽质难自弃，一朝选在君王侧。回眸一笑百媚生，六宫粉黛无颜色。春寒赐浴华清池，温泉水滑洗凝脂。侍儿扶起娇无力，始是新承恩泽时。云鬓花颜金步摇，芙蓉帐暖度春宵。春宵苦短日高起，从此君王不早朝。承欢侍宴无闲暇，春从春游夜专夜。后宫佳丽三千人，三千宠爱在一身。金屋妆成娇侍夜，玉楼宴罢醉和春。姊妹弟兄皆列土，可怜光彩生门户。遂令天下父母心，不重生男重生女。骊宫高处入青云，仙乐风飘处处闻。缓歌慢舞凝丝竹，尽日君王看不足。渔阳鼙鼓动地来，惊破《霓裳羽衣曲》。九重城阙烟尘生，千乘万骑西南行。翠华摇摇行复止，西出都门百余里。六军不发无奈何，宛转娥眉马前死。花钿委地无人收，翠翘金雀玉搔头。君王掩面救不得，回看血泪相和流。黄埃散漫风萧索，云栈萦纡登剑阁。峨嵋山下少人行，旌旗无光日色薄。蜀江水碧蜀山青，圣主朝朝暮暮情。行宫见月伤心色，夜雨闻铃肠断声。天旋日转回龙驭，到此踌躇不能去。马嵬坡下泥土中，不见玉颜空死处。君臣相顾尽沾衣，东望都门信马归。归来池苑皆依旧，太液芙蓉未央柳。芙蓉如面柳如眉，对此如何不泪垂？春风桃李花开夜，秋雨梧桐叶落时。西宫南苑多秋草，落叶满阶红不扫。梨园弟子白发新，椒房阿监青娥老。夕殿萤飞思悄然，孤灯挑尽未成眠。迟迟钟鼓初长夜，耿耿星河欲曙天。鸳鸯瓦冷霜华重，翡翠衾寒谁与共？悠悠生死别经年，魂魄不曾来入梦。临邛道士鸿都客，能以精诚致魂魄。为感君王辗转思，遂教方士殷勤觅。排空驭气奔如电，升天入地求之遍。上穷碧落下黄泉，两处茫茫皆不见。忽闻海上有仙山，山在虚无缥缈间。楼阁玲珑五云起，其中绰约多仙子。中有一人字太真，雪肤花貌参差是。金阙西厢叩玉扃，转教小玉报双成。闻道汉家天子使，九华帐里梦魂惊。揽衣推枕起徘徊，珠箔银屏迤逦开。云鬓半偏新睡觉，花冠不整下堂来。风吹仙袂飘飘举，犹似霓裳羽衣舞。玉容寂寞泪阑干，梨花一枝春带雨。含情凝睇谢君王，一别音容两渺茫。昭阳殿里恩爱绝，蓬莱宫中日月长。回头下望人寰处，不见长安见尘雾。惟将旧物表深情，钿合金钗寄将去。钗留一股合一扇，钗擘黄金合分钿。但令心似金钿坚，天上人间会相见。临别殷勤重寄词，词中有誓两心知。七月七日长生殿，夜半无人私语时。在天愿作比翼鸟，在地愿为连理枝。天长地久有时尽，此恨绵绵无绝期。

　　白居易此诗的普及程度、易懂程度，可称天下第一、历代第一。据说他的诗被到处抄录、到处朗读背诵，进入市场，可以"炫卖"。而且这是他的自觉追求，他写了诗会念给文盲老妇听，听不懂的他要改，改不成的干脆废掉。《长恨歌》这首长诗，在当时应该算是接近口语的。叙述通俗顺当、典雅清丽、说法巧妙、结构清晰，时间接续与故事因果都明明白白。

　　先说汉皇好美色，汉皇指唐明皇，因避讳本朝"唐"字，干脆用一个"汉"字金蝉脱壳。他好色却又没找到倾国倾城的美色。第二步说有美女出生于杨氏家庭，开始无人知晓，这是废话，婴儿与童稚时期当然不会有什么动静，更闹不到皇上那边去。"天生丽质难自弃"，仍然是废话，美色也好，绝代佳人也好，埃及艳后或者玛丽莲·梦露也好，掀起惊天动地的历史风浪也好，自弃不自弃的作用实在有限，关键在于"一朝选在君王侧"，这当然不是她给自己投了一票，当年也没有"世界小姐"之类的选美活动。

接下来用了一系列的词反复渲染贵妃的得意、冒尖、冲顶、破纪录。

"回眸一笑百媚生，六宫粉黛无颜色"，到了这儿，《长恨歌》的、杨贵妃的魅力像雷电一样改变了世界，改变了美女的、皇上的、唐朝的与天下的命运。这十四个字已经令读者心荡神移、如痴如梦、五体投地、热泪盈眶。人生一世，哪怕到达鲐背（九十岁）、期颐（百岁），又有几个人见到过一笑生百媚、令其他粉黛全失色的女神？不要想肌肤之亲、香艳之狎，更不要说猪狗之欢、皮肉之滥了，如果一个男子能参加一次派对，与一位女神相距十米，见到她的一颦一笑，听到她的莺声燕语，或者反过来女子见到一位真正英俊、勇敢、文明、周到的男神，也就可以满足了。得到这种纯美学的高雅满足的人，我觉得不会超过某个百分比的。

杨玉环更特殊了。在某种意义上，"百媚生"比其他粉黛失色还容易一点，因为美并不是绝对的与排他的，有热烈的美，有淡雅的美，有沉静的乃至冷酷的美，有风骚与卖弄表演的美，有泼辣与放荡，有质朴与纯洁，有潇洒与薄幸，有红火与细腻，有大闹与微调，有一体与多元，有独秀与多恋。"六宫粉黛无颜色"，显然已经不仅仅是天生丽质的问题了，这里有风尘际遇，有偏爱、偏听、巧遇，有因缘，有概率，有不可告人的私密，有核心隐情。唐明皇李隆基遇上了杨小姐，杨玉环碰上了李老哥哥。

第三部分开始写杨贵妃的荣宠。第一个恩宠是赐浴华清池。杨玉环洗温泉是得自皇帝的恩惠，是皇上的赏赐。赐，说明了皇帝的高高在上。洗完澡，丫鬟扶起娇弱无力的贵妃。娇弱无力？是还没有学会洗浴？是水太热了或者泡澡的时间长了，出汗多了，感到疲惫？也可以解释为皇帝的恩宠给她带来的受宠若惊吧？幸好很快就过渡到唐明皇的"从此君王不早朝"，平衡了一下这对夫妻的表现与地位比较。君王连朝政都顾不上了，从政事上说，这当然是对李氏皇帝的微词，但同时也透露了皇上的爱恋之深、迷醉之极，以及贵妃之美之可爱可亲可怜惜。他赐给她的是温泉，温泉洗浴的结果是娇弱乏力。她献给他的

〔元〕 钱选 《贵妃上马图》

是美丽，是迷人，是魅惑。唐明皇轻飘了大唐，忘记了朝廷，忘记了政事，这究竟是因为唐玄宗没有出息、无赖无尊，还是唐玄宗性情天真，与杨女士确实情深义重呢？

乐天此诗可爱之处，在于除了这里用过一次"赐"字以外，前前后后没有再刻意显示二人地位的差距。

然后继续不厌其烦地渲染杨的待遇、杨的专宠、杨的得意、杨的到顶角线的成功。"春从春游夜专夜"，写到了二人生活的专一性、单一性、排他性。以往中国的封建皇帝，能这样做的太少了。即使再爆出他们二人的其他丑闻恶料来，你也得承认李杨二人毕竟是有真正的爱情。"后宫佳丽三千人，三千宠爱在一身"，连算术都用上了：1＞3000。再延伸下去，"姊妹弟兄皆列土"加上"不重生男重生女"，这对贤伉俪的爱情，不但改变了杨家亲戚的命运，甚至改变了数千年来男尊女卑的社会风气，改变了政治历史、百姓命运。

这里白乐天可能有故意夸大其词的情况。因为一个杨贵妃的恩宠，天下父母都更重视生闺女了？不可能，农耕社会，官僚政治，男儿优势，这些传统思

路不可能因为一个罕见的杨贵妃的受宠而突变翻个儿。再说杨贵妃给家族带来的好运，它的代表性、有效性最大也不过是百万分之一的概率（一般认为唐代中国人口为 200 万到 300 万）。所以，所谓"遂令天下父母心，不重生男重生女"，更像是脱离实际的信口胡诌。

如果是故意夸张，可能有春秋笔法，《吕氏春秋》讲"物极必反"，《论语》讲"过犹不及"，恩宠到这一步，已非吉兆。当然也可以设想，没有概率论、或然论、数学哲学观念的俗人在当时当真有了此类说法："有个俊闺女比有个成就伟大的贵人儿子还了不起呢！"但此种说法更像反讽，而不像认真的结论。

还有一点，《长恨歌》正文共八百四十字，其中只有"遂令天下父母心，不重生男重生女"这两句十四个字读来读去出现了一点幽默感，此外，悲剧的贵妃故事，便再无幽默可言了。

关键在于荒诞性，什么事太过分了，就会产生荒诞感，而荒诞感三弄两闹，揉搓揉搓，就变成了幽默感。顺便说一下，我们的古典诗词里头，也许打油诗里的"黄狗身上白，白狗身上肿"有些许幽默。而更深刻的荒诞和幽默，太有限了。

唐玄宗对杨贵妃的宠爱并非仅仅出于她的"百媚"，更不仅仅是《红楼梦》里薛蟠、贾赦、贾琏式的猪狗动物欲望，《长恨歌》里虽然没有对二人相爱的细节描写，但至少写到了二人爱情生活中的文艺元素，如"仙乐风飘处处闻。缓歌慢舞凝丝竹"。杨玉环是宫廷音乐家、舞蹈家，而玄宗是创作家，著名的《霓裳羽衣曲》便是唐明皇的作品，来自西域的词牌"苏幕遮"，也是李隆基首先采用的。这位风流皇帝，不仅有词学、文艺学方面的贡献，还有对西域文化与中原文化的交流、互动、融合方面的贡献，有对中华大一统的贡献。

至于"尽日君王看不足"，显然，高高在上的唐明皇，能把他对贵妃的宠爱恩赐提高到审美的层次，已经高于许多古代的情缘故事了。

然后噩运到来，安史之乱爆发，白居易的写法是"渔阳鼙鼓动地来，惊破《霓裳羽衣曲》"，似乎叛乱的针对性在于皇帝与贵妃二人的文艺生活、文艺节目。这里的潜台词是：文艺，某些时候会成为乱源，倒不一定是文艺煽动犯上作乱，但文艺太性情化、太让人迷恋、太注重精神享受，会让皇上消磨斗志，从而失去警惕、心计、防范。

再往下，直接写到贵妃被赐死，四句诗过去，三十八岁的杨玉环就此消失，再四句诗，掩面不救，血泪和流。事件之严重、刺激、惊人，远远超出了文字的可能，写得越少便越厉害、越轰动。

更简单地越过去了的是叛乱的平定。剑阁闻铃，剩下的是追忆与痛惜的大悲。《剑阁闻铃》是著名的京韵大鼓曲目，词中有"冷雨凄风助惨情""断肠人闻断肠声"。一首好诗会繁衍出表演艺术的台词戏词，自古已然。

后来回朝了，贵妃没了，"君臣相顾尽沾衣"，总的来说，诗人还是同情二位的。二位确有失误之处，但杨太真毕竟罪不至死，泪沾衣的包括千千万万的读者受众。

"归来池苑皆依旧，太液芙蓉未央柳。芙蓉如面柳如眉，对此如何不泪垂？"回味一下、再现一下、变奏一下原来的旋律，原来的行板如歌，分外美丽，美得令你颤抖、令你大恸、令你活不下去。

余音袅袅。白诗人用心写了唐明皇的寂寞与对太真仙女的寻觅。应该说，这才是"长恨"的抒情华彩，这才是"长恨"的归结。此诗从开始到贵妃之死，是上集，是准备与酝酿，是蓄积；闻铃与君臣垂泪，是过门；这时，才是下集"游仙浪漫曲"。

然后是天宫仙境里二位灵魂的相会相思。这一段具有某种独立性，即使没有它前面的传奇故事，仍然动人。而有了《长恨歌》下集"游仙浪漫曲"，上集从相恋到死于非命的传奇故事蓦然升华，成幻成仙。整个故事，整个诗篇，飘飘然，凄凄然，空灵，婉转，失落反而尽情，闪烁反而通透。

《长恨歌》的下集出了多少金句啊："上穷碧落下黄泉"，"山在虚无缥缈间"，"楼阁玲珑五云起"，"玉容寂寞泪阑干，梨花一枝春带雨"，"昭阳殿里恩爱绝，蓬莱宫中日月长。回头下望人寰处，不见长安见尘雾"，"天上人间会相见"，"在天愿作比翼鸟，在地愿为连理枝。天长地久有时尽，此恨绵绵无绝期"。

已经天人相隔了，美丽无双、噩运无双的杨贵妃成仙了。靠道士的超人间法术与皇上魂灵相遇的仙人，向皇帝回忆起他们在长生殿度过的蜜月夜，回想他们的秘密情话，接通他们超越生死的爱情密码，在这时把颂歌、赞美诗与悼歌合而为一，结束了此永不磨灭的诗与史、歌与诗。

《长恨歌》写于元和元年十二月（公元 807 年 1 月），距今已经一千二百多年了。王蒙得此机会读之思之话之，挥泪雀跃，深感中国没有唐明皇不行，没有杨玉环也不行啊，没有白居易、没有《长恨歌》，实在不行。中国是一个古国，中华传统文化是非常讲究和发达的文化，有各式各样的故事，让你哭，让你笑，让你自豪，让你顿足嗟叹。

唐明皇的治国似是自取其辱、自取其乱，但是他这方面的荒唐、丑陋、失败并不能完全遮蔽他性情的真挚与文艺的天才。中国历史上的唐明皇故事包含了爱情、悲剧、《霓裳羽衣曲》歌舞、"苏幕遮"词牌，包含了重要的政治教训，包含了美女杨玉环的任性、短视、天真、纯情，包含了盛衰兴灭的许多哲理，包含了儒家的政治泛道德主义的价值观的合理性与局限性。鲁迅就对将唐朝的由盛而衰归咎于杨女士有所质疑，而且他曾经计划书写以"杨贵妃"为题的长篇小说。而世代人民对《长恨歌》的接受，对唐明皇和杨贵妃故事的包容与同情心，都是中国历史不可没有的、中国人的善良厚道仁义取向不可没有的例证。中国古代故事多了去了，研究吧，回顾吧，且有事儿干呢。

没有了李、杨爱得败得昏天黑地与长恨千年，就让中国的历史文化、历史故事少了一角。如果中国的青少年都背得下李白、杜甫，背得下《长恨歌》，背得下林黛玉的"花谢花飞花满天"（《葬花吟》），也许从功利上不能说得很明白它们的必要性，然而从民族文化的珍惜与认同上看，不可或缺。

有了这些故事、人物、人才、文学，当一回不忘古代、奋斗现代、活于当代的中国人，值啊！

哀江头

杜 甫

少陵野老吞声哭，春日潜行曲江曲。
江头宫殿锁千门，细柳新蒲为谁绿？
忆昔霓旌下南苑，苑中万物生颜色。
昭阳殿里第一人，同辇随君侍君侧。
辇前才人带弓箭，白马嚼啮黄金勒。
翻身向天仰射云，一笑正坠双飞翼。
明眸皓齿今何在？血污游魂归不得。
清渭东流剑阁深，去住彼此无消息。
人生有情泪沾臆，江水江花岂终极！
黄昏胡骑尘满城，欲往城南望城北。

少陵的乡下老汉杜甫呜咽哭泣，春天悄无声息地来到曲江边。江头宫殿，千门万户都上了锁，关得死死的，那么春日开始生长出幼枝的水杨柳树，又为了谁而显出新绿生机来呢？（它们的旧主已经失去踪迹了啊。）

回忆当年玄宗皇帝之行，旌旗如彩色霓虹般张扬。皇帝来到曲江东南的芙蓉苑，使芙蓉苑万物生辉。昭阳殿里的头名嫔妃杨贵妃，随时侍奉着，与天子共乘一个轿辇来到这里。天子轿辇前的女官，带着弓箭，骑着白马，用黄金做的嚼子勒住白马的嘴，专心地驾驭着马匹。女官翻身朝天上射出一箭，将比翼双飞的一对鸟儿射中坠地，贵妃为此快乐地笑了起来（她该不会从这次猎杀中感到什么凶险的征兆吧？）。

贵妃那明亮的眼睛，那洁白的牙齿，如今都到哪里去了呢？那遍体血污的魂魄，现在又在哪里游荡呢？她已经无家可归了呀。她就死在这里，她埋葬的坟墓就在马嵬坡旁边的渭水旁。河水已经东流远去，而唐明皇暂住的陕甘川三省边境剑阁，又是那样深远茫然。留下的与离别了的，当然彼此难通信息。

人生多情又善感，只能泪水长流。看着江水江花，一切不知所始所终。

黄昏暮色中，到处是胡人骑兵的漫天烟尘，人们莫知所以，想到城南的人去到了城北，大家都陷入了迷茫与混乱转向。

杜甫痛心于百姓在安史之乱中遭受的痛苦，同时，他也为唐明皇与杨贵妃的故事而感慨落泪。宠幸、幸运、娇纵、爱情、心愿、誓言、箭矢、坠落、兵变、明眸、皓齿、血污、游魂、渭水、剑阁、长生殿、长恨歌、家国、皇上、美女……

生活、命运、遭遇、经验，几乎笼罩了甚至压扁了文学大师、诗国圣贤的惊天才华、震地语词、善良心胸，与始终卸载不下来的人间忧患，写起来笔不胜悲辛，笔不胜苦难。唐玄宗、杨贵妃故事的痛苦感，碾压了多少歌诗辞章！

杜甫总算写就了著名的七言古体《哀江头》。你读一遍，觉得他是删繁就简、轻描淡写、看透一切、欲哭无泪。再读一遍，又觉得是内力千钧、一言九鼎、大爱无疆、大悲滴血。再读下去，又觉他的历史混乱感中不无微词，长叹声中不无诗学的恋恋与执着。

一个诗人，当他被诗题诗事带来的深情所压倒的时候，一个小说家，当他被人物故事或者细节压倒的时候，当他进入心乱如麻、笔下飞跃的时候，就有可能写出上品力作来了。

6 人生百态，各色千般

八月十五夜赠张功曹

韩 愈

纤云四卷天无河，清风吹空月舒波。

沙平水息声影绝，一杯相属君当歌。

君歌声酸辞且苦，不能听终泪如雨。

洞庭连天九疑高，蛟龙出没猩鼯号。

十生九死到官所，幽居默默如藏逃。

下床畏蛇食畏药，海气湿蛰熏腥臊。

昨者州前捶大鼓，嗣皇继圣登夔皋。

赦书一日行万里，罪从大辟皆除死。

迁者追回流者还，涤瑕荡垢清朝班。

州家申名使家抑，坎轲只得移荆蛮。

判司卑官不堪说，未免捶楚尘埃间。

同时辈流多上道，天路幽险难追攀。

君歌且休听我歌，我歌今与君殊科。

一年明月今宵多，人生由命非由他。

有酒不饮奈明何。

薄云散开，高天明亮，看不到银河的轮廓。清风吹拂，月光轻轻舒展四方。沙尘平缓，水声停息，敬您一杯酒，您有什么要吟咏歌唱的吗？您的歌声辛酸，歌词苦涩，没有等您唱完，我已经泪如雨下。

洞庭湖湖水连天，九嶷山山岭高耸，蛟龙出没水下，猩猩和鼯鼠嚎叫山头。你经历了十生九死的贬谪过程，来到这边的官府，低声下气地默默活着，好像是不能见人的逃犯。每天睡醒下床怕被蛇咬，吃东西时又怕吃到毒药。到处是潮湿瘴疠之气，再就是动物的腥臊异味。

日前，州衙门前敲响了大鼓，新帝继位，任用贤能，大赦天下。皇恩大赦的文书迅速传播，犯了死罪的人一律免死，被流放的罪人也都赦免归来，朝廷政事得到清理整顿。

有一些可以大赦的人犯，虽被有司提名上报，却被观察使扣押下来，赶上倒霉的只能在原来的蛮荒地带转磨。任命你担任一个小吏，弄不好会受到不堪的责打。同辈分的他人上了道，通天的道路咱们难以追赶高攀。

您还没有唱完，让我唱几句吧，我唱的与您并不一样。一年的明月数今夕最为光洁，人生一切都是命中注定，许多事情，有劲也是使不上的。有酒就先喝点酒吧，不喝酒，月亮再好又能如何？

读到"文起八代之衰"的韩吏部、韩文公、韩昌黎的这首牢骚诗，甚觉有趣。他先是借与自己遭遇差不多的张功曹的经历怨天怨地怨人，把湖南糟蹋了一番。黄河流域的政治文化中心地位，辽宁昌黎地区的原籍，使他将南方山岭地区视为畏途。如杜甫所讲，"江南瘴疠地，逐客无消息"（《梦李白二首·其一》），又是热，又是潮，又是蛇，又是蛊毒，又是腥，又是臊，九死一生，苦不堪言。

好容易碰到新皇即位，大赦天下，却又碰到了小人，压住了他们，上不了"天路"，追不上同辈。这一类牢骚，本不新鲜，过去不足为奇，现在有些也不过如此。最精彩的是最后三句，"一年明月今宵多，人生由命非由他（应该读 tuó）。有酒不饮奈明何"，潇洒风流，随意任性，举杯邀月，心如明月。得失成败，何足挂齿；官大官小，不值一提；腥臊瘴疠，终有竟时；小人得志，且随他去；命中注定，聊可一笑；今宵有酒，今宵醉矣；无奈种种，何必较计？

韩愈尊儒，又是《原道》，又是《师说》，似是正襟危坐、浩然正气的尊者。他还提倡"文以载道"，为捍卫儒学仁政，屡屡反佛反老，屡屡被贬，屡屡回转，屡屡再战。但这里的最后三句诗，通俗顺口，躺平放松，自嘲自卑，突然撒了气，更像庄子，像李白，像著有《鲁拜集》的波斯11至12世纪代数学家、历法官员、诗人奥马尔·海亚姆，读起来舒舒服服，平平滑滑，嘻嘻哈哈，毫无伤痕印迹。前边诸多不平、不忿、不甘，与明月美酒一起，全部解构，全无所谓，随他去啦。

佶屈聱牙，被说成是韩愈诗作的语言特色。其实韩诗特色绝对不仅仅在于语言，韩愈的诗作有韩愈的派头、气势，拿捏着自己"文起八代之衰"的大模大样。他的诗也是唐诗中的异数，"天无河""月舒波""声酸辞苦""十生九死""蛟龙出没""畏蛇畏药""湿蛰腥臊"……中华古典诗歌中有此一家，很过瘾。

山 石

韩 愈

山石荦确行径微，黄昏到寺蝙蝠飞。

升堂坐阶新雨足，芭蕉叶大栀子肥。

僧言古壁佛画好，以火来照所见稀。

铺床拂席置羹饭，疏粝亦足饱我饥。

夜深静卧百虫绝，清月出岭光入扉。

天明独去无道路，出入高下穷烟霏。

山红涧碧纷烂漫，时见松枥皆十围。

当流赤足踏涧石，水声激激风吹衣。

人生如此自可乐，岂必局束为人靰？

嗟哉吾党二三子，安得至老不更归。

山石错落，山径崎岖，黄昏时分，蝙蝠飞来飞去，我们到达了洛阳古老的惠林寺。进入寺庙坐定，看到的是新下了一场足足实实的好雨的景况，芭蕉叶好像在雨中长得更大了，栀子树长得愈益肥肥壮壮。

僧人向我们介绍这里的古代壁画，用火把照明，却没有看到什么。僧人帮我们铺床扫席、预备餐饭，虽然伙食简陋，但足以果腹充饥。

〔元〕 佚名 《千岩万壑图》

　　夜深了，万籁俱寂，没有鸣虫相扰。清幽的月亮高出山峰，光照进入了门窗室内。早晨独自起来，走到室外根本找不到道路。往高里走也好，往低处下也好，到处都是烟雾弥漫。

　　山身发红，山涧发绿，色彩斑斓。看到一些古松和枥树（橡树），树干粗大，动辄就是十个人才抱得住。遇到涧流当道，赤脚踩着山涧里的石头走几步，水流湍急，声音激越，微风吹起身上的衣裳。

　　人们来到这种别有天地的地方，自然会觉得清爽可喜，又何必恋栈红尘官场，受到各种约束呢？唉，同来的几位伙伴啊，有没有办法干脆咱们就此改变生活方式，再不用过那种不能自由自在的生活呢？

　　韩愈被称为文学家、思想家、政治家。他长期担任朝廷官员，不止一次被贬损、走弯路。晚年他官至吏部侍郎，应该说，是高于其他多数唐宋文学大家的。他的文学主张如"文道合一""气盛言宜""务去陈言""文从字顺"等，都很正经。但与其他人一样，他得以入世，也会羡慕出世、空山、深林等道家倾向。做了官会向往进山、进寺庙；做不了官，会自以为埋没了治国理政之才，埋怨自己的不遇。有所期待，有所不足，才叫人生。

　　《山石》一诗，题材十分普通，诗人与"二三子"打伙，到山中破庙住了一夜，体会到新雨足实、芭蕉叶大、风吹衣角、水溅赤脚、粗茶淡饭、火把照明、十围巨松、山红涧碧，他似乎为自己找到了一个更加朴素自然、开放辽阔的世界。

　　中国古代的知识分子，打一开始就是有"N+1"个世界的，可以是孔孟的世界，加老庄的世界，可以是宁武子的智的世界，也可以是宁武子的"愚不可及"的世界，可以是修齐治平与功名的世界，也可以是"会须一饮三百杯"（李白《将进酒》）或"赢得青楼薄幸名"（杜牧《遣怀》）的世界，可以是"三吏""三别"的苦难人间，也可以是弄舟江河湖海或御风长空的真人神人世界。最简单可行的是，找个寺庙混上几天，换换精神，洗涤一下红尘，平衡调整一下心理生态。

　　你说韩昌黎要出世吧，他的诗中绝无飘飘欲仙的风流潇洒，他仍然写"雨足""叶大""十围""蝙蝠"这些结结实实、土疙瘩式的词，让一些不浪漫、不神妙、不忽悠、不闪烁的凿实字眼入诗。后人称"韩诗为唐诗之一大变"（叶燮《原诗》），还分析李杜已经树立得成熟丰满，韩愈难以再辟新的天地，韩愈既最喜李杜，又不得不另辟新路子……如此这般，其中奥妙与经验教训，值得我们咀嚼、体味、思索。我认为，韩诗是韩性、韩品、韩风、韩脾气、韩人生轨迹使然，不是韩愈为了有别于李杜，被挤出了李杜的诗道使然。谁不想走自己的路呢？谁又还没上路就先琢磨旁人走路呢？莫非唐代诗坛已经有现代大都会的城市病——交通堵塞了？

送荪友

纳兰性德

人生何如不相识，君老江南我燕北。

何如相逢不相合，更无别恨横胸臆。

留君不住我心苦，横门骊歌泪如雨。

君行四月草萋萋，柳花桃花半委泥。

江流浩淼江月堕，此时君亦应思我。

我今落拓何所止，一事无成已如此。

平生纵有英雄血，无由一溅荆江水。

荆江日落阵云低，横戈跃马今何时。

忽忆去年风月夜，与君展卷论王霸。

君今偃仰九龙间，吾欲从兹事耕稼。

芙蓉湖上芙蓉花，秋风未落如朝霞。

君如载酒须尽醉，醉来不复思天涯。

纳兰性德（1655—1685）

原名成德，字容若，号楞伽山人，满洲正黄旗人，清词人。一生以词名世，尤长于小令，多感伤情调，风格近于李后主。王国维《人间词话》称其"北宋以来，一人而已"。亦工诗，颇得盛唐风神。

　　人生相识交友，你说，还不如互不相识呢，你将终老在江南，而我生活在燕北。如果当真相遇了，不如干脆彼此合不来，这样，分手以后，就不会由于离别而窝心愁苦。

我不可能挽留你与我长期居住在一个地区，这让我何等辛酸。在城门唱起送别的歌曲，泪下如雨。

想起你是四月份辞别踏上旅途的。那时芳草萋萋，长得茂盛杂乱。柳花桃花正飘落地面，与泥泞混在一起。江水奔流，水势浩渺，明月倒映，如月之落水（或月亮西行，渐渐下落）。此时，你也会想念我吧？

而我呢，落拓不羁，一事无成，全无前景。即使此身曾流淌过英雄主义的鲜血，却无从找到一个因由（一个成就英雄的平台），在险要的荆江河段挥洒热血。荆江的夕阳渐渐下落，乌云渐渐压低，究竟什么时候我能横刀立马，一现雄姿呢？

想起了去年九月间，与你一道议论治国平天下的王道与霸道、王者与霸主。如今你安稳地与兄弟才俊们生活在一起，我也只能把心思放在农事上了。

现在芙蓉湖上盛开着芙蓉花，秋风中花朵尚未凋落，色彩艳如朝霞。当你有酒的时候，就好好地喝酒吧，酒酣人醉，也就不再想那些离我们很远的悠悠大事了。

正话反说，立论怪异。这一段天真烂漫的"人生何如不相识"的高论，很像那更有名的"人生若只如初见"（《木兰花·拟古决绝词柬友》）的大红大紫的段子，它的终极性、彻底性，我还要说是无奈与无赖性、娇贵性，接近佛禅的观念。人有生就有死，有相交就有相恶，有聚会就有散伙，有青春就有老迈，有夏天不可须臾离手的扇子，就有秋天把扇子丢到一边，这难道有什么好较劲的吗？好友不如不相识，也就避免了分手与告别。人世间没有夏天，也就不会有秋天。雪莱说："冬天到了，春天还会远吗？"（《西风颂》）当然。那么好了，如果你根本不出生于人世，也就不会有对于四季的任何不遇不适感。

这是感遇诗，称雄无望、好友难留、一事无成、诸多无终、前景渺茫，空话俱罢，日没云低，悲怆自叹。说是感遇诗吧，纳兰的悲哀也许恰恰在于无遇可感。他有被贬谪的遭遇吗？他有国破家亡的遭遇吗？他有被冤屈、被打击、被抹杀、被辱没的故事吗？很难这样讲。当然，他也有丧妻之痛，还有他父亲的宠臣遭贬黜的不幸。

他自叹无由一溅英雄鲜血，也无由将与友人共论的王霸之道付诸实践。做什么呢？要什么呢？这些问题上一边是"无由"——无出发点与发动起点的缘由与力量，另一边是不知"何所止"，即不知到哪里去，以什么为目的。他似乎没有受到足够的挑战，也谈不上有什么使命天职，哪怕是野心或小目标，需要尽心尽力地承担扛起。

但是他重情，包括夫妻之情、男女之情、朋友之情，在此诗中还加上了农事耕稼之情。他对朋友之情的表达极天真纯正。他说，早知道咱们俩不能朝夕同窗相处，还不如压根素不相识呢！不相识就不在意，不在意就各走各的路，就不必彼此惦念，不必心有不甘。他的此种抒写，带几分孩子气，像说反话，像是赌气的话，像是贾宝玉得知黛玉无玉时乱摔乱砸自己的玉。他写出了重情之情，有情之难受，却没有写出足够的情之重量来。

呜呼纳兰，诗词真诚纯洁，用语真挚干净，体会人生素朴本色，诗词绝妙而又善良无双。他的无缘无由、不知所向，空流英雄血、空谈王霸道，只能一醉方休，令人怜悯，令人无奈。其实不仅是纳兰性德，古代诗人词人的生活有令人惋惜处，有空空洞洞处，闲愁最苦，空虚难救，又能怎么办呢？

估计没人会将纳兰的古风诗联系上韩愈，但此诗的风格与纳兰的词作味道相当不同，他的古风诗用韵、结构、情调使笔者极愿意说完韩愈紧接着说纳兰性德。

静　观

赵　翼

谓气从理出，众口同一辞。理从何处来？非虚悬两仪。有气斯心知，有知斯是非。是非方是理，而气已生之。岂非气在先，早为理之基？况或理所无，而为物所有。有知变无知，连理木不朽；无知变有知，老枫或成叟。试问此何理？磅礴出气厚。为语诸腐儒：陈言未可守！

赵翼（1727—1814）

字云崧，一字耘松，号瓯北，江苏阳湖（今常州）人，清代史学家、文学家。工诗善文，尤长于史学，考据精赅，与钱大昕、王鸣盛齐名。论诗主张"独创"，力反摹拟。所作五言、七言诗中，有些作品嘲讽理学，隐寓对时政的某些不满之情。

人们说，世界上最初存在的是理，气的本原是理，气是从理那边生出来的。众口一词，没有人分析推敲。那么，理是从哪里来的呢？理是悬浮在虚空之中的阴阳两仪两方面吗？

有了气才有了存在，才有了心思的知晓，才有了对于是与非的认知。有了具体的实在的是非曲直和辨识，才有理可言嘛。这个理是存在，是气的产物。那么，气的存在，是在理的前面了。就是说，气是理的基础。更何况，所谓理，是有相当多尚未弄清，尚未被认知，尚且本来是无、本来是不存在的东西。不一致的认知，附着纠缠于理之上。理不是明确的、必然的，早在理被认知以前，世上已经有人们不明其理的外物出现了。

有些事情，你自以为有所知，其实并不知。比如说，据传夫妻死后埋葬在一起，坟墓上会长出两棵树，树枝连生在一起，成为连理枝，再不分离，永世长存。还有传说讲，一株老枫树，后来变成了一个老叟。这样的理是有还是没有呢？（如果有此理，这算什么理呢？如果无此理，为什么又有此物此气呢？）谁能说得清楚？只能说是这世界大气磅礴、厚实生动，什么都可能产生，什么都可能出现。我要告诉那些愚蠢拙笨的腐儒，不要只知道死守着千百年来的陈词滥调喽。

这种哲学诗、理论诗，早先很少见，后世渐渐多了起来。用诗的语言和句法，讲述一个理论问题，可以说是以诗的手段传播了非诗的内容。但诗的言简意赅、精粹生动、深邃益思、举重若轻，本身就包含着许多哲理哲思。诗性不仅是手段，也是哲理的一种路数和方式。诗中有情、有史，有声、有色，有哲理、有妙喻，有道、有术，有诗外的诸多功夫，这又有什么新奇的呢？

至于本诗讨论的气与理的问题，我个人觉得大可不必对立。萨特讲存在先于本质，他认为物的制造可以先确定本质——"理"，再去制造，则又不妨理解为可以说是本质先于存在。正如冯友兰讲的"未有飞机之前，先有飞机之理"，无疑。与飞机有关的物理学、数学、空气力学、材料力学等，都是先于飞机的客观存在。飞机的出现，离不开人类对这些"理"的认知与创造性使用。但你很难说空气力学之理先于空气、气体或部分类似的流体而存在。物与物理，哪个在先？人的感知与认识，肯定是物在先，物理学在后。人的发明创造选择，肯定是理在先，产品在后。婚姻爱情，也是男女阴阳的存在在先，男女交合、繁衍后代在先，各种理念、习俗、法度在后。当然，萨特的存在主义与朱熹、王阳明讲的"气"不是一回事，萨特强调的是，存在首先是人的自我的存在和选择责任与权利的存在。

唐诗宋词，是中华文化的瑰宝，它们培养了中华古典诗歌的天地和规范、路数与体裁、视角与词语、结构与逻辑。这里可能有一个原因，中华古典诗词的一大魅力、一大特点是它们的精练精粹，易读易吟唱易背诵。我的青少年时代，甚至到了中年壮年、年近花甲，往往看到一首好诗，多读个三五遍，就背诵下来了。

但是过短的篇幅也给人以局促感。唐诗宋词，既是李白、杜甫、王维、白居易、苏轼、辛弃疾、柳宗元等天才大家的个性精神产品，又是时代的群体、中华传统文化的多元一体的古国文明的精神标志，是精神资源与产品的整体。那么多诗人词人，他们互文互通、互鉴互补、互问互答，常常达到了谁也离不开谁的程度。中华文学中有极美好的集句，为他国他时代所少有。高级专家大家曾有言，学做旧体诗如学一门外语，必须有硬记硬背的功夫。我个人的说法是，中华诗词是一株大树，人们呕心沥血地做出的一叶一花一蕾，必须与大树匹配，才能进入这个巨大的整体，却又不可陈陈相因、互相重复，以致有你不多、无你不少。

这是一大文学盛况盛事，有时也成为某种定局。读惯了唐诗宋词的典范，王某这里还要找几首明清以后味道远远不同的诗篇说说，希望能搅活一下我们的诗局。赵翼此诗，堪称中国诗坛的"搅诗棍"，好的，正因为可能确是搅屎棍。赵翼诗，很有趣。

赵翼对中国的诗歌有与众不同的见解，他的名诗名句有不小的影响。现从他最有名的《论诗》绝句中选出三首，以飨读者：

其一

满眼生机转化钧，天工人巧日争新。

预支五百年新意，到了千年又觉陈。

这里强调的是如庄子所讲的"与时俱化"。即使你能预见五百年后的诗风文潮,即使你的文思先于时代五百年,你也有变得陈旧的时候。厉害,硬气,敢抢!

其二

李杜诗篇万口传,至今已觉不新鲜。

江山代有才人出,各领风骚数百年。

这四句已成经典,你不能说赵翼狂妄,胆敢轻慢李杜,他的意图在于鼓励创新,不薄古人,为今人鼓劲催促!

其三

只眼须凭自主张,纷纷艺苑漫雌黄。

矮人看戏何曾见,都是随人说短长。

第三首意在鼓励争鸣、齐放、自信。

当然,赵翼只讲了一面理。文学艺术的时代性、创新性当然是不可少的,同时文学艺术作品有经典性乃至永恒性,这是文艺作品两方面的秉性。拜倒在古人面前是没有出息的,追求时髦起哄是浅薄廉价的,真正的时代经典,应该是纵横八万里、上下几千年,学习、传承、弘扬、借鉴、创造、尝试、突破都得心应手的果实。

闽中新乐府

林　纾

村先生,貌足恭,训蒙《大学》兼《中庸》。

古人小学进大学,先生躐等追先觉;古人登高必自卑,先生躐等追先知。童子读书尚结舌,便将大义九经说,谁为《鱼跃》孰《鸢飞》,且请先生与析微。不求入门骤入室,先生学圣工程疾。

　　村童读书三四年，乳臭满口谈圣贤，偶然请之书牛券，却寻不出上下论。书读三年券不成，母咒先生父成怨。

　　我意启蒙首歌括，眼前道理说明豁：论月须辨无嫦娥，论鬼须辨无阎罗。勿令腐气入头脑，知识先开方有造，解得人情物理精，从容易入圣贤道。

　　今日国仇似海深，复仇须鼓儿童心。法念德仇亦歌括，儿童读之涕沾襟。村先生，休足恭，莫言芹藻与辟雍；张国之基在蒙养，儿童智慧须开爽，方能凌驾欧人上。

林纾（1852—1924）

原名群玉，字琴南，号畏庐，别署冷红生，福建闽县（今福州）人，清末民初文学家、翻译家。清末曾参与维新变法，辛亥革命后以遗老自居，反对新文化运动。工诗词古文，兼作小说戏曲，尤以译著名世。虽不识西文，却依他人口述，用文言翻译欧美小说170余种，译笔典雅流畅，甚受读者喜爱。

　　村里的一位私塾教书先生，态度谦恭正经，给小童开蒙上课，一上来就讲《大学》与《中庸》。

　　古人教育儿童，先上家塾"小学"，再上高一级的"大学"；可是先生呢，越级一上来就教"大学"的那一套，追求更高一层。古人认为学的内容太高级了，孩童听不明白，只会引起自卑怵学厌学的情绪；先生呢，则希望超越阶段，先知先觉。孩童读书，念都念不清楚，先生却在那儿大讲四书五经的大道理。什么叫"鱼跃"，什么叫"鸢飞"，先生多方分析，不厌其详，却越讲越糊涂。还没入门呢，就要登堂入室，带领小儿做古圣先贤，先生搞的这一套，荒唐失败。

　　村里的小童，读书三四年了，乳臭未干，满嘴圣贤教诲。偶然请他们帮忙写一份卖牛的文书，他们却不知道应该先说什么后说什么，什么也做不成。结果孩童的母亲抱怨先生，父亲也因此生气愤怒。

　　我认为启蒙教育要注意诗歌的作用，首先要把眼前事物的情理说明白。如果给孩子们讲月亮，首先要说明月亮上并没有什么嫦娥、玉兔；如果讲到人死，必须讲明死后并没有阎罗殿等着你去报到。不能让腐朽糟烂的旧日的胡言乱语进入孩子们的头脑，只有一上来就接受科学的知识，他们才能有光明的前途。要当圣贤，也得先明白人情物理，这样才能从容地走上正道。

目前我们国家的冤仇，恨如海洋，要报仇申冤，先得培育下一代。法国曾经受到德国的侵略，这样的国仇也是写在诗歌里边的，法国儿童读起来可谓是涕泪沾襟。

乡村的教书先生啊，先不用急于摆出那种恭恭敬敬、正正经经的样式，先不必引用《诗经》，讲什么辟雍这样的古代著名学府。人们要记住的是，国家发展的根基在教育，人们从孩童时代就要开发民智民心，培养一代一代明明白白的人，到时候，我们才能够直起腰来，不再受欧洲人的欺压。

话一话明初与清末民初的诗，扩张一下对于中国古典诗歌的眼界，大有好处。赵翼与林纾的这两篇作品，当然不如唐诗典雅成熟，但他们言之有物，他们不拘一格，他们有话要说、有情绪要释放，实际反映了中华古典文学已经面临新的历史机遇与挑战，也可以说诗的发展变异同时也是封建中华社会的变革趋势已经无法阻挡。

不论多么古老成熟的文学，都既有其瑰丽精致、流芳千古的一面，也有其破旧图新的内驱冲动的一面，还会有回应挑战的外力推动与种种刺激的激励能量在发挥作用。唐诗宋词元曲的巅峰成就，达到了千年的辉煌瑰丽、成熟精致，它们的无可比拟，令后学畏而却步。然而后人在前人面前躺平，这只能是后人的耻辱。我们传统诗词曲的伟大与相对凝固定格，本身就意味着它们更要接受时代的要求而有所发展、有所创造、有所变化。

这两首论理诗十分有趣。赵翼论理和气，除理论论述外，全篇还有一种深刻终极、精辟劲道、押韵兼拗口、训练口才、适合相声与绕口令要求的特点。而不懂外语的翻译之王——林纾林琴南，与一般文士相比较，又是翻译《巴黎茶花女遗事》（即《茶花女》），又是翻译《块肉余生述》（即《大卫·科波菲尔》），大致跟上了形势与时代的要求，已经做到了变革求新。后来他反对白话文运动，恰恰是赵翼所谓"预支五百年"后，很快碰到了千年尴尬，成为落伍者的例证。

至于"国仇""凌驾欧人"之类的说法，反映出中国人民的民族自尊心曾经受到怎样的伤害。林琴南这种首开风气之先，却最终赶不上时代的急剧变迁的半新不旧的知识分子，对于历史的危机，可能尚没有找到更精准的语言与路径作出科学有力的回应，只有一肚子怨气要吐露，而国民与昏庸政权的各种腐朽观念、麻木不仁、因循守旧，更令林氏怒不择言。我解读时已作了些处理。同时，通过本诗也更增加了我们对近现代中国的政治外交文化与知识分子的摸索奋斗的历史过程的理解。往事正堪回首，宏图大展中。

拟决绝词

周　实

卷施拔心鹃叫血，听我当筵歌决绝：信有人间决绝难，一曲歌成鬖飞雪。

鬖飞雪，拼决绝，我不怨尔颜色劣，尔无怨我肠如铁。

请决绝，如雷之奋如电掣，如机之断如帛裂，千古万古惩此覆辙！

惩覆辙，长决绝，海枯石烂乾坤灭，无为瓦全宁玉折！

> **周实（1885—1911）**
> 原名桂生，字实丹，号无尽，江苏山阳（今淮安）人，近代诗人、散曲家，民主革命烈士。

卷施草不怕你把它的心拔出来，拔掉了心，它还要拼到底。杜鹃悲啼，一直叫到口腔出血。我现在与它们一样，我要在筵席上唱出我的决绝生命的歌声。都知道决绝人间、献出生命是很困难的事，唱这样一首绝命歌曲，一曲唱罢，鬖发立即变得雪白。

鬖发如雪了，我还要拼了这条命去献身绝命。鬖发呀，我不抱怨你变白了不好看；鬖发呀，你也不要抱怨我心肠如铁、义无反顾！

请人民家国接受我的献身吧，就像雷鸣电掣，坚决迅速、奋勇彻底，像砍断一台机器、撕毁一匹绸帛，我要与朝廷、与体制决裂，打碎这已有的一切。让千古万古的历史从我的悲壮痛心的粉身碎骨中汲取奉献的精神和经验教训吧！

我要树立这样一个例证，一个历史的典型：哪怕亿万斯年、海枯石烂、乾坤俱灭、世界末日，我这宁为玉碎、不为瓦全的决心和献身绝命的心意也绝不改变！

　　周实曾经明确宣示，"窃不愿以诗人二字了此一生也"（《无尽庵诗话》）。他不仅是以语言、文字、平仄、音韵、赋比兴、对仗、典故写诗，而且是以生命写诗，以热血写诗，以拼死拼活写诗，以灵魂的燃烧与爆炸为诗。

　　他的诗不仅是一字千钧，而且是字字血泪，语语惊天！

　　这也是一个时代的标记，中国清末，几千年的封建社会积攒的阶级矛盾、社会矛盾、文化矛盾、内外冲突，都到了临界线，到了起爆点，而君臣百姓、上下左右，昏昏沉沉、颠颠顸顸，周实准备用自己的生命爆破唤醒中华民族，用自己的生命冲锋向全国上下进行"尸谏"。这样的烈士诗，空前绝后！

　　如果时至今日，我们对中华诗词的热爱仍然只限于唐诗宋词，就太可惜了，也太对不起周实这样的志士烈士了。

五律

1 胸中自有天地古今

望月怀远

张九龄

海上生明月，天涯共此时。

情人怨遥夜，竟夕起相思。

灭烛怜光满，披衣觉露滋。

不堪盈手赠，还寝梦佳期。

张九龄（673 或 678—740）

字子寿，一名博物，韶州曲江（今广东韶关西南）人，唐诗人。所作《感遇诗》，抒怀感事，以格调刚健著称。

一轮明月从大海中生出，一望无尽的天涯海角，想来在共享此刻的明月清辉。

有情人会抱怨这黑夜的漫长，一晚上咀嚼着离恨别愁，想念着分别多日的亲朋好友。

虽然灭掉了烛光，可爱的月光仍然满满堂堂地照耀着客居在外的离人。披上一件衣服，是由于感觉到夜深的露水，渐渐湿凉起来了。

我无法将月光捧在手里馈赠给家乡的亲人，只能期待做一个好梦，来到与他们相会的吉日良辰。

"海上生明月"，注意，不是升明月，是"生"，月亮是海洋生出的，人间的一切都是从天底下、大地上，诞生、发育、成长起来的。仅仅想一下，"生明月"的说法已经是中华天地海陆的古典赞美诗、创世诗，是此诗的天性、地性、海洋性、人性、人间性、神明性的盎然充沛聚集。

现代科学认为，生物的生出离不开海洋。中国古典诗词，涉海的题材还是偏少了。张九龄此诗，意义不俗。

何等宏伟迷人的日出月升、月圆月缺、日高日落……林林总总，构成宇宙生命体、命运共同体的伟大格局，生命现象，生生不已机制。

"天涯共此时"，更感人至深。那时人不知道区分地球经度与时差，他们更多感慨于空间的远离与时间的同一、无距离。日、月、星、云、雨、雪、风，阴、晴、冷、暖，似乎是动态共享的。他们相信亲朋好友们尽管看不到彼此，但会在同一时间看到明月的生出。

"每逢佳节倍思亲"（王维《九月九日忆山东兄弟》），也是异空间而同时间的思念，"天涯共此时"的感慨已经成为国人的思维模式与感悟模式。

知识是美丽的，真理是美丽的，也是无情的，人设的误解有时候也是美丽的，误解成诗成词成梦成小说，就更可爱。

我有多次海边观月出的经验，巨大的天空，巨大的海面，巨大的城乡陆地灯光建筑，慢慢从泛红到橙到黄再到变白变亮变小变强的自信傲然的月亮。月亮之"生"好像是月亮微笑着增益光泽的一个过程，照耀得海洋银光闪烁。每次海滨望月或船舰上赏月，都躲不开对张九龄此诗的回忆与吟咏。海上的月亮呼唤张九龄的诗歌，张九龄的诗歌陪伴着、迎迓着正在海上出生的月亮，向海上出生的明月问好。这就像每逢中秋，必须回味苏东坡的《水调歌头》一样。

"怨遥夜"与"起相思"句也非常平易真挚。遥夜很苦，相思以度，生离死别，谁能永无？谁能与双亲子女家人好友长相伴、时时见、随时见、永远见？人间伤痛，谁能绝缘？此外能说什么呢？

"怜光满"，怜得好，怜得动情，爱得心颤。夜，太黑了，月光变得更加宝贵，显得更加充盈。"披衣"？是到后半夜了吗？不错，是海上，有凉与湿的感觉，有不能好生睡觉的不适。隔海思念，海上乡愁更盛。国人中极少有以海为家者，在海上有漂流起伏的非家园感，于是更加怀远怀古，思亲思友，思己所爱、所恋、所悲、所怜。然而，怀也是白白地怀，你还能怎么样呢？

最后两句自慰，让我把最美好的月光捧到手心里，给你看看吧，让我把海上的明月带来的充盈的感受，赠送给你，传递给你，安慰你吧。我的乡里，我的亲人，我的童年，我的过往，除了做个好梦，盼望与这一切重逢，我还能做什么呢？

可就是在失落与无奈时分，仍然有梦可待，有梦可期，有诗可咏，有海上的明月可以捧在手心。固然留不住什么，得不到什么，仍然是有念可想，有情可忆，有柔情可以温暖，有悲哀可以咀嚼。你的人生胸怀，仍然有自己的内容、自己的牵挂，你是幸福的。

送杜少府之任蜀州

王　勃

城阙辅三秦，风烟望五津。

与君离别意，同是宦游人。

海内存知己，天涯若比邻。

无为在歧路，儿女共沾巾。

王勃（649 或 650—676）

字子安，绛州龙门（今山西河津）人，唐文学家。与杨炯、卢照邻、骆宾王以文辞齐名，并称"王杨卢骆"，亦称"初唐四杰"。他和卢照邻等皆企图改变当时"争构纤微，竞为雕刻"的诗风。其诗长于五律，偏于描写个人经历，多思乡怀人、酬赠往还之作，风格清新流丽。其文多为骈体，重辞采而有气势。

长安城市，维护着三秦地区。居民来往，布满五个渡口。城阙烽烟，红尘火热。与杜少府在这里离别，又怎能情长志短？我们都是当差做官、听候朝廷调遣的人臣嘛。

四海之内，确有真正的相知——知己，即使彼此相距天涯般遥远，也像是紧紧相依靠的邻居一样，我们的心是连在一起的。即使在此路口分别，也无须像一般小儿女那样洒泪伤心啊。

　　诗中被送别的杜少府已不可考，应该是当时一位走上坡路的有影响的官员，因为在王勃为数不多的作品中，除《滕王阁序》与此诗外，不乏悲愁哀叹之语，如"寂寞离亭掩，江山此夜寒"（《江亭夜月送别二首·其二》），"悲凉千里道，凄断百年身"（《别薛华》）等。但此诗很讲政治，讲正道，乐观向上，像是受了彼时的 VIP 的引领。

　　"宦游"，就是官事之游。古汉语中，"游"字除游戏、游乐、游玩外，还可以解作出行、交往、学习、不固定等义。在"宦游"一词中，这些意思几乎都适用，"宦游"一词显出了些许超脱，减少了一点俗鄙与低级的"官迷"趣味。

　　最经典的语句，我以为堪称占有我国传统诗词经典化、概括化、外溢化、提升化"第一把交椅"的，是"海内存知己，天涯若比邻"两句。这十个字，在 20 世纪成为我们的外交语言、政治口号、国际盟友战略命题，重大、煽情、鼓动、宣示。在某一时期，它成为中国与阿尔巴尼亚两国人民友谊的标志性话语，反帝反修的代表性语言，还被作为主题编写成歌曲传唱全国。

　　王勃有知，也会惊奇不已、振奋不已。中国古典诗歌，已经成为中国政治大势、社会生活、市井日常、乡村南北、读书识字的不可或缺的一部分。古典诗词，为一切命名，为一切注解，成为一切的标示 logo，成为时代的符号。

　　还可以再想想这一类例子："尔曹身与名俱灭，不废江河万古流"（杜甫《戏为六绝句·其二》），"沉舟侧畔千帆过，病树前头万木春"（刘禹锡《酬乐天扬州初逢席上见赠》），都是欢呼胜利与藐视敌对势力的金句；"山重水复疑无路，柳暗花明又一村"（陆游《游山西村》），是说从政或做事，于困难中发现转机；"此时无声胜有声"（白居易《琵琶行》），则用来肯定一种不予置理的骄傲或保持沉默的谋略，或者是讲一种潜在的悄悄进行的形势变化；还有用描写男女之情的"身无彩凤双飞翼，心有灵犀一点通"（李商隐《无题》〔昨夜星辰昨夜风〕）来讲敌对势力之间的互通互谋、互相勾结，用"上穷碧落下黄泉，两处茫茫皆不见"（白居易《长恨歌》）来表达寻而不见的某种对象……

　　诗语在传播过程中，会活力四射、歪打正着、声东击西、推陈出新，令人意出望外、闻之惊喜、拍案叫绝、千年难忘。孔子早就说过了，"不学《诗》，无以言"（《论语·季氏》）啊！

除了诗语以外，有些著名文句也是如此，例如《红楼梦》中的"大有大的难处"，"不是东风压了西风，就是西风压了东风"，也都成了社会经典、政治经典话语。

次北固山下

王　湾

客路青山外，行舟绿水前。

潮平两岸阔，风正一帆悬。

海日生残夜，江春入旧年。

乡书何处达？归雁洛阳边。

王湾（约 693—约 751）

洛阳（今属河南）人，唐诗人。其诗流传不多。《河岳英灵集》称："湾词翰早著，为天下所称最者不过一二。游吴中作《江南意》诗云：'海日生残夜，江春入旧年'，诗人已来少有此句。张燕公（说）手题政事堂，每示能文，令为楷式。"

通向外地的道路，铺展延伸到了青山之外，碧绿的江水，荡漾在行船的后边。潮水平稳，两岸相距宽阔，风向风力都正常，船帆高高挂起，船走得极好。

在残留的夜色中，出现了从海中探出头来的朝阳，江河上的春意（温暖了、光亮了）开始进入旧年的岁尾。

写给家乡亲人的信件怎么才能送达呢？请问正在归程中的大雁，你会不会飞到洛阳那边，把我的家书带过去呢？

这首诗比它的作者名气大得多。"潮平两岸阔，风正一帆悬"，是赋、比、兴三者的结合，是对稳定、正确、风气良好、道路宽阔、方向正确、一切光明正大、合乎规范、合乎历史规律与时代要求的肯定与称颂的诗句，政治与三观含义大体相当于 20 世纪响亮的群众歌曲《我们走在大路上》。这同样是如今的诗语、政风与官风语的经典，是人生境界、治理境界、党风境界的标准语。

"海日生残夜，江春入旧年"，极具活力，新鲜有趣，别开生面，充满正能量。这里好像有一点"微积分"：按道理说，朝阳从夜海中探头升起，说明残夜已经告罄，清晨已经开始。但如果你较真儿一下呢？黑夜结束，朝阳露头，哪个在前，哪个在后呢？请想一想，哪个是因，哪个是果呢？一般来说，我们会认为太阳的出现是因，是条件，日夜的生成、日夜的结束起因于太阳的起落升降，是太阳相对于地球的"运动"。太阳从东边升起，从而天亮了，从西边落下，于是天黑了，然后过上六七个或十几个小时，太阳又从东边钻出来了，造成了昼夜区分。太阳东升、高升、西降，这就成了一天又一天的朝夕延续。我们不太可能认为是黑夜的大幕的启与闭才影响了昼夜的互换，才出现了太阳的被遮蔽与被彰显。

那么，刚刚从夜的偏黑暗的大海中露头的太阳，它面对的只能是残夜，在残夜中朝阳出现。它的与时俱进的动态，呈现了愈益明亮的天光，然后把残夜改变。残夜出太阳，不就是"海日生残夜"吗？我们眼前的残夜，蜕变、发展成了清晨，延伸为明亮的白天。至于这个过程是几分钟，还是一刹那，那是另外的问题了。反正残夜在前，出太阳在后，从时序上看是这样。与此同时，出太阳是因，残夜之消失在后，是果；从因果关系上看，这样说似乎毫无疑问。残夜本来是稳定的前提，海中日头，是在残夜中出现的日头的变数。夜之为夜，夜之渐残，残夜成为凌晨、早晨、白昼，都离不开日头的相对运动，更无可怀疑。

说来说去，残夜和太阳的先后顺序，与蛋生鸡、鸡生蛋的出现顺序和因果关系一样分析不清楚，我也有点糊涂了。本来，什么疑难也不存在，然而，分析思索一上，愈分析愈糊涂，越思索越怪圈无尽。

同理，春意在前，四时历日的更迭在后。四时、昼夜、冬春，紧密连贯。冬中有了春，春才替代了冬；春积蓄、酝酿在寒冬中，才接了冬天的班。残夜先有了海日，海日才带来了新的一天；海日有了残夜，才能寄生与准备次日的升起。这就是生活，这就是海、岸、山、水、风、帆、阔、仄、日、夜、阴、阳、新、旧……一切互连、互通、互异、互代替，这就是旧生新、新自旧、新变旧之天道天理。"海日生残夜，江春入旧年"这十个字，写到了、命名了、感悟了多少世界和人生！

这首诗体现的是天道、正道、昼夜、阴阳、时间、变易、必然性、规律性、公开性、合理性。这样的诗读多了，天道正道得到彰显，人们的自信与选择会更加坚定和稳固。

诗里还有一个词简明优美，并不多见，就是"江春"，江是地理，春是天时，江春就是江河地域的春天，非常可爱。

与诸子登岘山

孟浩然

人事有代谢，往来成古今。

江山留胜迹，我辈复登临。

水落鱼梁浅，天寒梦泽深。

羊公碑字在，读罢泪沾襟。

人事是一代一代地兴替、取代、继承与变易着的，于是有了古今的时序，有了历史的前后连贯与沿革。江山胜景中包含着古人重要活动与功业的著名遗迹，我们后人登山，一再地看到古人往事的遗留痕迹，增益着怀念与思索。

洪水下落，鱼梁洲渚显得清浅了，天时渐渐寒冷，云梦泽显出了深远的寒意。这里有纪念羊叔子（即羊祜）的石碑，读了他的事迹，我感动得泪水浸湿了衣襟。

这是一首关于登山的诗，但不是从风景视觉写起，而是从历史文物遗存与有关知识讲起。"人事有代谢，往来成古今"，这与前面刚刚讲到的"海日生残夜，江春入旧年"（王湾《次北固山下》）相映成趣，这一类感受的概括性极广大，起点高，眼界宽，无所不及，说的是历史，是人生，是世界，是古往今来，不仅是天地境界，还是古今生灭有无的境界。

"江山留胜迹，我辈复登临"，面对历史大事、大人物、大过程，后人能做的是攀登、寻觅、面临、重温、感悟、致敬、致哀、受启迪、受感动、受教育。尤其是读书人，所谓的士子，你应该懂得观照江山的胜迹、历史的遗存、圣人的教诲、兴替的根由、发展的轨迹。你们时时登临，不忘昔日，不忘古圣先贤，不忘老祖宗，目的是慎终追远，不忘自身的使命。

再用目光扫视一下环境，夏季的洪水涨势已过，天凉以后，洞庭湖等湖泽更显得深不可测，也更显得文物往昔之远不可及。幸亏还有羊公的碑铭在那里，仍然生动鲜活，感人至深。

登山怀古之诗数量很多，难出新意，李白所称颂的"孟夫子"孟浩然此诗相对沉着积郁，字句都有分量。代谢、往来、古今、人事，透露着历史的动态、

见贤思齐，见古思今，见晋征南大将军羊祜之碑（即羊公碑，又称堕泪碑），孟大先生也流了泪。他并没有亟写"人事太龌龊，诗酒成古今"，是李白才一面说"我辈岂是蓬蒿人"（《南陵别儿童入京》），一面说圣贤寂寞，只有饮者留名。堂堂李白，也会依自己的爱好而塑造师友的形象。请继续读下一节，更昭然了。

留别王侍御维

孟浩然

寂寂竟何待，朝朝空自归。

欲寻芳草去，惜与故人违。

当路谁相假，知音世所稀。

只应守索寞，还掩故园扉。

空虚寂寥、无声无息的生活里，还能有什么可期待的呢？日复一日、一无所得所成地白白地走出去，转一两圈再回到自己的住处。

想起来，还不如回到山野隐居。到芳草林木之中吧，又舍不得与您王维这样的老友老相知分手。

当下在朝的官员们，又有谁会想起伸出援手，给予方便？世上谁人可谓我辈的知己？没有的。

干脆就密封着、坚守着自身的萧索落寞，把老家的门户紧紧关好了吧。

这首诗再一次表达了孟浩然不得志的牢骚满腹。清高与自由的条件和代价是孤独与空虚。孤独时的难忍是空虚，是寂寂复寂寂，空空再空空。回乡又怎么样呢？您那个时候又不讲上山下乡的重大意义，您志趣又不在务农、不在乡村建设、不在教育英才、不在琴棋书画，也成不了李渔，耽于生旦净末、舞台春秋……回到家乡，与草木为邻，自诩芳草奇葩，生活方式仍然改变不了闭门索居，鬼影子也不来一个。

还好，牢骚诗写得雅致，有它的多情，也有它的淡定，有它的惜别嗟叹，也有它的随意包容，有它的苦涩无奈，也有它的自嘲幽默。北京俚语说，谁难受谁知道。

人生到底应该怎样选择呢？人生有选择，还是只能撞大运，赶上什么就是什么呢？清高有清高的寂寞，随俗有随俗的恶心，经营有经营的辛苦无聊，闲懒有闲懒的空洞卑贱。

当文化与教养不能开创自身的前程、造就自身的平台、实现自身的价值的时候，文化也还不无自言自语、磨磨叽叽、吐吐心曲、酬谢应答的功能。入世不成的读书人，还有追求语言艺术的空间，写两首诗，可以成史，可以成谶，可以留下一个或者自以为留下一个语言艺术的世界，这也算无解中的自解了。

至于孟浩然这样的，就冲李白对他的称道和他至今仍然活着的诗篇，他其实算是活得、写得不错的了。

② 李白的明朗、爽利、干干净净

送友人

李　白

青山横北郭，白水绕东城。

此地一为别，孤蓬万里征。

浮云游子意，落日故人情。

挥手自兹去，萧萧班马鸣。

青碧的山体，横卧在城市北郊；洁净的流水，围绕着东部城区流动。我们在这里告辞分手，你独自乘船走向万里之外的远方。

天上浮云，像游子一样行程无定、心绪不安。西边落日，像老朋友一样眷恋徘徊、依依不舍。招招手吧，我们二人就此分别，我们的坐骑，似乎也不忍分手，相互嘶鸣（或一齐嘶鸣），萧萧含情。

这首告别诗，如即时口占，青山、白水、北郭、东城，普普通通，随口而出，绝不转文嚼字，更不故作高深。

此地告别，"孤蓬万里"，这话有点狠，有点孤独，征程何其寂寥也！生离死别，人间并不温柔怜惜。说重了吗？古代出远门旅行，也是难事、大事、少见的事，那时交通不便行路难呀。

妙在下面两句。游子恰如浮云，一时没有止处，无以为家。请问谁说得上浮云的归宿呢？蓝天白云，谁又能把它们拴紧锁住、安排停当呢？只能看机缘，只能飘到哪儿说哪儿。

人生并无定稿，并非总能预见，并没有制定周密的日程，都不是未卜先知。

而到了落日晚景时分，光照黯淡，即将堕入黑夜了，也许对曾经的一切有点惋惜，有点告别的话要说，欲行难行，故人情深。日落之前，日头是不是也有点依依不舍了呢？

岂止人是这样，你骑的马，或者我骑的马，或者是两匹马，也萧萧咻咻鸣叫起来，它们也懂得惜别了吗？

哈哈，浮云一上，落日一来，孤蓬万里的可悲立即美化了、健康化了、非悲剧化了。

浮云何必考虑什么回不回家乡？游子客居他乡又有什么悲凉？落日正如老友，有所依恋，无所痛惜。万物皆有聚散，万物皆有来去。

喜怒哀乐，悲欢离合，都是自然，都是天道，都是机缘，既是定数，还是异数，与时俱化，道通为一。对待一切，你可以抒情，可以一笑，可以在意，可以忘却，可以无言，可以赠诗。适可而止，恰到好处，含泪含笑，挥手告辞，如此而已，岂有他哉！

李白的诗，多情不忘洒脱，眷恋不伤心脾，随意仍然老到，无奈却又识趣，大言而绝不欺世！

浮云游子，落日故人，马鸣萧萧，挥手自去，痛饮三百杯……耍的是豪兴。李白不哭丧、不纠缠、不自恋、不黏糊，更不恶毒诅咒人生与世界，不摆出一副人人欠他二百吊钱的讨账报仇架势。

李白的诗，有才有品，有德有能，无恶无伤，无抵赖撒泼、装腔作势。李白者，真诗人也，好人善人纯粹人也。

听蜀僧濬弹琴

李　白

蜀僧抱绿绮，西下峨眉峰。

为我一挥手，如听万壑松。

客心洗流水，余响入霜钟。

不觉碧山暮，秋云暗几重。

　　蜀地一位高僧，抱持着绿绮古琴，从东部山峰向西走下山，为我弹奏演乐。僧人刚刚挥手弹拨了一下，就像听到了山谷中的所有松树发出了天地、山松、沟壑合奏齐奏的和声混声。

　　听到此琴的人，心灵在流水中洗涤净化，剩下一部分余音，融汇、振响、横移到傍晚降霜时分的寺庙钟声里去了。不知不觉之中，碧绿的群山已经披上了暮色，而秋天的浮云，也暗淡下好几重来了。

　　李白写音乐，与此前说到的《琵琶行》不同，他说的是音乐与世界、与自然、与天地人的合一，他写得规规矩矩、连连贯贯、分分明明。峨眉山上的僧人下山了，带着的是绿绮琴。"绿绮"二字有点讲究甚至奢侈，让人想到色彩——绿，想到花纹——绮，想到灯红酒绿与红男绿女的说法。才一挥手，才一弹拨出声，就"如听万壑松"，平地春雷，风云变色，万壑松涛，仙乐齐鸣，出现了古老质朴、高雅如意的另外一个世界——音乐世界、艺术世界、天才世界、琴声世界。

　　李白听琴，耳目一新；蜀僧挥手，峰峦沉醉。

　　"客心洗流水"，这琴声是灵魂的洗礼，这洗礼是心扉的净化。文以载道、以文会友、文以清心、乐和天地、乐以辅礼、学而济世、岁月沉香、心生万物……这都是我们传统文化中的一些说法，或有偏失，不无灵异，作为浪漫主义的诗语，精彩无疑。

　　"余响入霜钟"，更上一层楼了。音乐有它的能量扩散、能量叠加、能量转化、能量延续。音乐能通达四面八方，有贯连三维甚至四维的全方位通达效应，有入耳入心入情入魂效应。

　　诗里提到的蜀僧是一个人，听者也未提到他人，但蜀僧弹奏出来的神乐仙乐琴韵可不是只供给李白大诗人一人，山也听了，松也听了，水也听了，风也传送了，山居动物甚至花鸟虫鱼、石块尘土全都听了。

　　乐有余响，声有余韵，天晚了，霜钟响起，是对蜀僧古琴演奏的应和与延续，是峨眉山乐感的整体化与恒久化。还有，它是琴与世界、与山、与松、与钟之间的互动、融合。时间在这里也作出了自己的呼应与配合，青山暮色，秋云重重，钟声与琴音余响，另是一番景象。

　　短短四十个字，蜀僧、古琴、峨眉、万壑、山松、客心、流水、余响、霜钟、暮色、秋云，自然、艺术、美学、哲学、宗教……应有尽有，多元一体。

　　还有一点趣味。本诗颔联，"为我一挥手，如听万壑松"，对仗实不工稳。除了"一"对"万"，"为我"与"如听"实在对不上，"挥"与"壑"，一个动词与一个名词也对不上，"手"与"松"也极难对好。不懂中国诗歌传统形式规则而要附庸风雅，免不了要出丑，学到了规则却全无诗兴、诗感、诗情、诗意，呆板拘束，也是徒劳。真正到了李白这个份儿上，可以从诗歌的必然王国进入诗歌的自由王国了，诗写得就是好，音韵、对偶上略有瑕疵，正表现了诗人行云流水般的随性与大气，我们仍然可以为之鼓掌喝彩。怕的是既不懂音韵对仗规则，又体会不了古典诗词的风情、意味、美感、兴致，偏还要自以为是，写什么旧体诗，一无可取，徒增笑柄而已。

夜泊牛渚怀古

李　白

牛渚西江夜，青天无片云。

登舟望秋月，空忆谢将军。

余亦能高咏，斯人不可闻。

明朝挂帆席，枫叶落纷纷。

　　在从南京到江西的这段江面上，在牛渚地区（今安徽当涂）的夜晚，青天月夜，干干净净，连一片云彩也没有。登上船只，仰望秋月，徒然无用地、不着边际地回忆：这里正是谢尚将军闻听袁宏咏史的地点。

　　其实，我也能高声朗读我的史论、诗歌等著作，然而没有一个谢将军在这里听取与回应啊。明天早晨我就该乘船离开这里了，只剩下枫叶纷纷落下，而不会有任何风云际会，不会有我的任何重大机遇出现了。

　　诗人为自己的怀才不遇而叹息，盼望自己能够得到赏识、自己的仕途阳关大道得以开启，羡慕陈年往事中才子们的知遇故事。

　　这样的心情，今天看来似乎不无卑微与可笑，但想想中国历史上的学子，他们此生的选择空间实在是太小太小了。伟大如孔夫子，在与子贡的谈话中连连声明："沽之哉，沽之哉，我待贾者也！"（《论语·子罕》）孔子的德行学问如美玉，此玉不是为了深藏与欣赏而存在，而是为了为世所用，他毫不犹豫地喊出来："卖掉它吧，卖掉它吧，我是等待着好价钱把它推销出去，从而有所贡献、有所扭转的志士啊！"

李白也有牢骚，李白也有不平，李白也幻想着遇到个大人物能提拔他、支持他、做他的后台，但他的心情毕竟有"青天无片云"这一面——清爽、干净。李白自知，想得、想上，你就要等，等不上，也只有等，继续等。

再不然就饮酒赋诗，用另一种方式仍然要有所表现、有所彰显——他要表现自己的豪迈与才华。他很少详细抒写自己的艰难，不会说骆宾王式的"露重飞难进，风多响易沉"（《在狱咏蝉》），他不会感觉自己是起事未成的骆宾王笔下的鸣蝉，悲叹露水太重，翅膀沾湿，飞不动了，而风又大又多又无定向，自己的那点儿呼声在乱风呜呜中很难改变沉寂无声的局面。李白也不说什么王维式的"晚年惟好静，万事不关心"（《酬张少府》），不说孟浩然式的"不才明主弃，多病故人疏"（《岁暮归南山》）。没有碰上谢将军就是没有碰上，碰不上是常态，碰上了是百年不遇的中彩，还有什么好夸张与叹息的呢？

设想一下，如果获得了机遇、赏识、运气呢？好酒好诗，也可能给自己带来麻烦，适当拿捏，也可以给自己的仕途增加一点色彩、补充、调剂、平衡。仕途高高低低、坑坑洼洼，也是经验，是启发。人生有俗雅，诗酒趁年华，做官言八字，文采靠自家。

③ 杜甫的深挚、密实与力度

春 望

杜 甫

国破山河在，城春草木深。

感时花溅泪，恨别鸟惊心。

烽火连三月，家书抵万金。

白头搔更短，浑欲不胜簪。

国家动乱破碎分裂，生灵涂炭，山河却依旧。春天到了，城里的草木疯长，显得更深厚、更密实了。时局造成忧患压力，你看到花儿也痛感乱世乱局无尽无休，季节转换，花开花落，你无望地哭起来了。战乱中，到处是离别失联，想念着分处各地的亲朋好友，一只鸟飞过去，也使你蓦然惊悚。（不知飞鸟与离人的命运哪个更危急难测。）

战火连续燃烧了三个月，收到一封家信，只觉珍贵得超过了万两黄金。搔搔自己的白发，又秃了一些，几乎连一根簪子也别不住了。

这是杜甫最有名的五律诗篇之一，如果说李白的诗像一条畅通连贯的大河，那么杜甫此诗则像一镐一镐挖出的战壕地道、山路阶梯。

"国破"，有一个主语"国"，一个谓语"破"；"山河"，一组双字主语；"在"，一个谓语。"城"，一个主语；"春"，这里补语作谓语；"草木"，双字复合主语；"深"，谓语。"感"是谓语，"时"是宾语，主语是诗人，此处略去；"花"，又一个主语；"溅"，谓语；"泪"，宾语。……或者干脆放在一起，解作花儿也不时为时政时事而感慨忧虑、负担沉重，花儿也在为大唐一哭一恸。

想想看，一首《春望》，说了多少完整的句子与附句，表达了多少方面、多少层次、多少事物、多少场合，描绘了多少状态、意思、感受、惊异、刺激与愿望。

多年以前，一位重视环境保护的美国作家在与中国作家会见发言时提到了杜甫的《春望》，并且说，杜甫痛苦的是"国家朝廷破碎了，山河还在那里"，而如今我们要警惕的是"国在山河破"，即国家健在，山河却由于污染而破碎解构了。思路惊人，感觉惊人，造句惊人，源头是伟大的杜子美、杜工部、杜少陵、老杜。

"城春草木深"，有不同的说法。春天来了，草木生长旺盛，自然越长越茂密深厚。或者说是战乱使城市人口逃逸，人少了，剩下的是疯长的草木，有理，讲得通。反正草木一味地生长、繁衍，并非完全理想，不是管理得当、生活正常的城市。草木生长得深浅厚薄应该恰到好处，不浅不深。

"感时花溅泪"，很惊人，很震撼。人间痛苦到什么程度了？花儿哭上了，或者花儿让人哭了，都惊人。"恨别鸟惊心"也是一样，鸟从天上一过你会害怕，那时候并没有空军与导弹啊，为什么会怕鸟呢？鸟提醒的是空间，春天与草木提醒的是时间。身处乱世啊，时间空间，哪个能让你安生呢？

比较起来，后面四句普通一些，家书的珍贵有乱世意味，也有天伦亲密、想念家人的正面亲情含义，读至此，略觉安慰。尤其是结尾两句，有高高举起、轻轻放下之感，这样结尾倒也正常，符合中华诗教的原则，不必再加码加温了，适可而止，就如同狂想曲止于 pppp（音乐术语，"尽可能弱"），不能每个乐句都让人喘不过气，把人彻底震聋了完事儿呀。

月夜忆舍弟

杜　甫

戍鼓断人行，边秋一雁声。

露从今夜白，月是故乡明。

有弟皆分散，无家问死生。

寄书长不达，况乃未休兵。

卫戍楼阁上响起了更鼓，宵禁开始，行人中断（天晚了，行人不再出来），天上传来一声孤雁的啼鸣，告诉我们边塞的秋天到了。露水从今夜变成了白色，到如今的节令，如果在故乡，月亮会更加皎洁明亮。所有的兄弟，各奔东西南北，都不在老家，也难以询问各人的存殁。相互写个信吧，多半不会送到对方手上，何况战乱未已，又怎么谈得上书信报平安呢。

对于诗句的逻辑，最好留一些空间。"戍鼓"与"断人行"的关系，可以理解为边塞宵禁，敲起例如三更鼓，就不许百姓出门活动了，也可以理解为，民风朴厚，世情浇薄，日出而作，日入而息，天黑了不会有什么夜生活。"边秋一雁声"，我也怀疑，除了可以解读为空间上的边塞边关边疆地区雁鸣知秋以外，似乎也可以从时间上体会，靠近秋天了，雁鸣已有秋意寒意。

本诗最妙的是颔联："露从今夜白，月是故乡明。"将露从今夜起开始变白了，解释为今天是白露节令了，极简易，也极煞风景，是对杜甫此诗的一次"斩立决"。请想想，如果杜诗写成"今夜白露矣，望月念家乡"，还会有人吟咏它吗？

妙就妙在白露不错，是二十四节气之一，但白是颜色，露是水汽分子的微量液态化自然现象，而且显然，是先有了白色露水的存在，后有了中华历法的二十四节气中的白露。是先有了白露的实存，节气与历法中才有了"白露"的美丽命名。露水是从今天晚上开始变白的吗？说起杜甫此言，读者很可能会质疑。白露节气的天才命名并不是一个色彩分析的科学结论。露每年从哪一日哪一夜变白？天知道！露水在什么样的情况下算白？也难说。

水是无色透明的液体，在固化变为冰雪以前，不会有多白的，露之白是人的主观感觉。白露节气是公历九月七日至九日前后的那几天，年年如此，不足为奇，不足为诗。

至于人觉得露水发白了，可能与月夜有关，可能与思乡有关，可能与历法有关，更可能与一叶知秋、一鸟知秋、一鸣知秋、滴露知秋的说法有关。"露从今夜白"，这是杜诗；"今天白露节"，这是皇历。皇历，当然也可以进诗，进了诗，它就打通了激活了诗文意趣、语言活气。

"月是故乡明"，本来普普通通，与"举头望明月，低头思故乡"（李白《静夜思》）没有多大差别，但是由于"露从今夜白"的提挈，变得如此真挚可爱。露水的颜色令你感受了时间，月光的明暗让你感受了空间，齐了！

再下面的"有弟皆分散，无家问死生"之语，斩钉截铁的狠语又上来了，呜呼哀哉！

解诗解诗，最好挖掘出更多的诗情诗趣，至少解人要与诗人多一点共鸣，千万不要解而灭之。

最后是"寄书长不达，况乃未休兵"，一声叹息，他担忧的是朝廷家国形势、百姓安危。书信寄送的艰难，这个话题在本书所选择的诗中已经屡屡出现，前一首杜诗里，此情叫作"家书抵万金"。这个诗题话题也有时代特色。

李杜大家，他们的诗文气贯注，一句接一句，少有犹豫、休止、暂停，也没有显著的突然转折，不像有过十分吃力、搜索枯肠、硬憋雕琢的创作经验。李杜都是情丰意满，思深语善，诗法自然，浑似天成。

望　岳

杜　甫

岱宗夫如何？齐鲁青未了。
造化钟神秀，阴阳割昏晓。
荡胸生曾云，决眦入归鸟。
会当凌绝顶，一览众山小。

泰山作为山岳之首，是一番怎样的气象呢？齐鲁大地，因泰山而翠碧鲜活，秀色无边。天地造化，在泰山这里成就了、集聚了如此的神奇与秀丽。山阴山阳，清晨黄昏，变化着动人的山色。层层云霞，牵引着荡漾于心胸的感受。向远方飞去的归巢鸟儿，用足了你的目力。继续攀登到最高峰去吧，到了峰顶，总算是看到了其他山峰，也就知道了大地是怎样显出泰山外山丘群体的渺小。

孟子说："孔子登东山而小鲁，登泰山而小天下。"（《孟子·尽心上》）这里的关键不在于具体峰顶的海拔数据，而在于人的观感。泰山的气势、形象、位置、全景早已打动了国人的心，而咏泰山的诗作中，杜甫此诗影响最大。

首称"岱宗"，已经将泰山人格化并且神格化了，泰山不是一般的山，而是中华大地、中华文化的一个重要符号，一个典型形象、代表形象。

《史记》中已经有皇帝在泰山筑坛、崇拜天地、封禅泰山的记载，将大自然高山峻峰加工为一种景仰文化的圣地，通过皇权的威权与礼仪，使高山更高，峻岭更威严隆重。再在山上修庙，给山景命名，题写尊崇颂扬用语。历史上共有六位帝王封禅过泰山，他们是秦始皇嬴政、汉武帝刘彻、汉光武帝刘秀、唐高宗李治、唐玄宗李隆基、宋真宗赵恒。这是大自然与神明的互文互动、互相转化，是大自然的神化、权威化、美德化、文化化、礼仪化，也是权力与权力文化的天地化、具象化、高大化、自然化。想想看，泰山的雄伟，加上帝王封禅礼仪的辉煌伟大，成就了一种人、天地、高山、神灵相互加分、相互涨行市的哄抬效果，这不就让辉煌更辉煌，伟大更伟大？而且这样一来，不是把唯物论与唯心论，把宗教信仰、权力崇拜、泛神论与天道论加自然主义、世界即神灵主义、道德至上与苍天至上、君权天授与神权君授，都统一起来、整合起来了吗？

"齐鲁青未了"，是经典名句，是非常宝贵的中华诗人对于中华大地的热爱欣赏、亲和体贴的诗句，如说家园，如恋双亲，如穷千里之目，如抒万情之怀，而且说得如此赏心悦目，舒服温暖，深刻透彻，平易家常。

于是更加颂扬造化。道法自然，天道泰山，阴阳昏晓，与时俱化，万物有定。

曾（层）云归鸟，荡（感动、震撼）胸决目，万象辅泰山，泰山生万象。

还要攀登再攀登，天人合一、山人合一、大小合一、阴阳谐和、昏晓皆佳，精神扩展、胸怀万有。人生一世，有所崇拜、有所敬畏，岱宗就在眼前，绝顶就在脚下，层云就在天空，归鸟就在视线中，昏晓就在随时随地。

最美是未了，圣意岂可了？四十个字罢，诗吟仍袅袅。此诗写的是：青未了，神未了，山未了，鸟未了，情未了，齐鲁未了，杜诗未了，众峰未了！我们还要一代代地活下去，传下去，攀登欣赏崇拜致敬吟诵书写下去，吟咏下去，永远了不了。

　　这是中华文化、中华传统，它面向天地日月、山河高低、鸟兽花草树木、阴阳昏晓、朝暮寒暑……它面对君臣、父子、夫妻、师徒、朋友、人设、人事。自然就是天道，仁义就是天心，登山远眺就是崇拜，大河滚滚就是敦促，春夏秋冬就是大美，盛衰兴亡就是世界与历史，四维八纲就是脊梁，反求诸己就是担当，一览众山小就是气度，大道至简、得心应手就是智慧，而且天人合一、物我同体、得失通感，民心就是天意。

春夜喜雨

杜　甫

好雨知时节，当春乃发生。

随风潜入夜，润物细无声。

野径云俱黑，江船火独明。

晓看红湿处，花重锦官城。

　　杜甫以大量写民间疾苦的诗篇而著名。他的名句"穷年忧黎元，叹息肠内热"（《自京赴奉先县咏怀五百字》），表现了他的仁爱与亲民，甚至令人想起当今"以人民为中心"的说法。而"朱门酒肉臭，路有冻死骨。荣枯咫尺异，惆怅难再述"（《自京赴奉先县咏怀五百字》），更接近近现代现实主义文学的社会批判精神，更靠近 19 世纪和 20 世纪的社会革命党、共产党与工人党。

　　但他的《春夜喜雨》一诗，则表达了极大的喜悦与称颂。此诗与《望岳》同样是对世界、对河山、对大地与天命的颂歌。杜甫有"花溅泪""鸟惊心"的一面，也抱有"大庇天下寒士俱欢颜"（《茅屋为秋风所破歌》）的期待，有"齐鲁青未了"（《望岳》）的欣赏欢愉，更有"知时节""润物细无声"的对于喜雨油然而生的满意之情，从而成就了顺心顺口顺韵的天成天顺之诗。

　　对于雨的描写，有所谓凄风苦雨，有"红楼隔雨相望冷"（李商隐《春雨》）的陌生感与孤独感，而杜甫基于民心的对于天赐喜雨的歌唱，则是诗中

〔明〕 沈周 《雨意图》

的凤毛麟角。关键在于杜甫的诗是以人民为中心，不像有些诗艺极高明的了不起的诗人如李商隐，则时而以自我为中心。

"随风潜入夜，润物细无声"，这是农人与重农传统的代言，这是对于禾苗、花草树木的代言，这是对天道天恩天赐的歌颂，这也是对一种美德——善良、利他主义的发见与表彰。这是一种低调的善行，这是一种绝无沽名钓誉之心的善德，这是高尚的良心与施恩，这是一种顶级的道德标准与模式。这与咋咋呼呼、欺世盗名、牛皮哄哄、假大空的一套推销骗术，拉开了截然不可同日而语的距离。

而颈联"野径云俱黑，江船火独明"，写得也历历在目。雨虽然潜入无声，但云层很厚，山径与天空一片漆黑，预示着细雨的深厚、接墒的可喜，江上船只的灯火从而显得更加明亮，引人注目。

次日白天，"晓看红湿处，花重锦官城"，与前夜对比鲜明。雨后景色生气洋溢，润泽亮丽，朵朵鲜花增益了体重，喜雨声势不大，实效充足，喜气持久。诗句还点出了地点锦官城——成都，更有乡土性、地域性、景点性。

我们称杜甫为"诗圣"，但此诗对喜雨的热烈欢迎，绝对反映了农户的实在心理。诗人、仁人，诗心、仁心，绝对不是一味伟大与高高在上的，杜甫的农村生活诗篇，比陶渊明、王维都更有庄稼人的气味。

④ 王维的正觉——追求内心的真正

山居秋暝

王 维

空山新雨后，天气晚来秋。

明月松间照，清泉石上流。

竹喧归浣女，莲动下渔舟。

随意春芳歇，王孙自可留。

空荡荡（原生态）的山中，刚刚下了一场雨，天气显示了向晚的秋意（或晚秋的寒意）。明亮的月光穿过松林照射下来，清冽的泉水在石径与石块上流过。竹丛里的喧哗来自返家的洗衣女，莲花荷叶晃动是由于渔船驶过。春天的芳华已经不再也罢，公子王孙仍然可以随意栖留在这美丽的山居中。

倾向自然，倾向空山，倾向退隐与高士的生活，而且倾向于劳动人民，倾向于纯朴的山民农人，也就是说，我们的大诗人王维，他的人生选择是与城市、与朝廷、与官场、与建功立业、与生存竞争，拉开一点距离。

关于拉开距离云云，诗人在诗作里并没有明说。他说了自己喜欢什么，不说自己不喜欢什么，只说正面的话语，不知道这是不是王摩诘的发声与处世奇术。

陶渊明是以归隐而著名的，但他还要说什么自己曾经"误落尘网中"（《归园田居·其一》），曾经"为五斗米折腰"，"拳拳事乡里小人"（《晋书·陶

〔明〕 仇英 《莲溪渔隐图》

潜传》），王维在这方面比陶渊明更从容与淡然。

真正获得"空山"真谛的王维，用不着声明什么、强调什么。而动辄声明与自辩本身的清高超拔和与世无争，本身就透露着一种难解难分的炫耀与辩诬的冲动，这样的人士也许并非那么淡然，他的表白是不是心中颇有计较与不忿儿的表现呢？

"秋暝"，秋天的晚上，雨后清爽洁净，明如秋月，芳香如雨后松林，洁如山泉，润泽如泉水洗涤过的山石。而且这里有洗衣妇的动态，有渔船渔人的动态，他们是劳动人民，是空山、秋暝、明月、松林、清泉、山石的伙伴与同类，是天人合一、山人合一、春秋山水松月竹莲与浣女渔船合一的范例。王维或许应该是早年绿色和平组织的先驱啊，而且没有 20 世纪绿党的排他性与激进性。

如老子所提倡的，"方而不割"，方正而不分裂，"廉而不刿"，清廉而不伤人，"直而不肆"，直道而不放肆，"光而不耀"，光明而不炫耀。王维正是这样的完美与和谐周全的人格样板。

我还要说，他做到了高而不孤，淡而不冷，不卖弄，不刻薄，不显摆，不自恋自赏。他所恋的、所赏的和热衷于写出来的是这个普通的世界，这个本身如此的自然，这个山水，这个天地，而不是他自己。他是天地境界、天道境界，不是自恋境界，不是自吹、排他、贬他人的小格局、小牛皮、小境界。

酬张少府

王　维

晚年惟好静，万事不关心。

自顾无长策，空知返旧林。

松风吹解带，山月照弹琴。

君问穷通理，渔歌入浦深。

到了晚年高龄，最喜欢的是清静，对于种种尘嚣事务事端，也就再不过问动心了。自己办自己那点小事，没有什么更大更高明的思虑盘算谋划，心里想的不过是回到辋川旧居。接受松林吹来的和风，让风吹动我宽松解带的衣服。

月光从山顶上照下来，照耀着我弹琴自娱。

还有谁要与我谈论人生沉浮穷通、得失胜负的缘由吗？不如听听渔人的歌声吧。

各人命运处境不同，个性选择不同，历史遭遇不同，有的是老而益壮、老而益劢、老而益坚，有的是急流勇退、适可而止、自保让贤。

"万事不关心"，与今天提倡奋斗、提倡担当、提倡关心与忧患天下的潮流不太符合，我们只能就诗论诗。王维的心情倒也算平顺，言语妥当，自安其身，自得其乐。

"自顾无长策，空知返旧林"，他只想返回旧家旧址，原因是自己无长策、无长处、无长技、无长物。有了这"四无长"，人更踏实了。这就与一切怀才不遇、怀忠不遇、怀有世无伯乐之怨怼牢骚者划清了界限，也等于解释了自己不关心其他事，不是由于别的冤怨、反感，也不是由于只想利己，而是由于自己没有本事、没有见解，更没有资源可吹可为。不吹不怨，不胡思乱想，他的晚年起码过得素净平淡，而对于一般人来说，素净就是福分。

喜欢什么呢？一个是松风空气，芬芳清洁养人，一个是山月雅静，辽阔宜人静心。还有"渔歌入浦深"，渔歌不仅是诗人的闲适与自娱，更是说不清楚的穷通之理的代替，是人的精神空白的某种补充，是民间有真正的高人大师、礼失求诸野、道失求诸民人百姓的中华传统文化的一种集体无意识信念。

渔歌中的穷通之理，出自楚辞中的《渔父》。《渔父》结尾写的是："渔父莞尔而笑，鼓枻而去，乃歌曰：'沧浪之水清兮，可以濯吾缨。沧浪之水浊兮，可以濯吾足。'遂去，不复与言。"

这是说屈原受到打击，被流放，自以为"举世皆浊我独清，众人皆醉我独醒"。与三闾大夫屈原交谈的渔父劝他："顺应潮流，不要较劲。清浊醉醒之分不是绝对的，而是可以调和妥协、随机应变的。青碧色的流水清澈纯净，可以用来洗自己的帽缨，青碧色的流水不太干净呢，也不必发火排斥，用不太洁净的水来洗脚丫子嘛，何必搞什么洁癖杠头，钻牛角尖呢？"

这么一说，好像王摩诘公也有点清浊之辨、醉醒之忧，只是自己把自己的辨与忧和谐掉了。

　　还可以解诗话诗更变通普泛一家伙。穷通之理，在在皆是：上善若水，天理就在水流入海处，道理在渔歌的随心快活里，穷通在渔歌的起伏吟唱中，穷通之理在自然而然的岁月日子里。懂就是不甚懂、不求懂，越认为自己什么都懂了的人就越容易碰壁、栽跟头，不甚懂就是好像懂，更好像不懂，这才是上善状态。随它去吧，能打鱼就打鱼去吧，能捉虾就捉虾去吧；加上洗耳恭听，知——知之未知与未知之知，行了，您的道行赶上渔父外加摩诘居士啦。

　　还可以说，穷通之理是一种理论、理解、道理，它离不开语言文字、逻辑议论。渔歌给人们带来的是一种感觉、感应、感动、感悟，它离不开歌词、旋律、节奏、音质、气氛。王维的诗则在语言论述与渔歌感受之间搭起一座桥梁。读王维诗，如清爽于松风，如欣然于山月，如解带、弹琴、听渔歌，如进行了一次精神的冲凉。

⑤ 形象与其内涵度

赋得古原草送别

白居易

离离原上草，一岁一枯荣。

野火烧不尽，春风吹又生。

远芳侵古道，晴翠接荒城。

又送王孙去，萋萋满别情。

野地里长着浓密的草，头一年的草，秋冬枯黄萎落以后，第二年春夏又重新繁荣生长。有时碰到野火，将它们焚烧毁坏，但是火是不可能将它们烧光烧尽的，春风吹过，它们又长出了新叶新芽，又会生长茂盛。

它们的芳菲侵入、占据了古老的路面，它们的鲜绿，联结着古老荒凉的城市，为荒凉的城市带来生机。如今我又在这里送别可敬的友人了，这草丛的丰满，正像我的惜别之情。

这首诗非常有名，但很少有人注意强调它是一首送别惜别的诗，而众人欣赏的，是诗人对野草的坚韧不屈的生命力的描写。

曰"离离原上草"。"离离"一词可以用到各种形态状况上，可以是浓密的，可以是参差的，可以是高高低低的，可以是鲜艳夺目的，可以是黯淡失色的。简单来说，"离离"就是生态，就是自然，就是永远的存在。在白居易的这首诗里，人们感到的是历历在目，是里里外外，是野生疯长，是无序的野性平铺扩张，是草在时间与空间上延长延续的力量。

曰"一岁一枯荣"。你马上觉察到了野草的皮实、难为、禁枯、禁荣、禁变局，而且是"野火烧不尽"。太厉害了，大火烧起来了，把地面上的草烧死了、烧黑了、烧枯了、烧没了。烧烧烧，死而不可尽者，舍草其谁？当然还有林木，想把林木烧光并非易事，因为林木有深深的根须藏在地下，而火焰往上走易，往下深处烧难。林木不但烧不完、烧不光，而且哪怕貌似烧死烧完了，以后还可能出现一代新长势。野草无深根，为什么不怕烧死呢？因为野草低贱卑微，不娇贵、不挑剔、不嫩弱。这又是中华传统文化，我们相信谦卑低下的韧性力量。

而且野草还在扩张，还要发展，还在增益地盘与影响。古道荒城，本来会令人联想到衰微，联想到破损，联想到废弃，但是野草的出现与渲染，使古道与荒城也变得振奋、坚韧、强固起来。

最后两句，才点到诗题，点到送别惜别。但是后人尤其是今人，将"离离原上草"视为送别惜别的形象符号的并不是很多，而将之引用、温习、咀嚼、发挥，作为革命起义的符号，作为坚持奋斗的形象，作为艰难图存、永不言败的形象符号的则多而又多。

我还记得邵荃麟夫人葛琴同志发表过的一个电影剧本，一再以离离原上草的形象，形容革命低潮中的革命火种，她写的是北伐战争失败以后，第二次国内革命战争时期的情景。

白乐天的《赋得古原草送别》，是形象思维满溢与强势突破的作品。形象思维对于俗人来说，有时只是主题的举例与注疏，但伟大的成功的形象思维，本身提供的是世界、人生、生活本体的阔大、多义、深广、丰厚与耐感受、耐思辨、耐分析、耐联想、耐塑造、耐引申、耐解读。

小说中形象思维阔大深邃，超过了一个时期一些人包括作者本身的世界观的理性思维所及，最有名的例证是革命经典作家对于《红楼梦》、对于巴尔扎克和托尔斯泰作品的认知与体悟。诗歌中这样的例证也是非常之多。诗的形象超越了诗的主题，诗的描写延长、拓宽了诗的用意。

妙哉文学！妙哉诗学！妙哉白居易！妙哉烧不尽、吹又生的野草！

蝉

李商隐

本以高难饱，徒劳恨费声。

五更疏欲断，一树碧无情。

薄宦梗犹泛，故园芜已平。

烦君最相警，我亦举家清。

蝉，高高在上，餐风饮露，难以吃饱喝足。虽然你昼夜鸣叫，辛苦绝顶，却无人理睬、无人相助，鸣叫多少，都是徒劳。一夜呐喊悲啼，到了五更黎明时分，你的声音稀稀落落，快要中断嘶哑静默了，一树树叶，绿绿的，纹丝不动，没有一片叶子同情你、应答你。

我这样一个小官，像一根草梗、叶梗一样，飘飘浮浮，摇摇晃晃，人微言轻，而老家的园地已经荒芜废弃，回也回不去了。让你费心叫叫啼啼，提醒我小心谨慎，谢谢你，和你一样，我们都是家徒四壁、一无所有啊！

这首诗应该与武则天时期骆宾王的《在狱咏蝉》一起话一话：

在狱咏蝉

骆宾王

西陆蝉声唱，南冠客思深（侵）。

那（不）堪玄鬓影，来对白头吟。

露重飞难进，风多响易沉。

无人信高洁，谁为表予心？

> 骆宾王（约 638—684）
> 婺州义乌（今属浙江）人，唐文学家。与王勃等以诗文齐名，为"初唐四杰"之一。其诗以七言歌行见长，多悲愤之词。

秋天的蝉鸣悲悲切切，狱中囚犯的孤独飘零感更加深重。黑翅华年的蝉儿，却要与我这个罪人早衰的白发的老迈咏叹，相结伴唱和。

露水大了，蝉的翅膀潮湿飞不动，风向杂乱，蝉的声音传播不出去。谁能相信蝉的高雅洁净呢？谁能表达我的心志高尚呢？

总体来说，骆宾王的咏蝉诗，作为囚歌更加痛心疾首。"那（不）堪玄鬓影，来对白头吟"，"露重飞难进，风多响易沉"，工整悲凉，是骆宾王对朝廷和权力的不认同，是命运的荒谬乖张。诗人入狱却仍然坚信，自己是正派的；文采中有郑重端庄、俯首听命，但没有悔罪与转弯，而他抱怨的境遇是荒唐的。

李商隐的"本以高难饱，徒劳恨费声。五更疏欲断，一树碧无情"，更文人气、书卷气，面对的是人生人间个人遭际的悲兮哀兮。尤其是一个"疏欲断"，一个"碧无情"，积郁幽怨，情大于志，委屈大于道理与经验。

李商隐将碧绿色泽与无情联系起来，很有别致意趣。想起李白的《菩萨蛮》（平林漠漠烟如织）中"寒山一带伤心碧"语来，更是令人感慨。这究竟是一种什么样的条件反射与心理通感呢？颜色光学的观念是如何与有情无情的人文心理观念相通的呢？

大片大片的绿色，多半来自土地上的植物。面对人间的悲欢离合，植物面积再大也不会有什么反应呼应，这是一面。植物敏感的是气候气象、天时季节，它们会随之而有大的颜色与形体、结构的改变，又常常使人们产生对于岁月更迭的情感反应与联想，这是另一面。

而"伤心碧"与"一树碧无情"的句子，又各有自己的侧重。伤心碧？伤心当然是多情，然而，是谁伤心呢？是山上的绿树碧草含情悲伤吗？是寒山一带的绿色在伤心流泪吗？抑或是诗人与读者会为草木无情而伤心吗？比较起真实或虚拟的人物如李白、李商隐与林黛玉对草木的多情而言，树木花草对于人事可是从来没有贸然动过心、动过情的呀。那么，或许可以解释为：是大片碧绿的无情使诗词作者与读者，使一大片碧绿的观看者、在场者伤心不已。

而且"一树碧无情"的说法，相当坚决、绝对，难以转弯。比较起来，无人信任的高洁反而有可能有所变化，说不定有可能出来一个相信蝉与骆宾王的高洁的大人物，说不定出来一个正确理解、解读蝉与骆宾王的"解人"。

李商隐咏蝉诗的结尾是"烦君最相警，我亦举家清"，这在李义山诗作中是最直白的句子，甚至不像李商隐的风格。

骆宾王咏蝉诗的尾联，则是"无人信高洁，谁为表予心"，思路也差不多。当然，骆宾王（约638—684）是早在李商隐（813—858）约一百八十年以前。

说了李商隐与骆宾王的咏蝉诗，历史上还有第三位咏蝉的大咖，初唐重臣虞世南大人。虞大人的诗题单字曰《蝉》，是五绝：

蝉

虞世南

垂緌饮清露，流响出疏桐。

居高声自远，非是借秋风。

虞世南（558—638）

字伯施，越州余姚鸣鹤（今属浙江慈溪）人，唐书法家、文学家。能文辞，工书法，与欧阳询、褚遂良、薛稷并称"唐初四大书家"。诗多应制之作，文辞典丽。

这首诗有意思。缀着冠冕的缨须，饮用清纯的露水；鸣声连续如水流，流到了稀疏的梧桐枝叶之外。栖息的地方高了，声音的传播也就到达了远方。蝉声行远，并不需要借助秋风的力量，它无意借重背景的强势来扩展自己的影响。

果然是德、才、资望、权威俱佳的大人物的口吻。头上长着代表爵位的缨须，但仍然严守清流的规范，一生只饮清露，不食烟火腥膻。鸣声如水，坚持一个"清"字。

无怪他的哥哥虞世基在机会主义的政治权力混战中丢掉了自己与家人的脑袋，而严格只饮清露的虞世南，则经得住一切考验危难，形象不受亲哥哥之害，够得上孟子所说的"圣之清者也"（《孟子·万章下》）。

后面两句太精彩了，再上一层楼！为什么他有如此大的名声，而且经得起折腾呢？不是靠随风倒，不是靠吹嘘炒作，他永远不做政治投机型的风派，他敢于声明自己"不借秋风"！他的伟大是自带价值的他的自身。他的起伏与风向，自己决定，自己负责，自己做主，自己听凭民人与历史的评估，沾一点让－

保罗·萨特的存在主义、高度重视选择自主的边。

简要分明，铿锵有力，清露芳名，不同凡响。

中华咏蝉诗词多了去啦，话不尽话，引不尽引。"轻身蔽数叶，哀鸣抱一枝"（卢思道《听鸣蝉篇》），"高情临爽月，急响送秋风"（卢照邻《含风蝉》），"细听残韵在，回望旧声迟"（张乔《蝉》），"何时各得身无事，每到闻时似不闻"（雍陶《蝉》），"世间最是蝉堪恨，送尽行人更送秋"（陆游《秋日闻蝉》）……这些诗句都极妙。一个说是低调人生——"蝉生"，几片叶子，就能穿衣蔽体，几根树枝，就能诉尽哀怨。一个说是月下抒情，但觉清爽，金风秋意，鸣叫急促。这个说，余韵听也听不尽，身影看也看不清，残韵旧声，鸣蝉的一切如流水一样，逝者如斯夫，不舍昼夜。那个说："你叫你的，我忙我的，最好相安无事，何须自作多情？"还有大名鼎鼎的陆游，说的是："鸣蝉好生恨人，叫啊叫啊，把出门的亲朋好友送走了，叫着叫着，又把秋天送来或送走了。"陆游说得很妙，太妙了，有点巧语感。《红楼梦》里林黛玉教香菱学诗，林比较贬低陆游，也还有点缘由。

陆游的恨蝉可能不是憎恨，而是遗憾在蝉鸣声中人生的不爽和失落实在太多了。

蝉生人生，况味无穷，各得其理、其韵、其味、其诗、其语。

从蝉学、昆虫学、格物致知的角度来看，诗人对于蝉的感知，好像都靠不住，可以说是毫无意义。中国诗词中有这么多咏蝉的，当数咏虫类诗中最多的，虽然立意各自不同，但普遍咏其清、高、洁、爽、声、响、哀，诗家发挥了个六够。但这些与蝉的实际境遇和命运风马牛不相及。作为昆虫，蝉鸣是为了求偶，蝉求生靠吸收树液树汁，蝉被生物学家定义为害虫。文学诗学，重视的是人的主观感受，寓物生情，不讲道理，这是没有办法的事。

纵然文学有强大的现实主义传统，笔触、修辞、比兴仍然有自己的执拗与荒唐，并在执拗与荒唐中显示诗人的天真诚挚、多情动人。如果编写一部古今咏蝉全书，应该会收到悲极自喜、泣极莞尔的效果。

就连区区王蒙，也写过八首咏蝉诗呢。

吟蝉谁解蝉？咏风难御风。诗多意未尽，相扰梦犹清。

风　雨

李商隐

凄凉宝剑篇，羁泊欲穷年。

黄叶仍风雨，青楼自管弦。

新知遭薄俗，旧好隔良缘。

心断新丰酒，销愁斗几千。

唐代名将郭震写下了著名的诗作《古剑篇》："何言中路遭捐弃，零落漂沦古狱边。虽复尘埋无所用，犹能夜夜气冲天。"宝剑被抛弃、遭冷落，沉沦在古监狱边，又被埋没在尘泥之下，仍然夜夜放光。此描写是何等凄凉，凄凉中又有坚持和雄壮。

李商隐就此写道：多么凄凉的宝剑诗篇！一会儿被阻挡掩盖，一会儿漂泊无定，这样的生活一年又一年。年年风雨交加，树叶照旧变黄，年年歌舞宴乐，青楼（豪门或妓院）依然管弦相伴，歌舞升平，却看不到人生的前景。

新交往的知己，为刻薄的风习所难为。旧日的好友，被异地距离阻隔了互相帮助、沟通的机缘。心里只剩下喝杯新丰好酒的意愿了，又何必管他花多少钱才能举杯一同消愁呢？

怀才不遇，宝剑凄凉。风雨飘摇，黄叶零落。青楼管弦，正道寂寞。知心知音，能有几人？新知旧交，各有难处。推心置腹，再无其人。最后两句，更为泄气。

这是古老中国读书人文人的自我感觉的普遍公式。李商隐的诗写得真好，好上加好，而李商隐的心情，常常是四顾无路，左右为难，长年不快，终生不甘。他的三观尤其是人生态度，实在是不像有多大出息的样子。我们应该对他说些什么呢？

这里有一个微妙的心结：你自以为不遇、不幸、不顺，郁郁一生，其实这里也有你本身性格的因素。你写下了绝好、感人、铭心刻骨、歌吟万年的诗词作品，你得到的是不幸成就的大幸吗？你做到的是遮盖了还是夸张了你的不幸呢？你感觉你对得起你的不幸吗？你是不是太华彩地涂抹了你的痛苦呢？

陀思妥耶夫斯基说过："我只担心一件事：我就怕我配不上我所受的苦难。"对于文人来说，是诉苦欲说还休会配不上自己经受的苦难吗？是尽情倾诉、加倍渲染就能对得起自己的痛苦吗？

孤　雁

崔　涂

几行归塞尽，念尔独何之。

暮雨相呼失，寒塘欲下迟。

渚云低暗度，关月冷相随。

未必逢矰缴，孤飞自可疑。

> 崔涂（854—？）
> 字礼山，今浙江富春江一带人，唐诗人。

一行又一行的大雁尽数飞到边塞那边去了，我不禁惦记你，这是要独自飞向什么地方去呢？黄昏时分的雨中，飞翔的大雁们本应该互相呼叫、互相招呼的，走失了的鸟儿，又是怎样地需要得到同类的关照！到达了寒冷的池塘附近，本应该降落在地上，你却迟迟疑疑，彷徨不定……

渚上的云朵，暗中飘过，关山上的月亮，冷冷伴随着飞鸟。虽然你这只孤雁未必被狩猎者射中，但你的命运，仍然不能不令人牵挂。

把人的孤独写成雁的孤独，也对，天高地阔，小小孤雁，似乎比单枪匹马的人在人间还寂寞孤单。何况黄昏有雨，池塘寒冷，月光清凉，阴云暗度，情调低迷，难以释然。

当真一只雁也有失群孤独的难过吗？

最后两句往回找补找补，倒也不一定中箭，落地而亡，只不过是惦念生疑，独自寻思。会心在雁，仁爱在人。

有什么办法呢？人是社会的动物、人间的动物，人离不开群体，人惦记着人。人又是一个个的个体，与他、她可能有种种距离、疑虑、防备和芥蒂。孤独失群，可能带来某种自由，也必然会带来危险和疑难。人间需要爱和温暖，雁群也需要相互呼叫与沟通。诗人崔涂，写出了对孤雁的关心，写出了人的恻隐之心、仁爱之心，也流露出某种得不到自己所期盼的温暖的悲哀。

一个"寒塘欲下迟"，由于孤独，到了想去的地方硬是不敢飞下去；一个"孤飞自可疑"，一孤单，是谁可疑，谁疑这么一只可怜巴巴的飞雁呢？个中又有多少人生况味啊！

春宫怨

杜荀鹤

早被婵娟误，欲妆临镜慵。

承恩不在貌，教妾若为容。

风暖鸟声碎，日高花影重。

年年越溪女，相忆采芙蓉。

杜荀鹤（846—904）

字彦之，号九华山人，池州石埭（今安徽石台）人，唐诗人。其诗晓畅清逸，语言通俗，于唐末社会动乱及民生惨苦，反映颇多。

早年由于美貌被选入宫中，耽误了我的青春岁月与一生。该打扮化妆了，却只觉懒洋洋的，打不起精神来。相貌好了又怎么样？打扮得漂亮又能怎么样？不见得有了美貌就会得到皇上的恩典垂青。像我这样孤单寂寞、无人搭理地过着囚徒式日子的可怜的宫女，又能为谁化妆，又该怎样打扮呢？

春天来了，风越来越暖，鸟儿鸣叫得越来越紧密不歇了，太阳升得越来越高，花影也越来越重重叠叠。我不免想起当年与溪边的同伴一起说笑着采集芙蓉花的欢乐的少年旧事。

可以是宫女的春怨、春季怨、春情怨、青春怨、寂寥怨，是压抑寂寞的生命之怨，是青春美丽被青春美丽所害所误、被扼杀消磨之怨，也可以是一切旧时代旧中国旧社会的卑微干枯的、被压扁了的，得不到机遇、得不到恩典、得不到呼应与生趣的人生大悲苦之怨。

"早被婵娟误，欲妆临镜慵。承恩不在貌，教妾若为容。"总结得一针见血，一语道破，女孩子有了美貌就有幸运？未必。

就像男子也绝非都能靠自己的真本事、真功业、真人品就能此生有成。黄钟喑哑、瓦釜轰鸣，好人落寞、草包走红，到处都有这样的事，不足为奇啊。

有美貌，有一点机遇，却没有足够的幸运、足够的机遇，就只能因了某些超人的条件，而陷入终生的牢笼苦井。

正因为有了美貌才被觊觎、被强占、被掠夺、被蹂躏，正因为有了真才实学才被嫉妒、被诽谤、被排挤、被压制，这又有什么稀奇呢？这在封建社会是常态常情。

有了美貌而没有机缘，没有后台，没有对潜规则的卑劣迎合，或是由于不肯行贿而受到画师毛延寿的坑害，成为皇帝与宫廷鬼蜮的牺牲品，这样的宫女应该不计其数。

而有了真品德、真智慧的男人，又会有什么样的命运呢？谁能为他们打包票？谁能为真才实学者抵挡忌妒的魔鬼？

杜荀鹤此诗为宫女也为一切在封建社会受到不公正待遇的人才，道出了不平与绝望。

还是孔子说得对："小子何莫学夫《诗》！《诗》，可以兴，可以观，可以群，可以怨。迩之事父，远之事君，多识于鸟兽草木之名"（《论语·阳货》）。

诗可以怨，厉害了！

商山早行

温庭筠

晨起动征铎，客行悲故乡。
鸡声茅店月，人迹板桥霜。
槲叶落山路，枳花明驿墙。
因思杜陵梦，凫雁满回塘。

温庭筠（约801—866）

原名岐，字飞卿，太原（今山西太原西南）人，寄家江东，唐诗人、词人。每入试，押官韵，八叉手而成八韵，时号温八叉。其诗辞藻华丽，多写个人遭际，于时政亦有所反映。词多写闺情，风格秾艳。其诗与李商隐齐名，称"温李"。词有"花间鼻祖"之称，与韦庄并称"温韦"。又工骈文，与李商隐、段成式齐名，因三人皆排行十六，时称"三十六体"。

清晨起来，马车的铃铎响起，旅人含悲告别故乡。鸡鸣时，乡村茅屋客栈还笼罩在月光里（司晨的鸡对着头上的夜月，误以为是晨光而鸣叫）。行人在木板桥的冰霜上留下的足迹，也还清晰可见（没有到日出东升、融化霜雪的时刻）。槲树叶落在了山路上，枳花开放在驿站墙边。回想着国都长安郊区的杜陵古迹，温习着才子与祖先的旧梦，如今，看到的只有一群群野鸭子，聚集在池塘中。

凌晨赶路，更添愁绪。"鸡声茅店月，人迹板桥霜"，已是经典名句。鸡声、茅店与月亮，本无逻辑上的必然联系，月光照耀着茅屋客店，可以无鸡啼鸣，可以有鸡无声，可以无月无店却有鸡，鸣啼响亮。然而此处立即给读者以凌晨起床上路的客行印象。

下弦月吧，月亮还高，赶路的旅人已经起身，鸡公们也感到白昼已近，鸣叫不已。

人迹是在板桥上。人迹足迹来源于霜冰霜雪，更来自凌晨，不然太阳一出，冰霜融化蒸发，求观不得。这样一些细节、印象、感觉、记忆，堪称精彩绝伦，它是一种对生活和境遇的敏锐感受，更是一种体贴和发现，是人与人的生活经历的融合与互通。

这种名词重叠积聚的语句方式、句型，特别富有诗性、诗式、诗感、诗味儿。如果不是在中国古典诗词中，这种句子难以存在、难以工稳。它是诗句造句的单另路径。而某些更习惯散文句法的诗人，他们诗作中的句法与散文、论文、记叙文无异，有时更像是将长长的句子分成若干行，将散文句子剁成几段，于是成了诗作。比如屈原名句"何昔日之芳草兮，今直为此萧艾也？岂其有他故兮，莫好修之害也"（《离骚》），这是诗的情感与嗟叹，诗的强烈与深度，

〔元〕 张观 《疏林茅屋图》

但用的是散文的句式。也可能是因为楚辞还没有完全从"文章"中分化出来，屈原的楚辞，离"文章"比离《诗经》更近。

但"鸡声茅店月，人迹板桥霜"完全不同，这是彻头彻尾、由里而外、从形式到内容的纯诗。

我诗史知识有限，不知温氏之前有没有这样的重叠积累名词动词的诗句，但我知道元曲中马致远的"枯藤老树昏鸦，小桥流水人家，古道西风瘦马"（《天净沙·秋思》），同样的句式，同样的经典性与物象性，甚至还有点意识流的味儿。

或谓温庭筠出自相门，自视较高，命途多蹇，此诗中有他的不平与哀叹，也可能吧。能把一个凌晨起步的旅途写得这样精准生动，让人如临其境、如在其中，已经是难能可贵了。"古来才命两相妨"（李商隐《有感》），李商隐早就总结性地写下了这样的诗句，夫复何言？

⑥ 挖掘、开拓、有所期待

孤 桐

王安石

天质自森森，孤高几百寻。

凌霄不屈己，得地本虚心。

岁老根弥壮，阳骄叶更阴。

明时思解愠，愿斫五弦琴。

孤独的梧桐树，天生庄严郑重，独自长得高高大大，凌霄顶天入云，入地扎深，而又虚心稳重耿直。

许多年过去了，梧桐树的根须更加劲壮，在骄阳的暴晒下，它的枝叶形成了有效的庇荫。

但愿能以自身的梧桐木为材料，在政治清明的时代（或谓在清醒地理解与把握时代的机遇与羁绊的情况下），加工制造出如舜帝所说的可以释郁解忧的五弦古琴，作出我对人间的贡献。

中华文化赋予万物人格人品，给树木以品相与风度，对松、竹、梅、兰都给予青睐。对于梧桐，也视为高洁美好之物，如"凤凰鸣矣，于彼高岗。梧桐生矣，于彼朝阳"（《诗经·大雅·卷阿》）。再如《庄子·外篇·秋水》中也说："夫鹓鶵发于南海，而飞于北海，非梧桐不止。"鹓鶵是古书上说的凤凰一类的鸟，古代有"栽桐引凤"之说，民间也有"没有梧桐树，招不得凤凰来"这类俚语。

这不是一般的文人诗，而是真正讲究修齐治平、克己复礼、天下归仁，先天下之忧而忧、后天下之乐而乐的大儒、大思想家、改革家、政治家的言志诗。

果然，王安石不一样，他堂堂正正，文质彬彬，通晓诗词，又有宰相重臣的坚持与远见。他以清高典雅的梧桐树为自己树立了人格与理政标杆，森森、孤高、凌霄、不屈、弥壮、叶阴、解愠、斫琴。

他充沛自信，坚定高洁，不畏艰险，傲然挺立，确有一番正气凛然浩然。把梧桐写得如此令人起敬，这是以天地日月万物为师，这是人法地、地法天、天道与人格的合一，在诗中也是并不多见的。

过余杭白塔寺

范仲淹

登临江上寺，迁客特依依。

远水欲无际，孤舟曾未归。

乱峰藏好处，幽鹭得闲飞。

多少天真趣，遥心结翠微。

登上江边的一座寺庙，作为被贬谪下来的客居官员，更有依依不舍之游离感、失落感。水路通向看不到头的远方，乘上江上的孤舟，真不知还能不能回程。

纷乱相掩的山峰深处，隐藏着罕有的美景，平常看不到的鹭鸟，可以在群峰美景中自在安全地飞翔。这样的山景，为人间保留着天真烂漫的趣味，人们因满山缥缈的翠绿而感动徜徉。

似乎中国的诗人多半有入仕与被贬的经验，迁客与寺庙，也可能有一点起兴联想的关系。因为一进庙宇，会想起什么色即是空、四大皆空、破执破烦恼破嗔怨等说法。再说中国的庙宇常常占得深山中秀美脱俗宝地，引人入胜。也可能迁不迁、贬不贬与寺不寺、佛不佛没有什么必然的关系，人生中反正常有失失落落、依依难舍、好景不长的感触。所谓的"特依依"，只反映了自己心里有事、有病、有挂牵罢了。

　　韩愈的《山石》，有以上的思路、诗路，范仲淹此诗，与之有某种精神上的传承呼应关系。

　　远水孤舟，不一定意味着无际与未归，无际与未归仍然是自己仕途不顺所造成的叹息。

　　这时忽然发现了知己峰的遮蔽性能，觉得隐入乱峰不失为一种精神出路、一种人生选择。美景深藏，更增益了审美的魅力与美景的身价。鹭鸟不常见，它们不追求热闹红尘，它们只是我行我素，比起乌鸦、麻雀等凡俗之鸟，还有黄鹂、燕子之类可爱的小巧之鸟，鹭鸟要冷清多了。然而它们可以享受自己的高贵与珍稀，尤其是保留自身的天真、本色、纯洁、"遥心"，即非贴近热乎之心，而是对许多人与事保持距离的清明干净之心。

　　这也是"路遥知马力，日久见人心"之心，有所欣赏，有所敬爱，有所自持。道法自然，人心需要的是从缥缈的碧绿山色中得到安慰，得到解脱，得到满足，得到平静。

　　天人合一可以变成人鹭合一，鸟飞上飞下，人也是升上迁下，鸟喜欢翠微，人也可以从山色缥缈中得到某种安慰与缓冲平和。

　　本诗的尾联非常美好，摆脱了迁客的晦气，升华了精神世界。毕竟是写出《岳阳楼记》的伟大的范仲淹啊，他是大官、大精英、大家，他的人生经验与精神力量是不可小觑的。

　　有许多律诗，结尾得略略放松一把，取余音袅袅之效果。如《春望》的"白头搔更短，浑欲不胜簪"，从震撼心弦的花溅泪、鸟惊心、烽火三月、家书万金，到平实的白头短发，口气缓和了，咏叹国之大者变成回味己之细者了。又如《听蜀僧濬弹琴》中的"不觉碧山暮，秋云暗几重"，离开了音乐的阵势，变成向来如此的向晚天光，一切淡出暗化了。再如"此情可待成追忆，只是当时已惘然"（李商隐《锦瑟》），离开了惊人的蝴蝶、杜鹃、沧海、珠泪、玉烟，轻描淡写了一下追忆与惘然的通常感受。

　　但此诗的"多少天真趣，遥心结翠微"，却是一个翻转腾起的功夫，是跳水与蹦床的空翻720°动作，应属诗笔绝唱。同时这也透露了一种心理公式，一种精神能力。人要的是一种逢凶化吉、遇难成祥，"山重水复疑无路，柳暗花明又一村"的自我调节能力。王安石、范仲淹，都是经得住风浪与逆流的人物，而悲哀的李商隐、表面上小打小闹的柳永，嗟叹大于事功，晦声多于面对。当然了，他们二位的诗词极佳，"盖愈穷则愈工，然则非诗之能穷人，殆穷者而后工也"（欧阳修《梅圣俞诗集序》）。

七
律

1 对于中华大地的深情

黄鹤楼

崔 颢

昔人已乘黄鹤去，此地空余黄鹤楼。

黄鹤一去不复返，白云千载空悠悠。

晴川历历汉阳树，芳草萋萋鹦鹉洲。

日暮乡关何处是？烟波江上使人愁。

古代的得道之人已经骑着黄鹤从这里飞走了，这儿留下的是纪念此人此事的空空洞洞的黄鹤楼。黄鹤飞走后再没有回来过，千年万载，天上看得见的只有白云悠悠飘浮。

向下看呢，明朗的日光下，长江与汉阳的树木历历在目，而鹦鹉洲上的芳草，碧绿萋萋，生长繁茂。这是怎样的长江胜景！白天快要结束了，夕阳转暗，往哪里去才能回到自己的故乡呢？江水上的烟雾迷茫，更让人平添愁绪。

古往今来，有种种关于崔颢的《黄鹤楼》乃唐诗七律第一的说法，此外还有所谓李白看到崔氏此诗，觉得难以再动笔写黄鹤楼的真真假假的传说故事。同时，此诗许多地方不合七言律诗的音韵与对仗要求，亦是古体，又是律诗，今天读起来，"空"完了黄鹤楼，又"空"了白云悠悠，连用两个"空"字也似乎不足为训。

此诗首联，极其通俗顺当。此楼名叫黄鹤楼，名气不小，却早已找不着、

〔清〕 杨晋 《黄鹤楼图》

看不到黄鹤的影子了，这绝非什么新发现、新疑问。当年此楼上栖息过自命不凡、傲然挺立的黄鹤吗？其实未必。开个餐馆叫"神仙居"，组织个系列讲座叫"新杏坛"，不需要神仙与孔子的亮相。至于乘鹤而去，或今天人们用来表示某个人的死亡的"驾鹤西去"，则还有一些道家道教的幻想内容。有幻想才有诗意，有真实才有诗信力，有想象才有灵气，有想念与不甚相信才有捉摸头。

没了黄鹤，这本来不是问题，写出来平添新趣，耐人寻味。其实呢，不可能有一只黄鹤死守在那么一座楼上，不可能安排好了薪尽火传、永远有黄鹤在场值班，也并没有鹤去雏来的接班传承长线。

以黄鹤命名的楼，竖立在长江边，武汉市郊，则引起了许多遐想。见其名而思其鸟，人人可能如此。思了，吟咏了，写下了，第一人是崔氏，这里有时序因素，叫作得其先机。

此诗的开头应该叫作好诗天成，从善如流，从众如流，顺口如流，观江如流，是自自然然从崔颢的口里流出来的。所以尽管前四句不合平仄、不合对仗，但仍然受欢迎，仍然稳如泰山，家喻户晓。

人类如此，诗学如此，有幻想才有破灭，有破灭就更思之梦之，辗转反侧。摸不到大张旗鼓地命了名的长腿长喙、神仙风姿的大鸟才更需要幻想，有不羁不存的神鸟才为之建楼，神鸟不见了，此楼的名称才更勾人思念。有女怀春，吉士诱之；有楼无鸟，鸟名惑之。虚构诱人，则曰浪漫，浪漫不成，则曰遗憾，又浪漫又遗憾，还能没有好诗吗？好诗也有遗憾，遗憾仍然推不翻好诗。何况诗人都会借题发挥，读者都会谬托知音。

登楼眺望，看到的是中华大地，神州乡土，长江南北，汉阳群树，后来武汉三镇的格局，美景胜地名楼。"晴川历历"，四个字让读者哭出声来。美丽的长江，美丽的风光，美丽的神州，清晰的秀色，有几个人写得这样开阔清晰、生机盎然、无与伦比！

这是中华诗词中写美丽中国的翘楚。其他如李白、杜甫写名山、大川、洞庭、蜀道，王安石、辛弃疾写节日民俗，还有唐代一批边塞诗，都有动人心魄的美丽中国胜景，但能超过崔颢这一联的，王某尚未遭遇。

芳草萋萋，密密满满，碧碧绿绿，名叫鹦鹉洲，同样是如画如歌，一瞥难忘，感人至深。

到了尾联，轻轻移动，黄鹤楼虽然美丽动人，充满文化内涵，却不是诗人的故乡、乡关；日暮思乡，与明月思乡、佳节思亲一样自然而然，是人之常情。世上是有如此众多的奇景美景，如此众多的名楼、名阁、名胜古迹，如此众多的壮丽山川、历史纪念、时间与空间的。

世上有的，诗里都会有；世上没有的，诗里也可能有。诗里出来一个诱人的黄鹤，比动物园里喂养一只黄鹤要方便，但太方便了就容易廉价，其他诗人更不方便再次在黄鹤上做文章。

相依相伴，仍然不能代替对乡关的思念，也不能除却烟波迷茫中瞭望家乡的愁绪。人生一世，美景无数，良机处处，让你喜欢、让你兴奋、让你询问、让你惦记、让你不眠的地点场景、文物建筑、故事传说多了去啦，太多的感动，也是一种特别的心事、烦恼、负担啊。

只有诗作，只有文字，只有亿万人用过的文字构成的美妙无穷的诗篇，才总结了、解释了、解脱了、赏析了、不朽了，一句话，圆了这中华大地、中华故事、中华深情之梦。

还有一点值得一提，武汉黄鹤楼的重建是动工极早的一个仿古项目。由于长江大桥已经占据了唐代黄鹤楼的原址，因此仿古已非原地，建筑材料在改革开放初期也难以做到理想优质。1981 年仿清代同治楼图景建成当代新黄鹤楼，1985 年又开辟了黄鹤楼公园，至今四十余年过去，黄鹤楼仿古景点一直充满吸引力。2010 年，黄鹤楼景区接待游客超过 185 万人次，收入首次破亿。长江文化、楚文化的魅力在其中起着重要的作用，但"黄鹤楼"三字的红火历经千余年而不衰，首功在于崔颢、李白等人的诗。文学是最牢靠、最不怕破坏的记忆与信仰。伟哉，中华诗赋！

送魏万之京

李　颀

朝闻游子唱离歌，昨夜微霜初渡河。

鸿雁不堪愁里听，云山况是客中过。

关城树色催寒近，御苑砧声向晚多。

莫见长安行乐处，空令岁月易蹉跎。

> 李颀（？—约753）
>
> 望出赵郡（治今河北赵县），家住河南颍阳（今河南登封西），唐诗人。所作边塞诗，风格豪放，七言歌行尤具特色。寄赠友人之作，刻画人物形貌神情颇为生动。笃信道教，相关作品亦多。

早晨听到游子魏万离家出行的歌吟，昨天夜间薄霜开始从黄河之北渡过黄河，向南边铺展（或者是说，夜间降下的薄霜还没有化，你就要渡河上路了）。一路上也许会有鸿雁的叫声，让你听了感到格外孤单愁苦，而客旅中的行人，经过云中山路时，也会感到行程的陌生与遥远。

潼关一带的树木，已经因为品相色彩的变化而催生着秋季的寒意。皇宫御苑一带，一到傍晚更是一片嘈杂的捣衣声响。你要到都城长安了，请不要把那里看成一个寻欢作乐的地方，那样会使你空空度过珍贵的岁月，饮恨年华，蹉跎而过。

看来唐代的交通条件加上中华文化中安土重迁的价值观，会使得一个出行者感到一些不安。李白的《行路难》写得更是淋漓尽致。

此诗有"行路难"的意思，却又是以善于想象人设的诗情为内容，表现了某种自行随意的想象力。而自由想象、东拉西扯的诗思，似乎又在减弱着离别的艰难。行旅与离乡的困苦也好，生活中的各种噩运也好，迁客也好，老病也好，告别也好，在文学的表现中、在文学作品中，比在现实中多了可能掺和进去的性情、才华、创意与语言文字的铺陈、雕饰、发挥、释放。诗歌的写作毕竟带来了许多苦中之乐、屈辱压抑中才华之彰显、文中之趣、诗中之五颜六色。

写离愁也写期待，写客行愁苦，也写可能的见闻，写有所长进的可能，同时，倒果为因，写鸿雁添忧，写云山乱意，其实是客心不定、不静、不安、不适。

此诗人应该是年长一点，有过京城生活经验的人吧？他以过来人的口气，写京城树色催寒、秋色增冷，修辞俏皮，有语言的游戏。他写的是万物的变化引起了季节的更替，其实呢，是四季时序改变着植被的颜色，而不是相反。他告诉你快到傍晚的时候皇上待的地方一片捣衣之声，反而不写长安的帝王气象、皇城气象、都会气象，京城也是日常与世俗之地，一派人间烟火气。最后他更劝告游子切不要走上花天酒地的歧途，完全是一副老实巴交的良民口吻，实际上不无对于京都气象的煽情炫示、加温与困惑。正因他不是土鳖乡巴佬，才不会大写京城的牛气冲天。

② 爱与死的主题在唐代

遣悲怀三首

元 稹

其一

谢公最小偏怜女，自嫁黔娄百事乖。

顾我无衣搜荩箧，泥他沽酒拔金钗。

野蔬充膳甘长藿，落叶添薪仰古槐。

今日俸钱过十万，与君营奠复营斋。

其二

昔日戏言身后意，今朝都到眼前来。

衣裳已施行看尽，针线犹存未忍开。

尚想旧情怜婢仆，也曾因梦送钱财。

诚知此恨人人有，贫贱夫妻百事哀。

其三

闲坐悲君亦自悲，百年都是几多时。

邓攸无子寻知命，潘岳悼亡犹费词。

同穴窅冥何所望，他生缘会更难期。

惟将终夜长开眼，报答平生未展眉。

第一首说的是：正如谢安公卿家受到偏爱的最小女儿，在家中最受娇宠的你，嫁给了我这样一个穷光蛋，诸事难得顺心。我的衣服不够穿，你只好搜寻你从家中带来的草编箱包，添补我的日子。酒瘾上来了，我便软缠你、央求你，你只好拔下头上的金钗变卖，以充酒资。采点野菜用来烹调，食之如饴。柴火不够用了，连落地的树叶也当柴火烧着。总算今日我有较高的俸禄所得了，我要经办对你的祭奠与僧人斋会、诵经活动，报答你此生的恩情。

第二首说的是：过去闲话时曾经玩笑着说过我们老死之后的事宜，想不到如今已经一一来到眼前，成为无法避开的实景。你走了，留下的衣服已经快要施舍完了，你用的针线包，我不忍随意打开。想到旧日情谊，我会将对你的疼爱延伸到你喜欢的奴婢仆人身上，我也不止一次在梦到你以后，捐送钱财还愿祈念。我诚然知道这种丧偶之痛，许多人会遭遇到，但是，越是我们这样的贫贱夫妻的命运，往事种种，堪怜堪悲，越是使人深沉哀痛，刻骨铭心，与一直过好日子的人不一样啊。

第三首说的是：独自坐在那里，为你的早逝而悲伤，也为自己悲伤。人生百年，也许本来不算短，但又究竟有多么长久呢（怎么这样快就过去了呢）？邓攸太守那样的好人，却没有儿子，就这样到了知天命的五十岁年纪。潘岳大文人，为了悼念亡妻，写了那么长的诗句，辛辛苦苦，又能改变什么境遇呢？死后同葬一墓，缥缈悠远，这样的愿望能不能带来什么、实现什么，谁知道？在另一辈子相会的缘分，就更难有所期待了。只有趁现在活着的时候，我一夜夜地睁着双眼想你，报答你与我在一起的那么多年，少有展眉一笑的开心时刻啊。

这是唐诗中写得极其朴实、真切、感人、原生态的三首诗。第一首写当年自己的贫贱生活，"顾我无衣"，"泥他沽酒"，狼狈中不无天真。泥者，腻也，磨也，有几分孩子气。

这一首是诗，是好诗，更是纪念、祭奠，是爱情、婚姻、家庭、青春、命运的千年万载的实录和证明。好诗不仅是诗，好作家不仅是文学家，他们是生气贯注的灵魂，是生命、历史、家国不可缺少的元素与见证。

最后干脆说自己当上了御史，诗人有了官职名分，也就有了较高的俸禄收入，经营得起祭奠斋会了。

这样直白地在诗中写到自己的月俸，可以说是绝无仅有、低俗不伦，但读到这里，王蒙仍然泪目，一真遮百丑，一诚减百俗。当年元诗人是真穷啊，穷出样儿来了。现在不知道"十万"是什么单位，反正值得一提，反正必须向亡妻报告了。你能不同情、同感、同哭一场吗？

第二首，也极实际、细腻。衣裳送人快送光了，针线对于他人则没有意义，送不出去，但面对针线又不能无动于衷，不能将它打开随便看，更不可能糟蹋丢弃。

亡妻已经不在了，但还有她当年用过的服务人员，还有梦中的相会与圆梦的思忖。最后两句更是千古名言，"诚知此恨人人有，贫贱夫妻百事哀"。这是人生的常态，这是人生的悲哀，这是人生的亲热和温暖，这是人生的必需。贫贱夫妻更珍惜爱情、家庭、子女，以及艰难奋斗的每一个日子、每一个时辰。纨绔子弟与娇纵女娃不易有什么真正的人生、真正的伦常、真正的品德、真正的意义。人生更是属于艰苦奋斗的贫贱夫妻的。

第三首，又说出了多少心中常有、笔下全无的话。"百年都是几多时"，平平淡淡，落地有声。"寻知命""犹费词""何所望""更难期"，面对生死大限，谁又有什么办法可想？元氏说，没戏了，只能"终夜长开眼"，以报答亡妻的"平生未展眉"。太厉害了，太沉痛了，又太合情合理了，自然如此，必然如此。

诗人终夜不眠，是亡妻悲哀苦熬一生所留下的善果、苦果。诗人则留下了这样立其诚、苦其心的诗篇，留下了百年千年的感动与纪念。王蒙诵此诗七十年矣，永远热泪盈眶，知其悲、守其诚，知其苦、喜其词，知其无奈、赞其哀其笃、信其动心泪目。

元氏是幸运的诗人，亡妻韦氏是不朽的普通一妻！

再说几句，现代以来，"五四"以来，我们的新文学作品中一再流露出对于西方爱情文化、浪漫主义、情欲健康文化的倾心，这是有道理的。但同时，中华传统的恩爱观、人伦观、爱情婚姻的道德化，绝对不是可以一笔抹杀的。我在自己的小说作品中，已经一再对此作了探讨与呼吁。

③ 杜甫：阳光与人生的感叹

客 至

杜 甫

舍南舍北皆春水，但见群鸥日日来。

花径不曾缘客扫，蓬门今始为君开。

盘飧市远无兼味，樽酒家贫只旧醅。

肯与邻翁相对饮，隔篱呼取尽余杯。

　　我的农家房舍南北，都是春水湿地，常常有成群湖鸥飞过我家。通向我家的长着花草的路径，很少有为了迎接来客而打扫清理的时候，我的院落的草木门扉，到了今天才为您这位贵客而完全打开。

　　请你用餐，由于离商家太远，盘碗里没有更多的菜肴。说到喝酒，我这里也只有老式的土气家酿。如果乐意，我们倒不妨招呼篱笆那边的邻居老头儿对饮，隔着篱笆与老人家一起碰杯干杯。

　　农家生活写得简朴、局促、艰苦，却又亲切、朴素、疏朗。两面有水，是湿地，是湖泊，是池塘，还是一时的积水？说不太清楚，但"春水"的命名带来了生机美意。有鸥鸟经常飞翔，似乎春水也还有模有样，活泼灵动。无客之家，空有花径，无人到访，不必蓬门大开。无客而有鸥至，倒也不恶，仁爱如杜甫者应该能够与湖鸥建立起友谊。

　　而一旦来客，花径蓬门，应该拿得出手。菜有限，酒无新意，自是实话实说。虽然物质上很简陋，但你可以得到人间淳朴的乡邻之情的温暖。只要世道太平，只要能基本满足温饱，只要能让人活而不是遭逢"新安吏""石壕吏""潼关吏""新婚别""无家别""垂老别"的干扰与灾祸，也就算过着幸福的生活了。

　　读了这首诗，你会更理解、同情、同感于杜甫那么多为百姓诉苦鸣悲的诗篇。读了这首诗，你还会明白，杜甫确实是"长太息以掩涕兮，哀民生之多艰"（屈原《离骚》），但他绝非天性悲观，不，杜工部如老农，如孩提，纯朴欢喜，热爱生活，在太平温饱之外少有他求。他不拔高，不放炮，不自哀自叹，也从不自命不遇，是真正的仁人仁心，他作的是仁者之诗。

闻官军收河南河北

杜 甫

剑外忽传收蓟北，初闻涕泪满衣裳。

却看妻子愁何在，漫卷诗书喜欲狂。

白日放歌须纵酒，青春作伴好还乡。

即从巴峡穿巫峡，便下襄阳向洛阳。

　　剑门关南突然传来了官军战胜安史之乱的叛军、收复河南河北的喜讯。刚一听到，欢喜感动得眼泪弄湿了衣裳。回头看看妻子和孩子，再不用发什么愁了。翻翻诗书，高兴得几乎疯闹起来。

　　白天唱唱歌儿，再喝起小酒来吧，趁着大好春光，还不快快回家！从巴峡出发，穿越巫峡，顺流而下，然后到了湖北襄阳，再直奔河南洛阳去吧！

　　老百姓求的是活着，是太平岁月，是安居乐业、好好过日子。尽管唐朝也有许多血腥的权力争夺，但强人李世民的玄武门之变取得了胜利，太宗皇帝的即位，带来了盛唐出现与发展成功的可能。那么，对于预示盛唐危机的安史之乱的出现，百姓包括诗人杜甫，当然是非常受伤、非常痛恨的，人们期待着官兵的胜利，也是必然的。一听官兵收复了失地，老杜竟哭湿了衣裳！中国的老实百姓、老实诗人、老实臣民是多么可爱！

快乐到了想发疯、想闹哄哄哄的程度，难以自已，却又没有条件闹出什么花样节目。只能是，一个呢，看看同命运共患难的妻儿，表示不用再发愁了，生活的前景只剩下了快乐幸福；再一个是看看乱世中最无用的书籍，漫卷翻动，连浏览也谈不上，也无心读书，心中有的只是兴奋若狂。

内乱平了，秩序与交通恢复了，最重要的还是回乡回家。否则，动乱一起，回不了家乡的麻烦立马就会出现。

回不了老家？这是伪命题。路线图轻松地规划出来了，穿过三峡，下襄阳，到洛阳，又明确，又顺当，又好听，又好记。好一个天真的杜甫！好一个天真的唐朝政治！

杜甫确是诗圣，是记录者与吟咏者。从"溅泪""惊心"的"烽火连三月"，到听闻收复河南河北后无愁无忧地返乡，他都写得明明白白。写了史，更写了人心、诗心、民心，使读者时隔千余年仍然有亲临其境、亲临其变、亲临其悲欢之感。唐朝的鲜活记忆在历史书里，更在唐代的众多诗词歌赋里面，千年常在。

"白日放歌须纵酒，青春作伴好还乡。"咱们有那么长的历史，那么多的诗词歌赋，遇到小微的务实的恩典，除了杜甫的这两句诗，我还没有找到过别的诗句可以更真实生动地表达这种老实良民的朴素真挚的快乐。

"久旱逢甘雨，他乡遇故知。洞房花烛夜，金榜挂名时。"这诗写得够吉利的了，但太冒尖、太努劲、太登峰造极，如歌词"铁树开了花呀，开呀嘛开了花呀，哑巴说了话呀，说呀嘛说了话呀"，得多大的喜事才撑得住这样登峰造极的语句。不像杜甫，经历了动乱国难，初步转危为安了，就歌颂晴天白日，声言要放声唱歌，扬言要痛快畅饮，快乐于春日节令，喜庆于当可还乡，多么平凡的愿望，多么容易落实的欢喜大庆！

"即从巴峡穿巫峡，便下襄阳向洛阳"，这里充溢着轻松愉快，欢蹦乱跳。一个"即从"，一个"便下"；一"巴"一"巫"，说的都是"峡"；一"襄"一"洛"，都带着一个"阳"。容色欣欣，步履匆匆，乘势顺风，水流疾速，风吹撒欢，即从脚下，便向老家，船冲大浪，转眼到达，像是快板，像是号子，像是一群野鸭。杜甫把百姓靠近太平日子的欢喜，写得欢声笑语、活灵活现，欢实呀。

登 高

杜 甫

风急天高猿啸哀，渚清沙白鸟飞回。

无边落木萧萧下，不尽长江滚滚来。

万里悲秋常作客，百年多病独登台。

艰难苦恨繁霜鬓，潦倒新停浊酒杯。

　　到了高处，更感到大风吹得急促，天高地阔，猿声凄厉（为世界与天气哭号、鸣叫、悲哀）。水中小洲清爽无物，四周沙石洁白明晰，鸟儿正在小洲上盘旋飞翔。

　　深秋的树木，落叶如雨，四面八方，萧萧降下。长江波涛，汹涌翻滚，哗哗奔流。万里行旅，秋色伤心，我经常是漂泊作客。高龄多病，自己孤身登高。此生艰辛困苦饮恨，折腾得双鬓失色，精神潦倒，虽然尚有酒杯，也已经停杯止饮了。

　　杜甫写山河美好，"齐鲁青未了"，"一览众山小"，"窗含西岭千秋雪，门泊东吴万里船"……也写大自然严峻。第一句诗七个字，包括三层完整意思。风急，风急什么呢？世界在动荡，河山有变局，风儿做不到心平气和了。天高，说明无云、无阴、无雾霾、无烟尘，但天高更显出风力的强劲，冲天盖地。这种情况下听到的是猿猴的哀嚎，哀嚎与天风的声响混在一起，更加凄厉。猿猴是不是感受到了大自然的动荡不安以及某些凶险的信号呢？它们的哀嚎与风急和天高有没有什么关系呢？为什么要把风急、天高和猿猴哀嚎，紧紧地捏在同一句诗的七个字里呢？

　　是的，大自然并非总是春光明媚，和风细雨，舒服熨帖，多情抚摸，大自然有冷有热，有多情有无情，有温暖有肃杀，有欢呼更有惨叫。

　　第二句又是三组完整句型。"渚清"，这里的清爽似乎是肃杀的秋风硬给刮出来的。"清"的反义词不一定是污浊、杂乱、多余，也可能是丰富、热闹、荣华。这个"清"也可能是"无鱼"之清，光杆之清，一无所有之清，暴风骤雨、雷霆海啸以后的肃杀之清。"沙白"也是一样，这里的"白"是无色无彩

無邊落木蕭蕭下
不盡長江滾滾來

〔清〕 王时敏 《杜甫诗意图册》第六开

之白，空空荡荡之白，水流冲洗无数次之白。"鸟飞回"，鸟儿来回来去地飞，这给人一种慌乱感、不安感。"渚清沙白鸟飞回"，此七个字没有前面七个字"风急天高猿啸哀"的急迫感与严峻感了，但前七个字已经定了某种调子，后来的"鸟飞回"三字似乎给人以无定向、无目标、不靠谱的飞翔上的混乱感，"渚清沙白"则带来了水系，带来了立体的三维思维。

鸟儿的飞回似乎是飞旋，显然不是从容平和，而是急促、无计划、无定规。这正如：人生多迷误，岂知栖何枝？秋风疾疾转，群鸟懵懵飞。

相较于这个篇幅，杜甫诗的信息量相当之大。

颔联"无边落木萧萧下，不尽长江滚滚来"，显示了规模宏伟、动感强烈、萧萧飒飒、滚滚滔滔的秋景，可说是独一无二。一般写悲秋的诗词，偏于表现寂寥、凄清、冷落、萧疏，如"寂寞梧桐深院锁清秋"（李煜《相见欢》[无言独上西楼]），"更那堪、冷落清秋节"（柳永《雨霖铃·秋别》），"渐霜风凄紧，关河冷落，残照当楼"（柳永《八声甘州》），"落叶西风时候，人共青山都瘦"（辛弃疾《昭君怨》），"帘卷西风，人比黄花瘦"（李清照《醉花阴》）。而杜甫笔下的秋天有所不同。地球是大的，世界是大的，春夏秋冬是大的，但诗词可大可小、可粗可细，杜甫诗有单纯天真、诚挚如实的一面，也有涵盖、贯通、宏观、整合的一面。

"无边落木"，说的是数量众多；"萧萧下"，说的是动态的规模与速度。"不尽长江"，说的是距离漫长；"滚滚来"，说的是气势与力量充沛连续。这里有对长江秋日、天地四时、江河树木的赞扬、爱戴与敬畏。

颈联写的"万里悲秋""百年多病"，同样是大气浑成。离家万里、颠沛万里，老病百年、疾痛百年，一辈子缺少的是安稳太平与医疗将养。踏踏实实、按部就班地过日子，谈何容易？

杜甫将悲秋之情扩散万里，将老病之苦划归百年。人生一世可敬畏、可珍重、可叹息、可哀伤的事不少，但少有以百年命名衰老与病患者。感叹再感叹，诗人的感叹也在走向成熟，走向多方位、全方面，走向以有限感叹无穷。

尾联无大新意，似平平淡淡，却富有生活气息。人生是一个备尝艰难苦恨的过程，表现为不足为奇的两鬓如霜。至于浊酒，潦倒停杯，进一步将老病悲秋落实为生活细节。还能说什么呢?

　　远在吟诗尚未打住的时候,诗人的黑发与饮酒已经早早打住了。随口一说,道法自然,悲发自然,到此为止,至此且住。诗语里的问号、叹号、省略号,太多了。

咏怀古迹（其一）

杜　甫

支离东北风尘际,漂泊西南天地间。

三峡楼台淹日月,五溪衣服共云山。

羯胡事主终无赖,词客哀时且未还。

庾信平生最萧瑟,暮年诗赋动江关。

　　动乱中逃出东北方向的长安,漂泊在西南方向的四川。滞留在三峡一带的楼台房舍中已有多年,在五溪地区与穿着五颜六色服饰的少数民族居民一起生活在山下。

　　像安禄山那样的异类,就算在朝当差一段时间,最终还是不走正道。而与庾信当年的遭遇差不多的我,悲叹自己不能及时回到家乡。

　　如庾信在自己的赋中所说:"壮士不还,寒风萧瑟。"（《哀江南赋》）他的一生够萧瑟凄凉的了。但他暮年的诗赋,撼动了江河山关,感天动地。

　　一上来就是东北风尘、西南天地、三峡日月、五溪云山,堪称囊括八方、忧患六合、视野无际、气力非凡,同时对仗工稳、铺排雅训、字字凸显。他写出了乱世动荡、百味杂陈,却也是五光十色、五彩缤纷;既是动乱的诡异,又是天下的壮观;既是人生的艰险,又是世界的绝美与丰富。究竟是平淡无味、岁月如一的人生好呢,还是饱尝酸甜苦辣、吉凶福祸,时有险情、时有转机的人生更值得一过呢?这话,相当难说。

　　杜甫在《戏为六绝句·其一》中歌颂过"庾信文章老更成,凌云健笔意纵横。今人嗤点流传赋,不觉前贤畏后生",此绝句虽然写得诚挚周到,力度却赶不上七律《咏怀古迹·其一》中的"暮年诗赋动江关"语。

　　杜甫巧用庾信的文字，写出了自己相同的、似是更加决绝的感受。

　　杜诗从来不回避人民与自身的悲哀痛苦、对黑暗的失望，他无隐瞒，无吞吞吐吐，无欲说还休，无顾影自怜、有气无力；他的文气饱满冲撞，他的气度指点端端、见血针针，他的文势滔滔冲刷、大河翻浪。他写起不平来诗胆惊天，他是诗坛诗场上的骁将与勇士。

　　想想"尔曹身与名俱灭，不废江河万古流"（《戏为六绝句·其二》），想想"安得广厦千万间，大庇天下寒士俱欢颜"（《茅屋为秋风所破歌》），想想"冠盖满京华，斯人独憔悴"（《梦李白二首·其二》），"世人皆欲杀，吾意独怜才"（《不见》），还有"朱门酒肉臭，路有冻死骨"（《自京赴奉先县咏怀五百字》）吧，我觉得杜甫还是举重型、冲锋型、爆破型的诗操演冠军。

咏怀古迹（其二）

杜　甫

摇落深知宋玉悲，风流儒雅亦吾师。

怅望千秋一洒泪，萧条异代不同时。

江山故宅空文藻，云雨荒台岂梦思。

最是楚宫俱泯灭，舟人指点到今疑。

　　在辞赋里写下了飘摇凋落的秋天，我深知宋玉其人悲剧感之良多。他的文采风流、儒雅气度，都值得我师从学习。他的故事，带来了永远的惆怅，使人们为之泪目。生活在不同的时代，咀嚼着同样的冷落与寂寞，我与宋玉有着共同的心境。

　　来到他空荡荡的故居，什么有内容的旧物也没有了，只能想起他的文章辞藻，想到他写巫山云雨的《高唐赋》，那并非只是梦幻荒唐，而是充溢着真情实感、真才实学、人生真味。

　　令人感叹的是，当年的堂堂楚国宫室，已经泯灭无存，而本地的船夫，对于古人宋玉，也只是指指画画、半信半疑，似是不知其真伪虚实了。

　　杜甫这里谈到了他对宋玉的深知，表达了他对宋玉的引为同调与体贴亲近。

后人常常从宋玉的文采风流与英俊秀美中想象宋玉是一位鲜花着锦的公子，但杜甫从《九辩》中深知宋玉的摇落、萧条、悲情、怅惘、洒泪的悲剧性。

杜甫了解到，宋玉由于文才与美秀而遭忌恨诽谤，终身未婚，仕途也没有真正有所成全，反而是一生蹉跎，全非适意。身后，宋玉更是空空如也，只剩下了从世俗人生来看虚有其表的辞藻文采。

万物万有，都有自己的大、远、逝、反，生、老、病、死，出现、成长、艰难、消失，一定意义上的受到重视、得到理解，或不受重视、得不到理解。不论宋玉有过什么样的声名、形象、风度、悲情，人亡茶凉，也是自然。生前有才华、文章，身后留下的却只是萧条、空文藻、荒台、梦思、泯灭、生疑的，又岂止一个小小的宋玉？

宋玉靠风流多情，编造出巫山云雨的"罗曼斯"；又靠能言善辩，反过来给登徒子戴上"好色"帽子，维持了自己在楚王跟前不被清洗的处境；后来再加上抒写秋之萧瑟的泪目辞赋……固雕虫小技而已，又有什么非得永垂不朽的依据呢？

三皇五帝、古圣先贤、秦皇汉武、唐宗宋祖，也有他们的生前身后、兴衰始终、高低起伏，被记住也被忘却，被传承也被歪曲糟践。历史亿载，人生百年，如果个个都是唯有记忆、没有忘却，谁还能活出自己一生的高低轻重来呢？混到梦里云雨而不耽登徒子好色之名，铺陈悲秋而无林妹妹泪尽之苦，这本事已经算得上成功人士了，够意思了，还欲何如？

老杜诗翁嘛，当然要较较劲、使使性子。长太息以掩涕兮，哀文人之维艰！永书写而汹涌兮，无才尽之枯干。

后世读者，读诗吟诗，你要入乎其内，又要出乎其外，你要敬畏有加，还要另辟蹊径，你不惧字纸如山，铺天盖地，更要新潮冲浪，御风飞天，这样才有出息，才对得起屈原、宋玉、李白、杜甫、司马迁！

从这里还可以明白：在杜甫写疾苦之诗、哀民生之多艰、哀盛唐之多事的同时，在他的中华严峻现实主义、民胞物与关怀的同时，他还有另一面，他也追求风流儒雅，他也同样文采锦绣，他同样有巫山梦思，同样神往荒台、罗曼蒂克。再说，与众多读书人一样，与李白、孟浩然一样，他也有不遇之悲，但他不喜欢动辄发个人的牢骚。从总体人生看来，他也同样有咀嚼、反刍、表述这种摇落、萧条、怅惘的兴致，追求既风流儒雅又怅望千秋的高潮的美感，并在诗词歌赋写作中获得诗学与美学的享受。

这一部分谈到杜甫的五首七律，有一首写村居的质朴美好，有一首抒发对于平定动乱的欢欣鼓舞，有一首亟言秋之动荡与肃杀，另两首借庾信与宋玉的身世际遇抒发自己的嗟叹。杜甫的路子很宽，写什么像什么，笔触到了哪儿，心、语、情、理也就到了哪儿。

④ 李商隐等的心语：悲美、华美、隔距美、朦胧美

春　雨

李商隐

怅卧新春白夹衣，白门寥落意多违。

红楼隔雨相望冷，珠箔飘灯独自归。

远路应悲春晼晚，残宵犹得梦依稀。

玉珰缄札何由达，万里云罗一雁飞。

新春季节，穿着白色的夹衣，怅惘地在床上歇息。想起那个寻欢作乐的白门脸红楼，现在变得如此冷落和失意。春雨隔绝着自己与那幢引人想念的楼宇，一眼望去，感到的只有雨中的春寒料峭。

在那珠帘飘溢出来的灯光的照耀下踽踽独行，回到自己的住处。雨中行进缓慢，更觉得路途遥远，而春天的到来让黄昏来得愈益迟滞缓慢。

星夜醒来，剩余的黑夜正好去咀嚼依稀的残梦。用玉珰耳环封口的信札，应该怎样寄给你呢？那万里云霞中飞着的大雁，它会不会把我的书信带到想念的人那里去呢？

一般解读此诗为想念渐行渐远的情人之作。此诗的抒情主人公可以解作第一人称"我"，也可以解作第三人称"他"，再或者干脆略去主语。

怅卧、寥落、意违……则如"不如意事常八九"（方岳《别子才司令》），"自是人生长恨水长东"（李煜《相见欢》［林花谢了春红］），"到底意难

平"（曹雪芹《红楼梦》），概括性要宽泛得多。诗言志，可以比较抽象地旁敲侧击地写自己的情爱，也可以以情爱的遭困来比喻自身的际遇。到了李商隐这里，则是情困遇蹇，互动互伤，悲从几个方面袭来。

"红楼隔雨""珠箔飘灯"，写雨景极其具象而且酸楚，入耳钻心，肝肠愁断。春雨一场，本来可以是"好雨知时节"（杜甫《春夜喜雨》），可以是"天街小雨润如酥"（韩愈《早春呈水部张十八员外》），可以是"眉目传情"，可以是"相见欢"……但在义山这里是只一对看，便已经寒气压抑，冷落百分百了。"相望冷"，"独自归"，失意至此，孤独至此，怎么硬是没有救赎的可能了呢？

"珠箔飘灯"将雨的形象推进了一步，雨滴如珠，雨落如箔帘，红楼隔雨，很美丽，很悲哀。雨本身构成的珠帘，也隔开了诗人或诗写的人与红楼、与白门的距离，这道珠帘就更加细密、美丽。

哀伤，无望，使人走在更加遥远的道路上。悲即美，美即悲，这有点川端康成君的意思啦。商隐一生，从来没有学唱过或聆听过《我们走在大路上》，从来没有哪怕是仅仅说过一次"意气风发，斗志昂扬"。而春天以后，立春以后（其实是冬至以后），白日渐长，春晚后推，这是可悲的吗？可悲是由于你的生活空虚、不称意啊。

那么，随着节令的推移，你回到住处入睡，也会推迟。但是不等破晓，你已经梦断残宵，躺在炕上想自己的梦中期待，也许是情人，也许是仕途，也许是亡妻，也许是家乡。但反正不是为诗文而操心，也不是盘算级别与待遇，更不是盘算靠诗文写出来的级别与待遇。

消极，消极，他太消极了。但他有一种功力，能够把悲哀极大地审美化，通过修辞、通过想象、通过赋比兴、通过通感，通过川端康成式的打通悲与美的努力与特别个性追求。在某种意义上，李商隐用极其美化的诗句安慰、充实、挽救了自己的人生，以及自己的诗意、诗才、诗风、诗魂。

某种意义上，文学、诗歌是一种并不那么完满和见效的首选，但它可以成为终选，成为并不美好的人生与三观留下的一个印迹，一种语言，一种讲究，一幅图画，一首乐曲，一件闪光的艺术品，一个永久的人文的与生命的纪念。

重过圣女祠

李商隐

白石岩扉碧藓滋，上清沦谪得归迟。

一春梦雨常飘瓦，尽日灵风不满旗。

萼绿华来无定所，杜兰香去未移时。

玉郎会此通仙籍，忆向天阶问紫芝。

　　白石做成的门扉前，长满绿苔，门庭是何等冷落。从上清天宫流落下放的女神，迄今没有重回天府。整个春季的雨水，像梦中飘浮着的薄雾，飘浮在瓦垄之上；而一天天的神灵之风，吹扬不起女神的旗幡。

　　仙女萼绿华有时前来，居无定所，另一位仙女杜兰香，随来随去，浑然无迹。还有掌管升天宫资格的仙官玉郎，曾经与女神相会于此，使她升格进入天宫，直上天阶，在那里采撷紫色灵芝。那已经是遥远往事的回忆了。

　　此诗有"无题"的空灵，有"有题"的浪漫与激情，有一位圣女女神、两位仙女的剪影与故事，有一位称为"玉郎"的天上长官，审查身份，而玉郎有与圣女相会、引领女神登天升格的回忆。

　　这是传说？这是想象？这是曲折的隐喻？这是文学的特权，想怎么写就怎么写，假作真时真亦假，无为有处有还无？

　　没有女神被贬谪的来由，莫非她与玉郎的相处生变？没有圣女迟迟未归的道理。在李商隐的诗里，女性生而圣洁，应无瑕疵。

　　女神是神，却又如此柔弱无力，叫人心疼，叫人牵挂。

　　义山此诗，不无浪漫与激情，同时又如此温文尔雅、小心翼翼。雨细如飘，风小无力，门前苔藓滋生，居所无定，来往无觉，仙神在有无之间，春雨春风在有无之间。居然仍有天阶采紫芝的"当年阔多了"的记忆，以及女神与玉郎相会的些许影迹。

　　多情的种子，总有情的记忆积累，如烟如梦、如神如仙、如雨如风、如喜如悲。

　　李商隐的人生，李商隐的感受与记忆，李商隐的诗情与灵感，正像善贾的巨商，尽管有增有减、有惊有险、有"牛"有"熊"、有"绿"有"红"，但他总还存贮着一些无涯无际的，你搜不到、夺不走、没收不了、打击不到的财产资源、天才资源、意象资源——天街上的紫芝以及与玉郎的情义。

圣女祠之题，是祠堂家庙乎？是令诗人动情之道观乎？有隐情、隐私、隐曲乎？无题就是多题，有题则是多题从略，加一以为标识。

标识呢？标识也可能是障眼术。

读李商隐的脉脉深情、茫茫本事、悠悠美梦之情诗，如会女神，如登仙境，如浴梦雨，如沐灵风，如同上天阶，如共采紫芝，如俯身于众仙女女神前，如沉醉于玉谿生之诗句文字之中，玉郎就是玉谿生嘛。何必追究，何必呆解，何必自以为解，而实际见笑于诗情诗思呢？

诗的颔联精巧无穷，感人肺腑。一春毛毛雨，如降落，如飘飞，如烟如雾，软绵、温柔、美丽，让你沉醉泣涕、五体投地。

尽日灵风，"灵风"对上"梦雨"，和风通灵、通神、通圣女。和风整日，从来没有把旗子吹得全部张开，旗子从来没有迎风飘扬。和风如不露齿的微笑，如枕边低语，如梦里的温存缱绻，如褪了色的旧照，如"去年今日此门中"（崔护《题都城南庄》）的一闪即逝的人面，美得让你想匍匐于地上。这样弱弱的诗却有这样深情的力量。

此诗通天界、仙界、神界、神庙（寺、观、祠……）界、风雨界、人间界、诗界、文界，在商隐诗中亦不多见。有时王蒙遐想，我辈爬格子讲诗文的人，面对李诗而夸夸其谈的时候，会不会有些惭愧之心和困惑之感呢？在并非一等一级一百一灵验般般，而只是特色精妙的李商隐的女神面前，你敢轻易动笔墨吗？你敢掉书袋、转文、空空洞洞、大言欺诗？你敢侈谈唐诗、宋词、诗话、诗知、诗韵、意象、意境、拿腔拿调，装腔作势，俨然知之为知之、不知亦为知之？

锦　瑟

李商隐

锦瑟无端五十弦，一弦一柱思华年。

庄生晓梦迷蝴蝶，望帝春心托杜鹃。

沧海月明珠有泪，蓝田日暖玉生烟。

此情可待成追忆？只是当时已惘然。

锦瑟的五十根弦，无头无尾无端无由头，但每根弦柱一看一拨一弹，都让我们回忆起过往的年华岁月。

庄生早晨做梦化蝶，他迷失于亦蝶亦庄的认同之惑、身份之失落：后现代的说法叫作"认同危机"，即找不到自己的身份。是庄周梦见自己是一只蝴蝶呢？还是一只蝴蝶梦见自己变成一个名叫庄周的人模人样的伙计了呢？

蜀国望帝杜宇，因水灾退位，保持着向往春天的心灵，死后化为杜鹃，悲啼泣血，痛伤民人也痛伤自己。

沧海笼罩在明月光中，老蚌含珠，珍珠居然有泪光闪烁。日照温暖、产美玉的陕西蓝田，氤氲蒸发生烟。

斯情斯景，永难忘怀，追忆起来永远生动感人。遥想当时，只觉惘然无言。

首联与尾联，都是说回忆往事时的困惑即惘然心情，没有什么难解。把回忆往日与锦瑟的琴弦联系在一起，略略朦胧，或者可以理解为回忆旧事，理不出头绪，五十弦看似差不多，又各有其音色，感人至深。

或者这样的分析也是无谓的。你完全可以说：记忆、回忆、往事的激活正如锦瑟的琴弦被手指拨出了声音，五十根琴弦外貌差不多，一弹拨，各有旋律、音质、节奏、起止，前前后后、样样般般，和声噪声，相应相失，相悲相喜，若即若离。就像自己的人生一样，年年岁岁花相似，岁岁年年人不同。

颔联与颈联则是托史托景写自己深邃的内心世界——内宇宙。先是通过庄周化蝶的故事与望帝泣血的传奇书写人生的朦胧感与悲剧感。而到了"沧海月明""蓝田日暖"句，整个世界都在为义山的心灵作证。在向内转、写深情方面，李商隐的《锦瑟》达到了极致。

世上有端由清晰、本事历历、背景无疑之诗，如：元稹的《遣悲怀三首》，是悼念亡妻；一批边塞诗，是书写边塞军旅卫国与艰苦奋斗，描述寒冷、荒芜、艰难与异域风光；烈士诗是英烈就义前的慷慨悲歌、浩然壮语。但也有李商隐这种，聚讼纷纭、难作解释、无定解的句子反成绮丽极品，家喻户晓，打动了不知多少承认自己读不太懂的人。读不懂却又喜爱得不行，甚至是越读不懂，越爱得不行。

有诗学评论家认为，李商隐的《锦瑟》是纯诗。所有的诗都写内心，或寓情于景，或抒情于事，或怀友，或思乡，或悼亡……借助一端，有所发挥渲染。而像《锦瑟》这样，干脆写到内心深处、灵魂深处、情感深处，一直拉出珠泪、玉烟来抒一己之情之忆的诗作，太困难了，太容易陷入空洞与自恋了。

朦胧诗，古往今来，受到极大的质疑，以及另一些人的激赏。

"望帝春心托杜鹃，佳人锦瑟怨华年。诗家总爱西昆好，独恨无人作郑笺。"（元好问《论诗三十首·其十二》）是称颂也是念叨不清不明的《锦瑟》：其背景、本事、所指与确定的含义，多数是说了不如不说。

因为这不是叙事诗，不是谜语或密码诗，不是送别诗，也不是特定场面、场景、经历的现场诗。很明确，这是思华年之诗，是追忆往事之诗，是回想当年旧情、抒惘然之情的诗。这是困惑、混淆、延伸、漫泛化、放射化、外溢化之诗，还是亦彼亦此、亦梦亦真之诗，亦是阴阳两界、人鸟蝶瑟弦柱数种转化托付之诗，更是月光成珍珠之泪、日照生玉石之烟的赞叹万有灵性、万有悲欢、万情漂移、万景变幻之诗。

《锦瑟》是感悟的比兴，是内心的迷幻，是诸端经历的积累，是多种记忆的重叠，是生活经验的蓄积再蓄积、发酵再发酵，是诗艺的奇奥再奇奥，是情中之情，诗中之诗，丰富中之丰富，佳酿中之佳酿，概括中之概括，泛漫中之泛漫，却又是深刻中的深刻，感人作品中感人至深、难以再深之诗。

无端，正是有端、多端、深端、总端、重端，所以索隐、考证、猜测对于理解感悟此诗并无十分重大的意义。此诗当然可以是指向对爱情的怀念，可以通向对一切美好的东西的依依不舍，《锦瑟》通向 N 事，更能通向 N+1、N+1+1、N+N，无可奈何，除非您太与诗无缘。

它可以通向落日晚秋，可以通向对艺术、真谛、科学、终极的追求，可以通向赞美，通向遗憾，通向感恩，通向对时间逝水的挽留，通向对精神的慰安，以及义山一辈子始终挥之不去、化之无功的遗憾与失落。

但本诗不是通向案件卷宗式的"本事"，不通向特定对象、特定情节、特定谜底的隐瞒，不通向自作聪明的破案与定案，不通向某一种特殊用法，不论是作序、作跋、作注释。

用途并不能解诗，比如说可以以诗卖钱、以诗赠友、以诗求官、以诗传递风月私情……这些说法只能解释诗的非诗性与诗外性。

诗写出来了就不仅属于李商隐个人了。考查出李商隐的逸事秘闻新料，也不等于此诗内容的终审定案。

很简单，好作品大于作者的经历与认知。《红楼梦》大于曹雪芹传。《锦瑟》大于李商隐与斯时牛李党争的瓜葛或诗人的风流韵事。

还有，我们有可能了解一篇文章或一部作品的源起、背景、本事。例如白居易的"离离原上草"，他说得很清楚了，诗题是《赋得古原草送别》，"赋得"，说明是准备应考的习作，"古原草"，说明是指定的咏物诗，"送别"，还要联系抒发送别之情意。还有，这首诗是白居易十六岁时写的。再如李后主的一批词作，写的是他作为亡国之君的伤痛。而李白的《赠汪伦》，是给姓甚名谁哪一位写的，都明明白白。这些情节对于文学史料、作家传记材料都是很重要的，但这些作品的文本思想与审美意义都大大超过了本事，如果一味用本事解诗、找本事解诗，实在是太对不起那些真正深厚多姿的好诗了。

诗，诗，诗，诗话诗解好说，诗心诗感难通矣！

李商隐此诗不太容易疏解而又传播广泛久远，窃以为首先在于颈联意境之大气、奇绝、无与伦比。"沧海月明"一句，有天地之大，月光之广，金银之波，夜晚之寂然神秘。有海便有蚌，从而有珠，宝珠受到清冷的月光之照射，反映如泪点泪光，这又不是单纯的物理光学现象，因为老蚌可以藏珠，却不可能置珠于海面之上，即使自剖献珠，珠也会因比重大于海水而深入海底。

这是诗的想象，这是诗人感动于沧海明月，感动于天地、昼夜、日月、海洋、蚌珠。岂止诗人，蚌与珠，月与海，夜与光，也都感动得流出了滴滴眼泪。

"蓝田"的句子也了不得。蓝田是地名，但毕竟曰田，桑田对沧海，日照对月光，玉对珠，生对有，烟对泪，完美无缺。世界就是这样，有海洋的波动就有田地的铺展，有月亮的银光就有太阳的温暖，有浑圆的明珠粒就有高洁温和的玉石群，有含泪的海中珠，就有温润的田中玉，有清澈的伤感，就有氤氲的温暖。

　　李诗中的"对联"常常出彩，前面说的"一春梦雨常飘瓦，尽日灵风不满旗"（《重过圣女祠》）与"沧海月明珠有泪，蓝田日暖玉生烟"之联一样，是绝对、绝联、绝诗、绝唱。还有下边要说的"春蚕到死丝方尽，蜡炬成灰泪始干"呢，老天！

无　题
李商隐

相见时难别亦难，东风无力百花残。
春蚕到死丝方尽，蜡炬成灰泪始干。
晓镜但愁云鬓改，夜吟应觉月光寒。
蓬山此去无多路，青鸟殷勤为探看。

　　相见，多么难为、难过！离别，又是多么艰难、难受！东风弱弱地吹着，百花正在风中凋谢。春天长起来的蚕儿，直至死亡，才可能吐尽自身的情丝心意。蜡烛呢，全部烧成灰烬了，烛泪才会停止不流。

　　早晨起来照镜子，看到鬓发已经不是原来的模样（芳华不再）。入夜吟诗的我，也已经禁不住月光的寒冷。到达我们期待的蓬莱仙山，离你（神仙、女神、大神）住的那个地点应该不远了吧？已经有（我期待着会有）从仙境飞来的鸟儿，频频前来探视我、引领我、欢迎我呢。

　　"相见时难别亦难"，一上来七个字，表现了多少人生经验、人生苦涩、人生滋味！一般来说，"悲莫悲兮生别离，乐莫乐兮新相知"（屈原《楚辞·九歌》），别离是令人难过的，尤其是古人，将告别、别离看得很重，毕竟中国太大，交通不是容易的事。词牌有"相见欢"，成语有"相见恨晚"的热情或客套说法，"相见时难"则较稀罕。"相见时难"包括了相见的机会难遇难得，也包括了相见时双方的心情反应，很难经受。

　　与亲人故交相见，"他乡遇故知"，本来是与久旱逢甘雨、洞房花烛夜、金榜题名一样的喜事，但李商隐明白，他看得更深一步，久别重逢也会有许多伤心、悲痛、震撼：分手期间也许有亲友病倒乃至离世，再也不得相见。久别后相见，双方可能想起分手期间各自受过的种种磨难、遇到的种种危险，还没有来得及有所倾吐，说不定又该分手别离了。相见时，双方都能从对方身上看到乱世伤痕、末世悲苦、本人衰老、今非昔比等令人叹息的苦情。甚至此前分手时，本以为此生再无见面的机会，想不到如今又见到了。"这不是做梦吧？"他们想起了这傻傻一问，更会难以淡定。

新疆兄弟民族同胞每当重逢，常会互拥着大哭一阵子，这便是"相见时难"的注脚。而人生的种种别离，所谓生离死别，又让人们洒了多少泪！

洒泪也不号啕，悲伤也不渲染。百花凋落，并非由于大风"龙卷"，而是在弱弱的东风中悄然降下，是渐渐的、微微的、无助的、无声响无动静的迷惘的伤痛。商隐之忧何其深也！

颔联"春蚕到死丝方尽，蜡炬成灰泪始干"，黏黏糊糊，却又惊心动魄，是剜心的狠话。一个蚕，一支蜡，连类引譬，因物伤心，蚕丝蜡泪，一瞥一想，比喻精当，百分之百。蚕之吐丝后死，蜡之垂泪而息，写到诗作中，直比你人生的种种叹息与难忍之心还要令人长叹与难忍。这是绝世之对，这是惊天之联，这是销魂之句，这是滴血之音。

"晓镜但愁云鬓改，夜吟应觉月光寒"，很美，凄美。一般容易想到，云鬓云云指女性，是的。夜吟，则是指诗人自身。"无题"多是情诗，情诗无题为好，无为为治，无语为情，很好。

但也不能完全断定这一联全部是对于某位特定的或泛指的女性的思念。它也可能只是作者——抒情主人公——的自思自叹。一首诗的解读是排他地定于一好呢，还是"N+1"好呢？冒昧说一句，孟子认定"天下定于一"，但解诗，不妨定于"N+1"。

那么，蓬山是指情人的住处，还是指诗境、仙境、天境、情境、彼岸、神话之境，指人间之外的另一个世界？该怎么说呢？也让王某与众读者一起考验一下我们的文学想象力、人生想象力、全面的与发达的思维能力吧。

无　题

李商隐

昨夜星辰昨夜风，画楼西畔桂堂东。

身无彩凤双飞翼，心有灵犀一点通。

隔座送钩春酒暖，分曹射覆蜡灯红。

嗟余听鼓应官去，走马兰台类转蓬。

不能忘记昨夜的满天星辰，不能忘记昨夜的到处微风，还记得是在如画的厅堂之西、如桂花香的厅堂之东（我们的邂逅、我们的悄悄话儿）。我们都没有七彩凤凰的翅膀，我们不能相互飞往、聚首天空，或比翼齐飞、天南海北。但我们心有灵犀，有一处犀牛角式的管径、心曲相通相和。

昨夜我们一道饮酒，隔着座席，你敬我受，我递你接，春天饮酒是如此温馨暖人；轮番行酒令、猜灯谜，蜡烛从红灯笼中照耀着我们。可惜的是早朝的晨鼓响了，官务在身，我立即动身前往，就像上了转盘上了机器一样，听喝旋转，行礼如仪，过我呆板无趣的官场生活去也。

诗锋直入，观天察地，昨天昨夜，画楼桂堂，又亲切、又朦胧，令人想起披头士的经典歌曲"Yesterday"。"昨天""昨夜"，真是古今中外的好题目，做诗题、歌题都好得要命。

刘索拉的后来改编成摇滚音乐剧的中篇小说《蓝天绿海》，一上来就是对约翰·列侬喜欢唱的歌曲"Yesterday"的盛赞不已。比较一下李商隐的诗与约翰·列侬的唱词吧，我们怎么能不为李商隐的含蓄与多彩而骄傲，怎么能不为此首《无题》至今不能唱出来或交响起来而遗憾！

一般地说，本诗最成功、最为人传诵的金句巧句是"身无彩凤双飞翼，心有灵犀一点通"，王蒙也极其佩服这一联，但更让王蒙感动至深的是首句七言"昨夜星辰昨夜风"。亲切犹新，余温绵绵，心仍在跳、脸仍然红，已经逝去、再无回返，也许激情如醉，本应如茶如火，谁知后来却出现了些原因。在披头士的歌词与李商隐的诗句中，爱情都失败了？它是吻别，它是出走。它是含泪的微笑，它是遗憾，它是相识相感后的失联。它是在困惑不解或身不由己的无奈中只好低下头来。

　　一句诗七个字，四个字是两两重复的"昨夜"。这是又一次"此情可待成追忆"（《锦瑟》），昨夜只能追忆，追忆还只是"可待"，可能再加上等待。昨夜，除去追忆，当时呢？昨夜的当时，大大超过了弹响锦瑟时的追思，超过了庄生的梦谜，超过了杜宇望帝的春心……岂止惘然？应是仍然、点燃、熔断、怦怦然！

　　当时感觉到"身无彩凤双飞翼，心有灵犀一点通"。这十四个字千年不老，万年不朽：彩凤蹁跹，两情邂逅，只是梦幻，更多、更深、更久远的缘分谁知可有还是无有？无有也许比"有"更美、更华贵，永远不会低俗、走形、变质、变味。

　　又不能振翅齐飞、云端相伴、天长地久，心却明明相通相慕、共振和鸣。一笑一颦、一见如故，犀牛灵角、曲径通幽，无语千言、密接万语，零距离，春酒暖、蜡灯红，结束于匆匆告别，轻轻嗟叹。

　　诗人要的是什么呢？要双翼吗？要灵犀吧？一个"灵"字提高了相通相爱的格调。心灵相通，更高一层吗？彩凤与飞翼却更加迷幻浪漫。

　　似是风流夜游，此诗写的是艳情？是狎妓？还是非礼勿言吧。在古代，与青楼女子相恋，不同的人也有不同的高度、不同的美感、不同的层次吧？有这样的昨天昨夜之诗，让我们还是沉浸在诗情美意里吧。

　　还有星辰与风，有画楼与桂堂、之西与之东。这回拓展了一点心胸，不限于情色之美了。中国的诗情、爱情、愁情，任何时候都离不开天地、日月、四时、风雨、楼台、建筑、林木、莺蝶……我们这么美好的生活世界。

　　李商隐仕途不幸，早早哀鸣出"忍剪凌云一寸心"（《初食笋呈座中》）的颓丧文字，这里却又清高自恋起来，抱怨官场的早起早朝要求，影响了昨夜的夜生活。

　　昨夜，昨天，这个诗题、歌题不同凡响的魅力在于昨日之切近如同今日，昨日之遥远无助如同前生、上辈子。多少明天、今天，如大河小溪，尽数流入昨日的大海，成为不再回来的昨天、昨夜、yesterday。

　　这就是人生。

　　好的，让我们从李商隐的这首《无题》联想一下列侬的"Yesterday"的原文与王译吧。

列侬的歌是这样唱的：

Yesterday, all my troubles seemed so far away.

昨天，所有烦恼似乎离我远去。

（王按：开头这一句令人想起"隔座送钩春酒暖，分曹射覆蜡灯红"。昨天，昨夜，我们在一起，曾经是多么轻松快乐，没有任何麻烦。李诗的雅驯，则是难以企及。）

Now it looks as though they're here to stay.

现在，烦恼原来仍在这里逗留。

（王按：披头士的歌曲早早地、提前地预告了"走马兰台类转蓬"的讨厌与干扰。有什么办法呢？昨天的温馨与今天的烦恼，温馨如梦，烦恼如丛生的杂草。）

Oh, I believe in yesterday.

噢，在昨天，我相信（浪漫与爱情）。

（王按：李商隐说，是的，难忘的是，"昨夜星辰昨夜风，画楼西畔桂堂东"，我们有过美丽的邂逅与动情。这也是纳兰的"人生若只如初见"［《木兰花·拟古决绝词柬友》］。）

Suddenly, I'm not half the man I used to be.

突然间，原来的我已经只剩下空无。

（王问：是由于"心有灵犀一点通"吗？与素不相识的她心灵陡然相通，谁能不迷失自身呢？更像是由于这一切激动已经与昨天一起失落了。英语通俗质朴，原来的我半个也没剩下。）

There's a shadow hanging over me.

有一片阴云，将我的心遮蔽罩住。

（王说：那毕竟是由于"身无彩凤双飞翼"，更是由于"嗟余听鼓应官去"喽。）

Oh, yesterday came suddenly.

噢，昨天已经来过，又匆匆离去。

　　（王注：在"Yesterday"那里，离去的是她；在《无题》里，"嗟余听鼓应官去"，离开的是我，是他。）

Why she had to go?

谁知道她为什么一定出走？

I don't know, she wouldn't say.

谁知道她有什么话难以说出口？

I said something wrong.

我到底说错了的是什么呢？

Now I long for yesterday.

于是昨天就这样远离悠久。

　　（王按：这四句都是李商隐的"嗟"，嗟叹，叹息。）

Yesterday, love was such an easy game to play.

昨天，爱情是多么轻松的狎游。

　　（王按：中国文学里的爱情从来不那么轻松，呵呵，终于回到了春酒和蜡灯，隔座与分曹分批，游乐的昨夜，快乐而不轻易。披头士的快乐是轻易的？那么失落快乐，也是同样轻易的啦。）

Now I need a place to hide away.

现在我要的是找个地方把爱情隐藏。

　　（王按：昨夜已经失落，yesterday 已经失联淡出。李诗压根不敢动真格的，包括情，包括色，包括"抱柱之信"，包括"与子偕老"，包括"天地合，乃敢与君绝"。）

Oh, I believe in yesterday.

噢，难忘的是昨天的相信。

　　（王总结：永远美丽的"昨夜星辰昨夜风"！）

　　永远的是昨天，想念的是昨天，没有了的是昨天，好一首含蓄优美、多彩多姿的李商隐的《无题》！

　　让我们把"昨夜星辰昨夜风"也唱起来吧。

无　题

晏　殊

油壁香车不再逢，峡云无迹任西东。

梨花院落溶溶月，柳絮池塘淡淡风。

几日寂寥伤酒后，一番萧瑟禁烟中。

鱼书欲寄何由达，水远山长处处同。

晏殊（991—1055）

字同叔，抚州临川（今江西抚州）人，谥元献，北宋词人。其词擅长小令，多表现诗酒生活和悠闲情致，语言婉丽，颇受南唐冯延巳的影响。与欧阳修并称"晏欧"。

乘坐着车壁油漆鲜艳、散发着芳香的高档豪华马车，（女神）转瞬间飞驶过去，再也遇不到了。像峡谷中偶然飘移出的云彩，东挪西移，不曾留下踪迹。到了夜晚，月光溶于梨花盛开的银白院落中，而淡淡的风儿，带着柳絮，掠过池塘春水。

头几天喝酒伤了身子，连续几天心情落寞，进入寒食节令，停止了烟火，不免更觉冷冷清清。想给心爱的可人寄封信笺，靠什么来将信送达呢？到哪里都是山高水远，要把信送到，绝不是易事啊。

第一句的关键词是"不再逢"三个字，这里面隐藏着的情语是没有写出的"已相逢"。没有已相逢，没有心心相印，又如何会有嗟叹不再逢的失落感呢？

"不再逢"的感觉与李商隐的《无题》（昨夜星辰昨夜风）诗相似，甚至比李商隐的"画楼西畔桂堂东"更匆匆。会也匆匆，别也匆匆，更加朦胧，分别各自西东，不是共在某厅堂之西、某厅堂之东，仅仅是车上的美女、女神恍惚闪过。用这辆豪车暗示车主女性的高贵美丽？再难相逢？电光石火？难忘却更难记清。

这里也包藏着昨天——yesterday 的含义。与女神的缘分，那一刹那，是在昨天，或者昨天的昨天，当然，昨天是不再重新相逢的。

而且如峡谷之云，飘移无定，无可寻觅。诗到此处，马上拉到夜晚月色，三月梨花，溶溶淡淡上来了。风月无边，禁烟守信，节令萧索，人心更是寂寞孤独。为什么饮酒？为什么喝高了？为什么受伤？伤腹伤胃，还是伤心伤情？究竟是谁喝多了酒呢？与豪车上的女神有什么瓜葛吗？是因为失去了女神而萧索、冷淡、伤酒、失落吗？是因为长久以来的冷淡、落寞而移情于本不相干的香车美神了吗？车香之香何处来？用了香料，还是美人体香？车无迹，云无踪，香无由，寒食未有热饭，只有冷餐，月光与梨花相混淆，春风绵软无力，饮而有伤，这又有什么可说的呢？人生易老天难老，心绪有伤夜未央。这是无病呻吟？这是多情多愁？这是"为赋新诗强说愁"？抑或是于无诗处寻诗，于有情处瞬间丢掉了真情？无情是真的全无吗？抑或是，无情其实是渴望，是期待，是云积的幻想，是稠密相连、无止无息的一串美梦？

还有，无病呻吟也算一种幽美吗？闲愁万种也算一种多情吗？诗绪无端，也算一种情怀吗？磨磨叽叽，也算一种性格吗？

查查晏殊的资料，他与李商隐的状况大相径庭：神童进士、太平宰相，官运满满、著作等身，其为人也，刚简威猛，待人以诚，虽处富贵，却生活简朴。了不得！

看来知人论世，也要不拘一格；读诗吟诗，更要审美千般、风情万种。

为文与为诗为词，可以是文如其人，也可以是互异互补、平衡共存、动态转化，摇曳多姿，有跳跃，有突破，有华丽转身。晏殊确有官品、官质、官体、官风，同时也有诗性春怀、闲情逸致、辞藻喟叹、风花雪月，香车飘逝如梦。

与义山相比，晏殊的心理情绪有与世相通、与人相通、自我调节、悲喜相通、互取相代，华美强烈、深入人心，有李氏不太强旺的这一面。晏殊更自如自由，如鱼得水，无往而不利，唯其文学创造力上，差义山远矣。晏殊的诗词，百分之五十学养浸润，百分之三十灵动适应，百分之二十个性创新。李商隐的诗，百分之六十独创风格与构思，百分之三十修养资源，百分之十的成例典故参照。

反正晏殊写了诸多园林庭院的伤春小调，有"小园香径独徘徊"（《浣溪沙》［一曲新词酒一杯］），有"酒醒人散得愁多"（《浣溪沙》［小阁重帘有燕过］），有"一场春梦日西斜"（《浣溪沙》［玉碗冰寒滴露华］），有

"落花风雨更伤春"（《浣溪沙》［一向年光有限身］）。大臣巨擘，竟也能与林黛玉的诗感相通，鲜矣哉，不是善荐，不易。

晏氏的《无题》结束于"鱼书欲寄何由达，水远山长处处同"，可以开玩笑解作：诗人想通过海运或河运水路给女神寄情书，但其时邮政、快递太不发达，更没有微信、伊妹儿，只能憾然寂寞于永无再逢的静默之中。这里点出来的是空间的难逢性。而由于晏诗与李商隐诗加上约翰·列侬歌曲间的互动，我们再次从晏大人的遗憾中感受到了空间距离之外的时间间离效应。

至于再逢的安慰也是有的。例如李商隐的"此情可待成追忆"（《锦瑟》），追吧，忆吧，有的追，有的忆，也是人生可慰性的表现。

另一个参照是歌手成方圆在我国唱红了的英语流行歌曲《昨日再现》（"Yesterday Once More"），这首歌入围过"百年怀旧英文金曲"，天真烂漫。这是我小时候爱听的歌曲，后来又听到了，每个"莎拉拉拉"，每个"喔哦喔哦"，好听而又略感悲凉。这是似再逢的感受。

是的，对于所有人生中的失落，请试试用文艺来补偿。

儿时小曲或再逢，香车丽质终无踪。披头昨日连（列）侬恨，邂逅华堂尚隐星。

⑤ 牢骚与疑问的路数

暑旱苦热

王　令

清风无力屠得热，落日着翅飞上山。

人固已惧江海竭，天岂不惜河汉干。

昆仑之高有积雪，蓬莱之远常遗寒。

不能手提天下往，何忍身去游其间。

> 王令（1032—1059）
>
> 字逢原，广陵（今江苏扬州）人，北宋诗人。其诗语言粗犷，风格劲健，颇受韩愈、卢仝影响。《梦蝗》《暑旱苦热》等诗，或描写社会生活，或抒写自己的政治抱负，为时所称。

　　虽然有清风，但清风没有能力灭掉暑热的火气。日头已将落山，骄阳却仍然没有减少威势，它倒像是长出翅膀，一直飞到山顶去了。人固然害怕江海因酷热而枯竭，天又何尝不担忧，在目前的暑热势头下，甚至连天上的银河，也有被烤干的危险呢。

　　昆仑山上尚有厚厚的积雪，远远的蓬莱仙境那边也十分清凉高寒。可是我做不到带上整个天下去昆仑、蓬莱避暑，我又怎么忍心自己去游览和享清福呢？

　　王令诗以构思胜，以想象力胜，而他的诗语又与众不同。他的造句，如写论文，句句完整，主谓宾俱全，定语、状语也时时正常出现，尤其是一些连接词、转义词，频频使用。"人固"然怎么完了是"天""岂"能、"岂不"，然后"不能"完了是"何忍"，"之高"完了是"之远"……当真是散文论文论辩的风格，难怪说宋人以议论为诗。

"清风屠热"的"屠"，思路新奇。清风如何可能与夺命、血腥、暴力之屠戮联系在一起？但此一个古怪的"屠"字，不是暴烈了清风，而是暴烈了暑热。正在下降的落日变成了武装上双翅飞翔于山顶的太阳，这也不可思议，但凸显了落日威风不减，亢奋发狂，热度仍然鼎盛。江海河汉，天上地下，甚至连高天银河也将要干枯，吓死人了！人惧天忧，六神无主，五行不安，八面起火，果然是少有的暑旱苦热。这四句诗已经把一个"热"字写绝了，写足了，写邪了。

突然转到了昆仑雪峰，瞬间天变地变、热变冷变、人变境变，蓬莱之类的仙境也出现了。这很自然，世上仍有凉快的地方，美好舒适的地方，让我们去那边，到上有雪峰、身处仙境的地方去吧。

这时候诗人王令原地一转，出现了一个从个人感受与追求到天下忧乐与期许的变化，以天下之忧为忧、以天下之乐为乐了。要把天下带到清凉爽快之域去，不然，宁可与天下人一起受罪。噌的一下，形象拔高了三百米。

这里的结构不是起承转合，而是起、承、转、化。应该说，最后一句诗，化得比较生硬、直白、简单，思想境界高级而全无出路。如果志在使天下众生万有都摆脱暑热，救不了天下的事一件都不能干，俄语说法叫作"要么全部，要么全不"，那么前边起承的四句诗就失去了存在的合情合理性——怎么都解决不了的事情又发那么咋呼的感叹做什么呢？

斗胆说一句，如果王令最后比较温柔地说，若能尽量多地与普天下的人一起去昆仑、蓬莱旅游是多么好啊，从正面立论立诗，会更自然、更善良、更美好、更容易接受。

而像"何忍身去"那样，说了等于没说，叹了等于没叹，空自怨嗟、空自夸张、空自吟咏，最后是从零到零，连点美善的愿望与梦想也没有表现出来。王蒙冒失了，对不起。

岳鄂王墓

赵孟頫

鄂王坟上草离离，秋日荒凉石兽危。

南渡君臣轻社稷，中原父老望旌旗。

英雄已死嗟何及，天下中分遂不支。

莫向西湖歌此曲，水光山色不胜悲。

> 赵孟頫（1254—1322）
>
> 字子昂，号松雪道人、水精宫道人，中年曾作孟俯，湖州（今属浙江）人，谥文敏。
> 工书法，擅画，为"元六家"之一。能诗文，风格和婉。

　　岳飞枉死几十年以后，才得到平反，被追封为鄂王。赵孟頫看到岳坟上乱草旺盛，在荒凉的秋天，通向坟墓的神道上（或坟前）的石兽雕像无人顾及、岌岌可危。当年逃跑并偏安江南的南宋君臣，没有把收复国土一事放在心上，而居住在北宋首都周围的中原百姓，一直期盼着大宋部队能取胜归来。

　　英雄岳飞已经冤死，嗟叹已经再无用处。把宋朝天下肢解，分裂成两部分，朝廷还怎么能再支撑下去？不要再面对着西湖唱什么怀念宋代的歌曲了吧，看着西湖清丽的水光山色，那种悲哀谁能受得了呢？

　　大书法家赵孟頫此词写得平稳、真诚、实在。英雄已经遭难，南宋已经灭亡，宋代皇室子孙赵孟頫已经接受了蒙古族入主的元朝，并在元朝廷担任官职。但他经过岳坟，仍然愤愤含悲。他看到的是离离坟上草，是无人照顾、前景未卜的英雄坟墓，他预见了岳坟被淹没毁坏的危险。

　　岳坟冷落，这不但是宋代彻底沦亡的表现，也是英雄忠良的冤屈已经无人在意、秦桧与宋高宗赵构的罪行也已被人遗忘的表现，这对赵孟頫来说是绝望的颠倒与灾难。"秋日荒凉石兽危"，其实是"大宋沦亡正道危，兴亡大事已成灰。英雄奸佞随他去，聊写离离草翠微"。

　　赵孟頫写下的遗憾是已经化作虚无的遗憾，他写的英雄是无语的英雄，他写的悲哀是已经冷落了、埋葬了的悲哀，他写的往事是谁也顾不上的往事。

　　正因如此，我们看到千百年后，岳坟仍然被后人所重视，秦桧夫妇的跪像仍然被万人唾骂。我们感到历史没有完全被人遗忘，正如同历史不可能永远被人牢记一样。当然，同时也感到在历史面前人们的无奈、无能，缺乏深层次的总结与认知。

历史会有重现和循环，会有所突出或者淡化，会有一些说法的变化。你无法断定某一个历史事件、某一个历史人物，还会出现或变相出现几次。你也同样需要认知，巨大的发展、一日千里的变化、一天等于二十年的速度，带来了多少新的希望。

至于赵孟頫，到头来，看着无大变化的西湖美景，"胜其悲"即承受其悲也罢，"不胜悲"即不能承受历史与某种人生的轻佻轻忽也罢，还是歌吟几曲，聊表寸心吧。

秋　怀

元好问

凉叶萧萧散雨声，虚堂淅淅掩霜清。

黄华自与西风约，白发先从远客生。

吟似候虫秋更苦，梦和寒鹊夜频惊。

何时石岭关头路，一望家山眼暂明。

元好问（1190—1257）

字裕之，号遗山，秀容（今山西忻州）人，金代文学家、文学批评家。工诗文，亦擅词。诗词风格沉郁，并多伤时感事之作。其《论诗绝句三十首》，崇尚天然，反对柔靡、雕琢，在诗歌批评史上颇有地位。

落叶纷纷，稀里哗啦，如雨声大作。过堂空虚，淅淅风声遮蔽了霜花的清冷。黄花约定了，西风强劲时，花才盛开怒放。同时人们发现，客居在外的人比起在家乡度日的人，会更早生华发。

吟诗者像随着节令而鸣叫的虫子一样，到了秋天，叫得更苦。多梦人则如入冬的喜鹊，整整一夜频频惊扰不安。太原通向忻州的石岭关驿路什么时候才能平安坦荡起来呢？让我可以看到那里的家乡，能够明快舒展起来。

黄花约定了西风强劲时好好盛开，花儿灿烂的同时是一片肃杀与寒气；白发随岁月而渐生益增，因为你是客居在外。

这些都是诗的发现，与气象学和生理学无关，诗有自己的对气象与发色现象的解说——相对于气象学和生理学来说，显得荒谬胡扯的解说。

人添白发，本来与在不在家乡过日子没有关系；花开黄菊，本来与西风是否强劲也联系不到一块儿。偏偏元大诗人发现，西风带来菊花胜景的同时，是百花百草万木的凋零，菊花涉嫌与西风有约、有密谋；而时令的销磨乃至对黑发的损伤与摧残，主要看你是不是生活在乡愁之中。

就是说，居家安稳畅快的人与出门在外、孤单紧张、乡愁郁郁者相比，出现白发的时机与状态可能有异。这样说不无道理。同是人生几十年，人生不满百，形象、境遇、滋味、命运，是各有不同啊。何况还有不同的时代呢。

西风与黄菊的开花有什么关系呢？最多判断它们不是预谋，也就罢了。

质疑菊花与西风之间有什么猫腻，是不是诗人的生存环境太折磨人、太可疑了呢？

诗题为"秋怀"，元好问赶上了宋灭金亡、蒙古强大、改朝换代、战争连连、家乡失陷，他的怀秋充满了家国黎民之忧。

他的忧患不空洞、不干巴、不老套，他的七律充满了生活，充满了细节，充溢着乡土气息。雨散霜清、黄花西风、远客白发、秋虫寒鹊，他的细腻诗感，如今时兴的说法叫作艺术感觉的诗性慧根，极其发达。而结尾于山西忻州老家石岭关道路，出现了实在质朴的土疙瘩心曲，更是令人佩服诗翁的呼之即来、挥之即去，张弛在我，构结如意。

落叶萧萧，秋风渐渐，命运遭际，各不相同；客居家居，西风东风，各有景观，各有心境。不同的诗人骚客，也各有不同的吟咏角度：或凭空异数，诗句荒唐得别致有趣；或老实巴交，坦白得令你心生怜爱；或风流潇洒，舒适得飘来飞去；或沉郁辛苦，心痛得肝肠寸断。修辞修出了奇意趣，对仗对出了新气象，李白杜甫后约五百年的元遗山，他的诗有一种成熟、圆通、老到、平稳、从容、真诚。

李屏山挽章二首（其一）

元好问

世法拘人虱处裈，忽惊龙跳九天门。

牧之宏放见文笔，白也风流余酒樽。

落落久知难合在，堂堂元有不亡存。

中州豪杰今谁望？拟唤巫阳起醉魂。

愚蠢低下的世风俗例，对于英才豪俊，正是虱子喜爱的裤裆一类的恶劣污浊低下的环境。忽然间，听说李屏山龙跃到九天之上去了。李氏像杜牧一样，将自身的宏伟放达，表现到作品文墨当中。他又像李白一样，多少风流潇洒，都留置于酒仙神樽之上。

他落落大方，随心任性，并不苟同随和。他堂堂正正，初心元始，始终坚持不灭。在我们的中原神州，还有没有这样的杰出人物呢？让我们叫醒激活李屏山的名字，让他成为我们时代的大神男神吧，把那一个个怀才不遇、被压制、被冷落、被埋没、在醉酒中度日的豪迈心灵，全部唤醒吧。（"起来，被埋没的魂灵与才智！"）

从元好问此诗中，我们摸索到了元大诗人火辣尖锐的个性。一上来就令人一惊，把俗世的法度规范称为养虱子的裤裆，用低级、丑恶、刺人的语言开始追悼、吊唁，诉说他的崇拜、他的颂扬、他的激愤。紧接着不是对亡者的痛惜、悲悼、追怀与悲苦，而是挥动大旗，吹响管乐，歌颂李氏之死是飞龙越过了九天之门，比鲤鱼跳龙门还牛。

然后是杜牧、李太白，一个"牧之"，一个"白也"，神奇对仗，一个"宏放"，一个"风流"，一个"见文笔"，一个"余酒樽"。元好问将李白说得轻忽了，却更见元好问大笔一挥，意气十足，自尊自信自在。在旧中国，一个大文人，没有几句惊世警世、引起争议的诤言高论，不放几个大炮还行？

我的感觉是写到这儿，元好问的诗兴正如李白的诗兴更是酒性一样，喝起酒来，到了"走"一个、再"走"一个、接着"走"的阶段了。他的诗情诗意大迸发，哈哈，"落落"与"堂堂"，"久知"与"元有"，"难合"与"不亡"，好像是双剑双刀双斧，双斧一耍，李逵的气概都上来了。

最后是救亡旋律了。起来，突破养虱子的裤裆！起来，醉于杜康的士人！满腔热血已经沸腾，像李屏山一样地起飞啊！

元诗有开阔度，自己的诗拉得开距离，不靠色，不拘一格。元师傅的创作，不仅突破昔日他人的陈规，也时时突破着自己。

过镇州

刘　因

太行迎马郁苍苍，两岸滩声带夕阳。

霜与秋容增古淡，树因烟景恣微茫。

阅人岁月真无谓，得意江山差自强。

曾记城南旧时路，十年回首尽堪伤。

> 刘因（1249—1293）
>
> 字梦吉，号静修，雄州容城（今属河北）人，宋元之际理学家。与许衡、吴澄并称"元初三大儒"。工诗词，多伤时感事之作。

迎着太行山的林木，骑马走过了镇州（今河北正定），两岸的河滩传出流水的声音，夕阳正好照耀着我们。霜花给秋天的颜容以更多的古朴与淡定，树木由于烟雾的背景而显得隐约茫然。

十年来与世人打交道，注意人际关系与处世分寸，真没有意思，可以说是相当无聊啊。倒是穿行在大自然的江山天地之中，还多少有点舒畅。走过旧时走过的老路，十年过去了，回首想想，多么伤感。

太行山，迎马的树木（其实是马儿迎着树木前行）郁郁苍苍，给我们这一代人不无悲壮的印象。也许是由于抗日战争期间，歌曲《在太行山上》的流行留下的影响。刘因此诗随意自然，并无大主题、大宣示，他透露的是古淡，是微茫，而其时作者刘因只有三十来岁，呜呼古人，你们老到得也太闪电速度了。

好玩的话是"阅人岁月真无谓"，一笔抹杀，口气不小，难以驳倒，话不投机半句多，甚至有点贾宝玉说话、与陈规俗见为敌、向世界挑战之口吻。

但是刘因并不是耽于女孩子，而是自信于才华与聪明。他没有用元好问用过的典故，说人世间正如养虱子的裤裆。人事的真无谓，说得轻轻松松，只用了弹指之力，却说出了元好问拉上竹林七贤之一阮籍的《大人先生传》中的恶骂用语造声势，以愤愤然的大言所要说的话。庸人俗规，其实用不着费那么大火力轰击的。

诗的力度是一个有趣味的话题。诗力或如中国功夫的发力，有用力努力之力，有从容随意之力，有借力打力、四两拨千斤之力，还有什么洋人爱拽的"硬实力""软实力"，也不妨忽悠它几句。这叫"玄而又玄，众妙之门"。

闻复官报京师友人

唐顺之

姓名不复挂朝参，鱼鸟由来性所耽。

箧里符经都已废，山中药草渐能谙。

疏狂自分三宜黜，懒病其如七不堪。

深谢故人推毂意，莫将阳羡比终南。

唐顺之（1507—1560）

字应德，一字义修，学者称荆川先生，武进（今江苏常州）人，明文学家、学者。学问广博，著述颇多，为"嘉靖八才子"之一，又与王慎中并称"王唐"。为诗率意信口，不调不格。

此诗的作者唐顺之曾经是会试第一名，官司翰林编修，后来罢官十多年，又被召用，他写下了此诗，谈自己的感想。

他说，自己的姓名早已从朝廷政事的参与人员（类似政协委员？一笑）名单中刷去了，当不成官，便把时间和兴趣集中放在原本就很沉迷的养鱼养鸟之类的事情上。箱子里的兵符兵法、经典书卷，都用不着了，倒是山里的药草，慢慢地越来越熟悉亲近了。

想来自己确是粗疏狂傲，这样的人像当年的柳下惠一样，怎么可能不接连三次被罢黜呢？自己又偷懒多病，像当年的嵇康一样。嵇康在《与山巨源绝交书》中说过，他有七件事做不到，还有两件事不能做。在这一点上唐顺之也是这样，这样的人又有什么仕途前景呢？

他非常感谢老朋友对他的提携推荐，但同时严正声明：自己罢官几十年，在阳羡山区读书生活，与鱼鸟药草为伴，并不是要把阳羡当成终南捷径——表面上归隐，实际上求官。俺可不是这样伪清高呀！

读书做官，不易；读书不做官，对许多文人，好像也相当悲哀；不读书不做官，好像还不是办法；做着做着免了官，甚至受到贬谪处分，很难说是读书人所求；免了以后再无人理睬，滋味不太理想；又得了新的保举、新的机会，也会有终南捷径之类的风言风语在一边等着糟践你、嘲笑你。

人生就是这样，一副倒霉邋遢相儿，会被嘲笑；混了个一官半职，有了些功名利禄，会被嫉妒攻击。

比较起来，这位唐会元还当真承认自己的"疏狂""懒病"之类的短处，而不是像孟浩然那样凭空闹一句"不才明主弃"（《岁暮归南山》），成全了清高，断送了仕途。

也好，古人的说法，疏狂、懒病，倒也算性情中人，这样的人生应该是可以凑合的。狂狷而已，有可爱处。

珠江午日观渡

朱彝尊

蛮歌抚节下空江，画舸朱旗得几双？
想象戈船犹汉日，忽惊风土异乡邦。
芙蓉远水迷花渡，琥珀深杯覆酒缸。
近市青楼经乱尽，知无红粉出当窗。

朱彝尊（1629—1709）

字锡鬯，号竹垞，又号金风亭长、小长芦钓鱼师，秀水（今浙江嘉兴）人，清文学家、学者。通经史，兼擅诗词古文。于词推崇姜夔、张炎，标举清空醇雅，开创"浙西词派"，与陈维崧、顾贞观并称"词家三绝"。诗宗唐而求变，与王士禛齐名，时称"南朱北王"。

〔元〕 吴廷晖 《龙舟夺标图》

唱着南蛮子的侉调民歌，打着节拍，几艘船下到空空荡荡的珠江里，彩漆画饰、红旗招展、漂漂亮亮的龙舟，又能有几条呢？你以为、你想着竞舟的盛况还如旧朝昔日，却发现一切已经不像老家本邦，不能不为之一惊。

芙蓉花繁茂，一直伸展到远方，连渡口都遮掩得看不清晰了。近看只有琥珀造的（或琥珀色的）大酒杯覆盖在酒缸上边。附近的青楼娱乐场所，经过此前一阵混乱战祸，已经垮台倒闭，快要全部覆灭了。都明白，如今从青楼的窗口，再不会有什么美女可能出现或者可以看得见了。

顺治十四年（1657），此时清兵占领广州八年，那年朱彝尊二十八岁，端午节在广州度过，看了珠江的龙舟竞赛。他的心情很复杂，他的印象很鲜明，他的感触散点多向，他的七律精细完整，他的诗思真挚混淆，他的主题似有似无。

蛮歌空江，不对劲呀。抚节奏唱，应该也可爱可喜。画舸朱旗，没有多少，但毕竟恢复了端午竞舟的乐事。清人入主中原，已经基本成为定局。

诗人想象的仍然是前朝气象，此时已经全非旧貌，大碗喝酒倒是有利于厮混、顺变。往事已往，与时俱化，朱彝尊的明代心结，不怎么合时宜，倒真是一种忠诚、一种尊严。无怪他虽然在康熙年间也得到了翰林院检讨的名分，却终被革职。

这样的人往往会向诗文方面发展，很适宜。本诗尾联，不避风流任性，忆忆青楼，想想红粉，写到近市，想到当窗，也算豁达自释了。

想想古老中国的历史，战乱不比太平岁月少，改朝换代也相当频繁，在这样的背景下，诗词歌赋、文章小说，能够怎样选择呢？

朱彝尊能够如此这般，尴尬地写出一点自身的尴尬来，难能可贵。

将之京师杂别（其五）

黄景仁

身世浑抍醉似泥，酒醒无奈听晨鸡。

词人畏说中年近，壮士愁看落日低。

才可升沈何用卜，路通南北且休迷。

只愁寒食清明候，鬼馁坟头羡马医。

> **黄景仁**（1749—1783）
>
> 字汉镛，一字仲则，号鹿菲子，江苏武进（今常州）人，清诗人。以诗名世，所作多抒发穷愁不遇、寂寞凄怆的情怀，也有愤世嫉俗的篇章。亦工词，新警略如其诗。

自己的身世一塌糊涂，生活状态烂醉如泥。酒醒了，除了听到鸡鸣司晨以外，又有什么可说、可做的（能改变自己命运的）正经事情呢？

编写歌词的人最怕的是被认为渐近中年，壮士仁人怕的是夕阳西下，一天将过，而大事未成。

刚刚沾一点官场体制内沉浮的边儿，又有什么可求神问卜、计量前程的呢？应该往哪个方向、哪个地域去求发展、求好运呢？其实都差不多，不必为之困惑。

先为寒食节清明节发愁吧，像个饿鬼，像是活不下去，反正还得穷愁潦倒地求生，能做到像乞儿马医那样勉为其难地过下去，也是好的啊。

难得有这样一首诗，敢于自嘲，善于自嘲，增益了中华传统文化的人生选择与风度选择的空间，说了许多大白话、大实话、粗陋俚俗的话。词人怕老也易老，要的是妙龄少年的时髦摩登。仁人志士个个只争朝夕，急于朝、惧于夕。身世混杂，酒醒了等着公鸡打鸣，过个寒食清明都担心自己会被活活饿死，把自己的生活经验写到这样不堪的程度，少有。

中国的诗词歌赋数量惊人，幽默元素不算充分，真正的自嘲更为缺乏。而贫病交加，只活了三十多岁的黄景仁，是中国典雅而难免温吞的诗风的一个率性突破者、逆行者。黄景仁与明朝的会元唐顺之，还有自称生活在裤裆里的元好问，包括下面要说的龚自珍，可以编在一个小栏目里。

咏　史

龚自珍

金粉东南十五州，万重恩怨属名流。

牢盆狎客操全算，团扇才人踞上游。

避席畏闻文字狱，著书都为稻粱谋。

田横五百人安在，难道归来尽列侯？

　　曾经繁华兴盛的华东华南十五个州区，有多少名人在这里粉墨登场、得宠受辱、施恩积怨、纵横捭阖？这里一直是，如今也是一些达官贵人、帮闲清客、无赖小人在兴风作浪、主宰操控、占尽先机、出尽风头。

　　而一般士人，碰到任何敏感的话题，都唯恐避之不及，生怕因为什么事沾惹上文字狱的祸殃。士人写写文章上上课，不过是为了混口饭吃。

　　想想当年齐地的田横与他带领的五百壮士，不肯轻易归降刘邦，先后自杀身亡。如果他们当中有人归顺了新朝，难道就都能封侯拥国不成？（政治斗争是无情的，到了关节拐点上，谁能避免杀身之祸呢？）

　　东南十五州，是最富庶、最繁华、最出人才和英雄的地方，也是最肮脏、最无耻，蝇营狗苟、钩心斗角、明枪暗箭难防难躲的地方。这里是冒险家的乐园、投机商的豪赌场、黑暗的陷阱、尔虞我诈的网罗。

　　龚自珍对历史上曾有的、至今仍然吓人的社会风气与道德沦丧，深深感到失望。

　　此诗所有用语，都有它的针对性、发见性、揭示性、惊诧性与高度概括性。金粉十五州，金粉云云，华而不实，浮而不正，空洞浅薄，却又沾点上层排场。张恨水有著名小说《金粉世家》。

　　这里恩怨万重，矛盾深潜，黑幕层层。牢盆狎客，七扭八歪，误国误君。团扇才人，无事生非，寄生败类。

　　"避席畏闻文字狱，著书都为稻粱谋"两句，成为清诗警世惊人名句，写出了文化危机与士风的破败。这时再回想起侠肝义胆、古道热肠的英雄田横与五百壮士，怎能不心冷、慨然长叹？

　　叹息往古英雄之不再，这也是中外许多诗作的主题。只有毛泽东的词《沁园春·长沙》"粪土当年万户侯"与另一首《沁园春·雪》"数风流人物，还看今朝"，一扫千年的窝囊与磨叽。

赠韩介堂廷秀同年时新选陕西平利县

张问陶

慷慨论交不厌深，愧无好语作官箴。

入关诗要英雄气，经世人须父母心。

钱跃囊中防痛哭，书题判尾费沉吟。

褒斜是我还乡路，他日来听单父琴。

张问陶（1764—1814）

字仲冶，号船山，四川遂宁人，清诗人。以诗名世，兼工书画。论诗主性情，反对复古模拟，所作独具个性，为袁枚所称赏，故被目为性灵派之后劲。

　　我们三人高谈阔论，慷慨宏伟，肝胆相照，相交相知，应该说是"山不厌高，海不厌深"了。说来惭愧，你们要去赴任做官了，我能馈赠你们几句什么样的箴言与妙策呢？

　　首先，希望在诗赋中表现出关中地区的英雄之气，历史上那边是一个出英雄、出大人物的地方噢！

　　其次，在任上管理诸事，经纬全境，或者是作为一个经验过世事的人，要有爱民如子的父母心肠。

　　如果有莫名其妙的钱财跑进了你的口袋，要有为此承担责任、为不妙的后果痛哭流涕的警觉，或者要有被认作搜刮盘剥的思想准备。

　　做了地方官，判定官司案子，最后下结论断语的时候，可要反复沉思、衡量再三，万万不可贸然轻率，更不可徇私舞弊。

　　我回家乡四川遂宁，必经陕西山谷褒斜，从那里经过的时候，希望能听见你们二位的德政清誉，听到你们可以与当年良吏宓子贱鸣琴而治相媲美的动人故事。

　　这是一首为人处世的教育诗，又是一首官场赠别的黄金定律之诗。这类题材唐诗中似有不少，但唐诗的送别，着重写别离本身带来的遗憾、惦念、失落。"浮云游子意，落日故人情"（李白《送友人》）也好，"萋萋满别情"（白居易《赋得古原草送别》）也好，"西出阳关无故人"（王维《送元二使安西》）也好，可没有货真价实地进行道德教训的。唐诗的成就，堪称伟大、瑰丽、尽兴，但说起送别诗、悲秋诗、伤春诗、感遇诗、思乡诗，它们有时确实给人以类型化与大同小异之感，像这样结合生活、结合官场、结合道德教训写送别诗的，很少见。

读了号称"清新空灵"的乾隆年间进士、翰林检讨张问陶此诗，我感到的是新而不清，切实而非空灵，它突破了唐诗宋词元曲的类型格局，写出了自己，甚至令我想起了"三贴近"的说法——贴近生活、贴近实际、贴近群众（含中下层官吏）。

夜　起

黄遵宪

千声檐铁百淋铃，雨横风狂暂一停。

正望鸡鸣天下白，又惊鹅击海东青。

沉阴暗暗何多日，残月晖晖尚几星。

斗室苍茫吾独立，万家酣梦几人醒？

> **黄遵宪**（1848—1905）
>
> 字公度，广东嘉应（今梅州）人，清末诗人、外交家。论诗主张"我手写吾口"，要求表现"古人未有之物，未辟之境"，创为"新派诗"。内容多写国内外重大历史事件和新事物、新知识、新理想，形式也较多变化，语言趋于通俗明畅，但仍遵旧体格调，且长于古体，故梁启超首推其为"能熔铸新理想以入旧风格者"。

夜间风雨大作，房檐上的铁制响器震响了千声，雨淋铃的乐曲，响起了百遍。我起身四望，本来以为很快就会是雄鸡啼鸣，明亮的白天即将开始，谁想得到，令人震惊的是，"鹅"又来攻击"海东青"了。

浓重的阴霾，暗闷的天气没完没了，残月闪闪，旁边还剩下几颗星星呢？小小的房间里，面对昏暗迷茫的夜色，我孤独地站在那里。深夜，各家各人都在沉睡着，人们什么时候能够清醒过来呢？

黄遵宪是清末维新派的大人物，还曾历任驻日本、英国、美国、新加坡外交官。他的诗写得深沉动人，力透纸背。中华传统强调整体性、整合性、多元一体性。一大批诗文名家，都有官员身份，或一直对官员身份有所追求向往，这也是很有趣的一个特色。

铁檐、雨淋铃，是物，是音乐，是屋顶建筑，一眼看去，如闻众声。雨横风狂，惊心动魄，天下一派乱象，轻轻一收，叫作"暂一停"。为什么要暂停呢？谁申请了暂停呢？谁管理与批准这个暂停呢？

原来暂停无效，暂停是个小伎俩、小迷惑。你盼望雄鸡一唱天下白，然而世界形势、大清形势哪儿来的"天下白"？连暂停也没门儿啊。鹅——沙俄，又在那儿出击海东青——大清东北地区呢！

沉重的阴天，天色阴暗，残月疏星，黯淡无光。最后是众人皆睡我独醒的感觉，是痛哭，也是当头棒喝。这是首好诗，也是历史证词，是一次夜间失眠而起，也是狂悲欲死的失眠病历的一页。

爱家爱国，爱人爱己，爱民爱山河，爱诗词歌赋，是痛苦也是享受，是期待也是焦灼，是噩运连连也是光辉万丈，是英雄豪杰、仁人志士，也是风流挥洒、文采千秋。

览武汉形势

谭嗣同

黄沙卷日堕荒荒，一鸟随云度莽苍。
山入空城盘地起，江横旷野竟天长。
东南形胜雄吴楚，今古才人感栋梁。
远略未因愁病减，角声吹彻满林霜。

谭嗣同（1865—1898）

字复生，号壮飞，又号华相众生，湖南浏阳人，清末维新派政治家、思想家。为戊戌六君子之一。能诗，所作风格雄健，富于爱国精神。

大风扬起了漫天尘沙，卷起太阳坠落向大荒原野。原野上只看到一只鸟随云飞度。山脉伸展，进入了空城，盘踞在地面上，高高升起。长江横陈在旷野，仿佛与苍穹比试哪个更绵长。

从这里向东南方向望去，一派胜景使吴地楚地更加雄伟壮观。回想一下这里出现的历史人物、英雄豪杰，有那么多历史上的栋梁之材。

人生的雄图大略，不会因一点疾病与忧虑就萎缩消磨。请听号角嘹亮，声声吹遍了挂满冰霜的林木。

谭嗣同写此诗时才二十六岁，已经充满烈士豪情、先驱斗志、家国胸怀、历史使命、天下格局。

武汉要地，为什么先说黄沙，后说卷日，又说荒荒，再说但见一只鸟随云飞度？这只独飞的鸟儿是他本人吗？说莽苍，说空城，说旷野，说盘地，山岭奋起，江横，欲与天比长……老天，这写的是号称九省通衢、商贾辐辏的商业大镇，与北京、苏州、佛山并称"天下四聚"，又与朱仙镇、景德镇、佛山镇合称天下"四大名镇"，成为"楚中第一繁盛处"的汉口（武汉）吗？

猛一看谭嗣同此作，我还以为是受了唐人边塞诗的影响呢。

非也，这里丝毫没有荒凉和边远。这里有的是鸦片战争后二十五年出生的谭嗣同对晚清国已不国、军已不军、城已不城、雄已不雄、伟已不伟、丧权辱国、任人宰割的印象。要知道，汉口也是被迫设立英租界，然后列强纷至、凌迟大清的地方。这诗里有的是痛苦感与耻辱感。在谭嗣同的大爱大恨、大志向、大视野下面，写的是"我自横刀向天笑，去留肝胆两昆仑"（《狱中题壁》）的奇男子对于彼时武汉这一城市的虚无失落感觉，对于武汉恨铁不成钢的感觉。

这诗也是对国破山河在、历史英雄在、今日英雄无的感叹，谭嗣同在呼唤，在吹集结号、动员号、出征号。

河山仍然是极壮丽的，中华大地之美好是无可比拟的；面对这样的大地，割地赔款、日薄西山、国运衰颓的局面是不能忍受的；为这样的河山抛头颅、洒热血是值得的，是必须的。风雨如晦，鸡鸣不已，林霜到处，角声透彻，谭嗣同一生之壮烈、高尚、浪漫，使他的诗作也卓然愤然沛然奇绝，同时大气磅礴、慷慨壮烈。

和仙槎除夕感怀（其四）

谭嗣同

年华世事两迷离，敢道中原鹿死谁。

自向冰天炼奇骨，暂教佳句属通眉。

无端歌哭因长夜，婆尾阴阳剩此时。

有约闻鸡同起舞，灯前转恨漏声迟。

年岁越来越大，世事越来越复杂，岁月与世情两方面的思考，都让我感到扑朔迷离。谁知道中原大势，鹿死谁手？我们的国家，到底将向哪个方向发展呢？

面对着冰天雪地奇寒，我希望锻炼出一身不怕冷冻的硬骨头，至于舞文弄墨，妙文佳句，暂且请两条眉毛连到一起的文星文才们去耍戏吧。

长夜难明，没有具体端由地高歌低吟、痛哭隐泣。喝酒喝到末尾，一年也即将到头了，到了选择与决定我们命运的最后时刻（犹言"这是最后的斗争，团结起来到明天"）。赶快闻鸡鸣而起舞吧，眼看着黑夜漫长，灯光黯淡，我心急抱怨漏声标明的时间前进得如此迟缓（让白昼早一点到来吧）。

除夕是一元复始、万象更新的好日子，是迎接春天的好时令，是振奋精神、从头开始、另辟蹊径、转危为安的充满新的希望的一个天然拐点。

但谭嗣同的一组除夕感怀诗，通篇抒发的是黑暗漫漫、黎明遥远的沉重之感。传统诗词中咏叹不尽的是时不我待、岁月催人老的感慨，谭嗣同一反常态，他责难以漏壶计出来的时光迟慢、呆滞、拖延。对光阴失了速率的责难，古今中外无二，如雷鸣电劈，惊天惊世。

至于"无端歌哭"，不是无因由而吃饱了撑的闹情绪，而是痛感国破家亡、丧权辱国、割地赔款、积贫积弱，而朝廷昏庸愚昧、自欺欺人，面对困局毫无办法。为什么是无端，而不是端倪分明地歌哭呢？因为大清国得的是大病，是死症，是病入膏肓。越是危重大病，越是说不清病因病灶，那死症是多年积累，全面告急，到处危难，八方混乱；而一次风寒、一次外伤的形成，反而眉目清晰。

一个麻烦，一个社会问题，发展到了"无端歌哭"的程度，你还有什么可说的？

"年华世事两迷离"，这个说法值得深层次地探究：一般人年轻时碰到世事不理想、不满意，往往是多活个十年八年以后，经历一多，积累一丰富，渐渐明白事理，不再急躁火爆，不再一味怨天尤人，而更全面、更周到地掂量一切，务实稳妥地寻找最佳应对。但偏偏晚清的危急存亡之秋，乱象纷纷，一年年过去，形势越来越坏，困难越来越多，谬误越来越荒唐恶劣。谭嗣同等志士，沉痛已极，欲哭无泪，期待着大改变、大风雨，以大歌哭呼唤着大抗争。

和仙槎除夕感怀（其二）

谭嗣同

我辈虫吟真碌碌，高歌《商颂》彼何人。

十年醉梦天难醒，一寸芳心镜不尘。

挥洒琴尊辞旧岁，安排险阻著孤身。

乾坤剑气双龙啸，唤起幽潜共好春。

咱们这些人，吟诗说话渺小微弱，就像虫子在一边哼哼一样，庸庸碌碌，无声无息。想东周以前，作出大气磅礴的《商颂》的文人，那是什么威严气魄？成天如醉如梦，晕晕乎乎，糊涂了十年，就是老天遇到这种情况也难以再要你清醒过来。其实只要保持洁美的寸心，你也就不会被污浊的烟尘所污染，如水如镜，清晰明白。

拨动琴弦，高举酒樽，我们送别过去的一年，靠我们自身的智慧来攻坚克难。天与地，乾与坤，就像一对宝剑，舞动起来像双龙长啸。让我们一起唤醒与激活一切潜藏、压抑着的心力，共同迎接与创造美好的生机勃勃的春天吧！

这是首绝妙好诗，是中华诗词中少有的英雄主义、志士胸怀、乐观态度、奋斗精神。

谈到中华英雄主义，我们会想到"知其不可而为之"的决心，杀身成仁、舍生取义的价值观，"风萧萧兮易水寒，壮士一去兮不复还"（荆轲《易水歌》）的悲壮，"大风起兮云飞扬……安得猛士兮守四方"（刘邦《大风歌》）的雄伟。而在最为著名的唐诗宋词尤其是宋词里，也许确实是多了些愁苦缠绵、悲秋伤春、旷夫怨女、孤独萧索的调子。有个英雄豪杰的岳飞的《满江红》，凌志冲天，却又被许多人认为是伪作。但是正如鲁迅所说，他们"是中国的脊梁"（《中国人失掉自信力了吗》），谭嗣同便是其一。千百年后，是晚清的谭嗣同，发出了双龙长啸、唤起幽潜的强音。

　　龚自珍、黄遵宪、谭嗣同的诗作，自成一个崭新的时代体系。中国的唐诗宋词是伟大的、精彩绝伦的，它们已经精彩了千年之久。它们的成就只应该是我们后人的出发点，绝对不是终点。

下编

词话

① 李白与毛泽东的《忆秦娥》

·

忆秦娥

李　白

箫声咽，秦娥梦断秦楼月。秦楼月，年年柳色，灞陵伤别。

乐游原上清秋节，咸阳古道音尘绝。音尘绝，西风残照，汉家陵阙。

　　箫声千曲百回，呜咽含蓄，秦穆公的女儿秦娥梦醒，看到的是秦楼上空的明月（或是：让秦娥一再梦到了又惊醒了的，是秦楼上的明月）。那悬挂在秦楼上的明月啊，一年又一年，见证着绿柳春色中，在灞陵，人们与亲友哀哀告别。

　　乐游原上的秋天，清凉空旷，经过咸阳的古路，寂静无声。总是寂静无声啊！只有西风与夕阳，吹拂着、俯照着汉代留下的皇家宫室、陵墓建筑、废墟遗迹。

　　此词作的风格与李白的诗风不太统一，自来对此词作者之真伪存在不同意见。李白诗多半是明白如话，一泻千里，高屋建瓴，势如破竹，大开大合，闪转雷电，几无箫声呜咽之音，而此词中的沧桑感、喟叹状、残照景，在李白诗中似不多见。唯亦秦亦汉、曰春曰秋，咸阳灞陵、明月古楼，尤其是曾经受到王国维盛赞的"西风残照，汉家陵阙"八个字，气吞千载，情动万里，王国维的说法是"寥寥八字，遂关千古登临之口"（《人间词话》）。因此，此作不无青莲气象。

　　词牌本身也动人心弦。据传，秦娥乃秦穆公之女，箫声通天地鬼神，吹起箫来能得到上天与遥远地方的回应。她循箫声与回应，按音索骥，找到了如意郎君，恩爱一生，乘鹤仙去。

此词上下阕各有一句重复，一个是"秦楼月"，一个是"音尘绝"，果然是唱词风味，亲和通俗，令人击节赞赏。

此词中有美丽的秦娥爱情神话故事，光这个故事，至少可以在网络上发表一部长篇小说，魔幻古典主义小说，写成叙事诗则更好。

这首词是精彩的中华诗词蒙太奇结构：秦代，贵族少女，吹箫，梦断，秦楼，明月。只有命名，没有动静状态、特色发展、情节连续，没有当年王蒙写《青春万岁》时碰到的主线缺乏的苦恼。它们相互的时间空间、因果逻辑、情节关系都留下了想象与补充的空间。读这种词，对悟性与能力要求极高，古往今来的词受众中有这种接受能力的人不会很多，但因了词品的优美、韵律、新奇、修辞而喜爱诗词的人会很多很多。它没有写的地方似乎远远比写到纸上的东西多得多，读者必须学会联想和感觉、淡出与导入、跳跃与点击、猜测与填补。这样，它反而给历代读者留下了理解、分析、消化、重组、创造性接受的无穷可能性。

然后到了灞陵墓园，墓园柳色与灞陵伤别。《乐游原》——李商隐最有名的咏夕照的诗，同样写了"乐游"之地名。李白的《忆秦娥》一面是"乐游"，一面是"残照"，多了更重要的一面是已经寂寥了的汉朝遗迹。

现在，文人墨客学者说起汉唐气象，仍然是牛气满满，一片颂扬高歌，而唐代李白却可以睹汉园而感慨"音尘绝""西风残照"，果然今非昔比。

西风，残照，汉家，陵阙，早年的"废都"感，古已有之，含蓄、高远、深思、心照不宣。

一位戏剧评论家私下说过：贾平凹《废都》一书，题目"值钱"。

什么是历史感？当历史的距离不是太遥远的时候，历史是令人心痛遗憾的废墟与残余。当历史已经成为古代往昔，已经距你千年或至少五百年的时候，它反而渐渐成为你的骄傲、遗产、渊薮与品牌，你定会因足够古老、繁多的废墟与残余而牛气腾腾。时间越长，真实废墟感、西风感、残照感越感人。怕的是只剩下了假冒伪劣的古迹模仿再造。我们需要的是创造性的更新，以及创造性的继承。

忆秦娥·娄山关

毛泽东

西风烈，长空雁叫霜晨月。霜晨月，马蹄声碎，喇叭声咽。

雄关漫道真如铁，而今迈步从头越。从头越，苍山如海，残阳如血。

西风猛烈，万里长空，大雁鸣叫声传来，遍地降霜的深秋早晨，残月还高悬于天。在高悬于天的残月的照耀下，马蹄声细碎纷杂重叠，还听到了喇叭军号声，呜呜咽咽沉沉。

不要说黔川边关险峻无情，如钢似铁。今天，让我们迈开大步，以全新的姿态重新跨越再跨越，无阻地通过雄伟的关隘吧。苍山大片，相连如海，残阳殷红，如战场上的鲜血染就。

这是毛泽东诗词中极精粹、极感人的篇章。

这是当代伟人，步前人韵，对李白《忆秦娥》的一千多年后的应和及回响，是以一当十的小令大作，是革命的浪漫主义，是艰苦长征中的悲壮苍凉与钢铁坚毅。漫道（莫道）雄关如铁，红军脚下，正在创造新的中华史、新的人类军事和政治历史、长征史与一次一次的过关历史，创造新的人民革命纪录，包括新的气势雄浑、深沉、悲壮的《忆秦娥》。其中，"霜晨月""马蹄声碎，喇叭声咽""苍山如海，残阳如血"诸语精当准确、生气贯注，假如李白和王国维在世，也会击掌赞美。

"苍山如海"的描写相当惊人。高耸入云的山峰，如何能给人以汪洋浩渺的大海印象呢？但想想娄山关所在的"天无三日晴，地无三里平"的贵州山区吧，山连山，再连山，硬是连成了山之海洋，绝不绝？你看不出山的海势、海广、海威、海啸、海涛，没关系，毛泽东看出来了，明明白白地写出来了。谁能质疑呢？谁不信服呢？

李白的《忆秦娥》，静谧中积蓄着河山扣人心弦、春秋起伏巨变的沧桑长叹。毛泽东的《忆秦娥·娄山关》，动态中响起革命最艰难最低潮时期革命人的沉郁大美心曲角号。

什么是美呢？在充满了美的感觉意识、追求沉醉的心灵面前，经过大美的心灵消化熔铸加工，高潮有高潮的美，低潮有低潮的美，快乐有快乐的美，不快乐有不快乐的美，胜利有胜利的美，非胜利则有败而不馁，甚至是全部献身牺牲的美。低潮的时候，不快乐的时候，失去了太多而手中掌握的资源有限的时候，更会体味到前所未有的对于大美的期待与珍重。太快乐的时候，人们会忙于快乐俗务；掌握多多的时候，人们会忧心于再度失去——也许那时，对于充分的审美，倒是有点顾不上的不太细心了呢。

② 古老而美丽的中国，古老而美丽的诗词

菩萨蛮

李　白

平林漠漠烟如织，寒山一带伤心碧。暝色入高楼，有人楼上愁。

玉阶空伫立，宿鸟归飞急。何处是归程，长亭更短亭。

原野上的林木苍苍莽莽，烟雾交织，遮蔽一方。抬头望去，北方山岭，碧绿得令人心痛。暮色中有座高楼，会有人在楼上为这风光、这美景而涌动愁情吧？

伫立在华美洁净如玉的台阶上，看到寻宿的鸟儿急于飞回巢去。从这里怎样回返呢？能看到的只有路上五里一座短亭、十里一座长亭而已。

我们接触过许多以时间为结构主线的诗词了，比如"少小离家老大回"（贺知章《回乡偶书二首·其一》），"离离原上草"（白居易《赋得古原草送别》），等等，而这首是以共时的空间为结构主线的。这首词很有名，相传是李白所写。比起李白的大量诗作，这首《菩萨蛮》似乎少有地唯美。

平林漠漠，略感苍茫；寒山，碧绿得伤心。"伤心碧"三个字，把文言文和古典诗词的沙里淘金的功能发挥到了极致。与文言文的精粹利索相比，白话文立刻显得踢里秃噜、黏黏糊糊。

而"伤心碧"三个字，确是一种深切体验，太美了，你会为之泪下，为之"伤心"。因为这样的美很少有机会与你相遇，你不常靠近、欣赏和沉醉于这样动人的美。与美相遇，你感到的是陌生与惊艳。所谓欣赏与沉醉，本身就会

唤起"相见恨晚"和"别时容易见时难"（李煜《浪淘沙令》［帘外雨潺潺］）的感应，更窃自害怕着的是"无可奈何花落去"（晏殊《浣溪沙》［一曲新词酒一杯］），"自是人生长恨水长东"（李煜《相见欢》［林花谢了春红］）。呜呼，太美了不能不伤心，美与人生其他的最好最善最可爱的东西一样，令人珍惜得心痛心紧。美会使你小心翼翼，手足无措，含着怕化了，抱着怕掉落损伤，出门怕遇到妖魔鬼怪杀手——丑恶的妖魔鬼怪杀手对美有一种彻骨的仇恨与毁灭欲。

风景，黄昏，暝色，在这样的时刻看到了暮色中高楼在焉。"有人楼上愁"？有人就是不知其人，就是可能没有人。如果有人，他，更可能是她，应该是会忧愁的。为什么愁？为漠漠的林木，为鲜碧的寒山，为一天又要过去了的迟暮，为正在寻巢的飞鸟，还是为已有的与将有的离愁别恨呢？

都可以，都一样。美景、日暮、高楼、长亭、短亭，都有一种难以释怀的美丽。在无限的天地人间的美丽之前，也许真的应该大哭一场。比哭泣好得多的呢？作诗吧，填词吧，歌吟吧。

从哪里又出来一个玉阶，还有一个伫立的人儿呢？立于玉阶的，就是那个楼上的愁人？玉阶是高楼上的玉阶，还是天宫瑶池中的玉阶？那种年头，一般人修建不成高楼，高楼玉阶是合理的。或者是想象中的仙境，也说得过去。李白的五绝里亦有"玉阶生白露"（《玉阶怨》）句，那么是美人如仙（如今叫作女神），其阶如玉，也行。好在读诗不是推理破案，爱谁谁。

这时宿鸟出来了，未必像八竿子打不着的地方钻出来了小鸟，至少是距词人不太远的宿鸟吧。暝色中除了人有点愁绪，鸟也有点急迫感。暝色中的急迫感，与那个时代天黑以后缺少强大的照明灯火有关吗？可能的，对这么高雅的词句，忍不住作一点世俗的调侃，与李白亲热套磁。

出现了新的元素，提出了一个说法：归程。什么是归程呢？原来这首词写的是游子在外地的未归感、流浪感、思乡感。归程不妨从更宽处商量，可以考虑泛归程思绪：人总要去一个相对稳定、能长期踏实太平的地方。当你客居而略有不安的时候，你会想换一个更能安心的地方。啊，这样的地方又在哪里呢？谁能看得到自己准确的目的地呢？你看到的只有标志着路径之长的亭子与路程之短的亭子，亭子标志着长短不同的间距。原来人们是常常找不到自身的归程，更不知归程的长短的。

人生就是这样的，你看不清自己与别人的归结，你看到的只是路程、路途，是标志着距离的长亭与短亭。你有把握的归结是坟墓，但你多半不会预见你自己坟墓的具体地点。

也许更重要的是"空伫立"那三个字的意趣，有所惦念，有所等待，等待不完。

比起李太白大量的诗作，他的几首词，用字的分量大得多，不能说一字千钧，至少能说字字动心。

清平乐

李 白

画堂晨起，来报雪花坠。高卷帘栊看佳瑞，皓色远迷庭砌。

盛气光引炉烟，素草寒生玉佩。应是天仙狂醉，乱把白云揉碎。

从华丽的住室晨起，得到报告说天下雪了。高高卷起门帘，看到漫天瑞雪，一片洁白，分不清台阶石砌。

大雪气势强盛，雪光耀目，引发炉烟上升。草坪寒素，生成了雪花玉质佩饰。是不是天上的仙人喝醉酒了呢？他们在兴奋中，把白云撕碎抛洒到地面上来了。

李白不论写什么都是活力充盈，劲头十足。画堂晨起，景色大异，一夜过去，换了世界。瑞雪吉祥，丰年佳庆。皓色无边，路径石阶，标志埋在雪下，人心为之一振。

"盛气光引炉烟，素草寒生玉佩。"这是雪景，也是李白的诗心词景。李白的诗词气盛难比，写什么都有激情、力度、盛意，有炉烟高升，有珠玉佩饰，华美、丰盛、琳琅。

"天仙狂醉"，"白云揉碎"，也是李白诗词中的风景写法，手到擒来，一切都在李白眼前。世界的一切都在等着他的构思、解构、重组、揉碎、拼接、铺染、舞动。诗词，与天地、风光、李白同体。

这首小词，对于李白并不重要，也不厚重，但李白写得热热烈烈，这样写下雪，写出这样的劲道，只此一家，别无分号。

菩萨蛮

韦　庄

人人尽说江南好，游人只合江南老。春水碧于天，画船听雨眠。

垆边人似月，皓腕凝霜雪。未老莫还乡，还乡须断肠。

> 韦庄（约836—910）
>
> 字端己，长安杜陵（今陕西西安东南）人，唐末至五代前蜀诗人、词人。其词语言清丽，感情率真，多写闺情离愁和游乐生活，在《花间集》中较有特色。与温庭筠齐名，并称"温韦"。

人们都夸赞，江南实在是好。游人感觉到的是，最好搬到江南生活，终老于江南。春水如天，水天一色，水之蓝，天之蓝，更加碧蓝鲜艳。游人躺在雕舫画壁的船舱里，听着雨声进入睡梦。（这是怎样的幸福和享受！）

酒垆旁的侍女，像月亮一样光彩照人，她们的手腕，雪白洁净。在没有太老迈以前，请不要急于回返故乡吧，回到家乡，想念起江南来，你会苦恋得肝肠寸断！

上面的解释中包含了个人的体悟，原词要含蓄得多。与文言文相比，白话文是啰里啰唆、尽说说尽的文字。与白话文相比，文言文省略了百分之七十五的文字。

"尽说江南好"，联系下文是说春水、碧空、画船、听雨，那么这个"好"首先是风光好。但欣赏风光的多半是有闲阶级，是没有受过流浪之苦的人，所以不妨设想"好"是说江南富庶，生计好。或者江南温热，冬天好过，气候好。或者江南酒好人好女娃好，人似月嘛。

"春水碧于天，画船听雨眠"，这两句词直如仙浆醇酒，观之、抚之、触之、读之陶然无我，醺醺然，浸润弥漫，飘飘然，如登仙境，如升太空，如浮碧

〔明〕 居节 《山水册之江南新雨》

波，美得销魂，美得无以自处！

"只合江南老"，那么，对于缺少审美能力与心绪的老百姓来说呢，就是再说江南如何好，最多也不过是希望定居并最终老死于江南而已。或者理解为，说的是从北方来到江南游玩或做事的人，不可能终年在此，来一回老一回，跑一趟老一趟。还可以理解为，人与江南俱老矣，人会衰老，江南也会衰败，美景也在老去。或者说，人生易老天难老，春水不老，风光不老，其他不老，而我们都老了。

而"未老莫还乡，还乡须断肠"，句如黄金，字如珠玉，情如春水，美如画舫。还乡而肠断，缘由多矣，含义广矣。"少小离家老大回，乡音无改鬓毛衰。儿童相见不相识，笑问客从何处来"（贺知章《回乡偶书二首·其一》），也是"还乡须断肠"——还乡以后发现，在未还乡的时间里，已经发生了那么多生离与死别，家乡依旧，亲友全非，当然也要断肠……发现故乡的诸多艰窘与愚蠢野蛮，听到种种哀鸣抱怨，好受不了，肠子痛。

随着上面的字面解释，是否可以理解为：没有老先急着回家乡，等回到家乡以后，你会想念江南，想念得肝肠寸断？这算是最简单易解的说法了。

还乡断肠之句其实内涵大了去了，这样的句子，出于唐人，大于唐人，出于词人，大于词人，出于韦庄，大于韦庄，这是那时人生的普遍况味。

再回过头来想一想，说是未老之前不必急着回老家，回到老家你会伤心难过，这样的话语需要确切的解释吗？只需读一下、看一下这十个方块字，你不是就蓦然被触动了吗？大家都在写乡愁，都在"homesick"，韦庄一反其道，告诉你不要急于回乡，回去了你会伤心和后悔的呀！没有解释你也为之一惊，为之一震，为之疑惑，为之动情，还呆呆板板地穷解释什么呢？

还有，在江南打拼了几十年，回老家了，你也会因为自己年华老大却打拼无功而肠子痛。

再说一下"菩萨蛮"这个词牌。据说这个词牌是外域输入的节奏。开始两句像是七绝的首联，接着两句像是五律或五绝的尾联，然后四句大致是五绝，平仄、节奏、音韵几乎没有脱离唐诗。

然后将话题扯开。我想起沧州老乡纪晓岚对杜牧《清明》一诗进行删节的故事，纪昀将之改为"清明时节雨，行人欲断魂。酒家何处有？遥指杏花村"。

　　那么，韦庄此词，将两句七言删作五言，更是绝无不可。"尽说江南好"，一个"尽"字，根本用不着"人人"了。接着去掉"游人"二字，留下"只合江南老"更有意思了，何必限于游人呢？工农兵学商诸界人士愿意定居江南的，应该比游人更多呀，且比游人去的地方更多得多，游的性质不可能是走到哪儿老到哪儿啊。当然古人的"游"不仅是指旅游与游戏，可以指种种出行，或指尚未完全确定自己方向的走着的人。

　　把韦庄的这首《菩萨蛮》删成两首五绝，比把杜牧的七绝删成五绝更可行。窃以为，杜牧的诗里，"纷纷"是不可少的关键字、核心词之一，而这里的"人人"与"游人"，删之无碍。这又透露了一个秘技：您要写中华古典诗词吗？许多句子可以删去主语，更多的时候可以超越主语与宾语的区别，还可以将主、谓、宾、定、状、虚、实……颠倒着用。

遐方怨

温庭筠

　　凭绣槛，解罗帷。未得君书，断肠潇湘春雁飞。不知征马几时归。海棠花谢也，雨霏霏。

　　靠着绣花精致的门窗，掀起丝织帘帐，仍然收不到你的来信啊，只看着春天的大雁从江南飞走。那骑着战马的郎君（或者是像骏马一样英武的郎君），什么时候才能回家来呢？我无法得知。（眼前只有春深景色，）迟开的海棠花正在凋落，而春雨下得密密麻麻。

　　女子的口气，或谓包含着文化的密码，讲的是被动的期待，命运的变数，信息的缺乏，求助的无从。有绣槛，有罗帷，没有郎君，没有安居乐业，没有夫妻恩爱，也没有出行者信息。然而毕竟有对于征马——郎君的骄傲和记忆。大雁飞去了，成双成对，纵横南北，而郎君不见书信，不见回归，一切都不知。但是，不知道你最想知道的事情，从而对你的操心无动于衷的风景，仍然非常美丽，仍然自顾自地美丽着。

〔明〕 沈周 《折枝海棠图》

　　八十年前，童稚的王蒙被"海棠花谢也，雨霏霏"八个字迷住，成年后王某早已翩翩放飞了全文，对这天造地设的八个字则迷恋一生，还拼命设想霏霏的雨与纷纷的雨的区别。"纷纷"与"霏霏"读音接近，感觉不同。"纷纷扬扬"是口语，是大而密的急雨；"霏霏"是细雨，是悄悄的雨，是口语中没有的雨，是动静不太大，实际上下得很密实的雨，是难以解释、难以动情、难以借酒浇愁，却仍然一样"断魂"、断肠之雨，饮泣无声而又引以为佳之雨。

　　幽美、雅致、孤单、思念，婉转、沉醉、欣赏、自怜，却又空虚得难挨，期待得动人。这究竟是一种什么样的文化心态、社会心态、阶层心态与性别心态呢？

　　发现了没有？请尽情地阅读、吟咏、背诵温庭筠的《遐方怨》（凭绣槛）吧。仅仅词牌与首句，仅仅"绣槛""罗帷""春雁""征马"就已经够唯美的了，再加上"海棠花谢也，雨霏霏"，读者已不胜其美丽温柔娇羞淑雅风致了，何苦再加上白话文的解释呢？可别闹成佛头着粪、画蛇添足哇！

　　读书求解，这很正确。但是对于艺术包括语言艺术来说，感觉、形象、气氛是与理解含义同样重要的。有时候比理解还重要的，是感悟、感觉、感染、感动。这首词里的花和雨，不是讲植物学、花卉学，不是讲天气、气象、季节，是在讲人的感受与心绪，是在摹写人对于世界、命运、遭遇、万物万有的感应与感情。

　　你喜欢它，你受它的吸引，你爱它每一处的字音形义，你获得了美的愉悦，它触动了你的心弦，你觉得读过这首词是个美好的体验，就可以了。祝贺你与一千多年前的词人的心曲相通、心灵共振，你将会活得很有滋味，很有诗意。

忆江南

白居易

其一

江南好，风景旧曾谙。日出江花红胜火，春来江水绿如蓝。能不忆江南？

其二

江南忆，最忆是杭州。山寺月中寻桂子，郡亭枕上看潮头。何日更重游！

其三

江南忆，其次忆吴宫。吴酒一杯春竹叶，吴娃双舞醉芙蓉。早晚复相逢！

〔明〕 文徵明 《江南春图》

江南是多么美好，风光早已经被人们熟知并广为流传。朝阳升起，江里的金光如火焰之闪烁，燃烧起江心花朵。春天到来，万木返青，江水绿得胜过蓝草。啊，谁能不思念江南呢？

思念江南，最思念的是杭州。在山上的寺庙里，在月光下，寻找桂树上结出的芳香的花与籽。上到郡亭，靠着枕头，欣赏钱塘江的涨潮，如诗如梦。什么时候我能再次去游览江南，观赏这样的美景呢？

追忆江南，再一个方面就是追忆吴国留下的宫室。吴酒一杯，泡上青青的春天竹叶，吴地的女孩子跳起舞来，像鲜丽迷人的芙蓉花，令人如醉如痴。或迟或早，我还要再次与这美丽的江南重逢！

这三首词特别有歌曲的味道，有相同的格式、相同的结构，有重复的句子，有"江南好""江南忆"，有"能不忆""最忆""其次忆"，还有"何日更重游""早晚复相逢"。三首词紧接慢赶，紧凑相连，一气呵成，节奏分明，张口能唱、能念、顺口、舒服，好读好记好背诵，永与杭州同在，与钱塘江同在，与西湖争春，与江南同在！

中国不能没有杭州，不能没有西湖、钱塘江，不能没有汉晋唐宋，不能没有诗词，不能没有白居易，不能没有《忆江南》！

20 世纪 80 年代初，一首《太阳岛上》创造了哈尔滨太阳岛公园的名声，开发了松花江上这一带着野趣的景点的潜力，哪怕有些人已经忘记了歌星郑绪岚天真温柔的演唱、邢籁等的作词、王立平的作曲，但《太阳岛上》已经发挥了物质变精神、精神变物质的欢乐与妙用。

几十年了，我一直幻想着，白居易的《忆江南》会成为极好极成功的歌曲，可以是独唱，可以是大合唱，可以是交响乐，可以是音乐剧，可以是越剧音乐。出世吧，忆江南大乐！

长相思

白居易

汴水流，泗水流，流到瓜洲古渡头。吴山点点愁。

思悠悠，恨悠悠，恨到归时方始休。月明人倚楼。

汴水流过去了，泗水流过去了，（我的人）随着汴水与泗水流浪到了长江水域的瓜洲古渡口。那里的吴山，你看到的每一处、每一物，都引起离恨与乡愁。

想啊想啊，想个没完，难过啊，难过啊，难过个没完，一直难受到你回家的时候，才能消除这种思念苦等的寂寞与孤独。月亮明亮起来了，怎么办呢？倚着楼栏杆，默默地以月光下的孤影，等待你的归来吧。

这首"歌曲"的结构无与伦比。"汴水流"，对应"泗水流"；"思悠悠"，匹配"恨悠悠"；响应着"汴水流，泗水流"的，是"思悠悠，恨悠悠"。"汴水流，泗水流"以后，发展为"吴山点点愁"；"思悠悠，恨悠悠"以后，发展为"月明人倚楼"。字顺，音顺，韵顺，声顺。听其声，品其意，敲打其板眼，顺其词字，吟之咏之，习之思之，赞之叹之……字字到位，声声到家，圆润完善，浑然天成。

上阕结在"吴山点点愁"上，化柔情为山色，化离愁为美景，自赏自怜，用诗词调理怨妇的愁苦。下阕结在"月明人倚楼"上，入光明境，现自由身，想念归想念，登楼自登楼，有楼可倚，也是文化自信与经济有一定实力的表现，何必一味愁苦下去呢？

文学刊物以"好读小说"招徕读者，白居易此词堪称"好读诗词"，怨而不怒，哀而不伤。至今镇江、扬州间"瓜洲古渡"的字样仍矗立于长江边上，是白乐天"长相思"的纪念碑。而"长相思"，是扬子江的历史与文化、生民与风貌的永远的证词。

3　最是深情望长安

菩萨蛮·书江西造口壁
辛弃疾

郁孤台下清江水，中间多少行人泪。西北望长安，可怜无数山。

青山遮不住，毕竟东流去。江晚正愁余，山深闻鹧鸪。

辛弃疾（1140—1207）

字幼安，号稼轩，历城（今山东济南）人，南宋词人。其词抒写力图恢复国家统一的爱国热情，倾诉壮志难酬的悲愤，对当时执政者的屈辱求和颇多谴责；也有不少吟咏祖国河山的作品。艺术风格多样，而以豪放为主。热情洋溢，慷慨悲壮，笔力雄厚，与苏轼并称"苏辛"。

位于峰顶的郁孤台楼阁下面，是赣江清澄的流水。有多少从这里经过的流民、旅人、难民，把泪水洒到江水里。向西北方向望去，乃是让人留恋怜爱的群山。

青山道道，遮不住江水长流，傍晚江岸，正是愁绪撩人时候，从山峰深处，传来鹧鸪的叫声（"行不得也哥哥"）。

江水滔滔，如逃亡游民之泪水所积，乱世旅人，悲从中来。"西北望长安，可怜无数山"，明白如话，深情如泣，痛心何其！用"可怜"形容无数山岭山峰山区山谷，是爱惜，是大恸，是不甘，是难舍难分；这山，是河山江山，是大宋王朝的土地百姓，是诗人诗心。江山可怜、可爱、可悲、可叹，更是诗人之心在熬煎，在流血。

"青山遮不住"，遮不住什么呢？遮江水？遮江水做什么？遮不住敌情、乱情、战场厮杀，遮不住逃亡难民，遮不住对北方土地的惦记思念。人们逃到赣州来了，也忘不了对繁荣一时的北宋的痛惜与担忧。遮不住对家国命运的忧虑，遮不住对将士官兵保家卫国的期待，遮不住对本朝胜利的期待。一个又一个期待付诸东流，毕竟梦想不成真，愿望与现实脱节。江晚愁更愁，偏偏鹧鸪的啼声是"行不得也哥哥"！

唉，这是歌词吗？这是唱工吗？这是才具与修辞的炫舞吗？这是清清淡淡的、屈指可数的几句话几个字吗？在真实的痛苦面前，诗词歌赋失去了风流文采，失去了自己的华美与享受性、技术性乃至艺术机巧，变成了诉苦，变成了没辙，变成了几点热泪、呆木的目光、无用的牢骚和大实话的腹诽。

当国事、天下事在诗词里特别是以最充盈外溢的长短句——词来表现的时候，你会忘记你读的是锦心绣口的文学诗词，你会偶然忘记作者是诗人词人文豪文曲星，你的心里充盈的不是诗词，而是历史的苦难、人民的血泪、百姓的噩运、朝代的巨大悲怆、历史的荒谬莫名、人间的大悲大哀和命运的冷酷无情惨烈。它们的作者首先不是舞文弄墨的行家里手，而是不幸的好人儿。诗人词人的作品首先不是文学创作，而是一代烝黎的长歌当哭、人民心声、历史证词、诉状、悼词、呐喊！

永遇乐·京口北固亭怀古
辛弃疾

千古江山，英雄无觅，孙仲谋处。舞榭歌台，风流总被雨打风吹去。斜阳草树，寻常巷陌，人道寄奴曾住。想当年，金戈铁马，气吞万里如虎。

元嘉草草，封狼居胥，赢得仓皇北顾。四十三年，望中犹记，烽火扬州路。可堪回首，佛狸祠下，一片神鸦社鼓。凭谁问：廉颇老矣，尚能饭否？

江山代代传下来，已历经千古；在出过吴主孙权的地方，现在找不到一个堪与之媲美的英雄好汉了。有过的歌舞台榭，或有的遗迹豪情、风流逸事遗韵，经过了多少雨打风吹，也难说不被扫荡磨洗尽净。日暮斜阳，草密树深，寻常街巷，人们说那是南朝宋的建立者刘裕住过的地方。回想当年，金属冷兵器，钢铁战马，气吞方圆万里的对手，生猛无敌如虎。

元嘉年间，刘裕的儿子想建立赫赫功勋，在狼居胥台（霍去病将军击败匈奴后，于狼居胥山积土为坛祭天）打个全面开花的大胜仗。结果呢，他只是急急忙忙、慌慌张张地往北进攻，闹出了点动静而已。四十多年过去了，北望扬州，好像仍然看得见战火纷飞的景象。回首往事，再看看鲜卑族拓跋焘的祠堂，如今庙里吃祭品的乌鸦的叫声和社日祭祀的鼓声响成一片，老百姓已分不清祠堂的来历了……你又向谁提问"老英雄廉颇，如今饭量如何"呢？（你从哪里能寻到廉颇那样的老英雄呢？）

这是一首怀古思今、慷慨沉郁、时空纵横、忧患深沉的词。它的篇幅在词中算是较长的，但与域外以及我国少数民族的史诗相比又是极其短小的。它格局宏伟，思绪弥漫，典故多多，含义重重，千言万语难尽。

辛弃疾此词中，历史的厚重感与故事背景的戏剧性交融在一起。"千古江山"，一张口就让你肃然敛容，悚然惊心。"英雄无觅"，报国无门，你似乎听到了天命的判决、历史的终结、终生的蹉跎遗恨。"孙仲谋处"，出来《三国演义》人物的姓名，一家伙就热闹起来了，如同大戏开演，刘关张、诸葛亮、曹孟德、周瑜、黄盖，一股脑儿向外涌出。历史联系着历史，故事勾连着故事。雨打风吹，风流归零，慨叹无语。"寄奴曾住"，"金戈铁马，气吞万里如虎"，又猛烈起来，战场舞台，杀声震天，该是何等光景？

而如今已经找不到几个英雄人物了！辛弃疾这语气，怎么活像2022年俄乌冲突中俄罗斯原总统、原总理梅德韦杰夫的口吻："到如今欧洲，竟没有一个像样的政治家啦！"

一方面是想找孙权式的英雄人物，但想也白想，找不到的。其实是叹息北宋在外来的骚扰胁迫下，国已不国，君已不君，将已不将，兵已不兵，也就是后面会说到的"靖康耻，犹未雪。臣子恨，何时灭？"（岳飞《满江红》），借古喻今怨今讽今。

另一方面是想起历史上有过的类似事件，急急忙忙、慌慌张张反攻北面之敌，却毫无战果，徒增笑柄。"仓皇北顾"，"神鸦社鼓"，当年狠狠地热闹了一番，如今社稷已经成了烂摊子。岂堪回首？哪里还有英勇如廉颇的老将？一个孙仲谋，一个刘裕帝，一个廉颇，哭死百姓也找不到了。历史风云，故事片段，高度概括，文学化、诗学化、诗化、音乐节奏歌词化，这样的词前无古人、后无跟随，包括他自己，只此一首，再无同俦！

满江红

岳　飞

怒发冲冠，凭栏处，潇潇雨歇。抬望眼，仰天长啸，壮怀激烈。三十功名尘与土，八千里路云和月。莫等闲，白了少年头，空悲切！

靖康耻，犹未雪。臣子恨，何时灭？驾长车，踏破贺兰山缺，壮志饥餐胡虏肉，笑谈渴饮匈奴血。待从头，收拾旧山河，朝天阙！

> 岳飞（1103—1142）
> 字鹏举，相州汤阴（今属河南）人，南宋初抗金名将。孝宗时追谥武穆，宁宗时追封鄂王。诗词散文都慷慨激昂。

满腔愤怒，头发冲起了冠冕，靠着楼阁栏杆，看到大雨终停。仰头远望，长啸惊天，豪情壮志，激动肺腑。三十年过去了，我的战功名位，如同尘土，不足挂齿。出征八千里路，到处是云月在天，遥远阔大。战功尚有遗憾，想想这一切，可不能一事无成就白了头发，老大以后再徒然伤悲、窝囊惭愧。

靖康年间的耻辱，至今仍未洗雪，臣子的国耻仇恨，什么时候才能了却？驾驶着巨大的战车，首先突破敌方的贺兰山关口。壮士恨不能干脆吃掉敌俘血肉，一边谈笑风生，一边喝掉匈奴的鲜血。一定要取得胜利，重整山河国土，再向朝廷行礼报喜、欢庆胜利去吧。

"怒发冲冠"，张扬外溢，巨响惊世，语出《史记》。中到大雨，堪称"潇潇"，远大于"霏霏"，也大于"纷纷"，略小于"哗哗"。"凭栏"，凭栏做甚？"独自莫凭栏，无限江山"（李煜《浪淘沙》），这是李后主的词句。

凭栏观江山、叹亡国，也是白叹、空叹。李煜是亡国之君，只能空想什么"流水落花春去也，天上人间"（《浪淘沙》），悲悲切切，楚楚哀哀，斯斯文文；岳飞是武将，凭栏观江山、悲江山、遗恨万里河山，怒发冲冠。"抬望眼"，发出质问：天乎天乎，天理何在？天命何在？天意在吾，乃"仰天长啸，壮怀激烈"。

此词究竟是否为岳飞所作，至今仍有争议，但知道"怒发冲冠"出自《史记》，是写蔺相如事迹的人，少而又少，而认为"冲冠"云云是岳飞《满江红》破题首句的人，则多而又多。"仰天长啸"呀，"壮怀激烈"呀，已经成了人们喜闻乐见的慷慨熟语。

底下的言辞更伟大，"三十功名尘与土，八千里路云和月"，太雄壮，太豪迈，太痛快了！小知识分子认识了几千个汉字，本来多半是候补孔乙己之流，求得点滴级别待遇，作威作福，在这里被词人一句话揭了个底掉洞穿。三十年功名，灰尘土屑而已，何足挂齿？八千里征程，决胜还要再等待等待，远远不到吹牛摆谱的时候。这两句，心胸开阔，档次提升，矗立超拔，可谓英雄气概、烈士肝胆。

"功名尘与土"，还令我想起当代对官迷的嘲弄，说要树立正确的人生观、权力观，还说"伸手要官的一律不给"，听着仍然不无委琐。为什么讲不出"三十功名尘与土，八千里路云和月"的豪壮之语来呢？如今应该怎样表达"满江红"式的气度与高度呢？

诗人词人多了去了，有几个敢自傲自称高攀岳飞岳武穆的？

下阕益发壮烈。"犹未雪"，"何时灭"，国耻如火刑烧身、骨鲠在喉；忠勇报国，一分钟也不能忘！踏平贺兰山，喝敌军的血，吃俘虏的肉（这当然与现今的观念不符），血性喷薄，中气足了再足、满了再满，最高使命乃是"待从头，收拾旧山河，朝天阙"，到顶峰了！话说到了家，更反映了大宋朝的悲剧。

想通过史料或旁证来论证、判断此词到底是岳飞所作还是他人所作，很难办。但是此词写得极好，极有后世千百万读者所想象、理解、推断的岳飞特色，则毫无疑问。中国历史上的知识产权公案常常不是模仿抄袭，而是假借大人物名义，把知识产权与"文责"扣到他人头上。例如假借《尚书》与虞舜名义的《大禹谟》。

盖国人并不从经济利益的角度看待文学、诗词歌赋。诗词的社交、传播、扬名、进取、求官、求知遇功能，在老祖宗眼里，远远高于其市场功能。唱和应答，引用或化用名人、友人、古人名句，并不是抄袭，而是风雅与致敬、示好。如欧阳修《蝶恋花》中有"庭院深深深几许"句，为李清照所喜爱，李便将之用在自己的《临江仙》数阕词中。

如果此《满江红》确是岳飞所作，无疑，词如其人，充分体现了岳飞的胸臆、人格、人品。如果是别人代写，那么此人不但是诗词里手、大家、天才，而且是爱宋卫国的高尚慷慨的英豪忠烈，绝非假冒伪劣的混骗无赖。如果作"伪作"而达到这样的高度，其贡献可谓感天动地。

包括被许多专家认定是假托曹雪芹的名义写完了《红楼梦》的高鹗，如确是假托情节，也同样是几与曹雪芹比肩的大师。

④ 醉里挑灯看剑

破阵子·为陈同甫赋壮词以寄之
辛弃疾

　　醉里挑灯看剑，梦回吹角连营。八百里分麾下炙，五十弦翻塞外声，沙场秋点兵。

　　马作的卢飞快，弓如霹雳弦惊。了却君王天下事，赢得生前身后名。可怜白发生！

　　饮酒已醉，挑亮灯光，看看自己携带的宝剑。睡梦中听到各营房的晨号鸣响。将各品种的牛肉烤好了发下去让将士们共享大餐，队伍中响起的是雄壮响亮的塞外军乐。秋季集合阅兵，要开始了。

　　战马像的卢马那样跑得飞快，射箭时弓弦的响声如霹雳雷震。完成君王操心的战胜敌军、收复失地之大事，获得生前身后千古称雄的声名，才是我们的期待，而现在呢，可怜呀，白发已生，我们却一事无成！

　　头一个字是"醉"，可悲可喜，可正可邪，可庄可谐。"挑灯"，可大可小，不会无缘无故，而是有东西要看，有物要照明。看剑！啊，原来如此，血性男儿，尚武壮士，生命所系，胜负靠它。看剑待敌，看剑待杀，只等着决战时分，与敌手血战个你死我活！

　　然后是你起我伏，一片号角之声，军营景象、战斗氛围，队伍井然，如临其境，如壮其威。八百里，名牌牛肉，五十弦，极言其多，也是从雄壮威武的气象上，描绘着、向往着军旅生涯。

的卢是名马，霹雳是名弓，将士为实现君王的旨意披荆斩棘，取胜天下，生前身后名满乾坤。这时突然变颜变色、变调变声，如欧·亨利的小说，终于一击，天崩地裂，如佛禅的沙画表演，用细沙做成巧夺天工、惊心动魄的神奇沙建筑以后，一击全部毁灭，方获真象真法真谛。

要说的是"可怜白发生"。第一道梦想是醉后挑灯赏剑，拔剑四顾，悲壮高歌。然后进入睡梦，此梦醒了，更加雄伟的是鼓角连营，沙场点兵阅兵练兵演兵。好马强弓，牛肉军歌，干脆完成大军功业，大获全胜，这样的梦做足"全活"了，但老虎煞星天降：告诉你吧，全是做梦！南宋懦弱，奸佞当道，爱国复国、捍卫国家尊严、杀敌取胜，根本没有戏，头发黑的时候你做不到，几十年过去了，你头发都白了，什么也没有等上，什么也没有可能，什么也没有机遇，全都玩儿完！

人生之恸，忠臣之恸，人生之悲，有差堪比拟的吗？

文人之思，文人之情，不武之痛，有差堪比拟的吗？

从"醉里挑灯看剑"，到"可怜白发生"，从壮志冲天、豪气干云，到蹉跎半生、有梦无成，大翻转，大痛惜，大哀痛，大失望，有差堪比拟的吗？

南乡子·登京口北固亭有怀

辛弃疾

何处望神州？满眼风光北固楼。千古兴亡多少事？悠悠。不尽长江滚滚流。

年少万兜鍪，坐断东南战未休。天下英雄谁敌手？曹刘。生子当如孙仲谋。

到哪里去瞭望中原大地呢？登上北固楼，看到的是满目风光（看不到的是被占领的北方国土）。国家兴亡，朝代更替，千古历史，无尽无穷，像长江流水一样，动态变化中永无止息地奔流而去。

当年孙权，少年英豪，统率千军万马，坐镇东南区域，以曹操、刘备为对手。曹操的名言是：生个儿子要以孙仲谋作榜样啊。

凭高望远，怀古思今，叹息英雄不再，回天无术，山河破碎，满目疮痍。

眼下风光仍壮美，然而兴国救国，无人可以依赖期待。

遥想当年，英雄辈出，呼风唤雨，叱咤风云。少年孙权，何等了得，曹操大气，话如天宰，附加刘备，虽然势弱，毕竟鼎足天下，总算有此大格局。

诗如长虹，词如泰山，立言为证，字字千古，经得住千年淘洗、百代遗忘。怀想、赞叹、神往，无奈、痛心、顿足；呜呼如今，千古豪情，又能做甚？

诗词多多，大小题材，盈缩笔触，目视神思，挥洒纵横，长江大河，东南北固……毕竟还是苏辛笔下，吟咏起来畅快！

唐诗宋词，不乏怀古题材，而大部分怀古诗词，都有一种仰视、遥看、如梦、嗟叹的调子。把历史典故与历史人物写得如此亲近鲜活，如数家珍，如思发小，如相调笑，如通心曲，指点风光、臧否人事，但仍然充满对于古事史事的赞扬敬意，面面俱到、在在深情，稼轩少有其匹也。

⟨5⟩ 春花秋月何时了

摊破浣溪沙·秋思

李 璟

菡萏香销翠叶残，西风愁起绿波间。还与韶光共憔悴，不堪看。

细雨梦回鸡塞远，小楼吹彻玉笙寒。多少泪珠何限恨，倚阑干。

李璟（916—961）

本名景通，改名瑶，后名璟，字伯玉，徐州（今属江苏）人，五代时南唐国主。在位十九年，庙号元宗，世称中主。其词今仅存四首，蕴藉含蓄，深沉动人，意境较高。后人把他及其子煜（后主）的作品，合刻为《南唐二主词》。

荷花莲藕的香气渐渐消退，翠碧的荷叶也渐渐残损萎顿，秋风吹起愁绪，绿波荡漾萧索，万物与当初的春光一道，憔悴失容衰老，让你不忍心细看。

细雨中做梦，梦中的边塞地区，离现实十分遥远。小楼上鸣响的玉笙，也感受到了被吹透响尽的孤单与凄凉。泪珠点点，悔恨遗憾，无边无际……此时，除了靠着栏杆伫立，还能怎么样呢？

头两句情景交融，天人互动。盛开圆满的荷花全体全须全尾，跟随时令而憔悴，给人残缺衰败的视觉感受，给了我们如花似玉的青春去而不复返的失落感受。也许，人们能够与韶光同老，那么，倒也有与春光复生的某种期望和自慰。本来，自慰是诗词文学的功能之一，通过自苦的描述，达到倾诉、展示、自慰的目的，是一种不知不觉之中的写作路径。

〔清〕 高凤翰 《荷花图》

王国维盛赞这两句词的"众芳芜秽、美人迟暮"之感，我则宁愿更强调成长变化、韶光褪色之美。美是动态的、变动不居的，张扬弥漫的美是一种美，淡化流逝衰老变异失落的美，也是一种非常动人的美，因为这种人生状态，突出了对于美的不可恒久鲜活的理解、深知、珍惜与爱恋。可以是欢乐颂的美，也可以是葬花追悼的美，可以是遥想不再的美。而川端康成的"物哀之美"——悲即美的命题，完全可以用到一批中国诗（词）人身上，如李商隐、中主、后主、李清照、纳兰性德……

审美与自慰相通，是一种沉醉与欣赏，可以达到迷狂的地步：快乐的时候你为美的存在而欢愉舒展，伤心的时候，你为美而深度怀念、寻觅、忧愁、感喟、重温，你愿意为你的忧郁而自赏自怜、婉转修辞，这也具有一种陶醉的含泪的美感美觉。有失落就有成熟，有迟暮就有回顾，有伤痛也就有道法自然、节哀顺变，看得开、放得下，这当然也是美。

而且天道大美：一曰大，大曰远，远曰逝，逝曰返。有众芳变成了众污秽，更有众芳变成了丰硕的果实。有韶光的憔悴，也有兹后的冰雪消融、生机恢复和流年返转。有花儿盛开到花儿凋落的必然逻辑，就有"冬天来了，春天还会远吗"（雪莱《西风颂》）的自然美丽的安抚。

李璟治国无方，眼看着江山灭亡消逝，但还有"反者道之动，弱者道之用"（《道德经·第四十章》），舞文弄墨的哀伤之中仍然有哲学，有终极，有人生与文字之美。不堪看了，民胞物与了，不忍之心了，善良在也，文心诗心词人之心在也，诗词的魅力、修辞的魅力在焉：南唐中主李璟不过在位十九载，他的词作流传动人已经世世代代，一千余年。

幼年时早就背诵下了"细雨梦回鸡塞远，小楼吹彻玉笙寒"的名句，半懂不懂，但喜欢得要命，舒服得撒蹦儿。什么叫懂呢？看着美好，读着陶醉，听着痴迷，这能不能算懂了相当一部分呢？

现在也无定解，"鸡塞"是指位于内蒙古的古塞"鸡鹿塞"，还是泛指边塞？是指梦见了鸡鹿塞的情人、好友、美食，还是指填词时对于词人来说是杳然远地的边塞？是今非昔比，还是不堪回首，还是但愿细雨梦长，好梦无已？

对"玉笙寒"的解读更令人失笑。有方家说是指春天的乐器吹久了，口水滴入浸湿乐器，口水为乐器降了温。天呀！天冷的时候，水就更冷，倒还没说会冻成冰。某些解读，表面合乎一点点情理，却完全不合乎诗情画意雅趣。

在诗词当中，"寒"不一定是一个限于温度的概念。寒门、心寒、一曝十寒、寒窗苦读等等，都可以有更宽泛的解释。吹彻了，吹透了，吹到极处高峰极限了，你会感受到笙的亦即吹笙人的乃至整个人生与人间的极致悲凉、极致动情、极致美丽。师旷重生、贝多芬再世、李中主吹笙、肖邦奏鸣、卡拉扬指挥、维也纳新年音乐会……热烈红火到极致以后，有没有筵席不能不散的悲凉呢？

好的，乘此机会我顺便说说白居易的《花非花》，我曾觉得这是一首词，但似乎还没有《花非花》词的一说，或谓《花非花》应叫作"杂诗"。

花非花

白居易

花非花，雾非雾，夜半来，天明去。

来如春梦几多时？去似朝云无觅处。

都喜欢说白居易的诗妇孺皆知、平易通俗、为民请命，以及提到他与元稹等人共同提倡新乐府运动等等，但是他毕竟也有《花非花》这样的"朦胧诗"，远在一千二百年前。

似花非花，似雾非雾，黑夜中它来了，朦朦胧胧，天亮了它就没有了。如梦如醉，来如春梦，去似朝云，然后吗也没有，动态归零。

这说的是什么呢？世界上有多少美好的东西，如希望，如梦想，如爱情，如灵感，如美的感觉，如知心知音知遇，如惊天功业、功力……是这样的啊。

但是有一个天才的家政服务打工妹。一家晚报刊出文章，说是一个家政服务人员看到了白居易此诗，认为这是一个有趣的谜语，谜底是霜花。霜花名花，不是花，霜花如雾一样遮挡了视线，却又不是雾，夜半它附着在窗玻璃上，白天，阳光一照，它融化不见，就此去了。还真是合情合理，同构同义，无懈可击。一条谜语被猜中了，一首绝美的诗作被埋葬了。

虞美人

李　煜

春花秋月何时了？往事知多少。小楼昨夜又东风，故国不堪回首月明中。

雕栏玉砌应犹在，只是朱颜改。问君能有几多愁？恰似一江春水向东流。

> 李煜（937—978）
>
> 字重光，初名从嘉，号钟隐，世称李后主，五代时南唐国主。能诗文、音乐、书画。尤以词著名。前期作品多描写宫中享乐生活，风格清丽。后期则抒写对昔日生活的怀念，吟叹身世，表现了浓厚的感伤情绪。其词形象鲜明，语言生动，在题材与意境上也突破了晚唐五代词以写艳情为主的窠白。

春天的花，秋天的月亮（有的版本作"秋叶"，就是说秋天的红叶落叶，亦

远生动新鲜，让人不忘。身处绝境，往事仍然牵心，花月依然动人，在牵心动人的现实中，面对绝境，对绝望何时了结的泣问与不朽的文学自信、自觉、自恋、自赏、自哀，融为一体。

"春天的花，是多么地香，秋天的月，是多么地亮，少年的我，是多么地快乐，美丽的她，不知怎么样？"后主的词意令人想起香港 20 世纪 40 年代的流行歌曲，曲名《少年的我》，李七牛（黎锦光）词曲。黎锦光同时也是歌曲《夜来香》与《采槟榔》的作者。香港特区运动员参加 1990 年北京亚运会，将此曲用铜管乐器奏得轰轰烈烈，此曲差不多成了香港特别行政区的准"区歌"。

词乎？果然歌词是也。

"小楼""东风""故国""月明""不堪回首"……全晾出来了。

"雕栏玉砌应犹在"，亡国之君，待诛之君，讲起雕栏玉砌来，仍有几分"当年阔多了"的得意。"只是朱颜改"，说得对自己留情脉脉。然后到了核心词语，巅峰词句。"一江春水向东流"似的忧愁，极言其多、其沉重，以及阻止的绝无可能。愁苦也愁苦得有声势、有气势、有威势，大河滔滔，前景杳杳，填词高高，美文飘飘。灭国君王，妙乎？不妙！其词呢？词比天骄！

"恰似一江春水向东流"，九字紧紧相连，如洪波决堤，力度极大。如果用白话文重述，就是"一江春水，向东方流去了"，玩儿完，找不回李后主的感觉了。加上"哗啦哗啦地流"字样，也是佛头着粪，愧对后主。

李后主此词，脍炙人口，家喻户晓。他把无限悲愁写得花红月朗，晓畅上口，不拖不黏，利索干脆，甚至是气势如虹。

愁苦能具有大江东去的气概吗？谁发愁能发到冯友兰氏所提倡的"天地境界"去？用上海市民的俚俗口吻来说，窥窥李后主的《虞美人》吧，人家愁得、苦得、写得、好得全是到头到顶，一塌糊涂！

好得一塌糊涂，是精彩的上海话，如同英语里用"bad"欢呼"good"！

浪淘沙令

李　煜

帘外雨潺潺，春意阑珊。罗衾不耐五更寒。梦里不知身是客，一晌贪欢。

独自莫凭栏，无限江山，别时容易见时难。流水落花春去也，天上人间。

窗外落雨，水声潺潺，春光将尽，春意阑珊，丝绸被衾，掩不住凌晨清寒。一夜好梦，不知道自己只是客居，还在那儿自娱自乐，喜喜欢欢（想着好事儿呢）！

独自一人的时候，不要凭栏瞭望。望不尽的江山啊，轻易地与我说别离就永别了，再见面谈何容易！流水落花，春天将尽，时光演变，天上乎，人间乎，又将迎来怎样的光景呢？

春意阑珊，意兴阑珊，此生阑珊，阑珊惨淡；雨声潺潺，内里参差，外观仍然光鲜。南唐后主，感受到了北方的难耐春寒。梦里仍然不知道自身业已沦落被俘，这话说得天真烂漫，甚至嫌轻傻飘浮，似非人主之才，却可填词，带着伤悲人生多有的辛酸。

"独自莫凭栏，无限江山"，说得潇洒如风而又沉重似铁。"凭栏"，本来给人的是闲适感、酸文假醋感、幽怨失意感，更严重的是空虚感、荡荡虚无感。"无限江山"，却是帝王气象，更是帝王气象的凭空失落、一败涂地气象。

那么"别时容易见时难"，是说与无限江山别后再难相见相遇了？但这句词，同时又是内涵更加广阔的人生况味，非常人所能出。君王拥有的以"江山"一词代表的一切，获得，是那样辛苦，而失落，是何等轻易！而即使是凡人好友间，也是相见艰难，分手无端，缘悭一面，少有欢聚的机缘。

用"别"与"见"来写自身的命运，也是为了回避命运的政治浓度、险恶度。

再向前一步呢？就是晚唐时期李义山的"相见时难别亦难"了。后主有丢失江山的大经验，别人有吗？后主写出了千载难逢的词作，其他文人墨客，有几个人能呢？后主失去了什么，得到了什么，告别了什么，仍然想见到遇到什么呢？

"流水落花春去也"，其实这一句，转个小圈又回到了词的开端，是春意阑珊的后续与同义反复，多了一层具象与动感，是对时光匆匆别去的叹息。

"天上人间"，就是上不了天，下不来地呀！不是天人合一，而是天人相隔；不是御风飞天，也不是脚踏实地，而是天高地阔，四顾茫茫；不是乐如登天，自信如神仙，也不是厚实如大地，社稷如铁打。后主此词里，一切都是未知数，他陷入的是准失忆状态。

后主这样的天才词人与亡国之君，在位不在位，生前身后，最令他痛苦的，应该是人生的空虚与无奈。能让他略有抒发、略有铺排、略感喘息、略感抚慰的，只有词牌"浪淘沙令"等等了。他是人主的被淘汰的劣等生，又是填词的天才巨星。这也是错、错、错！

但无论如何，结束的时候，"天上""人间"，两个大概念、终极性概念、亲切又抽象的神化概念，横空出世，令人一惊一震，令人展翅飞升，无鲲鹏展翅的气魄，有对天上人间的向往憧憬、迷惑不解。也许，斯时的李煜念叨天上人间的真实含义，在于脱离人间、飞升天上的期盼吧。

6 晏氏父子的妙悟、丽词、巧思

浣溪沙

晏　殊

一曲新词酒一杯，去年天气旧亭台。夕阳西下几时回？

无可奈何花落去，似曾相识燕归来。小园香径独徘徊。

　　填写上（或者是听上读上）一曲新词，喝上一杯美酒。又到了和往年一样的那个难忘的天气时令，又登上了去年登过的亭台。夕阳西下，然后要过多久太阳会再（东升）归来呢？

　　有什么办法呢？花落时节，落英缤纷，春光转眼凋谢。这个时令，燕子归来，似是老相识（老邻居、老伙伴）。我在小小的园子里，走过花朵芳香的路径，徘徊来往，恋恋不已。

　　这是千万首咏春、咏落花的诗词之一，简洁生动，含蓄深沉，略感孤寂，情思莫名，出类拔萃。文字词语，精美纯粹，鲜活沉醉。

　　"一曲新词酒一杯"，词人情种，如老子所说，"为道日损"（《道德经·第四十八章》），减而又"简"，以至于一曲词、一杯酒，物质与精神两手都有了，足矣。人生得此，夫复何求？

　　"去年天气旧亭台"，一年又一年，一地又一地，今年仍如去年，此地仍是旧地，看来那个时候不兴日新月异、一日千里与形势逼人、时不我待。与千年后的世界相比，那时候难免寂寞，寂寞中当有更多的重温，重温中有更多的爱恋珍惜、欣赏陶醉，却又不无思绪缠绕于时间纵轴上的空无感。

天气与亭台仍如去年或去年的去年……其他呢？人事呢？时局呢？各种浮沉顺逆、聚散因缘、生老病死、吉凶通塞呢？也许此词作的妙处正在于以不变提醒各种消逝与变易吧？

是啊，晏殊才子，十四岁的御赐进士，太平宰相，著名词人，范仲淹、欧阳修都出自他的门下。其词清丽高超，深谙人生况味，有被毛主席引用的"无可奈何"与"似曾相识"句，还有被王国维津津乐道的"昨夜西风凋碧树，独上高楼，望尽天涯路"（《蝶恋花》）句。

"夕阳西下几时回？"这个问题本来是个伪问题，但是由于晏殊的情致修辞，你会觉得他问得很美。自来是天天夕阳、天天日落，若干小时后，朝阳或天光清晨总会出现，一切正常，日日无他，夕阳次日早晨必然取得朝阳的红里透紫的身份，阴云密布时除外，亦不足为奇。而夕阳落山时，宰相大词人仍然有失落与留恋感。又岂止是夕阳西下呢？生老病死、生离死别、吉凶通塞、兴亡盛衰，也都是"去年天气旧亭台"。面对人生与世界种种，你能因为它们的去年性与旧址性，就不再想念、问候、关心、致意乃至落泪了吗？

"无可奈何花落去，似曾相识燕归来。"万岁，名句名联到了！该凋谢的就会凋谢，无可奈何，无法可想，不要不识时务，螳臂当车，也无须心慈手软，错失良机。而要到来的也一定会到来，不必大惊小怪、守旧排斥、殉葬无端。眼前与将要发生的一切，事出有因，似曾相识，自有道理，并非横空出世、空穴来风，连蒙带唬，莫名其妙。你也不必幻想着什么时光倒流、回归往日。你还必须珍惜机遇，有所作为，有所建树。

这就是生活，这就是世界，这就是天道，这就是万有。这就是中华传统的唯物兼中华民族的辩证法。生命孕育、成长、寂灭是这样，家国兴衰发展是这样，国际政治、历史沿革、婚变情殇、科学技术、文风画派、艺术潮流、流行歌曲、名人炒作、行情行业等等，莫不如此。晏殊这十四个字写全了、写绝了，而且他不温不火，情而不滥，说得美好、妥帖、深刻，是宇宙观、人生观、美学观的完美结合。

这十四个字曾经用在半个多世纪以前的《九评》"批修"文件中，大致含义是该落的花就让它们落掉吧，该回来的燕子，早晚必然回来。有落有归，这是国际共产主义运动的历史辩证法。晏词文本比晏殊本人，宏伟与厉害多了。

晏殊仍然与一般文人有所不同。"望尽天涯路"（《蝶恋花》）也是同样，他清丽温顺的词句中，有更多更深的人生体悟。

"浣溪沙"词牌是七字一句，共六句。词又名"长短句"，偏偏它是不分长短的长短句。不知为什么，我总觉得这种格式特别适合文人自恋自吟。"小园香径独徘徊"时刻，吟出来、填出来的当然就是"浣溪沙"了。王蒙打油曰："上文板眼下文还，咏去吟来百味兼。花落径香迎燕至，晏殊千载语绵延。"

浣溪沙

晏　殊

一向年光有限身，等闲离别易销魂，酒筵歌席莫辞频。

满目山河空念远，落花风雨更伤春，不如怜取眼前人。

片刻年华，有限此身，还会动不动遭遇离别（的辛酸），这自然令人神衰失魄，此后遇到聚会歌席饭局，就不要辞谢频频了吧。

看到的是大好河山，却又路程迢迢，你徒然想起分处各地的亲朋密友，只能想到相距之遥远渺茫。又赶上风雨催花，零落凋谢，更让人感伤春暮。（又何苦盘桓于这些呢？）还是珍惜当下眼前的人儿吧！

人生有种种遗憾，也有种种自解、自慰、自安，当然也必须有许多使命与奋斗，曰成功、曰进展、曰快乐。古人没有今人的语境、哲学、信念。人生会为人生苦，四季会为四季悲。分手遥远便失落，一去难知归不归！而且那时候哪有现如今交通与信息的高速往来，分手说不定就成为永别，令人伤心。

晏殊的这又一首《浣溪沙》，对人生的离别之苦作了总结性、综合性、感性生发理性的生动描摹。"一向"犹言一晌，在世时光叫作"一向年光"，对生命短促的叹息中有脱俗乃至俏皮与超拔的意味。对人生的悲伤，如果你用漂亮的、智慧的、隽永的、鲜活的语言来书写命名定义，那么，失之东隅、收之桑榆，文学仍然美化了人生的方方面面，包括悲伤，文学填补了相当一部分人生的空虚。

离别的销魂之痛，加上"等闲"的定语与"易"的状语以后，也多少抚摸了一下离别带来的伤口。用现代言语来说，和谁谁告个别，乃是常态，不必太闹腾。时有离别，时有聚集，犹有重逢。时有"你好，很高兴认识你"，时有"再见了，保重"，还有种种机缘或得新交新友新欢。人事大千，扰乱于你，也会给你留下修辞安其魂、赋诗暖己心的余地。《红楼梦》中晴雯被袭人谗构、被王夫人迫害致死，宝玉痛不欲生，写下《芙蓉女儿诔》，之后与黛玉讨论词语编辑润色种种，情绪其实正常化了许多。

然后一下子拉到世俗生活，"酒筵歌席莫辞频"，俗文俗事俗词，这也是极有趣的启发。您是大师、文豪、哲人、佛祖、教宗、诗圣，反而解不开人生的种种死扣，您降调从俗、随和大流试试，将会发现：百代万民逃脱不了的困扰，清不成零，只好与之共生共舞、周旋到底。您凑合着，以退为进，不求再无生离死别，只求送个行，酒筵歌席怀想议论一下，也算口腹耳目之欢、情面风光之礼，事后说说写写，记载调剂，含泪调笑，红白喜事，都是礼仪风俗，也就不错了。

说实话，若是人生快乐得连离别也没有了，雅得连酒筵歌席都没有了，光是诗词歌赋，也会让人感觉缺少了一大块。那时，你会感到失去了赋诗填词的动力，失去了人生价值与文学忆恋，也失去了世俗通俗的打趣与口腹耳目的慰安……你的生活似乎被砍削去一大半。

谁能欢喜全无悲？悲悲喜喜见精微。诉尽苦辛成一笑，诗词宰相显光辉！

谁能风雅不风俗，谁不肉餐鄙陋乎？雅雅俗俗合义礼，自然发道念晏殊。

都道是大好河山、还我河山、江山如此多娇……晏殊偏有奇思，从"满目山河"叹息起来，得出的是"空念远"的结论。好的，既然空念其远，那么念远自空。只会抱怨人生空虚的人，他的抱怨自然是比其人的空虚还要空虚千倍。而抱怨得美好，留下一点好诗词，岂不楚楚动人？如此而已，岂有他哉？

底下的"落花风雨"句，不免嫌平庸了。酒筵歌席，怜取眼前，是写下来的反而不俗之俗，而流水落花呢，写太多了，则变成涉嫌俗套的对于免俗的攀附了。

"怜取眼前人"，有佛家禅宗六祖慧能的活在当下之意。

《活在当下》，是美国毕马威会计师事务所的董事长和首席执行官尤金·奥凯利所写的一篇散文，他也主张活在当下。

人心不同，各如其面；各执一词，鸡同鸭讲。大宋词家与他之前三百多年的六祖，与他之后约一千年的美国财务大亨，也有共同的言语。现时喜欢说的有或没有"共同语言"，其实多数情况下应是"共同言语"。当下而一向，一向而眼前，眼前而此刻（moment），我们会更加热爱与珍惜文学，文学能突破一向，突破念远之空，比酒筵歌舞更能充实与调节你的人生。

清平乐

晏　殊

红笺小字，说尽平生意。鸿雁在云鱼在水，惆怅此情难寄！

斜阳独倚西楼，遥山恰对帘钩。人面不知何处，绿波依旧东流。

粉红格线的专用信纸上，写下了我平生的心曲。鸿雁在云朵上飞翔，鱼儿在水里游来游去，可我的真情难以寄给心上人，令我惆怅不已。

日暮斜阳，独自倚靠着西楼，望出去，远山正好对着窗户的帘钩。看不到我心上人的容颜了，只有碧波河水，照旧款款东流而去。

"红笺小字"，有点阴柔之美，小巧玲珑，就算不是女性的文字，也是写给女性的文字。主乎宾乎？可宾可主。"说尽平生意"，这话说得相当激动，笔下得狠，从红笺的具象一下子冲向了平生与尽意的终极巅峰、终极红线，英语叫作"死线"（deadline）。原因是积蓄于心灵深处，不得言表，已经太久太久了，发酵升温的预应力与喷涌力太强了。否则，一纸美笺，几千小字，又如何能写尽平生？"鱼书欲寄何由达，水远山长处处同"（《无题》），晏殊诗词里常有这样的叹息出现。唐诗宋词中对于邮政不发达、信息难交流的叹息比比皆是。

一个是"人面不知何处去，桃花依旧笑春风"（崔护《题都城南庄》），一个是"人面不知何处，绿波依旧东流"。中国古典诗词的互学互动是一个特色，是成熟性也是自足体系，当然也有它的稔熟太过的危机。幸亏还有李贺、龚定庵、今人聂绀弩这样的特异诗作诗风在。诗坛词坛，幸有异数。至于不知何处去的"人面"，在崔护"人面桃花"的诗中是原先相映红艳，后来变成一方春风含笑，一方杳然无迹；而在晏殊此词中，双方原是风马牛不相及的，后来你流着你的碧水悠悠，我丢了我的芳华倩倩。人生有在与不在，有遗存与遗失，都是人生，都有遗憾，都没有什么绝对的道理与时限，也谈不上愿景与预设，都是最终才到达尽然绝对的结束。

桃花与人面不知何处去并不相干，流水也与人面的存亡无涉，然而文心诗心词心无所不包，把大大小小、具象抽象、情情理理、聚聚分分囊括在了一起；更惶惑得要命了。

开个玩笑，世上如果没有文字、没有文学，人会生活得更愁苦还是更开心呢？我一时不知怎样回答。

木兰花

晏　殊

燕鸿过后莺归去，细算浮生千万绪。长于春梦几多时，散似秋云无觅处。
闻琴解佩神仙侣，挽断罗衣留不住。劝君莫作独醒人，烂醉花间应有数。

春光将尽，燕子、鸿雁、黄莺都来过了，将要各去各的地方了。想想人的一生，千头万绪，也是你来了，我走了，来来往往，并不那么长久稳定。长，能够比春梦长久多少呢？而散开了，像秋天的云一样，过往的日子，又都到哪里去了呢？

据说卓文君听到司马相如的琴声就爱上了他，而传说中的汉皋神女，有解玉佩示爱的故事。如果两位女神也如燕雁黄莺一样要离去呢？谁又能拦得住她们呢？

请不要一直如此与众不同地清醒与冷静吧。请珍惜一切的爱恋与美丽吧，请投入到、沉醉到这珍贵的一切里，同时心中有数，意识到它们迟早都会消逝，从而更加懂得美丽与爱恋的价值吧。

"细算浮生千万绪"，生活就是生活，是千差万别、千滋百味、千头万绪的生活。生活需要体贴、需要品尝、需要反刍、需要预热与温习，不然就会在匆匆乱乱中丢掉了你短促的此生，丢掉了你的春梦与云彩。

"劝君莫作独醒人"，不要摆出一副众人皆醉我独醒的被智慧所煎熬的痛苦架势来吧。"烂醉花间应有数"，在花天酒地中随和从众地也烂醉一番吧，同时在迷恋与情感之中，你要心中有数，要有命运感、数据感与天地感。一颦一笑、一遇一失、一误一得、一甜一苦之中，已经包含了多少正负、增减、概率、气数，你明白吗？

这是悲情的词，也是深思的词，还是中道的词。这是依依不舍的词，也是想通想透了的词，更是词人字斟句酌、字字珠玑的词。像孔子的"逝者如斯夫"的感受，像老子的大、远、逝、反，也是庄子的与时俱化，同时是佛学的无常与色空，更像是民歌或者流行歌曲里关于失恋与分手的悲歌。

将晏殊此《木兰花》词，民歌化、大秦化、西北化一下，它应该能招引出非常美好的陕北《信天游》啊。"你妈妈打你和你哥哥我说，为什么要把洋烟喝？""你若是我的哥哥哟，招一招你的那个手，哎，你不是我的哥哥哟，走你的那个路……"陕北人，这里将"路"发成 lòu 的音。一个 lòu 字让你欢欣雀跃。

晏殊的《清平乐》中用了崔护的"人面不知何处去"，这里又活用了白居易《花非花》中的"来如春梦几多时？去似朝云无觅处"句。中华古典诗词绝无当今的知识产权观念，明目张胆使用他人诗语的做法表达的是词坛诗坛与社交的颂扬与敬意，是某种师法心理，关键不在于用没用成句，关键在于用完了你有哪些独创性、奇妙性，起了怎样的推崇、颂扬甚至进一步使他人名句大放光芒的作用。这是多么中国的古老文雅的文学观念呀！

当然，现在不能照搬这种做法，但也不一定废除，可以想一个两全其美的办法，如经过原作者的同意及作出必要的安排等等。

蝶恋花

晏几道

梦入江南烟水路，行尽江南，不与离人遇。睡里消魂无说处，觉来惆怅消魂误。

欲尽此情书尺素，浮雁沉鱼，终了无凭据。却倚缓弦歌别绪，断肠移破秦筝柱。

晏几道（1038—1110）

字叔原，号小山，抚州临川（今江西抚州）人，北宋词人。其词长于小令，多追怀往事，凄楚沉挚，深婉秀逸。

梦中自己到达了烟雨水流遍布的胜地，一直走遍江南各处，却没有遇到我想念的与我分离了的人儿。睡梦中因为想念离人，心魂失落，无处倾诉，醒来后觉得后悔，自己的惆怅离情未免有点荒唐迷误。

这样的深情催促我给你写信，虽说有高处的雁子、深处的游鱼来来去去，却无法依靠它们传递我们的书信。那就缓慢地弹响筝琴的弦子，歌吟我们的离情吧。悲哀移动着我的手指，弹遍了断肠的曲子，我的悲哀也抒发不尽。

作者晏几道是晏殊的儿子，继承了他父亲的文学才华。他生活在北宋，却写出了梦入江南找不到自己要找的人的悲伤，这几乎可以说是一语成谶，预言了大宋江山岌岌可危的悲剧。

离别，思念者如果就是指词人，那么也就是男子想念女子。怎么离开的？与北方军情有无关系不知道。想得肝肠寸断了只能弹筝，这又有一点女性的景象了，你想就是我想，我写就是你想，你写就是我想，你弹也是我想，我弹也会是你所想。中华文化本来就喜欢讲什么物我两忘，主客交换，你中有我，我中有你。

思念是人间关系尤其是情爱关系中一种非常重要的心理活动，是文学尤其是诗词创作的一个重要契机。思念可以开花结果，有情人终成眷属的思念，可以升华扩张成为文学、哲学、伦理、道德，感天动地，美化人间。有情人难成眷属的思念，也从另一种角度感叹着、惦念着、体味着人生。完全不靠谱的、一意孤行的、单方面胡思乱想的思念，完全无益无效而只能摧毁自身正常生活的思念，也是可能出现与发生的。像《红楼梦》里贾瑞即贾天祥的低级下流的非分之念，要了自己的小命。

"睡里消魂无说处，觉来惆怅消魂误"，从这里与通常写相思、思念的作

〔明〕 胡皋 《和风烟雨图轴》

品颇不相同的睡里醒来两提"消魂"来说，尤其是"消魂误"的说法，似颇有新意创意的涉嫌不雅的暗语。

仔细推敲，消魂之无说处，与惆怅之消魂误，其实是二元一体。魂都找不着了，你还能往前走什么呢？无说处不一定是说无人可说可诉，也许是无词可说，无动机与条件、无场合与目的可说。你的别恨，你的思念，无说处还能不惆怅吗？又无说处又惆怅不已，还能不承认魂消得有些荒唐迷误吗？说消魂误，也不一定是忏悔检讨，下定决心再不消魂了。正如陆游词中的"错、错、错""莫、莫、莫"，何错何莫？不是要开生活会批判帮助检讨。也许是说命运错了，家人错了，爱情悲剧的问责人错了，二爷错了。"莫、莫、莫"，也是针对命运，针对苍穹，针对二人的断肠之痛说的。

这是一首写离情别恨的词，这是一首写思念消魂之情的词，这是一首哀而不伤、怨而不怒、思而不狂的词。晏几道写到别情，仍然有他的分寸与拿捏，有他对于意识形态的敏锐与清醒。

爱情话题在诗词中尤其是在词中，占有极大的比重，但它背后的含义，远远超过了男女之情，尽含对于人生的际遇、命运、得失、甘苦、坚持与困惑的说不完的回顾与期冀。

鹧鸪天

晏几道

彩袖殷勤捧玉钟，当年拚却醉颜红。舞低杨柳楼心月，歌尽桃花扇底风。

从别后，忆相逢，几回魂梦与君同。今宵剩把银钍照，犹恐相逢是梦中。

晏几道的这一类词，比他爹的作品似乎更有歌曲感。

伸过来彩色的衣袖，捧过来装酒的玉杯，当年那一次喝得兴奋，拼命喝个醉颜发红，也要助兴侍候好客官。跳舞再跳舞，一直跳得让杨柳和楼顶上的月亮沉落下来，唱啊唱啊，直唱得让画着桃花的扇子再也挥动不出风。

从我们分手，一直回忆着我们的相知见面，多少次梦到与你在一起。今夜，终于再见，让我用银烛的光辉把你好好照一照吧，我要确认，我生怕我们的此次相逢只不过是一场春梦。

这首词特别有流行歌曲小调的味道。从上一次相会的欢乐酣畅，到这一次的重又相逢。从这一次的重会相逢回忆到上一次的欢欣幸福，还有别后的无数思念之梦。跳来跳去，时空挥舞，梦醒交织，歌舞匆匆，烛照明晃晃，心境实境浑然一体。

跳舞跳得让月亮走低下落，唱歌唱得使扇子风息，颠倒了主语和宾语、主动与被动。不说跳得时间太久了，跳到了月亮下落的时分，不说玩大发了，夜色将消，月亮降低高位，你的感觉可能是你的久舞或久观舞使月亮移位。扇子无风？难说，可能是夜深天意凉，不需要猛摇扇子了，也可能是唱了五个钟头，摇扇子六个小时，手腕过劳，腕关节受损，反正不可能是歌曲直接作用到画着桃花的扇子上。随它去吧！反正，这回见面你们已经是如火如荼，不亦乐乎，改变了生活，改变了一切感受！

对不起，这样的歌舞与相会描写，使我不能不想起旧上海夜总会的流行歌曲舞曲《满场飞》来：

香槟酒气满场飞，钗光鬓影晃来回。

Jazz 乐声响，对对满场飞。嘿！

你这样乱摆我这样随，你这样美貌我这样醉⋯⋯

有一些歌词与当初声色犬马的低级消费趣味有关，它们得不到太好的评价是很自然的，但经过一段时期，可能减轻或脱离了某些低级消费趣味、道德舆论瑕疵，而剩下的是往日气氛、过去时的荒唐，歌词的文运随着时间发生了一些变易。这也是历史事实中的常态与难免。

我觉得，当年晏几道此词的性质和地位与《满场飞》大概是相似的。尤其是"今宵剩把银釭照"——今晚我要用银烛的光辉把你好好照一照，太"那个"了！在旧中国，"那个"应该叫粉，不叫黄。

7 两位大家的元夕词和另一首绝门元夕词

生查子·元夕

欧阳修

去年元夜时，花市灯如昼。月上柳梢头，人约黄昏后。

今年元夜时，月与灯依旧。不见去年人，泪湿春衫袖。

欧阳修（1007—1072）

字永叔，号醉翁、六一居士，吉州吉水（今属江西）人，北宋文学家、史学家。谥文忠。北宋古文运动领袖。散文说理畅达，抒情委婉，为"唐宋八大家"之一。诗颇受李白、韩愈影响，重气势而能流畅自然。其词婉丽。撰《六一诗话》，为最早以诗话名书的著作。

去年的正月十五元宵节之夜，鲜花纷披的夜市上，灯光照耀得市街如同白昼。我与你相约黄昏以后，当月亮升到柳树梢头上面之时，在元宵闹夜，我们见面聚首。

今年又到了元宵节之夜，满月圆圆，明灯盏盏，热闹红火，与去年一样。但见不到去年的佳人了，令我泪湿春装衣袖。

精短、纯净、概括、经典，如生活与文学之符咒，如会心的特殊密电码。尤其是"月上柳梢头，人约黄昏后"十个字，空旷豁达、胸有成竹、完整大气、圆满欢喜，成为诗词经典、爱情经典、沧桑经典、美梦经典、人生经典、交际经典、情侣约会经典。

"月上柳梢头",清纯干净,一尘不染,一切都处在萌发状态,一切都鲜活待发。立即接上的是"人约黄昏后",是人的单纯与兴致,是人对于月和柳的充分爱怜与使用。有月与柳,有人之约,应该发生多么美好的故事啊。

而且你会奇怪,一个"月上柳梢头",一个"人约黄昏后",本来是八竿子打不着的两句话,怎么放到这里竟会这样天造地设、亲密真纯、难分难解、佳妙无穷呢?

不仅如此,月上柳梢头,惹人注意,一般如果不是上弦月,月亮总要晚上九十点钟以后或更晚才能上到比飘忽的树影高的程度。还有,相约在月光照亮了柳梢的时刻幽会,多半发生在春夏秋三季;严寒冬季,柳林或柳岸相见,太冷了,有诸多不便。反正黄昏与月照从时间段上说不那么容易凑到一起。黄昏后呢?是指黄昏的几个小时以后?那就只能说是月夜,不能说是黄昏后或黎明前。

不再多说了,如可以说是黄昏相约,月亮升到头上时二位恋人见面,或者黄昏一过,再无其他心绪,只等着月亮升上树梢。这样说太多,不像诗话,倒像是单口相声了。反正"月上柳梢头,人约黄昏后"已经是不移之经典,是词的经典,是情调与环境的经典,是唯美的经典,尽管也许并不是操作约会、预定时间的经典。

我认为,有了欧阳修"月上柳梢头,人约黄昏后"的宋词经典,后来又有了舒婷的"也许有一个约会／至今尚未如期／也许有一次热恋／而不能相许"(《四月的黄昏》),中华诗词的相约题材的表达,相当完整了。

这种没有实现的相约,是一种模式,人们传承了这种经典模式的延伸与丰富,这样的模式成为永远的诗词。

而且堂堂欧阳文忠公的约会是在万民联欢的灯火嘉年华上,乃闹市之约、万人空巷之约,这是不是有点诡异?我不揣冒昧地提到,拙作《青春万岁》里有过天安门广场国庆或五一联欢舞会上相约。人越多,声越大,越可以有自己的私情浪漫,真是可爱啊。或者,私情袅袅,与大的嘉年华的狂欢情愫结合为一了。七十余年前,王蒙当真有这样的约会经验,而且与被约的人儿,见了面。

而后呢?

"不见去年人,泪湿春衫袖",堂堂欧阳修的约会就这样简单,这样三下五除二，青春如梦，爱恋如风，来如闪电，去如飘蓬。欧阳修毕竟是欧阳修，他不是林黛玉，也不是纳兰性德。

其实"人面不知何处去，桃花依旧笑春风"（崔护《题都城南庄》）也是类似故事，而且比欧阳修的"不见去年人"更沉重，欧阳的词只是没有见到那个人，而崔护的诗里那个人已经不知何处去，已经失联或者天人相隔了。

甚至还可以联想到后主的"雕栏玉砌应犹在，只是朱颜改"（《虞美人》〔春花秋月何时了〕），词语词文的压缩简减，使词语的内涵反而外溢扩张，你中有我，我中有你。

而欧阳修的《生查子·元夕》，在洋洋洒洒的宋词中是一个简约的极致，精也妙也，惜墨如金。

青玉案·元夕
辛弃疾

东风夜放花千树，更吹落、星如雨。宝马雕车香满路，凤箫声动，玉壶光转，一夜鱼龙舞。

蛾儿雪柳黄金缕，笑语盈盈暗香去。众里寻他千百度，蓦然回首，那人却在，灯火阑珊处。

东风吹拂，万木花开似锦，东风掠过，群星飞降人间如雨。豪车骏马，装饰华丽，香气飘散，心醉神迷，箫声委婉，玉壶灯火旋转如飞，龙灯鱼灯，舞蹈蹁跹，通宵达旦。

佩戴着种种头饰的女子，千姿百态，笑语欢欣，带着芳香来来去去。在人群中找来找去，啊，那么多美女都看到了，就是没有找到我心中的她。一回头，却看到了，她就站立在那灯火已经开始有点萧疏的地方。

这首《青玉案·元夕》，至今在年轻的读者当中极有影响，它的美好光景，令人神往。

可以说此词是"龙凤胎"，上阕极言北宋开封都城一带上元佳节的繁华热烈——嘉年华气氛，下阕是一个少年游的情爱段子，曾经爱过，曾经在节日街头东寻西找，曾经找不到却恍惚又在上元佳节的夜晚狂欢中一眼望到了。亲爱的，你已经什么都有了，还需要寻找什么呢？

这令人联想到《红楼梦》中甄士隐女儿英莲的遭遇，她就是在热闹的上元灯节的狂欢中走失的。幸亏是早早就有了辛弃疾的《青玉案·元夕》等在那里，否则，上元灯节留下的就仅是伤痕与城市罪恶印象了。

也可以说是一而二、二而一的小说设计。辛弃疾的《青玉案》，本该写一部中篇小说：节日狂欢中，你弄丢了或者找到了自己的"那人"——公主、女神。天下没有不散的筵席，找到了，也就快结束了，已经是灯火阑珊，良宵将尽。

如果是小说，可以设想，你找到了，然而最后证明并不是你想象的那人，或者确是那人，但那人已经不认识你了。这类的结尾可以是受到陀思妥耶夫斯基的《白夜》的影响，反正辛弃疾的《青玉案》提供了小说的无限的可能性。

而最使人感动的仍然是《清明上河图》式的太平盛世。灯光盛典，那是北宋时代世界最繁华的城市汴京的灯火狂欢。据说那时开封的繁荣与北宋的 GDP 举世无双。

"东风夜放花千树"，语出不凡，强劲八方。一按电门，一拉幕，千分之一秒内万树开花，众灯流光溢彩，汴京胜景，魅力四溢。

"更吹落、星如雨"，群星灿烂，下降如雨，天时动态，北宋春风，世界闻名。中华文化，感天动地。人民风习，欢愉万众。

"宝马雕车香满路"，雕龙画凤之车，香气出众之仕女。那时豪车不在德国大众，香水不在巴黎爱马仕或者兰蔻。满处的小康、大发展、幸福生活，极度繁荣，名满世界，哪怕是加上了词人的想象、欣赏、艺术夸张，也毕竟靠谱沾边，可惜的是北宋军事能力不行，徒有大好形势，却不能自保安全稳定。

"凤箫声动，玉壶光转，一夜鱼龙舞"，天啊，这是什么样的嘉年华夜生活盛况啊！什么样的灯舞、街舞、凤箫、玉壶、鱼灯、龙灯、走马灯、皮影灯的节日啊！和平、勤劳、和谐、有文化、有美感的日子，天堂就在中华河南、开封洛阳……读到这里，我幸福得想大哭大叫一场！

我的理解，这种对北宋上元美景的抒写，从和平幸福写起，潜台词里是对从北方杀来的血腥战事的控诉，是对恢复宋室完整的动员，是对南宋王朝抗敌复国的敦促。但南宋的君臣中，是不是有些人依然过分地沉迷在花千树、星如雨、鱼龙舞、宝马车、暗香去、黄金缕、温柔与享受的圈子里？是不是大宋气数已尽，硬是坚强不起来了呢？

然后一下子转入了对美女的心仪。可以设想词人是在找他惦念、崇拜的某个情人，可以设想就在刚刚某一辆豪车经过的时候，他看到了某一个头饰如仙的女子带着香气过眼而去，引起了词人的心动神摇。也可以想象是词人希望见到自己梦中的女神、自己诗中的概念偶像，或者是自己节日醉眼中的幻影，那人正等待你的蓦然回首，等待你的浪漫目光与温柔心波。

寻找女神，可能是，我要说是应该是，古今中外所有诗人词人的必然梦幻曲。

又一种相约与相会的模式，众里寻她千百度，蓦然回头，她就在那里看着你呢！

是当真看你吗？

辛弃疾的词作以爱国、豪迈、战斗气息而闻名，但他同时有《青玉案·元夕》式的歌舞升平，有"蛾儿雪柳黄金缕，笑语盈盈暗香去"的词句。伟大的诗词作家，风格都不是用来拘束自身、画地为牢、服从特定概念范畴的，而是为了发扬光大自身；同时，任何风格个性，都不是狭隘局促的，而是相反相成、互通互补的。

与辛弃疾的创作相比，有史以来关于他的种种文学评论、概念划分都显得顾此失彼、简明排他、丢三落四。对辛弃疾是如此，对古今中外的大作家的认知与评论、舆论与说法常常也是如此。

再读一首绝门稀罕的词：

烛影摇红·上元有怀

张抡

双阙中天，凤楼十二春寒浅。去年元夜奉宸游，曾侍瑶池宴。玉殿珠帘尽卷，拥群仙、蓬壶阆苑。五云深处，万烛光中，揭天丝管。

驰隙流年，恍如一瞬星霜换。今宵谁念泣孤臣，回首长安远。可是尘缘未断，漫惆怅、华胥梦短。满怀幽恨，数点寒灯，几声归雁。

张抡

字才甫，自号莲社居士，开封（今属河南）人，宋词人。

两座高楼，耸立及天，十二幢阁楼里春寒似有流连。去年上元佳节之夜，我蒙恩获旨，进宫游览，曾经陪侍入围瑶池宫宴。皇宫各门的锦绣珠帘，都卷起来，一路畅通，宫女簇拥，如群仙下凡，来自蓬莱阆苑仙境。五彩福云的深处，千万支蜡烛的光辉中，宫中管弦乐队响彻中天。

一年如白马驰过墙室缝隙一样过去了，恍惚一瞬间换了天地岁月，又到了今年的上元夜晚。谁还能想起痛苦忧国的流亡光杆臣子呢？回首京都，何等遥远！

遥远也罢。我的尘缘臣意并没有割断呀。去年的美梦太短暂了，想起来仍然难免惆怅。如今内心幽暗遗憾，看到的只有几点寒风中的灯火，听到的只有几声归程中的雁鸣。

中规中矩，有声有色，思甜忆苦，天翻地覆。上阕下阕，对比不止鲜明，实为恐怖。

张抡的经历大戏惊天，张抡的填词驾轻就熟，张抡的才能四平八稳，张抡的口气自视甚高。张抡此词，血泪交加，无能无奈，是自悲更是后人眼中的自嘲。

"可是尘缘未断，漫惆怅、华胥梦短"，这是此词作中最精当、最特殊、最关键的三句词十三个字，令人哭笑嗟叹，悲凉悲彻骨，冰寒冰透心。

大宋失去长江以北的土地的悲哀，由这么一位在汴梁进过后宫的张大人，更准确地说应该叫张居士，写出来了，心证意证、史证物证、张抡词证。他修习净土佛功，一切靠不断念佛解决。他又是御用词人，向宫中进词百余首，都被采纳付丝竹表演歌咏。他是个俗人、能人、顺当人、随和人，还自以为是国之栋梁。

　　他的一句"今宵谁念泣孤臣"令王蒙昏倒，他昏了心了吗？他在抱怨已经变成南宋的半僵余宋无人"念"他这个御用词匠，而他自己已经只剩下"念佛"了？

　　而他的丧国之痛、丧君之痛，他的惆怅有加，用他词中的话，正是他的"尘缘未断""华胥梦短"。他的净土宗功课，也只如恐惧神鬼一般，粗疏浅薄鄙陋，他本身修习得也很红尘，就是为了对付一个"死"字，用上亿万次阿弥陀佛的诵经，有目的地寻找人设神设的另一个世界。只来了个"未断"与"苦短"，他就把净土宗、词人、孤臣以及寒灯、幽恨、归雁，种种身份、角色、心态、感受都混为一体了。这可是中华文化传统的消极的"煲粥"功夫——万法归一、万有归一、万苦万幸万福万祸全归一、灭一、失一、丧一！

　　他写得很真诚，文学创意有限，但此词的题材了不得。至大与至小，大宋与微臣，居士与红尘，全套家物什，齐活。自称孤臣也好，莲社居士也好，奉宸游宫、惊为仙境也好，曾应问讯向皇上报告每天除了念阿弥陀佛，脑中全是空白，赶往了修炼胜境也好，他的人生仍然留下了《烛影摇红》，写下了亲历亲闻的国之大者。

　　之后，一年之中，北宋完蛋，朝廷包括张抡跑到了江南。他自称孤臣，却并无家国担当与任何行动，反说自己无人念及。

　　有什么办法呢？写来写去，阿弥陀佛来阿弥陀佛去，他摆脱不了朝廷命运、大宋安危、外敌入侵、格局与秩序颠覆的感受良多益深。在斯时话别、赠友、怀乡、吊古、悼亡、感遇、狎游，以及天地山河、春夏秋冬、日月星辰的诗词兴旺之旁，还有这样一首窝窝囊囊、可怜巴巴的词，真真切切地为宋朝的灭亡作证，为辛弃疾、陆放翁的不同作品陪衬，也许还能长久地丰富当世与后世读者的见闻，呜呼哀哉，亦难能矣！词人如飞禽，林子大了，什么鸟儿没有呢？

⑧ 雄心无成以后的村居乐

清平乐·村居
辛弃疾

茅檐低小，溪上青青草。醉里吴音相媚好，白发谁家翁媪？

大儿锄豆溪东，中儿正织鸡笼。最喜小儿亡赖，溪头卧剥莲蓬。

茅草屋檐非常矮小，小溪边芳草青青。农人们喝了酒，带着醉意，说起吴侬软语，更加妩媚可爱。白发老夫妻一家，多么恩爱幸福。

大儿子在河东豆田里锄草，二儿子忙着编织鸡笼，最开心的是顽皮的淘气鬼小三儿，躺在小河端剥着莲蓬吃鲜呢。

这就是生活，这就是江南，这就是农家乐。国土沦丧大半之耻煎熬着辛弃疾这样的志士也好，朝廷弥漫着投降主义情绪也好，前线将士血流成河、白骨堆积也罢，仍然有大自然在，有土地在，有茅檐在，有小溪，有娇媚的方言，有白头到老的夫妻，有顽皮的小淘气儿子吃鲜莲蓬。

一个作家诗人的题材有许多方面，一个时期的主题可能很集中，也可能多样化。生活永远比主题更宽泛，文学永远比概念更灵活。前头我们感动于"可怜白发生"（辛弃疾《破阵子·为陈同甫赋壮词以寄之》），可怜了，生白发了，辛大师也还要活下去，也还同样地爱家乡、爱大地、爱大宋、爱务农、爱孩子、爱家庭、爱小河与屋檐。

这首词是清纯、和平、快乐的另一种词曲。一点一直线，再精致、再努力

〔明〕 唐寅 《江南农事图》

也不足以生色，只有方方面面，才是大作家，才是时代与历史的百花齐放，风流绚丽，声气逼人。这首词平实日常，返璞归真。尤其是小儿"卧剥莲蓬"云云，从读者的心头轻轻一拂，喜从中生，永难忘怀。绝妙好词，可能是惊天地与泣鬼神的，也可能是话家常与随心说的。茅檐、小溪、青草、酒醉、吴音、白发翁媪、锄豆、编笼、卧剥莲蓬，种种生活场景扫描而过，这是何等美好的农家乐场面啊。

妙在这首词里也有"白发"二字，这里的"白发"是恩爱，是"清平乐"；此前的"白发"是痛心疾首，是"破阵子"。

更妙的是，挑灯看剑也好，吴音相媚也好，都可以在醉里发生。是酒，最广泛，最包容，与辛弃疾一样刚柔尽好、文武兼通、老少咸宜。吴侬软语与山东大汉（稼轩是山东籍），都与酒统一在了一起。

西江月·夜行黄沙道中

辛弃疾

明月别枝惊鹊，清风半夜鸣蝉。稻花香里说丰年，听取蛙声一片。

七八个星天外，两三点雨山前。旧时茅店社林边，路转溪桥忽见。

月明如洗，穿过树枝，照耀得喜鹊受惊。清风掠过，半夜蝉鸣响起。稻花飘香，农民说起对于丰年的期望，听到了稻田边的一片蛙声叫唤。

浮云聚散，远远有七八颗星星挂于高天，两三点雨飞落山前。旧日修筑的茅草房屋，依然坐落在土地庙附近的树林中，你走到小溪桥上，忽然发现它，别来无恙安然。

即时即景，具体而微，动感加上画面感。明月，别枝，不是直接被月光照射到的树枝，而是别过去的月光下的树枝。月光大致是稳定的，树枝却可能因外力而动摇，这可能是造成鹊惊的一个原因，当然，也可能是其他原因，甚至是月光太明亮了，明晃晃的，引得鹊鸟受惊。清风之起动，也未必有什么明显的原因，与蝉鸣不见得有什么关系，偏偏人是喜欢分析因果关系的动物，中华文化又是一种喜欢联想、热衷于发现万物万有种种关联的文化，赶上蝉鸣于清风起动之时，词人辛稼轩愿意把风与蝉写到一起。自然、万物、风月、云雨、蝉鸟、稻花、蛙叫、茅店、社（土地庙）林，如点击一般都看到、提到、注意到了，点点滴滴、样样数数，多元一体、一体多元，杂七杂八，结合成了夜行途中的整体意境、综合印象。

点击式的结构、转圈全景式的视觉听觉盛宴、口语式的说法，都是这首词的特点，而本词中最出彩、最传神、最亲切随意的遣词造句是"七八个星天外，两三点雨山前"。"七八个星""两三点雨"，信口一说，随口一抹，出现了诗词奇观，读之几欲欢呼，观之能不喝彩？唱之如梦如痴，咏之羽化登仙。好诗好词好句，来自生活，来自大地，来自人民，来自口语，绝对不是挤出来的，不是一味推了再敲、敲了再推，没完没了地捣鼓出来的。好句天然，不用愁眉苦脸。绝妙好词天造地就，如清风拂面而过，如清泉清澈冒出。包括"春风又绿江南岸"（王安石《泊船瓜洲》）这一类的着力选词，远没有"七八个星""两三点雨"的"清水出芙蓉，天然去雕饰"。

诗人是万有之友，万人之心，万生之灵，万心之语，万音之韵。星剩了七八个？不太可能。有云笼罩，有山头、房屋遮挡，有一时眼花，有雾气等其他天象，最多是许多星星看不到或暂时没有看到而已。还有，七八个星星说的是天外，依当今天文学的说法，不妨认为天外是指更遥远的别一银河系统。鹊在别枝，星观天外，茅店也要拐个弯才看得见嘛。

两三点雨更绝，夏雨雨人，时有时无，似有似无，三点两滴，就是有小雨，有比小雨还小的雨，无正经八百的雨，也无无雨。妙哉无非无、无非非无，无非有、无非非有。佛禅乎？自性乎？诡辩乎？呜呼，词人也，如不体贴天地、爱抚万物、亲近众生、注意远近、倾听高低，如何能有丰盈的灵感与词句？如何能有既高尚，又有趣味，既足实，又精微，既周密，又随心所欲、信马由缰，成为南宋大文豪的辛弃疾？

西江月·遣兴

辛弃疾

醉里且贪欢笑，要愁那得工夫？近来始觉古人书，信着全无是处。

昨夜松边醉倒，问松我醉何如？只疑松动要来扶，以手推松曰去。

姑且喝酒以醉，图个醉后嘻嘻哈哈笑笑，那样，想发愁也就顾不上了。渐觉成长、更多明白事理以来，便发现读了那么多古人著作，实在不可信，更没有什么实际用处。

昨夜喝醉后，在松树边上，我问松树："你看我醉态怎么样呢？"松树似乎要过来搀扶我站好，我立即把它一推，拒绝说："一边去！"

随随便便，在平生不得志的窝囊与沉重中，只能求一醉，似乎还能苟且一乐，与自己的忧患、国之大者的焦虑打打岔，转移一下自己沉重如铅的注意力，忘记一回钻入牛角尖的思绪。

醉到什么程度呢？站不稳了，马上要倒在地上了，犹自与身旁的松树调笑："怎么样？请看老哥我醉到何等田地！"醉眼惺忪，只觉得松树欲过来搀扶，推上松树一把，拦住它的多事。

许多高明的解人，指出此词喜剧情节下的悲凉痛苦。他们知人论世，明白作者辛弃疾之爱国尚武主战，与在南宋之不得志。"且贪欢笑"中有一"且"字，抓住它，一字便看透了辛稼轩的强颜欢笑、绝望、怨怼、痛苦。

但这样说也太简单了。稼轩不仅是一个强人志士、拼命三郎，同时是一个有血有肉、生机盎然、灵感充盈、信手拈来、妙趣禅意横生的文豪天才。文豪耽酒，曹孟德、李太白、杜工部直至波斯的奥马尔·海亚姆，莫不皆然。文人对酒有爱好，事出有因，包含着许多追求、许多忧愁，也包含着不少豪爽、不少欢愉，还包含着对自己的精神状态、对兴奋与大志大言的心理自赏。耽酒可能是人生的消极情绪，但也可能包含着壮志豪情。生活、人生、际遇、政治抱负，个人与集团的归属，事业的红火或者冷淡，对于稼轩这样的人来说当然是极其重要的，但不是唯一与全部的。《青玉案·元夕》里有对当年太平年华的歌颂，也有关于红尘情爱的俏皮巧言，还有众里针对他（现在要写作"她"）的千百度深情寻觅。辛弃疾的乡村生活词，纯朴接地气，其乐无穷，其心如童，其语如戏。而这里他的"且贪欢笑"，说明了他的抑郁，也说明了他的不甘抑郁。他确实失意，曾有"可怜白发生"（《破阵子·为陈同甫赋壮词以寄之》）的叹息，一句千钧，同时他在寻找解脱，他并未悲观厌世，而且这里有他罕见的幽默。堂堂词人而无趣，不知其可也。好人无趣，是好人的灾难；坏人无趣，是坏人的惩罚。幽默感是智力的优越感，幽默感是超越鸡毛蒜皮的邪恶与诡计的重器，是乐观与自信的一个元素，是对于低级、愚蠢、狭隘的对手的讥笑和耍戏。我打早就爱这么说。

"要愁那得工夫？"牛上了，这话就是文化自信、生命自信、岁月充实、人格自信。他可以不为南宋君王所用，他可以被朝廷废弃，但他仍然为大千世界所欢迎、所感动、所鼓舞、所力挺。没工夫发愁，没工夫颓废，更没工夫顾影自怜。

"要愁那得工夫？"太漂亮了！我常常体会到，不做一些小人的行径，不搞明争暗斗，不嘀嘀咕咕，是自己的是非荣辱的选择，更是由于要忙碌、要办理的正经事、有意义的事，要学习的东西，要欣赏的真理艺术太多太多了，哪有工夫去搞那些鼠目寸光、阴暗怪气的丑态百出？

然后辛大词人质疑古人的书，智力优越感渐渐显摆上了。这种质疑包含着失落、失望，也包含着自我解压、自我宽松、自我"想开了"！到了南宋这样的乱世，古代经典都有"全无是处"的尴尬，南宋的命运，又如何由他这样人微言轻的人物去承担呢？

与松树交流，更是万物灵性在稼轩身上的体现。人的灵性，可能表现为感受到万物万有的灵性与可互通性。这也是一种爱心，一种诗情，一种温馨，一种取笑取乐。谁看到这里会不觉得辛大词人与那棵大松树同样可爱呢？没有这样的灵性，写不出这样几近信口开河的词的人，能成为万古流芳的大词人吗？

同样是喝酒，阿Q也好，孔乙己也好，李逵也好，西门庆也好，再喝一百公斤也不会与松树对话的。武松大豪杰，喝多了酒，增加的是打虎的勇气，而不是与松树对话的灵气、趣味、幽默与善良友好之气。

五十个字的一首《西江月·遣兴》词，比两千字的有关评点更丰富，更有活力，有着方方面面的接受空间、发挥余地。这可以叫作文学的活力、深刻性与可评议性。

文学如果爱起来，诗词如果爱起来，辛弃疾如果爱起来，它创造的增益的精神生活的可能性是无限的。阅读与创作、解读与欣赏、幽默与趣味、喜中之悲与悲中之喜，永无句号。

⑨ 无人不爱是东坡

念奴娇·赤壁怀古
苏 轼

大江东去，浪淘尽，千古风流人物。故垒西边，人道是，三国周郎赤壁。乱石穿空，惊涛拍岸，卷起千堆雪。江山如画，一时多少豪杰。

遥想公瑾当年，小乔初嫁了，雄姿英发。羽扇纶巾，谈笑间，樯橹灰飞烟灭。故国神游，多情应笑我，早生华发。人生如梦，一尊还酹江月。

长江大水，滚滚东流，浪涛起伏，历史长河里出现过多少千古流芳的杰出人物（名声、传闻、业绩）。多少了不起的人物，被历史的东流水冲刷殆尽了。

古旧的堡垒西边，人们说那里就是三国时期周瑜用兵的赤壁战场。陡峭的山壁高插天空，波涛在沿岸拍打，浪花卷起如堆堆飞雪。想起赤壁之战时期，涌现出多少豪杰（在那时的此地，上演了历史好戏）。

遥想当年，公瑾周瑜，美女小乔才刚嫁给他的时候，周郎风华正茂，俊美雄强；而诸葛亮摇着鹅毛扇，头戴配有青丝带的头巾，谈笑之中以智取胜，曹操的多少战船在火攻下灰飞烟灭。

神游古代三国，多情者会笑话我（过于感叹古人），过早地被古往今来的历史思虑搞白了自己的头发。往事苍茫，只觉人生如梦。且举酒樽，泼向长江，祭奠致敬那江中映射的与古代同一个明月吧。

比较一下苏东坡的《念奴娇·赤壁怀古》与辛弃疾的《南乡子·登京口北

固亭有怀》，非常有意思。

气势宏大，与古人故事相通，是二人二词的共同特点。辛词讲"悠悠。不尽长江滚滚流"，苏词讲"大江东去，浪淘尽，千古风流人物"，情调一致，笔墨一致，都是从江水的流淌中感慨时间的推移，来源是孔夫子的"逝者如斯夫，不舍昼夜"。辛词讲"千古兴亡多少事"，苏词讲"千古风流人物"，一个以史为纲，一个以人为本，情愫大同小异。

其实辛也注意人物，他注意的是孙仲谋，他的兴趣不仅是历史记载，更是现实期待，他希望南宋也能出现孙权式的有所作为的大人物，年纪轻轻，英才大志，运筹帷幄，千军万马，独当一面。同时辛词提了一下曹（操）与刘（备），一笔带过。

而苏提到的是"公瑾当年，小乔初嫁了"，更多流露出几分风流倜傥、性情浪漫，讲孙权不忘美女小乔。然后是"羽扇纶巾"，这是诸葛孔明的符号。不知道宋朝是不是已经有了三国戏，苏词中对于二位角色性格特征的派定，更接近戏曲而不是史实，虽然斯时《三国演义》著作远未出世。

也许是罗贯中与宋元以来的评书演义受到了苏辛词的影响？更可能是惬意演义的历史早有对诸葛亮的神化、对曹操的反感与对蜀汉的认同，以及将周郎年轻化的倾向。

最大的区别在于，辛词注目三国旧史，背景是对于自身所处的南宋语境的关心与焦虑叹息。苏词着力的则不是古史、名人，而是自身作为八百多年后的词人，看到赤壁古战场（后人知道他其实是弄错了地点）而引起的人生感慨、生命感慨，然后才是历史感慨。其实，苏轼凭吊古迹的时候比辛弃疾更放松，更开阔，更有文人气。

苏轼的《念奴娇·赤壁怀古》是更自顾自的抒情，更主体，更自我，这也并不新奇。"固一世之雄也，而今安在哉？"他在《前赤壁赋》中已经明说了。

但是他的语言深情优美。"乱石穿空，惊涛拍岸，卷起千堆雪"，读者似乎已经身临其境，认可了江山之如画。而"一时多少豪杰"，也是苏东坡站出来张口发声，说自己的话。然后"故国神游，多情应笑我，早生华发。人生如梦，一尊还酹江月"，都是自述自语，自我中心，自己抒情。他的这种写法十分动情动己，也容易感人。

而辛是确实登上了京口北固亭，面对长江，有所怀念感想，他多了一点在历史面前的郑重与无奈、伫立与失语。

水调歌头

苏　轼

丙辰中秋，欢饮达旦，大醉，作此篇，兼怀子由。

明月几时有？把酒问青天。不知天上宫阙，今夕是何年。我欲乘风归去，又恐琼楼玉宇，高处不胜寒。起舞弄清影，何似在人间？

转朱阁，低绮户，照无眠。不应有恨，何事长向别时圆？人有悲欢离合，月有阴晴圆缺，此事古难全。但愿人长久，千里共婵娟。

我高举着酒杯，向天空发问，究竟在什么时候，月光会变得如此明亮清纯呢？（"人生几见月当头"，语出何良俊《四友斋丛说》。）在天上那另一个世界，现在应该被认定为何年何日何时呢？我想乘风归返天上，又怕天宫的华丽玉质房屋位置过高，让人受不住寒冷。在明月光照下，跳起舞蹈，留下清丽的身影吧，月光下的一切，又怎么可能与人间俗景一样？

月光转过了红色的阁楼，又低身进入了精美雕花的窗户，光照得人难以入眠。月光下的一切不应该有那么多遗憾吧？为什么月光会让人想起离别与分手的悲伤呢？当然了，人有悲欢离合，月亮也有万里无云和被阴云遮挡、圆圆满满和缺了许多部分的时候，这一类情况，自古是难以圆满周全的。只盼望人活得长久，千里共赏我们的月光女神。

"明月几时有？把酒问青天"，一下子把对于月亮的爱恋与对于天的向往和迷惑，还有"知天"的愿望，结合起来了。这是苏轼的天地境界，是东坡居士的"问天"，与屈原的"问天"大异其趣，不那么悲愤用强，却有几分见好就收的深知天命的平和与曲为应对。

"不知天上宫阙，今夕是何年"，问得何等天真烂漫、亲和关切，如问亲家，如问老友，如问街坊："你们可都好？"明显的是，"不知"是老实话，"不知"才问。问谁去呢？问也白问。在天人一体中，显现了天人相隔。

"乘风归去"，杜甫说的是"月是故乡明"（《月夜忆舍弟》），苏东坡干脆感觉"月是故乡"，抑或"天是祖籍"。特别是"高处不胜寒"的名言，把苏东坡与浅薄大言类的人物分得清清楚楚。他与"上九天""能胜天""冲破天""闹翻天"的距离拉开了不少。专家说"水调歌头"词牌是隋炀帝所作悲歌。"归去"之语，有三分亲近、七分悲伤，苏轼没有受词牌本身本事的影响吧？

"起舞弄清影，何似在人间？"瞬间转成朦胧诗体，是文学和艺术的感觉，不是天文问答。也不是一定要寄托抒怀，更不是影射微词。不论后人如何解释发挥"高处不胜寒"的微言大义，我都觉得，赏月观天，秋风送爽，岂止高处，中低处也大多有一点寒意，这样的句子，自然贴切，无须多言，过分解释为对仕途坎坷的牢骚，反污染、庸俗了东坡的清纯名句。

但此语太符合攀升到高处、不能适应与胜任的官员们的经验了，"高处不胜寒"一语的官场嗟叹意味，与生俱来，洗不净，择不清，高帽子焊到词语上，再也摘不下来了。

"转朱阁，低绮户，照无眠"，写明月一夜的行迹，把月亮写了个全。又转入人事，悲欢离合、阴晴圆缺、长向别时圆，人事也说全了。而后"此事古难全"，说完了自我劝解一下，打一巴掌揉三揉，不必自寻烦恼，更不会叽叽咕咕。东坡中庸，不是样板戏的路子，也绝对不是林黛玉的路子，连李商隐的拧巴也没有。

这种写法，说说甲，又说说其实不必老是甲，换成非甲或换成乙也无妨，这像是荡摇着秋千的诗词。这种句子、这种思路似乎更多见于浪漫主义作曲家勃拉姆斯与柴可夫斯基的旋律，更明显的摇荡感则是约翰·施特劳斯的圆舞曲，不同的是迷人的圆舞曲没有柴氏与勃氏的那点感伤。他们都不死心眼子。

苏轼耳顺目顺，顺生而歌水调。"但愿人长久，千里共婵娟"，他的愿望美好且务实。愿望只是愿望，而且愿一个长久，二十年也是长久，三五年也是长久，东坡不是求不死药的秦始皇，不是一心炼丹、吃死自己的宁国府大老爷贾敬，他的愿望是可以商量、可以调整的。好说好说。

苏轼自己附言：这是大醉后想起弟弟来时填写的词，这不是精心琢磨、呕心沥血之作，这是月光照耀之作，是本身就像秋天的明月一样清丽纯洁、泽润畅达之作，又是行云流水、光洁温柔、如歌如话、亲和适意之作，还是自我调整、自我说服、自我珍惜之作。

写作与阅读的互动性有时表现为："吟安一个字，捻断数茎须"（卢延让《苦吟》）的苦熬苦修，读者读起来似乎看得到作者的愁眉苦脸，尝到了一点苦涩，同时感佩作者的认真打磨；下笔千言、舒适流畅之作，你读得也舒服，却往往略嫌浅俗。而苏轼咏月的《水调歌头》，清新舒畅，一气呵成，入情入理，体贴人生的方方面面，写出了月光的方方面面。

填此词时，苏轼已经经历了一些风风雨雨。他是名人，又是前后被流放过四次的人物。何况他与变法的王安石尿不到一壶，王相得势的时候，他成了异见者，王安石不红的时候，他同样得不到反对变法的所谓"旧党"人士的接纳。好文人也是文人，而文人有文人的可厌之处。估计是这样。

他已经积累颇丰，酸甜苦辣、东南西北、仕途旅途、诗文议论，他的智力、心力、深情、聪慧都远胜常人。近千年过去了，此词至今仍然是中秋赏月的文学诵读首选，是对月光情有独钟的中国文人的月光诗词首选，是一个咏月的高峰与极致，干脆是一个咏月范式。另一个具有范式意义的诗句是"举头望明月，低头思故乡"（李白《静夜思》）。

不说别人了，连最伟大的咏月者李白，如果只就描写月亮的单篇诗词一对一进行比试，李太白也拿不出比这首《水调歌头》更漂亮、更完美的作品。明月几时有？苏轼几时有？东坡居士几时再生再现？李白几时庶几重生？让我们祈愿文学中华的美梦吧！

江城子·乙卯正月二十日夜记梦

苏　轼

十年生死两茫茫，不思量，自难忘。千里孤坟，无处话凄凉。纵使相逢应不识，尘满面，鬓如霜。

夜来幽梦忽还乡，小轩窗，正梳妆。相顾无言，惟有泪千行。料得年年肠断处，明月夜，短松冈。

苏轼悼亡妻词。

妻子王弗死去十年了，天人相隔，各自茫茫相思相忆。难以细想，仍是始终不忘。你的孤独的坟墓现时离我千里，能到哪里去倾诉凄凉的感受呢？十年过去了，即使我们重逢，估计也难以相认了……我们的脸上蒙上了灰尘，我们的鬓发，已经雪白如霜。

昨夜梦中，忽然回到了咱们的老家，小小的房间里，窄小的窗户前，你还在梳妆打扮。我们对看着，不知道说什么才好，只有任凭热泪滚动在我们的腮上。想想每年让我们肝肠寸断的日子吧，那明月照耀下的夜晚，那长着矮矮的小松树的墓地山岗（你就长眠在那里吗？）。

修辞立其诚。东坡此词，浑然天成，张嘴或不张嘴写下就是。十年生死，两界茫茫，不曾专门思量回忆，更无须盘算考究。十九岁的丈夫苏轼，十六岁的妻子王弗，三十岁丧妻的苏轼，二十七岁去世的王弗，相惦念相不忘还用特意说什么、做什么、找什么词儿吗？无为而无不为，未思而无一日不思，是无可悲伤、无法悲伤、无由不悲伤也无法更悲伤的无助无尽的大悲伤。无处话凄凉也无须知凄凉，才是无时不凄凉，无语更凄凉。

"纵使相逢应不识，尘满面，鬓如霜"，到这儿，读者就忍不住要泪流如注、滴血泣血了。活着又能如何，失去了对方。十年过去了，只能是满脸的尘土风霜，干枯褶皱，满头的白发。伤上加伤，血上加血。后死者也是渐渐衰老，终将死去，已死者唯孤独寂寞，不言不语。

忽然还乡，谁来幽梦幽会？还有点风流，有点浪漫，有点闺房记乐呢。轩室是小的，窗子是小的，人也是小的，王弗嫁过来时才十六岁啊，二八佳人，翩翩少女，苏轼十九了，血气方刚。小夫妻曾经何等地幸福旖旎，天真活泼，羞怯嬉闹。天人相隔，梦中的甜蜜幽幽，能够恢复、唤起少年的幸运感吗？苏轼说了不能，"相顾无言"，梦中的相见，缺少了喁喁情话、深深心语、欢笑打趣、爱抚美满啊。没有这些还能有什么呢？

东坡说了："惟有泪千行"！惟有"年年肠断"！而"明月夜，短松冈"，又有什么典故和含意呢？是说他们爱情生活的游娶地点？是说他们携手行进看过的风景？是说生者今后每遇清幽纯净之地，都会想起爱妻而肝肠寸断？是说现在的墓地？王蒙不才，说不好了。

可以说，这首词，苏东坡把丧爱之悲写得淋漓尽致，伤是伤，泪是泪，当年的苦，十年后的苦，死的痛，生的痛，他写得不隔、不涩、不秀、不努、不白、不文、不雅、不作，实话实说，字字句句到位，读之令人难以自持。但同时又觉得分外透彻、遍体通明，生死聚散，恩爱凄凉，难分难舍，千言万语，相识不相识，全写出来了，什么也没落下。

点点晶莹，韵韵珠玑，这是大悲痛，也是大享受、大珍惜、大成功、大圆满。人生就是体验，人生更是表达，人生是幸福，幸福是对于苦难的经受、记忆与反刍，是对伤痛的挺住与对悲苦的永世纪念。记住苦难，是由于珍惜，由于善良，由于忠诚，由于纯洁，由于对生命与爱情的最充分的体贴宝贵。

苏东坡是多么大的福星！王弗是多么好运的天使！你可以活九十九岁甚至一百零八岁，但最后也要离世。你活了二十七岁，你得到的是苏东坡的"江城子"。你是高悬在天的月亮，你获得了苏东坡的"水调歌头"。你是长江中的一排巨浪，你得到的是苏东坡的"念奴娇"。苏轼因你而尽兴情（注意，不是性情），文芳百世。你与你们的明月、松冈、长江，以及弄岔了的赤壁，因苏轼而突破了自己的存在；你们得到了千年万载的读者的关心，有了文学，有了中华诗词与世界之诗，一切悲苦都成为珍重与纪念的契机、才华与真情的花朵、喜悦与大爱的文献、真与善与美的激动。啊，我的唐诗宋词，我的李杜苏辛、曹雪芹、李商隐、普希金、雪莱、拜伦、艾吕雅、纳兰性德！

望江南·超然台作

苏　轼

春未老，风细柳斜斜。试上超然台上看，半壕春水一城花。烟雨暗千家。
寒食后，酒醒却咨嗟。休对故人思故国，且将新火试新茶。诗酒趁年华。

　　春天还没有老去，风力不大，柳条斜飘。登上超然台看看暮春风景的变化，春水在壕沟里绕过了半座城，满城花开灿烂。小雨如烟，笼罩着千家万户。

　　清明前的寒食刚过，酒醒后，仍然觉得有些困惑、叹息、失落。不必再与老友一起叹息陈年往事了，收拾炉灶，以新火煮新茶，趁着尚未衰老的芳华，吟诗品酒寻乐去，岂不是更好吗？

　　一上来讲春天还没有衰老，是将四季拟人，更是将人生拟四时。说春深、春残或晚春的多矣，说"春老"有新鲜感、亲切感、人生感。但反过来一想，已经轮到用"春未老"来修辞了，便预言、反证了岁月的必老、正在老、开始老化、无法不老。人对于春的爱恋珍惜，与对于他、她正老去的敏感，与一种轻轻的悲伤是联结在一起的。始于"春未老"，终于"趁年华"，全词将惜春恋芳华的主旋律贯通到底。

　　没有说柳细，没有说风轻，而是说"风细"，用形容实物体量体型的细来形容气体的风，也与众不同。再以带有几何制图性质的"斜斜"，来形容摆动的柳条柳枝，于万千关于柳的吟咏中，毕竟生出了新意。

　　"烟雨暗千家"之说也使人点赞，将常见的烟雨字样与千家万户的地气接连起来，烟雨不是仅仅生根于文人墨客写江南的诗词中，而是整个尘世的春光春景。

　　寒食在古代是一个有意思的节日，纪念清高绝伦的介子推，并与清明节联系起来，成为祭祀与阴阳两界交通的节日。它至少不是一个富于游乐性、庆典性的节日。加上某些惜春情绪，不止一个诗人抒写"酒醒却咨嗟"，更多情的是晏殊的"几日寂寥伤酒后"（《无题》）。这时一下子鹞子翻身、活力穿刺、美好青葱起来的是"休对故人思故国，且将新火试新茶。诗酒趁年华"，有了这三句词十九个字，改天换地，脱胎换骨。此前咨嗟也罢，烟雨暗淡也罢，春终会老也罢，别了！不再颓废，不再缠绵，不再软弱萎靡，一下子自我愉快，自我救援，阴霾四散，风流潇洒。

　　"故人"一词非常典雅优美。说成老乡亲、老朋友，都没有故人的深与雅。言语难译，语言通神，言语伤心，语言清心。

　　多情的苏东坡，始终有他的健朗。烟雨中他仍然上了超然台，仍然欣赏夸赞了"半壕春水一城花"。果然是超然台，当真有点超然，所以他只是"试上"，有试一试的感觉和精神，他的人生与情致一直具有可塑性、试验性，具有改善乃至高速发展的空间。最后这三句还强化了词作的音乐感、上口感、节奏敲击感与舒适感。在音乐感的评价上，能与苏东坡比拟的只有李后主，但苏词似乎更开阔和不无铿锵。

这首《望江南·超然台作》在苏作中地位并不太高，但他的"休对"句，仍然令王蒙如醉如痴，喝彩不已。它像是一首钢琴小品曲，结尾的时候叮叮当当提高了调门儿。望文生义加听话知音，借题发挥一下吧，回首中华古典诗词，像苏轼这样全面与深刻，强烈与平和，顾此不失彼，失意而仍然光鲜、永远美好，思维发达而又明白如话的写作者，我们的历史上并不太多见。

西江月·平山堂

苏　轼

三过平山堂下，半生弹指声中。十年不见老仙翁，壁上龙蛇飞动。

欲吊文章太守，仍歌杨柳春风。休言万事转头空，未转头时皆梦。

平山堂是欧阳修当年在扬州做太守时于蜀冈中峰大明寺中修建的，在此室中坐下向外眺望，只觉堂舍的高度与山持平。

词曰：我三次从山下走过平山堂，弹指间半生光阴已经度过。我已经十年没有见到老师欧阳修仙翁了。墙壁上欧阳仙翁的书法，仍然龙飞凤舞般地充满灵动活力。

我要悼念文章大师欧阳太守，首先想到的仍然是歌咏颂扬他杨柳春风般的和善与慈爱。不要说人生万事转眼就变成了寂灭空无吧，未空无前呢？没有变成空寂的时候呢，也是如幻如梦。

悼念自己的老师欧阳修，再次来到欧阳修做地方官员时修建的平山堂，感到的是弹指间过了半生。光阴荏苒，旧情难觅，同时也看到了书法永存，活力依然，龙蛇飞动，生命不息。

悼念起来，也仍然是杨柳春风，温和生机。用不着怨恨什么一死百了，转眼成空，人活着的时候，也不是没有幻梦感。

问题在于，人非永恒，色终成空，幻梦似空，毕竟非空，梦也有善恶吉凶、福祸通塞、高低上下、悲欢离合；大限后空，生前的你仍然可以光明浩荡，一步一个脚印，仰不愧天，俯不愧己。"休言万事转头空"，这七个字很有快板风格，而"未转头时皆梦"云云，略似另有玄机，读者是可以自作主张、自行解释的，一定可以解释得比苏东坡拟的这六字真言更高妙。

江城子·密州出猎

苏　轼

老夫聊发少年狂，左牵黄，右擎苍，锦帽貂裘，千骑卷平冈。为报倾城随太守，亲射虎，看孙郎。

酒酣胸胆尚开张。鬓微霜，又何妨！持节云中，何日遣冯唐？会挽雕弓如满月，西北望，射天狼。

我这个老家伙暂且发作一下少年时代的狂狷火热疯劲儿，左手牵一条黄毛猎狗，右手擎一只凶悍苍鹰，头戴锦绣花帽，身披貂皮大衣，带着上千人马，骑马跨过平冈。为了报答全城人跟随太守我狩猎的厚爱，我要亲手去射杀老虎，与当年的英豪孙权媲美。

酒已喝得酣畅淋漓，胸襟开阔，胆气豪壮。鬓发微白，又有什么关系？且看什么时候，正像汉文帝曾派遣冯唐去赦免罪臣一样，今上也会派遣钦差大臣来落实对我的天恩吧？那时我定当拉开弓箭，使之形如满月，向着西北外敌方向，把天狼恶星射下来！

"老夫聊发少年狂，左牵黄，右擎苍，锦帽貂裘，千骑卷平冈。为报倾城随太守，亲射虎，看孙郎。"这绝对是宋代快板，雅文俗韵，乒嘡乒嘟，趣味盎然，喜闻乐见，造势煽风。

"酒酣胸胆尚开张。鬓微霜，又何妨！""会挽雕弓如满月，西北望，射天狼。"哈哈，等着皇帝老儿降恩呢，戴罪盼恩，降不降恩都要期盼天恩浩荡。罪民之期盼与没有这样的期盼，将表现出怎样不同的三观与精神面貌！

伟大的苏东坡大师天真直率，他豪迈地等着天恩甘霖，带着霜鬓，还要忠勇地耍把耍把，箭射天狼。

天才的苏东坡，不玩清高，不演深沉，不犯酸醋，不拔高自己，不大言欺世，也不低声下气。他对自己的境遇，正常反应，永抱希望，谁能不点头呢？

苏轼以政见与主政的王安石不同之异见者身份，自己要摆脱，求外放，又盼天恩天降，写得热热闹闹，红红火火，好说好说！

定风波
苏　轼

三月七日，沙湖道中遇雨，雨具先去，同行皆狼狈，余独不觉。已而遂晴，故作此词。

莫听穿林打叶声，何妨吟啸且徐行。竹杖芒鞋轻胜马，谁怕？一蓑烟雨任平生。

料峭春风吹酒醒，微冷，山头斜照却相迎。回首向来萧瑟处，归去，也无风雨也无晴。

不要管落雨穿过树木、敲打树叶的声音吧，何不高声吟咏着照样走我们的路呢？拄着竹手杖，穿着草鞋，比骑马前行还轻松愉快呢，谁会怕雨呢？穿上一身蓑衣，烟雨无阻，随意度过此生就是了。

料峭的春风吹来，把酒吹醒，让人感到微微有点寒意。山头还有斜阳晚照，迎接我们。回头看看刚才走过的下着雨的冷寂之地，再回去呢，谈不上有什么风雨，也并没有什么晴朗可说了。

没带雨具，风吹雨打中行路，硬着头皮顶住，涉及人生的种种况味，表现出尴尬与自解，自嘲自慰，无奈豁达，姑且将一切放下。

"何妨吟啸且徐行"，这是普普通通的一句话，算不上诗词金句，却是人生金句、处世良方。碰到不顺，碰到霉运，不必反应过度，更不要慌乱失态，该吟诗且吟诗，该放声长啸就放声长啸，该走路就慢慢地走，先稳住自己再说。

这里有趣的是，吟咏啸傲照常，行路则宜降速，言语声音动嘴的事依旧，运动交通动腿动手的事需要小心谨慎。

"一蓑烟雨任平生"，注意小心慢走，但不需要装备过于奢侈，有身蓑衣就够对付一阵子风雨的了。凑合、对付、勉为其难，一切难点其实都算不了什么，都是常态一般化，人生自难免。这里有"忍为高"的处世哲学，有中华的辩证法，有弱者的得过且过哲学，有退一步天高地阔的人生哲学。

"料峭春风吹酒醒，微冷"，淋雨湿衣后，春风未必料峭，身上却已经感到微冷了。微冷，而不是冻得哆嗦，已经说明你大致身体健康，心情正常可喜。

"山头斜照却相迎"，运气差强人意，雨后居然是斜阳夕照。并不是大雨倾盆，把你收拾成落汤鸡，留下风寒湿症；也极少可能，下完雨立即艳阳高照，让你接受日光浴。

这时回首来处，淋雨状态业已结束，"归去，也无风雨也无晴"，是说再回到刚才淋雨的地方去吗？其实完全可以说是指继续走路归家，或者说往回一想，想想经历过的事，无风雨，更恰当地说，谈不上什么风风雨雨了。又有蓑衣，又有草鞋，又有竹杖，又有斜阳山头相迎，还有什么可念叨、嘀咕、抱屈的呢？也无所谓晴或者不晴——有情或者无情了。人生不过如此，有点风雨，有点微冷，过去了，有点斜阳，比没有好。唐人已经有"东边日出西边雨，道是无晴还有晴"（刘禹锡《竹枝词·其一》）的妙语了，苏轼再进一步，"也无风雨也无晴"，到此为止可也。苏轼独喜此语，在另外一首诗《独觉》中又用了此语，行啦。

中华诗词有一种集团性，苏轼此语，是对刘禹锡《竹枝词》的"道是无晴还有晴"的延伸、重复与变奏。

临江仙·夜归临皋

苏　轼

夜饮东坡醒复醉，归来仿佛三更。家童鼻息已雷鸣，敲门都不应，倚杖听江声。

长恨此身非我有，何时忘却营营。夜阑风静縠纹平，小舟从此逝，江海寄余生。

　　夜间饮酒，喝醉了，醒醒酒，又醉一回。回到家，差不多三更天。家中小童用人，打呼噜的声音像打雷一样，敲了半天门，无人应答。只好拄着手杖到江边，听水流的声响去吧。

　　最大的遗憾是，自己掌握不了自己的命运，许多时候身不由己。什么时候能忘记世事的经营忙碌呢？夜间风小了，水面的波纹也趋平息，干脆登上小船，离开人众，在辽阔江海上，度过我的余生，岂不更好？

　　一个是李白的诗，一个是苏东坡的诗词，天真烂漫，心想口出，明白如话，悲喜倾诉，动态归返，大光明境。

　　喝酒喝到反复醒醉若干遭的地步了，这种饮酒状态与程度，任性几近神奇，你会为之鼓掌喝彩。

　　归来三更，鼻息雷鸣，敲门不应……全是俗俗的大白话、大实话，原生态的话，没有修辞，没有推敲，朴实无华，是人就知道作者在说什么。没有一个字需要查字典，没有一个字需要查辞源与拼学问，似乎也无须推敲拈须、短叹长吁。

　　醉酒回家，进不了门，毕竟产生俗俗的悬念，怎么办呢？王蒙在江苏，有过由文化厅厅长带着跳"省招"墙头的经历，在伊宁市解放路，有过从关死了的门底钻空子爬进家属院去的经验。苏轼开阔浪漫，进不了家门，居然拄着（轻便的藜）杖江岸听涛去了。境界通天地，江声夜更频，莫问营营苦，且喜自在身。

　　"长恨此身非我有"，此时此刻此恨（憾），不像有多么沉痛火爆。酒都喝成这样高端化境了，您还唠叨什么呢？身非一己所有，看你说什么了，河北沧州的说法是："命还是阎王爷的呢！"你要明白，你并不完全归你个人主宰。

　　乘小舟而"江海寄余生"？苏轼学的是李白，"人生在世不称意，明朝散发弄扁舟"（《宣州谢朓楼饯别校书叔云》），而李白学的是庄周的"逍遥游"。诗词写了讨厌蝇营狗苟，可以理解，恨不得飘然羽化而登仙，也很美好，再写入"临江仙"，也就齐了。

　　苏轼一生，够清纯，也够红火的了，有些坎坷，但其实已经相当幸运了。真正驾舟乘船，风浪波涛，留给混江龙李俊，浪里白条张顺，阮小二、小五、小七们寻生活去吧。庄周、李白、苏轼，并没有谁会操舟、会游泳、会冲浪和潜水的。

水龙吟·登建康赏心亭

辛弃疾

楚天千里清秋，水随天去秋无际。遥岑远目，献愁供恨，玉簪螺髻。落日楼头，断鸿声里，江南游子。把吴钩看了，栏杆拍遍，无人会，登临意。

休说鲈鱼堪脍，尽西风，季鹰归未？求田问舍，怕应羞见，刘郎才气。可惜流年，忧愁风雨，树犹如此！倩何人唤取，红巾翠袖，揾英雄泪。

为了试谈苏辛的比较诗学，把辛弃疾的这首词拉到这儿来说。

楚地的天空，辽阔千里，水天一色，水随天色流去，秋光无边无际。遥看远处峰峦，形形色色，只能引起我的忧患与积恨。楼头尚有落日余晖，稀稀落落、连不成行的大雁的鸣叫声中，江南流亡的游子，看看吴钩名刀兵器，拍遍了栏杆，没有人理解我登上南京（建康）赏心亭的心意。

不要说什么现在正是故乡的鲈鱼美味的时节，西风刮得起劲，为吃鲈鱼而辞官回吴地家乡的晋朝洛阳官员张季鹰，当年是不是在这样的节令回了老家呢？还有那些只知道购地盖房的官员如许汜者，怕是羞于去见刘备，以免受到刘备的责难吧？可惜的是如今流年不利，风风雨雨，愁闷压抑，一年一年过去了，树长得越来越粗了，人呢？人有何用何功？你又能叫什么人，唤来红衣裳绿袖子的美女，为英雄末路的泪面，加以擦拭怜惜！

不去与外敌拼杀吗？回老家吃鲈鱼脍？一心去置房子买地？像晋将军桓温一样，历经曲折，才争得了率兵北征的机会，路上看到自己当年种的树已经长大了很多，叹息光阴速逝，树已如此，人何以堪？

英雄泪，点点千钧，滴滴沁血。寥廓清秋，登高远眺，看到的是美丽山河混乱破碎。看看吴钩这般著名武器，无机遇血战疆场，却只能像与世相龃龉的刘孟节一样，"读书误我四十年，几回醉把栏干拍"（见王辟之《渑水燕谈录》）。一载又一载，空有英雄心、英雄志甚至还有英雄刀剑，却终无一展身手的平台，全无尽忠报国的机遇。最后只不过是看看刀、拍拍栏的空洞与怨愤的挫败者，呜呼，哀哉！

辛弃疾旁征博引，说不尽自身的沉郁悲怆。这样实打实地直抒心胸、忧患家国、遗憾自身，心胸熊熊、境遇冷冷的词作，在苏东坡那边少有。说起来，苏轼也有政治上仕途上的失意失遇，但好像多了一点文人的风流潇洒、浪漫遐思、聪慧自慰、旖旎妩媚。

当然，这种非重压、非绝望、非剧痛的词作，辛弃疾也有，灯节、乡情、农事、醉酒，如本书前述，辛词都写得活力四射。但或可以大胆说一下，辛词大致是一体多元，由他自己在不同的作品中显示不同的侧重、不同的情愫、不同的生活侧面。

而苏词的特色是多元一体，怀古也罢，悼亡也罢，春天畅想曲也罢，赏景也罢，咏天也罢，都有侧重，都有苏轼的阔大、豪兴、感慨、想象、欣赏与舒畅。

辛作不太一样，他写无赖小儿吃瓜，也有把自己从志士豪杰硬掰成嘻嘻哈哈的常乐翁的咬牙；他写北宋上元夜的欢乐，也是在诉说亡国或半个亡国的剧痛。

10 欧阳修：精美深沉高雅的人生咏叹

玉楼春

欧阳修

尊前拟把归期说，欲语春容先惨咽。人生自是有情痴，此恨不关风与月。

离歌且莫翻新阕，一曲能教肠寸结。直须看尽洛城花，始共春风容易别。

饯行敬酒之前，想与你说好归返的日期，刚要说这个话题，你的娇容率先悲伤呜咽惨淡起来。人生越是多情，越是如痴如呆，死心眼子。说什么风月情长，一颗痴心又哪里与什么风清什么月圆相干！

送别的歌曲就不要添加新的段落篇章了吧，一次唱罢，已经是肝肠寸结。人总是要看完赏遍洛阳的所有牡丹花，从蓓蕾到花落，才能在与春风告辞的时候，觉得心头轻松满足一点吧。

欧阳文忠大人一生官运堂堂，文名端端，"唐宋八大家""千古文章四大家"他俱位列其中。

但他与女朋友（其实更像是妓女）的感情也还深正干净。他拒绝将这种感觉说成"风月"，他看重的是男女间的痴情专念，而不是闲情逸致，不是花花草草、业余玩票，不是自己的薄幸风流、游戏娱乐版。

还没饯行，先定归期，狎妓也有义气信用。未曾开言，春容惨咽。离歌唱起，情也深深。敢情那时候就有了那时候的《何日君再来》呢，"好花不常开，好景不常在"，人生有高有低，有喜有悲，有诚有伪，总有歌曲在旁、在身、在口。

其实"词"，许多就是当年的流行歌曲，如李后主的《虞美人》（春花秋月何时了）是黎锦光的《少年的我》的源头，而欧阳修的《玉楼春》（尊前拟把归期说），正是《何日君再来》的祖先。至于《何日君再来》产生的时代与背景，绝对没有"归期"的高尚、清雅，那是不消说的。

最后拉回来一点，也仍然透露出某种消费心态，洛城花好，看尽、赏尽、享尽、乐尽、情尽，再告别，或许能容易一些。相会时认真相见、相好、相乐，如胶似漆，别离时也就好离好散，洞明豁达。美的享受是一种什么样的消费呢？美的消费不是不需要任何投资与付出的，但美的消费不是在掠夺美、吞咽美、摧残美，而是在丰富美、深化美、增益美、珍惜美。

这首词的时间定位也颇有趣。一批作家同行，说起《百年孤独》的时间结构感佩服得五体投地。"多年以后，奥雷连诺上校站在行刑队面前，准会想起父亲带他去参观冰块的那个遥远的下午。"本书此前在谈李商隐的《夜雨寄北》时已经讲到这个问题。

本词呢？"尊前拟把归期说"，已经把现在时与未来时融合在一起了。而"直须看尽洛城花，始共春风容易别"，又把虚拟态的动词与正在进行时的动词拉到一起了。多看中华古典诗词，可以少许多大惊小怪、数典忘祖。

蝶恋花

欧阳修

庭院深深深几许，杨柳堆烟，帘幕无重数。玉勒雕鞍游冶处，楼高不见章台路。

雨横风狂三月暮，门掩黄昏，无计留春住。泪眼问花花不语，乱红飞过秋千去。

庭院深深，谁知道到底有多深呢？杨柳细密丛生，树顶上像是堆积着、缭绕着烟雾。闺房向外，隔着一道一道帘幕。那些骑着把玉一样的嚼子勒在口里、把雕刻花纹的鞍子佩在背上的马儿的高级游客，都在那边了吧。闺房里的人上到高楼，仍然看不见游冶不归的丈夫常去的繁华的章台路。

　　暴风骤雨出现在农历的三月底，门掩闭着，仍然做不到多挽留一段春季。含泪看着渐渐落下的花朵，问花朵们可否更多地淹留些时间，落花无语无声，只是飘飞过秋千的另一边去了。

　　"庭院深深深几许"，是宋词名句，深受女词人李清照的喜爱，并多次被李氏用到自己的词作里。三个"深"字连用，含义婉转绵长，读音感觉不俗。杨柳堆起氤氲烟雾，增添了温柔迷离，增添了春思朦胧泛漫。

　　"帘幕无重数"，等于又加上了帘幕深深——深无数。闺房深如海，闺怨深遮埋，中国古代的少女少妇，有多少幽情幽思，一切捂在暗处深处难见天日。泪眼问花？当然不是花溅泪，而是泪眼蒙眬看走了花形花相、人生和青春本貌。花不回答少女少妇的提问，也不是花不爱说话，是少妇少女无语，只有泪眼而已。主宾颠倒转换，是中华诗词的修辞方法之一种。如杜甫的"香稻啄余鹦鹉粒，碧梧栖老凤凰枝"（《秋兴八首·其八》）。

　　落花飞过秋千，风是无情的，春是无情的。而另有一些男子，正忙于声色之欢。春天被谁拥有？被谁享受恣睢？被谁践踏挥霍？欧阳大人有对于女性的恻隐不忍、怜香惜玉之心呢。

　　"玉勒雕鞍游冶处"，令人想起辛弃疾《青玉案·元夕》中的"宝马雕车香满路"。北宋的繁荣，亦表现为游冶方面的涉黄消费与车马交通。娱乐业的发达，有太平盛世好风光，也有闺怨的不可名状，唐诗宋词里写闺怨、怨妇、"军烈属"之痛之多，表现了中国源远流长的文学人文主义与文学女性意识萌芽。当然个中还有社会和民众羸弱化与外敌伺机入侵的危局，这些都是中国的老国情。

　　游冶消费掩盖了、隐藏了种种忧愁和危机，连门户的虚掩也引起了词人的感触：关上门也留不住春光，百重帘幕，厚重门户，严严实实，仍然掩盖不住可能发生的变动与走失。

　　"泪眼问花花不语，乱红飞过秋千去"，又一个千古诗词金句，同时是巧句。诗词中的金句，或以真诚胜，如"贫贱夫妻百事哀"（元稹《遣悲怀三首·其二》）、"每逢佳节倍思亲"（王维《九月九日忆山东兄弟》）；或以气盛，如"花千树""星如雨""一夜鱼龙舞"（辛弃疾《青玉案·元夕》）；或以深胜，如"高处不胜寒"（苏轼《水调歌头》）、"夕阳无限好"（李商隐《乐游原》）；或以情、奇、险、巧胜……各有不同。王国维指出"泪眼"此语的境界是"有我之境"，亦即既写景又写情。"泪眼问花"，写的是抒情主人公、词人自身，更是闺怨的女主人。"乱红飞过秋千去"，写的是落花。其实这里已经分不清晰、望不清楚了，泪眼问花，是"我"赋予花以生命，还是花赋予我以感触与提问？乱红云云，其红其乱，都是闺怨中女子的感觉，同时是落花被春风吹动的结果。飞？落花并无飞意，春风并无促飞心愿。落花飞过的是秋千，是佳人在家中的游冶设施，令你想起佳人的高端住宅与生活方式。

同样，"沧海月明珠有泪，蓝田日暖玉生烟"（李商隐《锦瑟》），"感时花溅泪，恨别鸟惊心"（杜甫《春望》），怎么好作出无我与有我的区分？倒是"无边落木萧萧下，不尽长江滚滚来"（杜甫《登高》），表现了杜子美在大自然面前对于世界阴阳、五行四时的敬畏与赞叹，他的似是无我，恰是他的谦卑与易思的"我"的"有"所表达。

"泪眼问花花不语，乱红飞过秋千去"之所以成为经典名句，正因为它之无我、有我，以及不但有我而且有她，都呈现了高度融合。心与物、景与情、主与客、有与无、色与空、生与灭、多情与冷漠的融合，不同角度、不同侧面的相互过渡与转化，完全可以达到无为而无不为的程度了。

阮郎归

欧阳修

南园春半踏青时，风和闻马嘶。青梅如豆柳如眉，日长蝴蝶飞。
花露重，草烟低，人家帘幕垂。秋千慵困解罗衣，画堂双燕归。

她在南园踏青，春天已经半深时节，惠风和畅，马嘶悠悠。青梅初结，果实如豆，柳叶如少女之眉。白昼越来越长了，蝶蛹羽化，蝴蝶终日飞舞。

花朵披露水而变得沉重，草地氤氲如烟雾低低，人家各自挂着低垂的门帘。秋千边玩耍以后，渐觉暖热，困倦中解下丝绸外衣，看到一双家燕回了院子，到了画堂旁它们的旧巢里。

发乎情，止乎礼，高雅斯文，美好妥当。

南园空间，阳光明媚，春半者，是指过了春分吧？但过了春分才去踏青，太迟慢了。呵，这里的"半"不必当数学上的 50% 讲，就当作立春已过，春光渐深好了。"风和""马嘶"，搭配得有趣。有成语曰"风马牛不相及"，到了这首词里，"风和"与"马嘶"恰恰联系在一起，而且可以理解，风很平和，马的嘶鸣也不紧张凄厉。当然，这里说的只是文字游戏，"风马牛"里的"风"作"走失"解，与本词里的"风"不是一回事。风马牛不相及，原义是指马与牛各不相干，走丢了也不会互相掺和搞乱。而青梅如豆柳如眉，日渐长，蝴蝶处处飞，自有春暖花开与小女儿的愉悦气质。

"青梅如豆柳如眉"，心细如发，细致入微，本词寥寥几句话，读之春光满目、春色满怀、春慵满身。

下面讲的花、露、草、烟，以及帘幕，又让你想起"庭院深深"来了，中式房屋的门帘、门户，自有一番情趣，一种神秘感、遮蔽感、迷人的魅力。

"秋千慵困"，本来是说玩耍秋千的少女的慵困，如果用当代白话文的话，必须将所有的主、谓、宾、补、定、状语说清楚，古典诗词则可以以一当十，写成"秋千慵困"，太奇妙了，任凭阅读时组合理解，择要出字词，跳跃成诗韵诗意。

"画堂双燕"云云，令人想起李白的"画堂晨起"（《清平乐》）与李商隐的"画楼西畔桂堂东"（《无题》[昨夜星辰昨夜风]），画堂应指有彩绘的华丽房舍。欧阳修不是白居易或杜甫，他似乎只写上层人家的生活。

朝中措 · 送刘仲原甫出守维扬

欧阳修

平山阑槛倚晴空，山色有无中。手种堂前垂柳，别来几度春风。
文章太守，挥毫万字，一饮千钟。行乐直须年少，尊前看取衰翁。

在平山堂倚栏而望，欣赏晴朗的天空，山色似有似无，淡远朦胧。我曾经亲手栽种了平山堂前的垂柳，柳树已经经历了几多年度春风爱抚了呢。

喜写文章的太守官员，大笔一挥，万字葱茏，举杯痛饮，美酒千盅。及时行乐，莫负芳踪。也许要不了太久，就会被看作酒樽前之人，老态龙钟。

"平山阑槛倚晴空"，可以理解为在平山堂（前述大明寺中修筑的平山堂）身倚栏杆观看晴空，可以理解为堂舍架构栏杆傍依着天空，还可以理解为堂室、山峰与晴空相互依凭。或者是欧阳修写成依凭着晴空的山色看平山堂，为了调理平仄，也为了给读者换个思路，乃作"倚晴空"字样。既然庄子指出"彼亦一是非，此亦一是非"（《庄子·内篇·齐物论》），那么，此亦一依凭，彼亦一依凭，你倚着栏杆看晴空，很好，你倚着晴空摸栏杆，有何不可？你写下了栏杆倚晴空，很好，说是晴空终于推动了倚栏杆的欧阳大人，也无妨。这里当然是指诗词，指想象和审美的依凭，不是真的倚靠云天、赏鉴栏杆、坠落晴空。

不逆向、异向思维也行，平山堂的风景空灵阔大，观山似乎无山，没有阻挡感、此路不通感、压迫感与局促感，一片晴光。春风杨柳，与美好的同时也是匆匆流逝的年度记忆联系在一起，空灵阔大中出现了温馨与些许对时光的留恋和叹息。

人称欧阳修为"文章太守"，欧阳本人也这样自称。士先器识而后文艺，中国文化传统并不怎么提倡专门的神经兮兮的文学家、艺术家，鲁迅称之为"空头文学家"。如果王尔德、凡·高、舒曼等一批另类艺术大家生活在古代中国，他们或许很难得到社会的理解和包容。对于欧阳修来说，文章由有过从政经验的人来写，太守学而优乃从容出仕，知止有定，也就更加自信地从容编修、从容为文，这正是文章分量质量、器识境界的保证。至今我们依然接受文如其人、要作文先做人的思路。

说起修建平山堂，欧阳修忍不住表扬自身这种德政。说起太守文章来，欧阳修不免豪兴冲天，挥毫万字，饮酒千盅，连谦虚谨慎都不讲究了。

至于"尊前看取衰翁"，这样的句子也正如李白《将进酒》所言，"朝如青丝暮成雪"，青春苦短，老少一瞬间。及时行乐之言，又怎能当真呢？

11 李清照的心语与口语

如梦令

李清照

　　昨夜雨疏风骤，浓睡不消残酒。试问卷帘人，却道海棠依旧。知否，知否？应是绿肥红瘦。

李清照（1084—约1155）

号易安居士，齐州章丘（今山东济南市章丘区西北）人，南宋女词人。所作词，前期多写其悠闲生活，后期多慨叹身世，情调感伤，有的也流露出对中原的怀念。善用白描手法，自辟途径，语言清丽。论词强调协律，崇尚典雅、情致，提出词"别是一家"之说，反对以作诗文之法作词。

　　昨天夜间，雨下得稀稀落落，风势急骤，睡意正浓，醉意难消。早晨醒来问卷起门帘的侍女，雨后海棠花无恙吧？

　　回说是："怎么说呢？您知道吗？应该说是绿叶长胖扩张了，而红花越来越消瘦啦。"

　　或者是抒情主人公词人李清照女士说："你看出来了吧？绿叶是不是越来越胖了，而红花，是不是雨后显得消瘦了呢？"

　　"雨疏"的说法很到位，有小而少的微雨，有小而密的中雨，有小而急的偏大的雨，有稀疏而声势不小的阵雨。声势来自大风，大风掀起了雨的噼里啪啦，同时急骤地将雨云吹跑。不然，也可能是几滴大雨短时间扫地而过。李清

〔南宋〕 林椿 《写生海棠图》

照写的"雨疏风骤"呢，更像是风大而稀疏的雨，是坚持了二十分钟以上的大雨点的雨，但不密实，降水量有限。她的体会十分真切。

另外，如果雨是瞬间扫地而过，那么谈不到残酒醒还是未醒。也许醒了之后，知道一阵狂风疏雨来过了，女词人似乎多少有为自己居然醉梦不醒而略感失察的歉意，于是赶紧问问下人，骤雨过后，海棠花与叶可好？

一眼看过去，最直观的发现是绿的发育与红的凋落，天道如此：哪怕已是暮春，大量的、大同小异的，应该说是相对廉价也不那么撩人心绪的绿叶，一片一片随风雨而猛长，势在繁殖扩张，不在乎风风雨雨，不在乎离树落地，不会使诗人词人有什么伤感；而娇嫩美艳的，令人怜惜、惦记、忧虑的红花，越是美丽，越经不住风吹雨打，越容易受到狂暴外力的强加而消瘦散落，转眼消失不见，不知所终。树木与万物如此，人生又能如何？谁能有什么办法呢？

"绿肥红瘦"的说法很绝。光阴飞逝，芳华渐老，万事都有长消、肥瘦、长短的变化。一个美女，随着时间逝去，身材不再苗条，线条渐趋臃肿，同时显出丰满与成熟，增添了生命力与魅力。一个官员，他的权势、经验、自信、心计、威风迅猛增长，他的天真、热情有所消减，他的形象有多有少、有增有损，也有可能。一种新产品，销量与使用者无限扩大，新鲜感、启发性却在减少，也都是可能的。有常无常，与时俱化，"绿肥红瘦"的说法亦庄亦谐，似喜似悲，或可一哂，或无人在意。

整首词总共三十三个字，顺手拈来，俯拾即是，这么多意绪和层次。对于李清照来说，万物都有生命，有胖瘦，有疏密，有慢与骤；万物都有灵性，都有生机，都有趣味。

声声慢

李清照

寻寻觅觅，冷冷清清，凄凄惨惨戚戚。乍暖还寒时候，最难将息。三杯两盏淡酒，怎敌他、晚来风急！雁过也，正伤心，却是旧时相识。

满地黄花堆积，憔悴损，如今有谁堪摘？守着窗儿，独自怎生得黑！梧桐更兼细雨，到黄昏、点点滴滴。这次第，怎一个愁字了得！

有失落才需要寻觅，寻寻觅觅，若有所失，失者已不可得。冷冷清清，孤苦伶仃，凄凄惨惨，悲悲戚戚。这么多词儿，反复来回地说，说出这样一点点孤寂。

天稍稍还有一点暖意，又觉得确实已经相当寒冷，很难调理到舒适合宜。喝上三杯两盏淡酒，自酒而生的暖意，哪里抵得住晚上风起的料峭寒意。大雁从头上飞过，（季节变化）更加令人伤心，却又觉得大雁本来是此地居民的老朋友，常常在这边飞来飞去。（飞来飞去，本无所谓。在在动心，这又何必？）

菊花落得满地堆积，（更显得人事憔悴零落损伤，）如今又有谁能有心情，耐心地喜悦地去摘取秋菊呢？

靠窗枯坐的我，孤孤单单，不知怎样打发这一天的日子，何时才能够熬到天黑。

梧桐上沾满了细雨，到了黄昏，还在那里点点滴滴落个不停。到这个份儿上，一个愁字又怎能充分表达我的心情呢？

或谓这是李氏词人丧夫之作，但她从头至尾，并无一字涉及失偶之悲，她只是写了不好的节令、不好的天气、不好的心情，而这种"三不好"，在当时是无处不在、无时不有的。

她写的是口语俚语，没有按已有的格式节奏声韵填写词牌，没有填词里相当固定化的相因相袭的熟词与语式。一上来就是七乘二等于十四个字的叠词，像是重炮群发，一下子砸了个结结实实。"冷""清""凄""惨""戚"，含意清晰。耐人寻味的是"寻寻觅觅"，含含糊糊。你在寻找什么呢？恐怕李清照也答不太清楚。寻觅已过世的夫君？确已过世，悲痛然而未失神经正常的李易安，不会再在家里搜索了的。寻觅好一点的心情？欢乐是在与词人捉迷藏吗？靖康之变以后，失家国、失夫君、失太平、失一切，那种不安的寻觅感、失落感，太感人了。

秋天，本应是乍寒还暖，但俗语是乍暖还寒，平仄要求也是乍暖还寒，就这样说去吧，毋庸较劲。关键语是"最难将息"，这多么像家人邻居拉家常、关心问候惦记的妇道闲话呀。

"三杯两盏淡酒，怎敌他、晚来风急！"更是闲话口语，非是"字儿话"。

雁过为什么使词人伤心？我的理解是悠长的翔飞与气候节令变迁不可分。"旧相识"的意义何在呢？或可释为只有大雁，还算乱世不惊，别来无恙，既然在头上飞是常态，也就淡定以处好了，吗事都叹息一阵子，哭喊涕泣一鼻子做甚？也许有更好的解读，对于诗词的理解，可以有独创性哪怕个人性，却不必有排他性。

"守着窗儿"，干脆是绝对的"五四"新文化运动提倡的白话文造句。"独自怎生得黑"，更是寻常谈吐、原生态流露。童年时代的王蒙读到这里，大呼："哎呀呀，李清照叹息自己长得不怎么白净细嫩呢！"其实虽然当时笔者童稚无知，但仍然感觉到这里是说难以熬到天黑，不是自叹长得黑，而基于斯时中国的审美习惯，如山西俚语"一白遮百丑"，出于顽童心情，王蒙才大喊女神清照长得黑的。但这也说明了李氏不避俗语俗词，大俗成为大雅，大雅消化、吸收、提升、玩转大俗。

"梧桐更兼细雨，到黄昏、点点滴滴。"又出来两个叠字，弥漫着地气、生活气息。愁而点点滴滴，愁而梧桐细雨，细雨梧桐也点点滴滴，一下子雅驯了起来。如果李氏是"治于人"的"劳力"者，吟咏得会更强烈泼辣。淡雅淡雅，此词不是偶然，我们无法接受"浓雅""艳雅""辣雅""狂雅"。

"这次第，怎一个愁字了得！"李清照的《声声慢》，与他人他作比较，写得够充分饱满的了，"声声慢"的意思也许是声声都要发挥充分吧。岂止写了一个"愁"字，而是许许多多的愁与类似愁的字样，但她还要说，言不尽郁郁，词未尽戚戚。

李易安的词实话实说，全都是情性中语、心口如一之语，比一大批老爷们儿更诚挚直白。我们读者至今还在听她的促膝谈心、倾诉衷肠，如闻其声、如见其人。善写诗词特别是词的人有福了，爱读李清照词的人有福了。李女神的心肺肝肠，一己性情，都坦诚直率地交给了你。除了填词，谁能这样尽性呢？作诗是不可以这样真率的。在古代中国，诗文是雅文学，词、曲、小说是俗文学。

一剪梅

李清照

红藕香残玉簟秋。轻解罗裳，独上兰舟。云中谁寄锦书来？雁字回时，月满西楼。

花自飘零水自流。一种相思，两处闲愁。此情无计可消除，才下眉头，却上心头。

红藕荷花已经凋谢，玉石一样光滑的竹席，已经现出了秋天的凉意。脱下丝绸外衣，独自登上一只小船。天空可有带来家书的鸿雁飞至？等这样的鸿雁排着字形飞来，恐怕要等到明月团团，一升上来便照满西楼的时刻。

花落，随风随水漂流而去，水流自高而低，从不停滞。同一种相互思念，两个人的闲愁，这种心情怎样才能得到解脱呢？刚刚调整了一下容色，不要皱眉头了吧，却又压上了心头。

新婚或初婚时期，与丈夫分别了一段时间，水乡秋意已现。荷花是环境，玉簟是用品，都很美好，都有闲愁。遇逢到的是开始萧瑟的秋日光景。

犹有情致，轻解罗衣，独上讲究高雅的船只。随舟仰视云天，看见的、想到的不是日月星云霞，而是未有的雁行成字，设想着夫君的家信，透露出一些蜜月心态。

"一种相思，两处闲愁"，你想我，我想你，两人经历的是同一个分手离别，思念的是同一个聚会回归，一而二，二而一。这本来无须论证，不劳指出，然而，除去李清照此词，并没有谁曾经这样把一而二、二而一的相思生动地写出来。读到这里，有心人应该觉得俏皮娇媚、巧妙有趣。

"花自飘零水自流"，嗯哼，还有点哲学，有点逻辑，有几分天地人三才间的奥妙无穷道理。

落花流水，不论是在生活里还是在语言里，都密不可分，实际上又各行其是。落花飘零与流水难返，彼此并没有必然的联系，至于人间的忧愁，更与花落水流没有关系，互不问责，彼此也不构成为对方变动失落的原因。

落花飘浮到流水上，是缘分也是偶然，偶然也可能是常常，缘分缘分，恰恰出自无意、无心、无计。落花也完全可能不随水漂逝而是随风升空，远去沙漠或风卷天外。"落花有意，流水无情"的说法似令人叹息，但又似浅薄无由、胡乱埋怨，毕竟是流水承载了落花，将它们送到另一处，而落花除了附着一漂以外，并无其他情意心结可说。

其实落花流水，各漂各的，各有其理其道，并无共生、共情、共鸣、共同的前景。这是李清照蜜月初婚的牢骚吗？也未尽然。诗词写得微妙，人生体贴周到，心情感受敏锐，什么样的灵感、灵气、灵语达不到呢？文思超过了经验，言情超过了诗词，文语突破了物象，解读扩展了作品，都是可能的。诗才化平常为神奇。而文笔无能的人员与时候呢，则化深情为鸡肋，也都是可能的。

好了，果然，"此情无计可消除，才下眉头，却上心头"，终成神句，家喻户晓，上口上心，易解易知，易说易记。人生实难有大处、新处、异处的体味，易安这里只不过轻轻一拨拉，便成千世流芳的美辞佳话。

说李清照是词作的天才，谁能不服？

醉花阴

李清照

薄雾浓云愁永昼，瑞脑销金兽。佳节又重阳，玉枕纱厨，半夜凉初透。
东篱把酒黄昏后，有暗香盈袖。莫道不销魂，帘卷西风，人比黄花瘦。

雾薄云浓，漫长的白天让人心头郁闷。瑞脑（即龙脑香，冰片香料）在炉盖上铸造着金兽做装饰的香炉里燃烧消失。又到了重阳佳节，躺卧在玉石一样纯洁的枕头上，躺卧在纱帐之中，到了半夜，不免感觉到凉意通透。

黄昏，在靠东的篱笆边饮酒，回屋后，觉得自己的袖筒里还藏着酒的香气。怎么能够不感动呢？秋日的西风，吹起了门帘，想想自己，比黄菊花还显得苗条纤弱呢。

最精彩的词句是"帘卷西风，人比黄花瘦"。与花儿比胖瘦，这本来是不可能的，是比不成的。但是说到西风、黄花，人们想到的是秋天，是秋菊，是秋季的玉簪花，哪怕只是野生的牵牛花，反正都不会给人以牡丹、芍药的丰满或桃李梨杏的大树繁花印象。而干脆加上俗而再俗、含义清明的大众化的"瘦"字——前面提到她的词作中有"绿肥红瘦"的惊人之语，此处"人比黄花瘦"之语更是动人心绪。人比花瘦，不好比，不准确，虽然从概念上说花已经包括了黄花，毕竟花有肥硕与满满堂堂者。李氏此语，给人的身材与花的肥瘦进行了前所未有的命名定义。

并不古雅，并不深远，在人生中胖与瘦是比欲还俗的语言之一。李易安完全可以算白话文运动的先行者。她的词里，并没有太深的学问，只是俗语俗词，却俗出了创造，俗出了新意。文无定法，你可以土坷垃、山药蛋，你可以横空出世刺破青天，你可以温文尔雅，你可以粗犷直白，也可以像李清照一样自自然然，别是一番滋味，口头、心头、眉头、案头，道通为一，词通成典，似不伦而中的，似不通而众晓，似一惊而无不顺耳，似通俗而别具一径，不是蹊径，是大路朝天，众人宽宽。女子文才，天生丽质，天生勇气、志气、大气、地气。

多么可爱的易安居士！她的词平易而又惊人，遣词造句，词（诗）胆无边。有个外国女汉学家，由于心仪李清照，给自己起了中国名字叫李又安。

临江仙

李清照

欧阳公作《蝶恋花》，有"深深深几许"之句，予酷爱之。用其语作"庭院深深"数阕，其声即旧《临江仙》也。

庭院深深深几许？云窗雾阁常扃。柳梢梅萼渐分明。春归秣陵树，人老建康城。

感月吟风多少事，如今老去无成。谁怜憔悴更凋零。试灯无意思，踏雪没心情。

庭院深深，深到什么程度了呢？云拥着窗棂，雾堵住门户，门窗都关闭着（与外界隔绝）。柳树梢头，梅花蓓蕾，已经略显春意。春季走近了秣陵（南京）古树，人也要终老于建康（还是南京）名城了。

吟风弄月，填词歌咏，也有过不少动静，如今人老了，做不成当年的（文采风流）那些事了。又有谁同情你的年华老大、憔悴衰老呢？快到上元佳节了，试试华灯？并无意趣。踏雪出行？哪有心情！

"无意思"加上"没心情"，这一对"三字经"甚至像是21世纪的网络语言。

李清照盛赞欧阳修的"庭院深深深几许"之句，但两个人的语言角度不同。欧阳修写的是生活的视觉空间，"杨柳堆烟，帘幕无重数"，上了高楼也望不到章台路，是景深人静，生活被遮蔽。而李清照写的常常是自己心灵之深锁，年事高，亲友远，吟咏不再，过往的风华岁月已经不知道深深深到哪里去了。

是的，文本突破了背景与本事，金句有自己的生命与生长延伸，我们当然重视知人论世，我们也要学会知文论句，激活与扩展诗词的文学空间、联想空间、解读空间、创造性审美与思维空间。古老中华文化的诗词唱和、诗词社交、诗词友谊，自有它不计较知识产权而视诗词为精神共享的公器、神器的妙处。"庭院深深深几许？"这里首先是词章的造句美，文字的组合美，语气的含蓄美，含意的弹性、可发挥性、深邃性与普适性之美。

多情与持重从容的柳永

望海潮

柳 永

东南形胜，三吴都会，钱塘自古繁华。烟柳画桥，风帘翠幕，参差十万人家。云树绕堤沙，怒涛卷霜雪，天堑无涯。市列珠玑，户盈罗绮，竞豪奢。

重湖叠巘清嘉，有三秋桂子，十里荷花。羌管弄晴，菱歌泛夜，嬉嬉钓叟莲娃。千骑拥高牙，乘醉听箫鼓，吟赏烟霞。异日图将好景，归去凤池夸。

柳永（约987—约1053）

原名三变，字景庄，后改名永，字耆卿，崇安（今福建武夷山市）人，世称"柳七""柳屯田"，北宋词人。其词多描绘城市风光和歌妓生活，尤长于抒写羁旅行役之情。创作慢词独多。铺叙刻画，情景交融，语言通俗，音律谐婉，在当时流传很广，对宋词的发展有很大影响。

神州大地的东南地区，形势佳盛，它是江苏南部与浙江地带的三吴地区重要都会，杭州钱塘江地带更是自古繁华富庶。垂柳如团团烟雾，桥梁如画，还有随风飘拂的门帘，翠绿的帷帐，高高低低的民居，十多万人家生活在那里。高耸入云的树木环绕着堤岸，波涛卷起，拍岸如霜如雪。江面壮阔，无边无涯。市场上珠玑宝物陈列，家家户户都有些靓丽的绫罗绸缎衣装，竞相炫富晒奢华。

内湖、外湖，大山、小山，重重叠叠，美景绝佳。这里有三秋九月的桂子桂花，有十里望不到头的荷叶荷花。白天晴朗，吹起羌笛，夜晚朦胧，船上唱起菱歌。钓鱼的老翁，戏莲的小女娃，都开心快乐，嘻嘻哈哈。上千警卫簇拥

〔南宋〕 李嵩 《月夜看潮图》

着高官前来，高官微醺中欣赏着箫鼓演奏，吟咏赞赏着美景烟霞。他日归返京师，向同僚们夸口：你去过咱们这边的美景胜地吗？

本词气魄宏大，文词强悍，笔力遒劲，周全铺张。"东南形胜，三吴都会"，开口便是国之大者，更是政治经济时局，大话往世当年。然后"钱塘自古繁华。烟柳画桥，风帘翠幕，参差十万人家"，观史、观景、观人口，作出总结论断。再往下是观感，是雄奇壮丽的风景，远超一般人士对杭州西湖的印象，不仅是幽幽柔美，景点清秀，而且加上了钱塘江涨潮、怒涛、天堑，再加上"无涯"豪语，不但牛气冲天，而且是全面小康，GDP 高高在上，社会风气是竞阔比富。干脆说善写青楼小女子的柳七，在这里亮出了北宋时期南方肌肉体态线条光景。

或谓此乃"干谒词"，以词求晋见高官，以求一官半职。据说柳永求了名妓楚楚，唱斯词求见孙相，虽然未有斩获，仍然牛皮了一回。毕竟是大宋词人，与苏轼、辛弃疾、陆游等相比并不像有些古人说的那样区分对立、俨然异类。原来中华传统文化中不但有汉唐气象，也有大宋气概。还有，词人而"官儿迷"，是当时的体制、生活实践与三观所致，有其特色，有其兼美或掺杂，不足为病。让李白、杜甫、李商隐、温庭筠、苏轼、柳永都探探官场的寒温虚实，不一定是坏事，有利于丰富人生经验，有利于家国情怀的培养发育，有利于充实文人读书人的生活实践积累。真正的诗人为官未必就是辜负了诗才，而没有诗才的人，写一辈子诗而不干别的事，照样成不了像样的诗人。为政铩羽而退的经验能够丰富诗词的题材，能够丰富咬文嚼字的秀才们的心理世界、人生经历、三观体认。词来自歌，幸亏大宋歌词并非全部是《何日君再来》的路子。

柳氏来了个"忍把浮名，换了浅斟低唱"（《鹤冲天》［黄金榜上］），与孟浩然的"不才明主弃"（《岁暮归南山》）一样，因文人的犯酸，失去了更多的人生选择的机会。他虽说不无闲情逸致，多有风月情商，却并不是一定要走蒋玉菡的道路；他也没有贾宝玉那样决绝，向所有禄蠹官儿迷宣战——孟浩然、柳永皆无意与体制内的精神文化教育三观决裂。

到了下阕，"三秋桂子，十里荷花。羌管弄晴，菱歌泛夜……乘醉听箫鼓，吟赏烟霞"，把钱塘杭州作成了美极梦幻曲加赞美诗。能够这样深情地热爱自己的土地的词人词作，本身就是可爱的。包括他写的与妓女有关的词作，大多不是嫖客玩家身份的卖弄轻薄，而是带几分江湖气，自诩为烟花柳巷的知己。柳永词里风月再多，并不一味愁肠百结、慢声细语，他有发达的形象思维，有柳永式的指点江山、激扬文字、豪迈与大气。

雨霖铃·秋别

柳　永

　　寒蝉凄切，对长亭晚，骤雨初歇。都门帐饮无绪，留恋处，兰舟催发。执手相看泪眼，竟无语凝噎。念去去，千里烟波，暮霭沉沉楚天阔。

　　多情自古伤离别，更那堪、冷落清秋节！今宵酒醒何处？杨柳岸，晓风残月。此去经年，应是良辰好景虚设。便纵有千种风情，更与何人说？

　　深秋寒蝉，声声显出凄凉悲切，晚上急雨刚刚停下来，面对供行路人休息的长亭，我们告别。都城城门附近送别的帐篷中，送行酒喝得无趣；说是留恋难离吧，船只已经发令催促上船。拉起手儿，彼此看到的是含泪的眼睛，悲伤堵住了喉咙，竟然无话可说。想到的是，今晚一别，相隔的是烟波水面，千里遥远，暮霭浓重，灰暗的楚地天空，再难相见了。

　　多情人自古为离别而伤痛，更难以受得了的，是这样的离别发生在冷冷清清的深秋时节。今夜酒醒时，我将去到哪里呢？应该是船停下，在杨柳成行的河岸，看到晓风阵阵，残月将隐没。这一去就会超过一年，二人分手，再有什么良辰好景，又有什么意思？此后，纵使有一千种动人的风情话语，又要对何人表达倾诉，与何人分享呢？

　　此词是名作。寒蝉、长亭、骤雨、帐饮、兰舟、泪眼、烟波、暮霭、楚天、清秋，都是宋词中常见的意象，这时一个"今宵酒醒何处"的自问，心语、词语、日常已极的口语，变成了大雅大俗、独出心裁的新鲜角度，引出了"杨柳岸，晓风残月"的名句，沁芳千载，无人不晓。

　　秋风秋雨，相别在即，"寒蝉凄切……骤雨初歇"，柳氏或称婉约，但至

"千里烟波……楚天阔"，应该说不无豪放，至少不比欧阳修、周邦彦二位大人的大量词作不豪放。

对于世界，对于语境，柳永的感受并不一味婉约，至于他写下的男女情事，自有脉脉难言的私隐，与其说是柳七不豪放，不如说是人类文化尤其是中世纪前的文化不允许你在情爱、性爱、男男女女方面忒豪放。即使写着含情脉脉，柳词仍然接受时间的催促，走出千里，经烟波，穿雾霭，别楚天，等来年，俯仰间天高地阔，人间感受千般。柔情似水乎？仍然要顿足远行，离也经年，归也经年。这就是人生，这就是世界，这就是男人的境遇与生活方式。

说是"帐饮无绪"，又说了"酒醒何处"，即使"无绪"也喝了不少，喝了些闷酒。"杨柳岸"的说法，又加上了审美的春色，杨柳的葱郁鲜活缠绵，残月的有气无力寂冷。"晓风残月"，四字组合搭配得心灵词巧、完美绝伦，读一微秒不忘，记一千年不消。闷酒惜别，"无语凝噎"，然后去到了有风有月、有杨有柳、有河有岸之处，去到了有早晨的风、残存的月的时间与空间。空间是指杨柳岸，行船停经的地方，不然，半夜或将明时分，如果地点不对，柳永想看晓风残月也看不到。此时孤独吗？孤独时常有开阔。别离吗？别离后才知有别样风光。如果但知卿卿我我，腻腻糊糊，词中笔下，还有什么天地河山？

怕的是广传的评语包圆了、盖满了词人风格风趣不同的诸作。宋人有言："柳郎中词，只合十七八女郎，执红牙板，歌'杨柳岸，晓风残月'。学士词，须关西大汉，铜琵琶，铁绰板，唱'大江东去'。"（俞文豹《吹剑续录》）此语精彩，已成定论，但这样的分野有点故意树对立面、绝对化了。越是精彩至极的流行语，越可能是挂一漏万，容易广泛传播的常常是懒人、浅人的大脑平滑简化版。敏锐的制造与记忆金句的脑筋，在时时显示智慧的同时，也时时透露出一种迎合性的简单化与表面化的倾向。婉约也罢，仍然有顾影自怜、作茧自缚、星星点点、怨尤无端的类型与俯仰天地、纵横人间、推己及人、牵挂八方的类型之差别。与我极欣赏的李商隐相比，柳永豪放得多了。是不是呢？

其实很简单，苏轼的"明月几时有"（《水调歌头》），"小轩窗，正梳妆"（《江城子·乙卯正月二十日夜记梦》），"诗酒趁年华"（《望江南·超然台作》），必须"关西大汉"、铜琶铁板来朗诵吗？

而"千里烟波，暮霭沉沉楚天阔""今宵酒醒何处"中有什么妙龄女郎的味道？实在弄不明白。

诗词风格上有豪放与婉约的区别，审美上有壮美与幽美的区别，题材上有家国天下、历史格局与儿女私情、狎妓冶游的区别。任何概括分类，对于作品来说，只是大致，不是绝对，对于作者来说，更不是定型，不是单一，不是排他。伟大的作家，不是凡俗的一两个印象可以包圆、盖严、光光净的。我几十年前就曾经说过，作家如蝴蝶，你扑住它的头，却可能漏掉它的脚，你扣住它的左翅，却没看见它的右眼睛，常有的事。谁能用一言去规范一个作家的全貌与多层面呢？更不要说以险恶不良的用心去抓辫子、钻空子、挖坑子了。

某些风格上的区别是外露的，是易于区分的，但诗词还有精神的深度、阔度、感悟、消化、比兴、探求、智慧，尤其是有创造与想象分析、攀登概括、自在自然与升华能力的差别，有精神品质、精神空间、精神成色与精神实力（学养、情性、才具……）的差别，有解读上的弹性与空间，这是深层次的差别。李商隐、柳永等人，在题材、力度与风骨上似逊于苏辛，但从精神品位与文学造诣上说，不能低估。

竹马子

柳 永

登孤垒荒凉，危亭旷望，静临烟渚。对雌霓挂雨，雄风拂槛，微收烦暑。渐觉一叶惊秋，残蝉噪晚，素商时序。览景想前欢，指神京、非雾非烟深处。

向此成追感，新愁易积，故人难聚。凭高尽日凝伫。赢得消魂无语。极目霁霭霏微，暝鸦零乱，萧索江城暮。南楼画角，又送残阳去。

登上光秃秃的古代堡垒废墟，从渐显危险欲坠的亭子处远远望去，水里的沙洲笼罩着烟尘迷雾。抬头看，有些模糊的雌性虹霓（双虹出现时较弱的那一道彩虹）在目，雨滴仍未停歇，雄风拂面，夏季的闷热似乎稍有收敛。

一叶知秋的天气，逐渐走近。残日无多的鸣蝉，正在傍晚时刻大噪，预告着素雅清纯的秋日将至。看着这样的风景，回想此前的欢乐冶游，心神趋向京都，想着那并非烟雾沉沉的遥远深处。

面对这样的入秋时节，很难聚集到老朋友了，倒是很容易增加新的烦恼牵挂。登高远望，凝神伫立，感到的是神魂消融，无言可述。极目瞭望，晴雾微雨，傍晚归巢的乌鸦零乱地飞过，江城日暮，景象萧索冷寂。南楼上吹响了号角，又一天送残阳落下天幕。

天地人、时史情，孤垒危亭，烟渚霓雨，风暑叶蝉，神京前欢，往事往地，婉约沉郁，凝伫深思，荒凉萧索，多维视角，八方四面，静临旷望，无所不包。不是关西大汉的嘶吼，也不是妙龄女郎的口吻，是柳永自家的六路八方、荒凉抑郁、无可依恃的特色。

新愁生发于故人，已有的感动，始有的新愁，伫立与凝神，乌鸦与号角，落日与江城。一切的一切，难以总结，难以溯源，难以准确把握，感觉是面面俱到。总结一下呢？找不到抓手。

家国忧患、天下不安、仕途挫折、命运困惑、生活空虚，有文才却没有机遇、平台，难现风流才具，只剩下多情善感、烟花柳巷。但柳永并不是沉浸在青楼薄幸者的生活方式里，他因观景而沉郁的心情，透露了他对整个世界的钟情，他对家国命运生活的期待。他也有突破自己、走向家国天下的愿望，儿女之情也罢，婉约之语也罢，他的情并不自囿，他的情与更阔大的人生观、价值观、沧桑感、世界眼界心境相通，虽然他并没有能够在当时宋代的文化意识形态中找到解决、改变、重塑自己三观之迷茫羸弱的出路。

写景在文学中有特殊的意义。风景就是世界，风景就是自然，风景就是外宇宙对内宇宙的屡屡激发、触动、引领，风景就是有心无心、有运无运、有的无的、有矢无矢、有福无福、有难无难的多方天命天意的映现。风景就是诗词歌赋文学诗学哲学宗教科学的第一来源与第一对象。一个人，尤其是士人、读书人、文人，眼前没有风景，诗赋里没有风景，三观里没有世界、宇宙和自然，就是精神苍白、无能、小气、贫乏、鼠目寸光的可怜可悲可叹。

柳永并不是这样可怜巴巴的词人，他是一个面对世界、面对自然、面对历史地理、面对春夏秋冬、面对水陆山河、面对情思醒梦、面对悲欢离合、面对芳华风月的一切，吞吐消化、咀嚼回味、思考体贴，再用诗情词意、绝妙好词写出来的大词人，是处于宋词领军地位的大师。他的形象思维雄浑周到，然而他的心志站位、杀伐决断较差。一千多年过去了，谁是柳永的伯乐与知己呢？

13　王安石大人的咏叹调

桂枝香·金陵怀古
王安石

登临送目，正故国晚秋，天气初肃。千里澄江似练，翠峰如簇。归帆去棹残阳里，背西风，酒旗斜矗。彩舟云淡，星河鹭起，画图难足。

念往昔，繁华竞逐，叹门外楼头，悲恨相续。千古凭高对此，谩嗟荣辱。六朝旧事随流水，但寒烟衰草凝绿。至今商女，时时犹唱，后庭遗曲。

登高四处望去，正是当年的吴国故都金陵。进入了晚秋时节，天气开始肃杀起来。千里长江，清澄如白练，翠绿色的山峰，聚集成一簇又一簇。残阳里，船只来来往往，背对西风的酒馆旗帜，歪斜插立。彩色轻舟，后景是淡淡的云朵，白鹭似乎是从天上的银河里飞起。这样的风景，是怎么画也画不完的。

想起往昔历史，这里曾是极其繁荣热闹之地。历史上，城门外进攻而来的隋帝大军已经杀到，楼阁上南朝陈国的君王还在寻欢作乐。这是个亡国惨剧接连发生的地方，千古岁月，有多少人登高凭吊，想起这些往事，都会嗟叹荣辱兴亡之沧桑变动。六朝旧事种种，已随水东逝，现时看得到的只有寒冷的烟雾、衰败的草丛、绿叶上的冰霜，听得到的，仍然是被记载与感叹过的、由歌女唱出的（亡国之君陈后主所作的）冶游歌曲《玉树后庭花》而已。

王安石，被称为北宋时期著名政治家、思想家、文学家、改革家，这样的盛评，令人想起现代史上的鲁迅。

如果执行孟子提倡的知人论世，比较生平，曾经拜相、主持改革的政治家思想家大人物王介甫与屡试不第的柳七，绝对不能同日而语。但是仅仅比较一下柳三变的《竹马子》（登孤垒荒凉）与王半山的《桂枝香·金陵怀古》，又不能不说这两首词风味相当接近。

诗人词人，或可炫耀其清贫、干净、苦难、超拔，同时也可能显现其格局境界之封闭、自足、无能、空虚。而大诗人大词人大文学家，则同时是一个大写的人、心系家国的人、胸怀天下（天地）的人、高大上的人。而哪怕是这样有担当、有舞台的大人物，仍然有另一面，同样也会多愁善感、敏锐精微、兴致杂多、浅吟小唱，而且有时也会神经兮兮、野草闲花。

没有关系，他仍然会显现自己的民胞物与、通古思今、忧患元元、大爱无疆。写出来的东西，也自有不同的格局。同样是写景，景中有天文、地理、历史；同样是抒情，情中有抱负、哲思、宏愿；同样是嗟伤，嗟伤中有挺得住的坚持与远见；同样是感叹，感叹中有智慧、理解与包容、消化、慰安，有对于天地山河、日月家国、沧桑荣辱直到商女演唱的面对。

而这一首词呢，其内容应该说是一部历史演义与地理方志的凝结。

金陵南京，是一个出产亡国之君、亡国之小朝廷的地方，又是长江之畔、联络北南、风光无限、气势雄伟的地方。头戴四顶桂冠，拜相变法，终于挫败未成的大家王安石，他对历史忧患的叹息里，不知包含了多少对时政的忧虑与沉重，抵触与迎击。一方面是"江山如此多娇"，一方面是"弱国如此糟糕"，俯拾即是，百感交集，无力回天，尚有辞赋。王安石的词，从专业的角度来说，诚挚高雅，栩栩如生，字字珠玑，无懈可击；从时代与历史的角度来说，旷大苍茫，厚重有力，感人百代，道通为一。

一个好好地活过、拼搏过、号召组织过、起伏升沉过的满满堂堂的人生，打造出来的诗人词人文章大师，与一个但知饮酒码字、青楼风流、哀哀诉苦、自嗟自叹、悲情酸楚的小头小脸的小文人，给人的观感还是不同的。

尽管如此，我们也不能任意贬低所谓小文人的文学成绩。我们不必否认"文章憎命达"（杜甫《天末怀李白》）、"古来才命两相妨"（李商隐《有感》）的这一面。但是我要说，真正地体会人生与社会的哪怕仅仅悲剧性，更需要有过真正的追求与理想，真正的拼搏与奋斗，需要勇于在生活中翻几个筋斗，在大海中冲浪弄潮、落水挣扎，在泥坑中打滚自救，而躺平者、无赖者、空想者、饕餮者，又能有什么深挚的悲伤呢，又有什么资格以诗词涂抹自己的小花样、小洋相呢？

柳永再怎么婉约，他的格局不小，他对宋词的影响更大，希望他的情况能引起更深入的研究。

千秋岁引·秋景

王安石

别馆寒砧，孤城画角，一派秋声入寥廓。东归燕从海上去，南来雁向沙头落。楚台风，庾楼月，宛如昨。

无奈被些名利缚，无奈被他情担阁，可惜风流总闲却。当初谩留华表语，而今误我秦楼约。梦阑时，酒醒后，思量着。

住在旅舍里，听到的是寒冷的洗衣杵敲打石砧的声音，在这座孤零零的城市里，不知是谁吹起了画角的老调，秋天的种种声响，显出了寂寞寥廓。准备向东方的老家飞去的燕子，从海上飞走了，从南边到来的大雁，降落在沙渚之上。楚王携宋玉游历过的兰台，吹着惬意的凉爽金风，庾亮等才子吟咏过的楼阁上，月色是何等美妙。这一切，都仍如当时，动人如昨。

而我自己呢，无可奈何，被些微名利束缚，无可奈何，又有各式情义缘由耽搁，可惜的是风流雅意情趣经常被忽略、忘却、延拖。当初说过的急流勇退、归去来兮之语，如今皆成空话，此生发力做了、达到的，不过是干扰、排挤了我与秦楼佳人的风情约会。这一切的一切，只不过是做足了梦，喝醉又清醒过来以后，暗自思量一把罢了。

哈哈，此词的作者王安石又往深里发展了一步。曾经为相，曾经主持过改革大业的王安石，同样是精通词律诗韵、多思善感的文士。几乎每一个中国读书人的身上，都有入仕与出世的纠结，包括李白、杜甫、韩愈、柳宗元等等，许多人辛辛苦苦，煞费经营，在做官施政、治国平天下上乏善可陈，或者像孟浩然、柳永那样有时候半阿 Q 地想清高一家伙，虚词成真，终身无缘治国平天下。但即使是像王安石这样的要人，也时时有退隐的另一种思路与准备。这样的一颗儒心、两手准备，《论语》中孔子早已经通过对宁武子的评价言语说得清清楚楚了。

此词上阕文采风流，开合任意；下阕稍憾平生，以"无奈""可惜""误我""梦阑""酒醒""思量"回顾生平，也算大致尚可，哀而不伤，聊供一哂。

一个做过大事的人物，士而优（闲暇）则文，弄点诗词歌赋，写什么呢？你做到了、做成了什么，留着让别人去说吧，你不说也跑不了；没有做到、做成的念头，转几个词，叹息加说笑、感念加含泪一番，倒也得体。

不能只说得体，此词写得真高，真好，真妙！正如孟子说的，"大人者，不失其赤子之心者也"（《孟子·离娄下》），然后是"资之深，则取之左右逢其原，故君子欲其自得之也"（《孟子·离娄下》）。王安石几面都没有耽误，他做到了处处开花、端端胜景。

浪淘沙令
王安石

伊吕两衰翁，历遍穷通。一为钓叟一耕佣。若使当时身不遇，老了英雄。

汤武偶相逢，风虎云龙。兴王只在笑谈中。直至如今千载后，谁与争功。

一个伊尹，一个吕尚，两个衰老了的家伙，经历了种种艰难困苦，都得到了通畅发达。一个吕尚在那儿钓鱼，一个伊尹在那里做奴隶佣工。如果当时二人遇不到明主，堂堂英雄人物也就只能老死于渔佣打工而已了。

出于偶然的机遇，他们得以与商汤、周武王谋面相识，从此风云际会、龙虎生威，笑谈中协助商汤、周武王一统天下的事业，到今天已经过了数千年，又有谁能与他们争功竞名呢？

王安石此词咏史咏政，直截了当，痛快淋漓，大实话，一针见血。这是中国历史的机遇政治论，也可以调笑为机会主义论。伊尹与姜太公（即吕尚）的经历，故事性、戏剧性、通俗性、简明性极强，一切全靠知遇、靠主子信任提拔，他们的故事与其说像历史政治，不如说更像评书段子。

历史的种种偶然必然、潜在外在、规则规律多了去了。伟大如王安石，也摆脱不了对知遇的期待。幸亏，孔子还有"反求诸己"的提倡，不至于弄得太小气。

人生经验上要是个完败者呢？温习温习历史上的知遇故事，叹息一下自己的运气赶不上姜太公与伊尹，倒也是一个心理与诗词的自慰思路。

复杂的与重大的课题，相对简单的民间演义说辞，更加简单的文字语言，使这首《浪淘沙令》有一种快板风格，别具一格。

⟨14⟩　一帘幽梦，十里柔情

八六子

秦 观

　　倚危亭。恨如芳草，萋萋刬尽还生。念柳外青骢别后，水边红袂分时，怆然暗惊。

　　无端天与娉婷。夜月一帘幽梦，春风十里柔情。怎奈向、欢娱渐随流水，素弦声断，翠绡香减，那堪片片飞花弄晚，蒙蒙残雨笼晴。正销凝，黄鹂又啼数声。

秦观（1049—1100）

字少游、太虚，号淮海居士，高邮（今属江苏）人，北宋词人。文辞为苏轼所赏识，为"苏门四学士"之一。工诗词。词多写男女情爱，也颇有感伤身世之作，风格委婉含蓄，感情深挚。诗风与词相近。

　　倚靠着（标志路段的）高高的亭子，（只觉得失落之）遗憾像芬芳的草丛一样，蔓延无边憋闷。你好不容易吭哧吭哧，决心把苦情的草丛铲光了吧，它们又生长涌冒泛漫出来，没完没了没的治。

　　想起来在柳树林外，骑上马与你分手，想到那边水流旁，你穿着红衣衫，我们告别……那种难过，只觉得是埋在心里的创伤，至今仍然悄悄撕心裂魄。

　　谁知道你怎么就如此天生丽质、无限风姿？月夜，帘栊之内，一夜幽幽如梦。春风吹过，十里之内，柔情弥漫波动。无奈的是，欢喜快乐的时光，像流水一样滚滚逝去。琴声难续，翠绿色头巾上的香气渐失，怎受得住片片落花在晚春（或傍晚）飘摇坠地，而蒙蒙残雨笼罩着晴空……正是百感交集之时，又传来黄鹂鸣啼，撩人心绪。

回忆分别，怀友，怀旧，怀情，而且怀别，怀恋即将分手的那一瞬一刻。黯然挥手也好，洒泪转身离去也好，吞吐难言也好，高呼"我等着你"也好，相别一刻，记忆心头，恩爱酸苦，刻骨铭心，是永远的伤痕，是永远的甜蜜沉醉。

人生有几次这样的婉约深情、难忘时分？读者从悲凉中，感到的是羡慕，也许还有对少游"教授"（秦观曾任蔡州教授）的一点嫉妒。

下阕再回忆在一起的欢喜时光。"无端天与娉婷。夜月一帘幽梦，春风十里柔情"，三句词深挚、精美、温馨，体贴而又高雅，崇拜而又怜爱，千古沁芳，文字功力无与伦比。填过这样的爱情诗词，深读过这样的爱情诗词，你已经不枉此生，不枉此行，不枉此别，不枉男女多情。出乎情，载乎词，醉乎吟咏，细节充盈，端端生动细腻，还有何怨何求？

有青春就有老大，有光阴就有流逝，有欢乐就有伤悲，有获得就有失去，一切的可能失去、必然失落使你的追忆留存倍加珍贵，不会失去的一切反而是无足轻重的，无须特别珍爱。

这时出现了几声黄鹂。黄鹂鸣啼，春已将暮；黄鹂声声，似有催促。黄鹂提醒：离而不弃，柔情永继。温文尔雅，诗词绮丽。高邮少游，何等魅力！

瑞龙吟·大石春景

周邦彦

章台路，还见褪粉梅梢，试花桃树。愔愔坊陌人家，定巢燕子，归来旧处。

黯凝伫，因念个人痴小，乍窥门户。侵晨浅约宫黄，障风映袖，盈盈笑语。

前度刘郎重到，访邻寻里，同时歌舞。惟有旧家秋娘，声价如故。吟笺赋笔，犹记燕台句。知谁伴，名园露饮，东城闲步？事与孤鸿去，探春尽是，伤离意绪。官柳低金缕，归骑晚、纤纤池塘飞雨。断肠院落，一帘风絮。

周邦彦（1056—1121）

字美成，号清真居士，钱塘（今浙江杭州）人，北宋词人。精通音律，曾创作不少新词调。作品多写闺情、羁旅，也有咏物之作。格律谨严，语言典丽精雅，长调尤善铺叙。为后来格律派词人所宗。旧时词论称其为"词家之冠"或"词中老杜"。亦能诗赋。

　　声色繁华的风流大道上，梅花已经失去了春色，桃花开始尝试，春天到来后，自己将有怎样美丽的时运呢？静悄悄地经过弄堂巷子，只见燕子飞来筑巢，回到了原来就有自己巢窝的老地方。

　　黯然凝神伫立，回想着一个人儿，她娇小玲珑痴情，初来乍到，曾经大早晨出现在这里，额头淡淡涂染着宫廷标准的约黄化妆用品。她抬着胳臂用袖子挡风遮脸，同时笑语盈盈，莺声燕语。

　　如今，上次见到你的那个郎君，正如当年诗中写过的"前度刘郎"又一次到你这儿来了，这个刘郎其实也就是说的我。我向与你同时歌舞翩跹的姊妹们打探询问，得知原来的年长名妓身份依然，吟咏题笺，挥笔辞赋。她还记得知己曾经像李商隐燕台作诗那样，给她写诗，纵然多情，终非眷属。

　　而我要打听的当年那个小人儿呢，谁知道她现在与谁为伴？她是在名扬处处的园林庭院里饮酒作乐，闲暇时散步于城东福地？还是往事已经淡然褪色，她随着孤零零的鸿雁飞到远方去了？

　　春天探望故交，得到的只有离别失落的悲伤心绪。官道两侧的柳树枝条，随风摇摆。骑马归去，只见到池塘上飞着毛毛微雨。而这里令我肠断的院落，还飘飞着一帘一帘的柳絮。

　　这是真正的宋词精品。此词牌名下的词作，体量较大。周邦彦号称格律派词家之冠，他精通音律，措辞典雅，善用典故，真正做到了无一字无来历、无一字无出处。

　　以此词为例。繁华的商业大道，妓院林立之处称为章台路，"章台"是典。梅花谢了，说是"褪粉梅梢"，桃花始放，说是"试花"，雅丽无双。"侵晨浅约宫黄"，说到了当时的女性化妆品，而且联系了斯时宫廷生活、宫女化妆用品细节。"前度刘郎重到"，来自中唐诗人刘禹锡的诗作《再游玄都观》："百亩庭中半是苔，桃花净尽菜花开。种桃道士归何处，前度刘郎今又来。"

这里的手法是将第一人称化作第三人称，借用当年刘禹锡诗作中自称"前度刘郎"的说法来说"周郎"自己，为自身找到了一个高雅、浪漫、古典、文明的身份与称号。历来通人们认定，刘禹锡的诗写的是官场斗争与自己不惧贬损、坚持奋斗，周邦彦借用了刘氏的可爱的"前度"与"某郎"的说法，把"今又来"的措辞改成"重到"，"刘冠周戴"，雅不胜收。从昔到今、从人到己，依依不舍，伤离意绪，黯然追忆失联，却又不无隽永幽默。"旧家秋娘""如故"云云，出自对唐代歌妓的说法。"犹记燕台句"，出自李商隐的诗作典故。李商隐的《梓州罢吟寄同舍》诗曰："长吟远下燕台去，惟有衣香染未销。"柳枝是洛中歌伎，因李商隐的《燕台诗》而对李商隐钟情，后来有情人未成眷属。"东城闲步"则来自唐代诗人杜牧与歌妓张好好的情感故事。

一百多个字的《瑞龙吟·大石春景》，周邦彦写下的，是当今小说家们包括王蒙可以发展到数十万字的长篇小说纲要。

狎妓也好，婚外情爱也好，青楼花街柳巷的存在自然包含着不雅、不平等、阶级与性别压迫，但在当时，这是生活的一部分，是某些文人士大夫乃至官员生活的一部分，也是生活素材。道德与价值选择层次因人而异，有流氓恶霸，有毒蛇猛兽，也有老实巴交的"卖油郎"，有出卖爱情的李甲（见《三言二拍》），有留下薄幸之句的杜牧，也有《庄子》里讲的忠贞不渝的尾生——"常存抱柱信"（李白《长干行二首》）。尾生与爱人订下了时间地点，在约定的时间等候爱人，一直没等到，即使遭遇洪水也不走，最后抱桥柱而被淹死。陕北的《信天游》有歌词："定下的日子你不来，崖板上跑坏了三双鞋（读 hái）！"

至于"性职业"随时代而有所更迭、有所扬弃、有所否定批判，全无疑义。同时，生活与情感有过的各色不同的记录，仍然可能存在于我们的文化记忆与文学佳作里。

周邦彦的词作功力太深了，今人读起来颇感吃力。典故太多，相互靠色（读 shǎi），应该说是得失参半。在彰显学问、记忆力、分析力方面，用典的作用如学位论文引文的撰写，十分重要乃至惊人、服人、唬人，它提升词作的文化品位、文化浓郁度。但过犹不及，用典太多了则也会拉开与受众的距离。

此首《瑞龙吟·大石春景》，与前一首秦观的《八六子》，其实比柳永的词作更适合妙龄少女诵读。

或谓清代词人与词论家周济讲过周邦彦此《瑞龙吟·大石春景》："不过桃花人面，旧曲翻新耳。"就是说，它不过是崔护的"去年今日此门中，人面桃花相映红。人面不知何处去，桃花依旧笑春风"（《题都城南庄》）的翻版。

不知道有一定名气的周济为什么文学观念如此简单。这是词啊，是能演唱的呀，这不是小说，更不是报道、记录、简报、说明书、八卦爆料。一首诗或词，其内涵难道就只是说明"头年见过的一个可爱的女孩，次年没有看到"这样一个情节吗？如果周济贬低周邦彦《瑞龙吟·大石春景》此说能够成立，那么欧阳修的《生查子·元夕》也可以循周济思路予以抹杀。欧阳氏的那首《生查子·元夕》中，"月与灯依旧""不见去年人"等句，比起周氏此词，更接近崔护的"人面桃花"。这还不算完，晏殊的《清平乐》（红笺小字）里干拽上了崔护式的"人面不知何处"一句，周济应该说点什么呢？

周济也有不错的词作，如《蝶恋花》：

柳絮年年三月暮，断送莺花，十里湖边路。万转千回无落处，随侬只凭低低去。

满眼颓垣敧病树，纵有余英，不直封姨妒。烟里黄沙遮不住，河流日夜东南注。

那么他的此词有什么独创、独得之秘的情节呢？柳絮飘飞？莺花下落？颓垣病树？河流东南注？有哪一样是他的发明创造吗？

周邦彦的词与崔护的诗味道、写法、风格不同，取材有同有不同。周词里用了不少篇幅写并非"刘郎"意欲寻找的"旧家秋娘"，我们要说"旧家秋娘"已经引起了周邦彦的注意与感慨、波动，从中生出的一种有无、隐现、来去、此彼、浮沉、瞬间与长远的人生况味感、替代感、变易感，是崔诗中完全没有的。崔诗是小令民谣，而周词是精雕细刻而成的自己的歌声、语词、修辞与音韵的艺术世界。只问取材，只求本事，距离艺术的美学的鉴赏与体悟，还有相当的距离呀！

再回过头来顺便说一下刘郎的事。中华诗词中常有"刘郎"之称出现，所指的人物各有不同，但普遍认为刘郎的说法与"刘晨、阮肇天台山遇仙女"的神仙故事有关。原刘郎故事说的是刘晨（刘郎）、阮肇（阮郎）去天台山采药，遇到仙女而成婚，半年后下山，故乡亲友已过七个世代，好几百年。这样一个浪漫神仙故事隐藏在众多的提到"刘郎"的诗词中。

再有就是刘禹锡的诗《再游玄都观》，说是庭院里一半是青苔了，辛辛苦苦种好的桃树全完蛋了，剩下的只有远远不如桃花美丽的菜花，含有他对已经失势的政敌的嘲笑。好的，不太知道这个背景，而将刘禹锡的诗看成他对残败了的桃林的惋惜怀念，也很美好，也许是更美好与浪漫。给一首普普通通、明明白白的诗爆出政治的机密含意，这固然事出有因，但毕竟有伤诗词本身的美学意义。王蒙宁可希望无此非诗性词性的解说扰乱文学，唉！

15 将军白发征夫泪

渔家傲·秋思
范仲淹

塞下秋来风景异，衡阳雁去无留意。四面边声连角起，千嶂里，长烟落日孤城闭。

浊酒一杯家万里，燕然未勒归无计。羌管悠悠霜满地，人不寐，将军白发征夫泪。

西北的边塞地区，到了秋天，有它独特的风光。以衡阳为冬季栖息目的地的大雁迁移飞翔，无意在更北的地方停留。边地的种种声音，和着号角声，从四面八方传过来，在群峰中震荡。烟雾连天不散，夕阳斜照，孤单的城门紧闭。

喝上一杯混浊的酒，忆起本人已经离家遥遥万里，然而边事尚未理顺，也就不可能记功勒刻、光荣返师，也就是说还没有到完成使命、可以胜利返回家乡的时候。这时响起悠悠羌笛，遍地冰霜，人们睡不安稳，将帅辛劳，已经白发，士卒久久戍边，乡愁洒泪。

上阕三十一个字，下阕三十一个字，共六十二个字。最后一句只有七个字，此前的五十五个字托出了感人至深、概括力极强的千古名句"将军白发征夫泪"。可以说，这七个字成为北宋戍边卫国的军人的悲壮生涯的标志与慨叹。戍边男儿，以身许国；军令如山，责任如天；将帅全责，生杀予夺。

"塞下秋来风景异"，岂止风景有异，起居生活、天时地貌、边声角声、雁飞千里，都有边塞的特色，而最大的特色是悲壮，是苍茫，是孤城，是原野荒野，是家乡远在万里以外。

这里的"异"字用得很不一般。"异"本身没有说明是什么，只是说明不一般、不熟悉、非常态。中文中"异"字常带负面含义，如异外、异常、异样、异己、异态、异动等等，但范文正公这里用的"异"，有雄武、阔大、克难、献身、坚毅的含义。范仲淹以"异"形容伟岸的精神气概，有他的勇气，同时有他深沉的体贴与人文关怀。

范仲淹不是一般的词人。他是提出"先天下之忧而忧，后天下之乐而乐"（《岳阳楼记》）的忧乐观的政治家、改革家、大儒重臣。他亲民爱卒，他理解征夫的眼泪，他同情兵卒的艰难与心绪。他心中有大局，既然"燕然未勒归无计"，那么只有四海升平得胜归，才是征夫军人的光明前途。同时，我们今天已经认同了一种更崇高的说法："青山处处埋忠骨，何须马革裹尸还。"

苏幕遮·怀旧

范仲淹

碧云天，黄叶地，秋色连波，波上寒烟翠。山映斜阳天接水，芳草无情，更在斜阳外。

黯乡魂，追旅思，夜夜除非，好梦留人睡。明月楼高休独倚，酒入愁肠，化作相思泪。

蓝天布满了白云，地面落满了黄叶，秋天的风光与江波连在一起，透过江波上的雾气，看到了翠绿的天空倒影。山体沐浴着斜阳，江水伸向了天空，芳草萋萋，一直铺展到夕阳照不到的阴影里。

思乡的神魂不无黯淡，对家乡的思念随着旅途而一步步延续，夜夜难眠，除非能做个好梦睡个好觉。明月高悬，高楼望月，不要一人登楼远望吧。喝几杯酒，美酒最后也都变成了思念家乡的泪水。

词题讲到"怀旧"，词句中提到了"乡魂"与"旅思"，其他只是大写天地江波秋光草色，辽阔无边，爽朗中有些岑寂，开阔中难免孤独。"芳草无情"，令人遐想，是指秋天来了，芳草欲凋萎吗？是芳草无边，夕阳也照不出亮色吗？或者只是睹秋色而悲秋，伤一年之欲尽，思严冬之即来？还是念家乡之秋收，先天下之忧而忧？

"秋色连波，波上寒烟翠。山映斜阳天接水"，三句话其实是同一个意思，看来范文正公对王勃的"秋水共长天一色"（《滕王阁序》）的秋光描绘印象深刻。

中华文人自古追求的是寓情于景，情景交融。钻入内心世界写自己，深邃归深邃，但易虚无缥缈与嘀嘀咕咕；不如干脆放大格局，极目所瞭，极耳所闻，随心所感，仍然是天地境界、天地感触，洪波浩渺，斜阳晚照，芳草无边，高楼月照。让读者与词人一起体会这样的外部世界与内心世界吧。

下阕略述心曲，除非睡得好，也就是说睡得不好，这样的修辞相当收敛。最后最后了，才提了一句，饮酒化作泪。堂堂仲淹，不宜抒情太淋漓，略略提及，到此为止，是矜持，也是雅致，轻拿轻放，文明克己，正是英语中"绅士"一词的原义，在中文里则是风度加一定的架子。

范仲淹的《渔家傲·秋思》与《苏幕遮·怀旧》读罢，深深感到范词笔墨的与众不同，简单地说，三个字，"大手笔"，加四个字，"绰约多姿"。

《苏幕遮·怀旧》一开头已经大气满乾坤。天与地、碧云与黄叶、秋色、寒烟翠、山、芳草、斜阳、明月楼高休独倚，都是怎样的大景、大情、大观、大手笔呀！

而《渔家傲·秋思》里的"塞下风景""衡阳雁""边声连角""千嶂""长烟落日""孤城闭""家万里""归无计""将军白发征夫泪"……是什么样的见闻胸襟，什么样的感受，什么样的倾诉！

"大手笔"之说多矣，中华文化是求大的，鲲鹏展翅、论万世、天下归仁，都是大概念。与守高论、大概念相比，词是小道细节。但范词不一样，气势、风度、站位少有其匹，同时是形象思维，雄浑大美，妩媚多情，一挥而就，真大手笔也。

不但是大手笔，而且是交响乐的大指挥。塞下秋、衡阳雁、边声连角、长烟落日、家万里、羌管、霜满地、白发、征夫，然后是碧云、黄叶、寒烟、山、斜阳、天接水、芳草、乡魂、好梦、明月、高楼、愁肠、相思泪……他指挥、调配了多少乐器与画面，多少听觉、视觉，内心、对象与原件，他有着怎样的长度、宽度、深度和热度！

　　他远胜于一般文人墨客。

16 动人情态何须多

浣溪沙

贺 铸

不信芳春厌老人。老人几度送余春。惜春行乐莫辞频。

巧笑艳歌皆我意，恼花颠酒拚君瞋。物情惟有醉中真。

贺铸（1052—1125）

字方回，号庆湖遗老，卫州（治今河南卫辉）人，北宋词人。好以旧谱填新词而改易其调名，谓之"寓声"。其词风格多样，善于锤炼字句，又常运用古乐府及唐人诗句入词。内容多刻画闺情离思，也有嗟叹功名不就，纵酒狂放之作。又能诗文。

不能相信芳华的春光是排斥老年人的。一个所谓老人，又有多少机会去送别春天的尾巴呢？爱惜春光、及时行乐吧，不要推辞频频游乐。

美妙的笑容，艳丽的歌舞，都符合我的心意。可以为花事而烦恼，可以为饮酒而癫狂，可以让人瞪大惊异的眼睛。要让人们明白，如果稍有酒后癫狂、不够检点，无他，正是在酒醉中呈现了人们观照万物、与万物亲密的性情啊。

此词写得如此行云流水，道法自然，顺口而出，随心所欲。

寿则多辱乎？生老病死乎？朽木不可雕乎？都不是绝对的。人生还有另外的一面。老当益壮，老要张狂，鹤发童颜，及时行乐。迷醉于酒，也不单纯是酗酒发疯，而是追求一种振奋，一种狂想，一种激情，一种仍然保存着的揽月摘星、擎鲸捉鳌的追求乃至冒险的愿望。

"老人几度送余春"，这是极深刻的论断。对于宇宙来说，对于太阳系来说，对于地球来说，人类是新鲜品类，人老算得了什么？我们比恐龙、青蛙、三叶虫、蜘蛛、鲸鱼、熊猫什么的都鲜嫩幼稚，有一口气，谁也无权称老，没有了一口气，就更加老不了啦！可能几度再送别残春呢？韶华无多，春光有限，更要珍重、珍重、再珍重也！

"不信芳春厌老人"，说得更好了。当然，贾宝玉就不喜欢年龄稍大的女子，《红楼梦》里宝玉的奶妈李嬷嬷很可能为"芳春"所不喜，原因是李嬷嬷的"忘年妒"，她首先不喜欢芳春之年的同阶层少女。

及时行乐吧，这样的及时行乐意趣，在李白的诗中，在晏殊的词中，在许多诗词中早已经有所表现了。"辞频"之类的话，都有来历，并不新鲜。

眼儿媚

范成大

萍乡道中乍晴，卧舆中，困甚，小憩柳塘。

酣酣日脚紫烟浮，妍暖破轻裘。困人天色，醉人花气，午梦扶头。

春慵恰似春塘水，一片縠纹愁。溶溶泄泄，东风无力，欲皱还休。

范成大（1126—1193）

字致能，号石湖居士，苏州吴县（今江苏苏州）人，南宋诗人。其诗题材广泛，与尤袤、杨万里、陆游齐名，称"中兴四大家"，亦作"南宋四大家"。又工词，著作颇富。

满满实实的阳光透过漂浮着紫色的烟霞，落到了地上，暖洋洋的感觉令人解开了薄皮袄的纽襻。天色令人困倦，花香令人醉迷，你扶着头睡上了午觉。

春天的慵懒就像春天池塘里的春水，静静地呈现出平匀的细纹，令人愁闷痴呆。水面宽广和顺，东风柔弱，想吹皱春水，却没有那股力量，欲皱未皱，静水无功。

都知道冯延巳的名句"风乍起，吹皱一池春水"（《谒金门》），而范成大的名句是"一片縠纹愁。……欲皱还休"。范句绘形绘势传情,堪称入微,但吃亏在不够简练上,他的这几句远比不上冯延巳的"乍起"与"吹皱"容易入目入耳,普及广久。

写春天的慵懒,俚语叫作"春困秋乏"。早在孟浩然的诗里已有脍炙人口的名句:"春眠不觉晓"。到了范成大"困甚,小憩"这里,写的是春天的午睡,有春日的阳光,有春光的暗示,有醉人的花香,有紫色的烟霞,尤其是有静静的大面积的池水。

以春困秋乏为词的题材,范成大此作也是一绝。而且范成大只不过是写了一个春困秋乏,再不加什么内容,不是思春的泛漫与无着落,不是求功名的不成功,不是遭遇动乱、家国不幸,也不是个人丧偶、丧友、乡愁的不开心。写好一个"慵"字,写成了紫烟迷蒙、花气醉人、午梦扶头……硬是写活了一个空心的"慵"字。

特别是池水水面的"一片縠纹愁",写活了那种静静的、欲动的、未动的、已就的、铺开了的,隐藏着生命的躁动与追求,期待着春风的吹拂与按摩,谱写着天的美妙与密码的水面。多少神秘、多少蛊惑、多少修辞、多少轻盈与摆动波纹、多少愁思与美梦,尽在一池春水、一片縠纹之中!

"困人天色,醉人花气,午梦扶头",如此亲切随意,如此生活气息,如此美妙自然熟悉,活灵活现,生动至今。

规范造就了传统诗词的美好与特色,规范中能够活气充盈,哪怕是小小的惟妙惟肖,着实让人欢喜。范成大写的是生活,是春的气息。

17 浮生为词，哀心似诉

庆宫春

姜　夔

　　绍熙辛亥除夕，予别石湖归吴兴，雪后夜过垂虹，尝赋诗云："笠泽茫茫雁影微，玉峰重叠护云衣。长桥寂寞春寒夜，只有诗人一舸归。"后五年冬，复与俞商卿、张平甫、铦朴翁自封禺同载，诣梁溪。道经吴松，山寒天迥，云浪四合，中夕相呼步垂虹。星斗下垂，错杂渔火，朔吹凛凛，危酒不能支，朴翁以衾自缠，犹相与行吟。因赋此阕，盖过旬，涂稿乃定。朴翁咎予无益，然意所耽，不能自已也。平甫、商卿、朴翁皆工于诗，所出奇诡，予亦强追逐之。此行既归，各得五十余解。

　　双桨莼波，一蓑松雨，暮愁渐满空阔。呼我盟鸥，翩翩欲下，背人还过木末。那回归去，荡云雪、孤舟夜发。伤心重见，依约眉山，黛痕低压。

　　采香径里春寒，老子婆娑，自歌谁答？垂虹西望，飘然引去，此兴平生难遏。酒醒波远，正凝想、明珰素袜。如今安在？惟有阑干，伴人一霎。

姜　夔（约 1155—1209）

字尧章，号白石道人，饶州鄱阳（今属江西）人，南宋词人、音乐家。工诗，词尤有名，且精通音乐。词喜自创新调，重格律，音节谐美。多为写景咏物及记述客游之作，《扬州慢》等作品，感时伤事，情调较为低沉。

　　小序称，南宋绍熙辛亥年除夕，我离开石湖回吴兴，雪后经过垂虹亭，写诗一首，是说：湿地迷茫，看不清飞雁的踪影，群峰如玉，被层云保护着，或者也不妨说，重叠的山峰像是云朵的保护衣装。长桥寂寞，正是春天的寒夜。只有孤独的诗人我自己，乘一叶小船归来了。五年后的冬天，诗人又与友人逆向走过这边……天寒地冻，积云蓄积，天垂星斗，朔风劲吹，相约作诗。

　　在生长着莼菜的溪水里划动双桨，蓑衣上淋满了透过松林落到身上的大雨。傍晚时分引发的愁情，渐渐布满了空荡阔大的天地间。向已经引为好友的鸥鸟打声招呼，它们翩翩然活动活动翅膀，还以为它们要飞到我的船上，没承想后来鸥鸟转个身离开，飞上了树梢。

　　想起五年前，也曾在这边冲荡过飞雪，孤舟夜航。旧景重见，好不伤心。两岸山岭，形状像是相连的眉毛，以黛青的色彩，低压着河岸与心绪。

　　两岸开了花、种了香料，这条小溪正成为古已有之的蜡梅香径。你可以在这里获得花儿的芬芳，同时感受早春的寒冷。老汉我兴奋得婆娑起舞，加上自吟自唱，无人响应。从垂虹亭向西看去，真想飘然行远，我一生，永远有这样的出世冲动和兴致，难以阻遏。

　　酒醒了一点，船已经走了老远一段距离，正好想起了你明亮的耳坠、洁净的袜子。如今你又在哪里呢？现在，只有船上的栏杆，提供依靠，寄托我心，我希望能有一小会儿怀想思念你。

　　有自己的私情秘密，有转眼五载逝去的伤感，有两次孤舟夜行的萧索，有回忆与现实的重叠，有与鸥结盟的高蹈、自由，有鸥友并不响应你的友情召唤的飞走，有飘摇西去的归隐幻梦，有春寒料峭，有垂虹桥、采香径的迷人，有醉酒行船与终于酒醒、发现自己已经随波面行了好远，有眉山黛色的联想，有明珰素袜的生动与不知安在的失联失落。有温柔的风流，有沉静的悲哀。

　　一个是翩翩欲下的鸥友，转身飞走了；一个是两座山的轮廓连在一起，令词人想到的是"依约眉山，黛痕低压"。这是如实描摹，引动了内心波动呢，还是内心波动着，突然从外物的形态中找到了自己内心的返照投影呢？从形象中发现了内心？从内心寻觅到了形象？天象等于形象，就是形象而已，体悟在于读者的慧根。

还有什么时间远逝，空间重温，佳人不在，形象依然，山河多姿，触景生情……

人们说范成大曾将歌妓赠送给姜白石，而姜夔在成都还有一个相好。你可以知道、考证这些事和人，你可以不知道、不过问这些事和人，你也可以怀疑传说与记载的文学背景八卦的可靠性。当这一切生动故事、人生零碎全部磨灭干净，好在姜白石的《庆宫春》词作还在你的案头，还在你的手里或手机里，还坚持着一些不朽未衰的动人与遐想。

万物皆备于诗词，深情永附着于诗词，不忘姜夔于诗词。你活着了，你来了，你离去了，你注意了。你感到庆幸，和你在一起的是你的诗词，你的诗词写尽你的所见所闻所记所忆所感所忧所喜所悲所梦。你已经离去千年，你的诗词仍在人间，你的一切变成了你的唯一，你的唯一永远不放空你的一切。

词里有一种恬淡与空心，甚至是有意追求的所谓空灵，使诗词与日记、账本、文案拉开距离。在那个时代，不少词人有所见、有所思、有所文辞，无所求、无所欲、无所动机，更无所任务使命。幸乎？悲乎？古老中华的文人诗人尤其是姜夔这样的词人啊，你们的人生方向盘、压舱石与行驶目标到底何在？还是一切任意随缘，赤条条来去无所谓呢？

齐天乐

姜 夔

丙辰岁，与张功父会饮张达可之堂，闻屋壁间蟋蟀有声，功父约予同赋，以授歌者。功父先成，辞甚美。予裴回茉莉花间，仰见秋月，顿起幽思，寻亦得此。蟋蟀，中都呼为促织，善斗。好事者或以三二十万钱致一枚，镂象齿为楼观以贮之。

庾郎先自吟愁赋，凄凄更闻私语。露湿铜铺，苔侵石井，都是曾听伊处。哀音似诉，正思妇无眠，起寻机杼。曲曲屏山，夜凉独自甚情绪？

西窗又吹暗雨，为谁频断续，相和砧杵？候馆迎秋，离宫吊月，别有伤心无数。豳诗漫与，笑篱落呼灯，世间儿女。写入琴丝，一声声更苦。

南北朝诗人庾信，吟咏过自己写的《愁赋》，凄凄凉凉，如听蟋蟀细声私语。露水容易使物件铜饰铜皮端角处显出湿象，绿苔容易在井口石边上生长，这些地方也是曾经听到过蟋蟀鸣叫的地方。悲哀的声音如泣如诉，正像失眠的孤独的妇人（生活中一无抓手），夜半起床，找个纺织机的手柄摸摸弄弄。

在曲折地画有青山的（或曲径通幽的）屏风中，夜凉，孤身的妇人情绪会是怎么样的呢？西风将夜雨暗暗吹到窗子上，为什么时响时断？它是配合着洗衣的砧杵声，被洗衣声带了节奏吗？

在接待驿馆（招待所）里迎来秋天，在非正式的离宫别馆里赏月观月，别有一番清冷的伤心与罕有这种机会的感觉。早在《诗经·豳风·七月》中，已有"蟋蟀入我床下"之语。

可笑的是篱笆栅栏边的小儿女们，呼喊着点火照亮捉蟋蟀，他们不知道，编入歌曲的蟋蟀歌儿，唱起来是多么酸苦。

"话"到姜白石第二首词已经咂摸出点味道来了。姜是真正的艺术家，诗、文、词、书法，尤其是音乐，都是大家，声名直追苏轼。写起词来，像今天人们说的专业词人，所见所闻所阅所知所忆，都是词，都可以有来道去（趣）地写出来。他的某些词附有比较详细的小序，他以词为记录为史的意图很明显。

他的写法注重记述，抒情附着于记述。词分上阕下阕，姜夔想好了两句细细的、绝绝的、长长的、连连贯贯的话语，一句是上阕，一句是下阕，写得密密实实，好词句一行接着一行。至于词外、诗外、语言文学与声音艺术之外的功夫，如德行、人格、时代、历史、社会、哲思，就没有体现太大的动静了。真正的艺术家，或者说相当绝对与单纯的诗人词人，是不无寂寞的。真正的红红火火的艺术大家，则不是姜氏这类着眼于自己的耳闻目见、亲身经历，他们要调动人生获得的全部信息资源，直到国之大者，他们要写自身，要写世界，要写时代和历史，要写经历与经历之外。

从小序看，姜氏此词写的是蟋蟀。以蟋蟀起兴，写到了"思妇无眠，起寻机杼"，八个字何等体贴了单身女人的痛苦！然后拉扯到"候馆迎秋，离宫吊月"，你又觉得他还是在写人，写蟋蟀鸣啼、秋风寒气下的失意之人。写虫，写人，写井，写天时天气，主观世界与客观世界，天地人虫情景，全部浑然一体。

扬州慢

姜 夔

　　淳熙丙申至日，予过维扬。夜雪初霁，荠麦弥望。入其城，则四顾萧条，寒水自碧，暮色渐起，戍角悲吟。予怀怆然，感慨今昔，因自度此曲。千岩老人以为有《黍离》之悲也。

　　淮左名都，竹西佳处，解鞍少驻初程。过春风十里，尽荠麦青青。自胡马窥江去后，废池乔木，犹厌言兵。渐黄昏，清角吹寒，都在空城。

　　杜郎俊赏，算而今重到须惊。纵豆蔻词工，青楼梦好，难赋深情。二十四桥仍在，波心荡，冷月无声。念桥边红药，年年知为谁生？

　　在淮河东南方建立了名城扬州，那里有著名的竹西亭这样美好的景点。在这里停下来，小作逗留，看到过去春风十里的辽阔空间已成废墟，全都长着荠麦青苗。自从金兵入侵并一度占领扬州之后，这里只剩下荒废了的池塘和一些树木，更谈不上驻军用兵了。

　　想当年，杜牧曾经非常欣赏扬州的美丽风流，如今呢，来到这里，看到现今的景象，怎能不吃惊哀叹？不管杜牧当年记叙的俏美的曲词如何精致，青楼的夜生活如何享受，再也寻觅不到往日的深情了。小杜诗里写过"二十四桥明月夜"（《寄扬州韩绰判官》），如今，桥仍然在那里，波心荡漾，月光冷冷，无声无息（再无当年的繁华热闹）。想一想桥边红艳的芍药花，又是在为什么人、什么世道而年年盛开呢？

　　唐朝的扬州，极尽商埠、交通要道、长三角与南京圈内的地理优势。"天下三分明月夜，二分无赖是扬州"，出自唐代徐凝的《忆扬州》，说是天下夜生活的三分之二都被扬州任性地、不讲理地（无赖）占有了。张祜的《纵游淮南》则说："十里长街市井连，月明桥上看神仙。人生只合扬州死，禅智山光好墓田。"死都要死在扬州，更不用说明月与桥景了。李白的诗句是"烟花三月下扬州"（《黄鹤楼送孟浩然之广陵》）与"元非太白醉扬州"（《酬崔侍御》）。杜甫的诗句是："商胡离别下扬州……老夫乘兴欲东流。"（《解闷十二首·其二》）贾岛诗曰："闻说到扬州，吹箫有旧游。人来多不见，莫是上迷楼。"（《寻人不遇》）看来唐代扬州的物质文明与娱乐文化驱动了诗词精神文明。

到了姜白石这里，就是另外的时代背景了。不堪回首，金人南侵，姜白石这样喜欢写私情悲情的词人，也按捺不住家国忧患的感叹、痛心。"自胡马窥江去后，废池乔木，犹厌言兵"，说的是国防解体，已无还手之力。"过春风十里，尽荠麦青青"，说的是城市消亡，废墟变成农田。"渐黄昏，清角吹寒，都在空城"，当然是胜景不再，只剩下了空城遗"迹"，不是空城"计"。

然后借杜牧的咏扬州诗，写沧桑，写失落，写怀旧，写无奈，叫作"重到须惊""难赋深情""冷月无声""知为谁生"。娱乐歌词中有多少辛酸，多少眼泪，多少哭号，多少愤懑！

与"细雨梦回鸡塞远，小楼吹彻玉笙寒"（李璟《摊破浣溪沙·秋思》）、"夜月一帘幽梦，春风十里柔情"（秦观《八六子》）的空间并存式、对应式或跳跃式语言结构不同，姜词具有一种时间前后连续式、叙咏式、因果式的陈述结构。

姜词行文，一气呵成，体现了叙述逻辑，展现了音韵节奏，清楚明白，略有枝杈，无须劳神，前后呼应，脉络分明，读来上心入耳，毫不吃力，别有风味。

姜夔是真正的词人，感觉敏锐、无微不至、无事不情、无语不生动细腻。姜夔词读多了，又像是缺少了核心、重心、大动脉，缺少了主心骨，也许词反而写得更自由自然、随意空灵。但姜白石在获得了罕有的称道乃至被认为形式构建上无懈可击的同时，仍然是有所缺少：比如，缺了李白的奔放，缺了杜甫的仁厚，缺了王维的深潜淡定，缺了辛弃疾的火热情怀，缺了苏轼的精神境界，也缺了李商隐、柳永的铭心刻骨。他写得精准、美好、真切、通畅，但是缺少一点硬核。这首《扬州慢》，则是他极其上乘之作了。

18 难怪说他是怡红公子

木兰花·拟古决绝词柬友

纳兰性德

人生若只如初见，何事秋风悲画扇。等闲变却故人心，却道故人心易变。

骊山语罢清宵半，泪雨霖铃终不怨。何如薄幸锦衣郎，比翼连枝当日愿。

"拟古决绝词"，是按照乐府表现古代分手诀别的体例，写下了此词。都叫决绝词，但纳兰此决绝词与清朝的激进志士周实的《拟决绝词》大异其趣。

纳兰说，如果人生中的情义、追求、心思、感觉，永远保持着初次见面时的热烈与新鲜，也就没有什么事情能造成消磨冷寂失落之哀怨——像秋天到来后被遗弃的画扇一样不幸了。

故友情人，轻易变化了当初的心意，反而说是他的故人变了心。

想当初，唐明皇与杨贵妃在华清宫里山盟海誓，愿常厮守，生生世世为夫妇，他们的情话说到了半夜。到后来呢，发生了悲剧，杨贵妃被赐死。唐明皇返回路上，入川时听雨声而痛苦思念，杨贵妃死而无怨。这位穿着锦衣龙袍的薄情的唐明皇啊，你想起当日的"在天愿作比翼鸟，在地愿为连理枝"（白居易《长恨歌》）的盟誓话语，又当如何自处呢？

爱情、婚姻、初见、变故、命运应该怎样解释呢？"人生若只如初见，何事秋风悲画扇"，近半个世纪，由于一些影片（《只有芸知道》等）与戏剧的引用，据说还由于智利大诗人聂鲁达的爱情诗中的名句"爱情太短，遗忘太长"

与纳兰此名句的互动，纳兰性德的"秋风画扇"金句已经空前普及。我还认为，知道纳兰词人的人当中，有百分之九十以上的人说不定只知道他的这个金句。换句话说，没有"人生若只如初见"之语，纳兰今天不会这样家喻户晓。

其实这个金句不完全是纳兰的发明，纳兰此处用了典故。王国维强调纳兰的民族属性中有纯朴天真的一面，强调他并没有被中原文化拘束固化，这个判断十分重要、准确；但同时，纳兰确实又是深深融入了中原古典文化。纳兰做到了王国维大师提倡的既能"入乎其内"，又能"出乎其外"。他汲取了并陶醉于中原文化，同时能保持自己的少数民族属性与个人特性，有消化，有改造，有极独到的发酵、发挥、发展，承旧创新，为词作带来了新意、新气象。

他用的典是始于热烈、终于冷落的"变心"故事——来自汉成帝妃子、著名女作家班婕妤的《怨歌行》：

> 新裂齐纨素，鲜洁如霜雪。
> 裁为合欢扇，团团似明月。
> 出入君怀袖，动摇微风发。
> 常恐秋节至，凉飙夺炎热。
> 弃捐箧笥中，恩情中道绝。

刚从织机上扯下来齐地出产的雪白绸子，新鲜高洁，如霜似雪，剪裁为合欢团扇，像天空的明月。夏天，它放在你的怀抱或者衣袖里，随时一摇，扇起微风，令人舒适。让人担忧的是秋天到来以后，凉风阵阵，驱散炎热，你会把美丽的扇子丢弃到装废物的竹制箱笼中。本来与你那样深厚宝贵的感情，半途遭废弃背叛。

这首诗写得如此纯朴动情、天真纯洁，而"恩情中道绝"的结论又是这样残酷、绝望、痛心，令人恐惧战栗。

到了纳兰性德这里，把班婕妤的诗浓缩、简易、通俗为"秋风悲画扇"的吟咏，又加上一个大胆神奇、天真烂漫的想象："人生若只如初见"。就是说时间这个时时流逝、失去、变易的因素，不再"如斯夫"地"不舍昼夜"了，时间被冻结了，于是逝者不逝，昼夜全"舍"，万有如初，无变无化，恩爱千载，画扇永远，恩情美满，中道鲜妍，无绝无断，日月经天，芳华万年。

这就大大地、百倍地超过男女之情的变心不变心之说了。与时俱化？暂停千般。男女青春，有术驻颜。生老病死，诸忧俱减。这是对于天地人生的种种丧失之痛苦的摆脱超越幻想曲。

当然，人生的悖论是永远不会停歇的。如果"如初见"的梦想实现，万物不变、百年一日，那还有什么活头呢？时间的冻结就是生命的冻结、人生的冻结。今天和昨天一样，今年与去年一样，秋天不来，夏天不走，冬春不分，一把扇子便成为终生终世终人间深情的宝贝见证了，活一天与活一万年没有任何区别了，那还有所谓生命、生活、一生、一世吗？还有人赋诗填词吗？

是的，没有苦恼，也就比较不出快乐，没有心情变化，就没有不变——应该是变中有不变，不变中又时时发生着新变。人生若只如初见，活了死了没法辨，昨天今天一个样，十年百年从不乱，大家变成木头人，岂不都成大傻蛋？何事秋风悲画扇？秋风自有秋风恋！有生必定就有死，有死才有生可赞。正因为生多变易，更希相爱永活绚！能够跟随着不舍昼夜的变化，保持着最美好的心愿，执子之手，与子偕老，这是爱情；执子之手，谁也不老，这是雕塑；怕对方衰老，所以要躲开对方，这是病变。所以要好好生活，过好这一辈子，即便没有成就大业、留下大德，但做个好梦，填首好词，也还不错了。

重要之点还在于，纳兰用了班婕妤的作品中秋风弃扇的比喻，同时给予了创造性的补充与转化，使典故完全纳兰化了。天真元宇宙，极善良的公子哥们儿气，确实是怡红公子贾宝玉的口吻。清代"红学"，对贾宝玉的原型或有纳兰容若之说，却少有人提及秋风弃扇语来自班婕妤。

下阕讲的是唐明皇与杨贵妃的故事，但把这个故事归入变心负心类，比较牵强。

唐明皇与杨贵妃之诀别不像是由于唐明皇的负心，而是由于李隆基万岁爷治国理政糊涂失败，酿成大祸。他的悲剧不是由于自己变心杀了爱妃，而是他搞乱了大局，玩不转大政，无法保护自己的爱妃。而杨贵妃之终无话说，同样是由于她深知唐明皇之一无奈、二无能、三无威、四无实力无头脑无招数，大势已去、死路一条、天塌地陷，只能通过杀贵妃昭示一切罪在女祸、美就是祸水等这样一些民粹真理歪理。在那样一个封建文化集体无意识中，王蒙甚至感觉杨玉环也极可能认为大唐出事是自己造成的，不能不跪谢赐死天恩。元宇宙的李隆基、杨玉环、安禄山混乱盲动破坏的三体无序溢出科学边界的破坏性运动已经形成，死个贵妃算什么？

纳兰的《木兰花·拟古决绝词柬友》的命运与人的命运一样，歪打可以正着：变心谈不到，就埋怨一下秋风代替了夏风吧，显得词人赤诚撒娇、纯洁可爱。安史之乱是真实严峻的，难以逆转，诀别也是真实的，唐明皇对杨贵妃，从怀抱里、衣袖里、心肝上爱了再爱，爱不够开始，到一切搞乱、被迫狠心丢弃杀死，也是真实的、不容讨论的。人生总有种种有道理的与无道理的悲剧，人生诸事件总有准确的与全不准确的命名定义与流传、总结、舆论。判断与史实未尽合榫，但金句内涵超过了经验，更走过了来由，这都很正常、很必然。至于纳兰，就不知道他有什么这一类的遭遇可资借鉴与掂量分析了。

又何需史料的分析呢？纳兰说来很天真，一句话，他同情杨贵妃，他不怂儿唐明皇，他替贵妃发声诉冤。

清末周实《拟决绝词》中有"信有人间决绝难，一曲歌成鬓飞雪"，那是指为了家国而献身。

有意思的是，1996 年首播的 31 集电视剧《汉宫飞燕》（又名《汉宫秘史》），2005 年播出的 40 集电视剧《烟花三月》，2012 年播出的 42 集电视剧《末代皇孙》，2014 年播出的 30 集电视剧《菜刀班尖刀连》，都引用了纳兰性德的这两句词："人生若只如初见，何事秋风悲画扇。"我还要说，我本人，如果不是写这本书，我也并不知道秋扇之喻出自现今远没有纳兰性德出名的"诗词祖母"班婕妤。

纳兰生于 1655 年，卒于 1685 年，他只活了三十一岁。他的《木兰花·拟古决绝词柬友》刻印问世于康熙三十年即 1691 年。纳兰的姓名大大地加温、普及、大众化，是 20 世纪末至今的事情，即纳兰的干脆明星化，是于他离世300 年后才发生的。

而一些电视剧写的是赵飞燕故事。最早将杨贵妃与汉代赵飞燕联系起来的诗是李白的《清平调》，传说有人借此离间李白与贵妃的关系，这回，21 世纪的中国电视剧，又把清代的纳兰词与杨、赵二位美女紧紧地联系了一回。赵飞燕出生于公元前 45 年，殁于公元前 1 年，就是说，纳兰的"初见"与"弃扇"说，逆生长了一千六七百年。清代名词名言，逆行超前生效到中国历史的西汉朝代去了！伟哉，满族天才词人纳兰容若——纳兰性德呀！痛哉，一苗条一丰满的赵、杨二位倾国倾城的美丽女子！

浣溪沙
纳兰性德

谁念西风独自凉，萧萧黄叶闭疏窗，沉思往事立残阳。
被酒莫惊春睡重，赌书消得泼茶香，当时只道是寻常。

谁想得到，谁挂念我，谁能记得，如今我是独自在西风中忍受寒意。萧萧黄叶下落，让我关闭了窗棂稀少的窗户。深深念忆着亡妻旧事，站立在残缺的夕阳光照下，想来想去。

当年我喝醉了酒，你从没有惊怪责备，还照顾我，让我春天睡得香甜沉重。像当年的李清照夫妇一样，我们赌书页记忆，笑得把茶水泼洒，让地面发出了茶香……当时只觉得都是日常琐事（如今已经好景难再了）。

纳兰的词只是将自己的性情、思绪、遭遇如实写下来。他与卢氏相亲相爱，共度风雨寒暑，后来卢氏伤逝，一切生活场景都缺少了一人，单剩下一人，是何等孤独悲凉。

回想当年，卢氏是何等体贴温顺、聪慧可人。春天喝了酒，卢氏很好地照料，让纳兰能够舒舒服服地享受春睡沉沉。讲起读书的博闻强记来，二人知识竞赛，赌输赢，比学问，快乐无边。当这么多幸福的往事好景不再的时候，词人才明白：看似平常的小事，在人生中有多么珍贵可爱。

《浣溪沙》上下两阕，每阕三句。纳兰的这三句组成很有趣。上阕前两句，说的是同一件事，都是讲西风凉意中的反应。"谁念西风独自凉"语有白话体感觉。而"沉思往事立残阳"是对前两句的总结。

下阕的前两句干脆是闺房记乐，写一对小夫妻的恩爱生活，甜蜜欢喜，幸福平凡。最后一句略退一步，以退为进："当时只道是寻常"。这句词本身就极寻常，以寻常写寻常，背景是寻常一去不复返的伤痛，寻常已经成了永远的与绝对的不寻常，多么不寻常的思念、向往、痛心疾首。用意在于不无懊悔地嗟叹：这平凡的一切本应该更加珍惜受用才对呀，这寻常的幸福是何等不寻常地珍贵呀。身在福中难识福，幸福远逝忆模糊。纳兰确似通灵玉，享尽尊荣泪眼枯。

金缕曲·赠梁汾

纳兰性德

德也狂生耳。偶然间、淄尘京国，乌衣门第。有酒惟浇赵州土，谁会成生此意。不信道、遂成知己。青眼高歌俱未老，向尊前、拭尽英雄泪。君不见，月如水。

共君此夜须沉醉。且由他、蛾眉谣诼，古今同忌。身世悠悠何足问，冷笑置之而已。寻思起、从头翻悔。一日心期千劫在，后身缘、恐结他生里。然诺重，君须记！

说起我来，当年不过是一个狂妄的书生儿郎罢了。偶然随缘，混迹京华，也算出身名门华贵。我愿意像东周赵国的平原君那样，有了酒与众贤共饮，广交天下才俊，又有谁理解我的用心呢？没有想到的是（"不信道"，或谓是并未迎合什么欺世大言大帽子），我还是遇到了你这样的知己。我们相互青睐，高歌一曲，我们都还不老，都要擦干净眼角的英雄热泪。看吧，现在月光如水，今晚我们要开怀痛饮，一醉方休。

不管他吧，一个美好的人士，越是优秀越有人妒忌，还会给你造谣生事。嫉妒、嫉妒，古今都是如此恶劣。人世悠长广大，这一类宵小之事又算得了什么？一笑了之也就罢了。寻思起来，从开始就不必在乎这些鸡零狗碎。

一次的心相期许，背后是千劫百代的缘分积累（或者，此后是千年万载的同心情谊）。不仅此生此世，我们的缘分还要在他生他世延续存留。友人间一切信任、一切许诺，都重于泰山，我们会永远记在心上。

纳兰多半写的是爱情词，无怪乎一些解人喜欢将纳兰与贾宝玉联系到一起。但这里，纳兰讲了一些接近他的三观自况、雄心壮志、疾恶如仇的话语。一上来自称"狂生"，与他的特殊身份不合。他父亲纳兰明珠，是康熙时代的著名权臣，他却宁愿以一个略带异类色彩的狂生为己命名。然后说自己是"偶然间、淄尘京国"，颇以清高乃至与红尘拉开距离自诩。"有酒惟浇赵州土，谁会成生此意。"原来纳兰性德还当真另有一套大丈夫的社会人生追求，实是与贾宝玉不一样。贾宝玉是女儿主义、唯少女主义、唯情主义乃至唯林黛玉主义，另一面则是空无主义、得过且过主义，想不到纳兰此词中带几分豪迈大气。正因为有所追求、有所向往，纳兰有宝玉所没有的失落感、挫折感、自傲感与清流感。

再发展下去，有"蛾眉谣诼，古今同忌""冷笑置之"等用词，居然呈现出一部分社会批判色调；而"古今同忌"云云，加上了性恶论与人性黑暗论的哲学倾向。这几句词，令我想起左宗棠撰的名联："能耐天磨真好汉，不遭人妒是庸才。"

而结于"然诺重，君须记"，对于词人纳兰来说更是别开生面。然诺精神，是中国的侠义之道。李白在《侠客行》中说道："三杯吐然诺，五岳倒为轻"，"千秋二壮士"，"纵死侠骨香，不惭世上英"。纳兰可能不仅受过后主、柳永、周邦彦与李清照的影响，还受过李白的《侠客行》的影响。

注意，纳兰也鼓吹一言九鼎、说到做到、言无虚发的侠义英雄主义，虽然他此词里讲的然诺只是关于友谊知己的然诺，还缺少一点刀光剑影、坚决斗争的男儿壮志。

而"一日心期千劫在，后身缘、恐结他生里"，汲取了佛学的缘起论。此词书"赠梁汾"，纳兰认为他与梁生的友谊有深厚的缘起，他表达的友谊激情无论怎样夸张都不为过，纳兰不仅是风月词人，也是喜爱解读一切与体悟人生的思想者。

越是喜爱与谈论纳兰的词，越觉得自己对词人的理解还是太少，孤陋寡闻，不学无术。诗人有诗，词人有词，当然。同时诗人词人有自己的人生、自己比诗词更多的世界与经历。究竟是就诗论诗，就词论词，充分享用与分析延伸诗词的符码作用好呢，还是未必时时以诗词之作为本，下史家、思想家之心力，把诗人词人吃透更好呢？

可惜的是我做不到后者了。

蝶恋花

纳兰性德

辛苦最怜天上月，一昔如环，昔昔都成玦。若似月轮终皎洁，不辞冰雪为卿热。

无那尘缘容易绝，燕子依然，软踏帘钩说。唱罢秋坟愁未歇，春丛认取双栖蝶。

天上的月亮是多么辛苦可爱，有时候夜间月亮会圆圆满满，更多的夜晚，月亮并不浑圆，而是有所亏缺。如果你夜夜都是那么饱满光亮，全世界的冰雪也会为你而融化变暖的吧？

我们的人间缘分，怎么这样轻易地就丧失了呢？燕子并非如此，它们双双对对，踩着帘钩，隔帘细语，一切如旧。秋天，在你的坟墓上我已经吟唱了那么多悲苦的思念，心中的愁闷却并没有得到任何排解和减轻，也许只有等我死后才能变成与你双双飞舞的一对蝴蝶吧？

据说纳兰的亡妻卢氏，梦中向纳兰表达心意："衔恨愿为天上月，年年犹得向郎圆。"纳兰从丧妻之悲联想到月亏月缺之悲，悲之怜之。人间多苦辛，天上亦不圆满，团团圆圆的月亮也是月盈则亏，离恨永远冲击着团圆，缺失永远干扰着圆满。

地上有冰雪，天上有不圆的月亮，而天真可爱的纳兰性德幻想着，人与人永远是初见，秋风不会带来一丝冷凉，夏天的画扇永远在手里挥动，月亮永远没有阴晴圆缺的区别……其实燕子也有悲欢离合，有失群，有伤病，蝴蝶也有种种的灾难，谁又有什么办法呢？

有两种人，一种是又深又透地悟了道的人，悟了空的人，悟了阴阳五行、生灭辩证的人，他们的悲凉感、遗憾感化成了淡定的其实是无奈的一笑，似此似彼的一瞥，诗词歌吟的纾解。他们知止有定，适可而止，无限依依，终于泰然。但也有贾宝玉式、林黛玉式、纳兰式的较劲钻牛角尖者，他们追求的是绝对和终极，是坚守和不移，是月亮天天浑圆，直到月球也变成能够温暖冰雪的天体。他们追求的是铁打的尘缘，活着是对话呢喃的家燕，死了是梁山伯祝英台式的双蝶。他们永远像不懂事的孩子、长不大的孩子，他们抱着永恒的长恨感、长悲心，在世界上走过一遭，留下的是极尽自我折磨的痛苦。

不，不能说只有痛苦，他们的痛苦其实是一种深爱，一种执着，一种包括自恋的火热的恋情的享受，还是一种绝对的不甘。永远惦念，永远相思，永远呷摸，永远梦寐以求，他们体会到了生命的硬核，他们绝对不会是、永远不是稀里糊涂、麻木不仁地白白到人间走一趟。

但是纳兰能够同时感觉月亮的辛苦与可怜，这又极其不一般，这表现了纳兰性德与天地日月相亲相通、与万物万有相亲相通的特殊品质，表现了他绝无仅有的世界认同感，他的善良与爱心，他的同情心。他还要为全部冰雪与寒冷表决心，为了世界得到温暖和团圆，宁可全部融化。这是怎样的赤诚和热爱啊！

我所说的悟道者、悟佛法者、悟辩证法者、具备天地境界者，他们的悟是一种对于天地、天道、天心、天命的皈依，是"天地与我并生，而万物与我为一"（《庄子·内篇·齐物论》），是小我的弥漫与扩张。而纳兰的通日月，是将日月天地视为同自己一类的存在，是赋予天地日月以生命与甘苦，是与天地日月共享喜乐与悲苦。他要为天地日月万物万有说话、叹息、掩涕。他要与天地日月山川四季一起天真，一起相爱，一起幸福，一起温暖。

采桑子

纳兰性德

明月多情应笑我，笑我如今。辜负春心，独自闲行独自吟。

近来怕说当时事，结遍兰襟。月浅灯深，梦里云归何处寻。

天上的明月，如果多情善感，也许会笑话我如今的状态，辜负了春情爱心，落寞萧索，踽踽独行，自叹自吟。

近来越发怕说当年的深情旧事，好友相亲，在月光的远远照耀下，在灯光的深深笼罩中，我们的相知相得，如云之在天归去。这样的沉醉，即使梦里也无处寻觅重现了。

或者说这是纳兰的怀念友人之作，或者说这是怀念一度为妾、后被迫分离的沈宛之词。有专爱也有泛爱，有多方向与多层次、多品种的爱。呜呼纳兰，呜呼纳兰词，呜呼纳兰的人生。

"辜负春心，独自闲行独自吟"，春心来自天心、天时、天道、天情，原来孤独是对于天心天道的辜负与抹杀，人生一世应该有爱、有情、有春心、有伴侣，人生应该结伴而行。如果纳兰说自己曾经辜负了春心，那世界上又有多少男男女女，辜负了春心，辜负了美丽，又有多少春心春思被糟践了、歪曲了、变态了、扼杀了，至少是浪费了、虚掷了呢。罪过呀！

"月浅灯深"之说，极其美妙。月光远远泛泛，视觉印象浅浅淡淡；灯光集中，与无灯光处的黑白对比度强烈，灯下光与影的对比也十分强烈，感觉自是不同。本来，光有强弱和广度之分，应无深浅之分，纳兰在这里独出心裁地分出了灯光的深浅区别。这就叫"张冠李戴"的修辞创造。这位满族公子的汉文学贡献，令人起敬。

采桑子

纳兰性德

谁翻乐府凄凉曲？风也萧萧，雨也萧萧，瘦尽灯花又一宵。

不知何事萦怀抱，醒也无聊，醉也无聊，梦也何曾到谢桥。

是谁在那里填写那凄凉的词作呢？风萧萧兮吹来吹去，雨也萧萧兮下个不息，眼看着灯花失落减少，又一夜就如此这般地度过了。（我原来的解读是说"如此地过去了"，五十天后，改为"如此这般"与"度过"了。我有一些伤感——"酸的馒头"［sentimental］。）

谁知道放不下、紧紧牵挂着的是什么情事呢？醒了，觉得落寞无趣，醉了，依然是落寞无计。就是做梦，梦中也到不了烟花柳巷、游乐一番的谢桥啊。

本词有极强的歌曲感，读之可以唱出来。一上来就是"翻曲"，紧接着"风也萧萧，雨也萧萧"，有了风，有了雨。本来已经齐了，加上这也萧萧，那也萧萧，加上含义空洞、无所依傍、亲切而又迷离、乱轰而又寂寥的两组四个"萧"字，再后"瘦尽灯花又一宵"，向李商隐的"蜡炬成灰泪始干"靠拢，却比李诗更活泼烂漫、通俗任性。

梦也梦不到，到不了谢桥，这是纳兰的真挚、深情、执着、初心，他永远不会只是游戏、只是薄幸、只是"与之狎"，他与宝玉黛玉一样，视爱情如生命。

然后写"无聊"，干脆可以说此词写的题材就是"无聊"二字，这是纳兰的无聊《采桑子》、无聊诗词、无聊文学。然而，清代不是春秋战国，纳兰不是英雄豪杰，纳兰从来不处于社会家国的主流旋涡之中，不写无聊，你让他写出什么"有聊"——有志、有为、有思、有所献身吗？而且在中国往昔封建社会，天下太平时期的寄生贵族、地主乡绅生活的特色恰恰就在于"无聊"二字。伟大的《红楼梦》，又是过生日，又是行酒令，又是大兴土木，又是乱七八糟，从无聊中出现了善恶美丑智愚悲喜多少故事啊。

当然，在中国古典诗词中，无聊、无赖，并非现代口语中的单纯贬义词，它体现着某种性情，某种境遇，某种超脱和任意，甚至还有某种自由自在。

纳兰性德的"无聊"，到了王国维的《人间词话》评论中，则被称为道性十足的"自然"。王盛赞说："纳兰容若以自然之眼观物，以自然之舌言情，此由初入中原，未染汉人风气，故能真切如此，北宋以来，一人而已。"

在中华传统文化中，自然云云，是天大的终极词汇。除了老子的"道法自然""功成事遂，百姓皆谓'我自然'"以外，还有怡然自得、夷然自若、自然而然、顺其自然、听其自然、任其自然、泰然自若、超然自得、超然自逸、恬然自足、昂然自若、晏然自若、习若自然、怡然自乐、怡然自若、浑然自成、悠然自得、坦然自若、欣然自得、昂然自得等等说法。

哲学家冯友兰认为"自然"是本能的、低级的、随俗的人生境界，其后是功利的、道德的与天地的另外三种境界。而心理学的定义则认为无聊感产生于关注对象与自己的价值观的脱节。

纳兰的特色在于，他的生活无需功利目标，也没有价值三观探求，还没有仁义道德的高悬，不讲天经地义、日月光辉，他的自然可以是无聊，可以是无为，可以是无伤，可以是大伤失落：生命，便是失落生命；生活，便是失落生活；爱情，便是失落爱情；真挚，便是没有针对谁、没有来由、没有归宿、没有目标，甚至让你觉得不靠谱的真挚……

中华文学、中华诗词的历史上出了奇葩纳兰性德，自然而然的"无聊"中多少性情，狭窄中多少纯真，空虚中多少才华，稚嫩中多少青春！无怪乎有人将纳兰与怡红公子宝玉联系起来，纳兰之外，你还真找不着另一位更能与宝玉套近乎的人物。幸乎悲乎，纳兰性德有生之年想得到吗？生活在近现代、生活在地球其他角落的懂中文的人们，一旦面对纳兰性德，个个感动赞赏，不知道怎么赞美才好。

写到这里，关于纳兰的话，以及整个诗（词）话，将告结束，加个噱头一笑。遥想当年，丁玲老师见到了王蒙小说《哦，穆罕默德·阿麦德》的开头几句话，评说道："王蒙，是说相声的嘛！"

关于悲哀的与无瑕的纳兰性德，我忍不住留下一个噱头：

为纪念曾经有过的纳兰墓地，有关部门设立了纳兰性德纪念馆，位于北京市海淀区上庄镇皂甲屯村。那是一个挺不错的四合院，有一间房里陈列着纳兰的生平介绍与纳兰一些著作的当代版本，更多的地方则是作为农家乐的景点食宿服务而经营。纳兰性德纪念馆的招牌下，公示的是"香椿炒蛋""小鸡炖蘑菇""家常饼""手擀面"之类，有的小学生走到那里看到了菜谱，问家长："这个什么纳什么，是厨师的名字吗？"

纳兰故地或无存，犹有饭堂土菜亲。瘦尽黄花灯共火，风悲初见已销魂。

〔三国〕曹操著，中华书局编辑部编：《曹操集》，中华书局，2013年。

〔三国〕曹操：《曹操集·诗集》，中华书局，2018年。

余冠英选注：《三曹诗选》，中华书局，2012年。

〔晋〕陶渊明著，逯钦立校注：《陶渊明集》，中华书局，1979年。

〔唐〕王勃撰，〔清〕蒋清翊注：《王子安集注》，上海古籍出版社，1995年。

〔唐〕李白著，〔清〕王琦注：《李太白全集》，中华书局，1977年。

〔唐〕李白撰，朱金城、瞿蜕园校注：《李白集校注》，上海古籍出版社，1980年。

〔唐〕王维撰，陈铁民校注：《王维集校注》，中华书局，1997年。

〔唐〕杜甫著，〔清〕仇兆鳌注：《杜诗详注》，中华书局，2015年。

〔唐〕岑参著，陈铁民、侯忠义校注：《岑参集校注》，上海古籍出版社，1981年。

〔唐〕岑参撰，廖立笺注：《岑嘉州诗笺注》，中华书局，2004年。

〔唐〕刘长卿著，储仲君笺注：《刘长卿诗编年笺注》，中华书局，1996年。

〔唐〕韦应物撰，孙望校笺：《韦应物诗集系年校笺》，中华书局，2002年。

〔唐〕韩愈著，钱仲联集释：《韩昌黎诗系年集释》，上海古籍出版社，1984年。

〔唐〕韩愈著，刘真伦、岳珍校注：《韩愈文集汇校笺注》，中华书局，2010年。

〔唐〕白居易撰，顾学颉校点：《白居易集》，中华书局，1979年。

〔唐〕白居易撰，朱金城笺校：《白居易集笺校》，上海古籍出版社，1988年。

〔唐〕白居易撰，谢思炜校注：《白居易诗集校注》，中华书局，2006 年。

〔唐〕刘禹锡撰，《刘禹锡集》整理组点校，卞孝萱校订：《刘禹锡集》，中华书局，1990 年。

〔唐〕李贺著，吴企明笺注：《李长吉歌诗编年笺注》，中华书局，2012 年。

〔唐〕柳宗元：《柳宗元集》，中华书局，1979 年。

〔唐〕温庭筠撰，刘学锴校注：《温庭筠全集校注》，中华书局，2007 年。

〔唐〕杜牧撰，吴在庆校注：《杜牧集系年校注》，中华书局，2008 年。

〔唐〕杜牧著，〔清〕冯集梧注：《樊川诗集注》，上海古籍出版社，1978 年。

〔唐〕李商隐撰，〔清〕冯浩笺注：《玉谿生诗集笺注》，上海古籍出版社，1979 年。

〔唐〕李商隐撰，刘学锴、余恕诚著：《李商隐诗歌集解》，中华书局，2004 年。

叶葱奇疏注：《李商隐诗集疏注》，人民文学出版社，2015 年。

〔五代〕韦庄著，聂安福笺注：《韦庄集笺注》，上海古籍出版社，2002 年。

〔南唐〕李璟、李煜著，王仲闻校订，陈书良、刘娟笺注：《南唐二主词笺注》，中华书局，2013 年。

〔宋〕柳永著，薛瑞生校注：《乐章集校注》，中华书局，2012 年。

〔宋〕范仲淹著，〔清〕范能濬编集，薛正兴校点：《范仲淹全集》，凤凰出版社，2004 年。

〔宋〕范仲淹著，李勇先、刘琳、王蓉贵点校：《范仲淹全集》，中华书局，2020 年。

〔宋〕晏殊、晏几道撰，张草纫笺注：《二晏词笺注》，上海古籍出版社，2008 年。

刘扬忠选注：《晏殊词》，中华书局，2014 年。

〔宋〕欧阳修著，李逸安点校：《欧阳修全集》，中华书局，2001 年。

〔宋〕王安石著，〔宋〕李壁笺注，高克勤点校：《王荆文公诗笺注》，上海古籍出版社，2010 年。

王水照主编：《王安石全集》，复旦大学出版社，2016 年。

〔宋〕苏轼著，孔凡礼点校：《苏轼文集》，中华书局，1986 年。

〔宋〕苏轼著，〔清〕朱孝臧编，〔清〕龙榆生校笺：《东坡乐府笺》，上海古籍出版社，2009 年。

〔宋〕郭茂倩编：《乐府诗集》，中华书局，2017 年。

〔宋〕秦观著，徐培均校注：《淮海居士长短句》，上海古籍出版社，1985 年。

〔宋〕周邦彦著，孙虹校注，薛瑞生订补：《清真集校注》，中华书局，2007 年。

〔宋〕李清照著，王学初校注：《李清照集校注》，人民文学出版社，1979 年。

〔宋〕李清照著，徐培均注：《李清照集笺注》，上海古籍出版社，2002 年。

〔宋〕李清照著，黄墨谷辑校：《重辑李清照集》，中华书局，2009 年。

〔宋〕陆游撰，钱仲联校注：《剑南诗稿校注》，上海古籍出版社，1985 年。

〔宋〕陆游著，夏承焘、吴熊和笺注，陶然订补：《放翁词编年笺注》，上海古籍出版社，2012 年。

〔宋〕杨万里著，辛更儒笺校：《杨万里集笺校》，中华书局，2007 年。

〔宋〕辛弃疾著，邓红梅、薛祥生注：《稼轩词注》，齐鲁书社，2009 年。

〔宋〕辛弃疾撰，邓广铭笺注：《稼轩词编年笺注》，上海古籍出版社，1993 年。

〔宋〕姜夔撰，陈书良笺注：《姜白石词笺注》，中华书局，2009 年。

〔宋〕姜夔撰，夏承焘笺校集注：《姜白石词编年笺校》，上海古籍出版社，1981 年。

〔元〕赵孟頫著：《松雪斋诗集》，浙江人民美术出版社，2019 年。

〔明〕王守仁著，王晓昕、赵平略点校：《王文成公全书》，中华书局，2015 年。

〔清〕彭定求等编：《全唐诗》，中华书局，1960 年。

〔清〕吴之振、〔清〕吕留良、〔清〕吴自牧选，〔清〕管庭芬、〔清〕蒋光煦补：《宋诗钞》，中华书局，1986 年。

〔清〕朱彝尊选编：《明诗综》，中华书局，2007 年。

〔清〕钱谦益撰集，许逸民、林淑敏点校：《列朝诗集》，中华书局，2007 年。

〔清〕纳兰性德撰，赵秀亭、冯统一笺校：《饮水词笺校》，中华书局，2005 年。

〔清〕纳兰性德撰，黄曙辉、印晓峰点校：《通志堂集》，华东师范大学出版社，2019 年。

〔清〕赵翼撰，曹光甫点校：《瓯北集》，凤凰出版社，2018 年。

〔清〕张问陶撰，成镜深主编：《船山诗草全注》，巴蜀书社，2010 年。

〔清〕龚自珍撰，刘逸生注：《龚自珍己亥杂诗注》，中华书局，1980年。

〔清〕龚自珍著，王佩诤校点：《龚自珍全集》，上海古籍出版社，1999年。

〔清〕曾国藩著，王泽华校点：《曾国藩诗文集》，上海古籍出版社，2002年。

〔清〕谭嗣同撰，《谭嗣同集》整理组整理：《谭嗣同集》，浙江古籍出版社，2018年。

唐圭璋编：《全宋词》，中华书局，1965年。

钱仲联主编：《清诗纪事》，凤凰出版社，2004年。

王蒙：《双飞翼》，生活·读书·新知三联书店，1996年。

王蒙：《心有灵犀》，人民文学出版社，2002年。